문학을 통해 본
일본문화의 연속성과 변화

문학을 통해 본

일본문화의 연속성과 변화

김정희

보고사
BOGOSA

서문

문학은 한 시대의 사건, 사고, 생각, 풍습, 정치, 제도 등 모든 것을 반영하고 있다. 그러므로 한 시대의 문화를 알기 위한 가장 좋은 방법은 그 시대의 문학작품을 읽는 것이다. 이것은 문학이 단지 문화연구의 수단으로서 의미가 있다는 것을 말하고자 하는 것이 아니다. 문학이라는 것은 한 시대와 특정 국가의 물질적, 정신적 소산인 문화를 흡수하여 그것을 언어를 이용한 '표현'이라는 방법을 통해서 인간의 내면적 진실을 표상하는 과정을 거친 것이다. 그렇기 때문에 문학작품은 특정 지역과 한 시대의 문화를 이해하는 데에도 중요한 자료를 제공하지만 나아가 인간의 본질을 드러내고 있다는 점에서 더욱 중요하다는 뜻이다. 각 문학작품이 함유하고 있는 표현의 특질을 분석함으로써 일본문화를 이루어낸 일본인의 비평정신을 읽어낼 수 있을 뿐만 아니라 우리와도 통하는 인간의 본질적인 측면도 읽어낼 수 있으리라 생각한다. 본서는 이러한 의식을 바탕으로 일본의 각 시대의 문학 텍스트를 분석한 것을 모아놓은 것이다.

일본문학과 문화는 동아시아라는 큰 틀 속에서 자라났다. 한문서적의 유입을 통해서 종교, 국가제도, 문학, 사상이 성장했고 이른바 일본문화라는 새로운 카테고리가 형성되었다. 일본문화라는 큰 틀이 만들어지고 정착된 것이 헤이안 시대(平安時代, 794-1185)이고, 이후 이 문화를 계승, 변용시켜 나갔다. 그 과정에서 새로운 문화가 탄생하기도 하고 일본문화의 바탕이 동아시아, 특히 중국이라는 점을 거부하는 강한 내셔널리즘(nationalism)적 경향이 나타나기도 했다. 그것은 타인을 바라보는 눈인 동시에 자신을 인식하는 하나의 방법이기도 하다. 이러한 점들을 시야에 넣어 문화 생성의 다양한 요인을 '시대'를 중심으로 생각하고 그것이 어떠한 형태로 변용될 수밖에 없었는지, 또는 새롭게 창조될 수밖에 없었는지에 대해서 논하고자 했다.

본서는 크게 시대별로 나누어 3부로 구성하였다. 제1부에서는 전근대 시기의 문화의 성립과 그것을 다양한 방식으로 해석해 가는 과정을 추적하였다. 헤이안 시대에 중국을 바탕으로 생성된 일본문화가 어떠한 식으로 발전하게 되었는지, 그리고 그것이 후대에 어떠한 시대적 분위기와 작가 의식 속에서 해석되었는지를 분석하였다. 일본문화의 중핵을 이루는 와카(和歌), 모노가타리(物語)뿐만 아니라 '일본'이라는 것을 의식하는 고유의 개념이 된 야마토다마시이(大和魂), 그리고 음양사(陰陽師) 등 시대별로 그 해석의 과정을 살펴봄으로써 전근대 시기의 일본문화를 조망해 보고자 하였다.

제2부에서는 메이지유신(1868) 이후부터 일본이 패전하는 1945년까지를 하나의 시기로 구분하여 전통문화가 이 시기에 어떻게 향수되었는지를 분석하였다. 특히 이 시기는 제국주의와 그로 인한 전쟁, 그리고 패전이라는 암흑의 역사로 점철되어 있었다. 그 중심에는 언제나 천황이 존재하였고, 따라서 고전의 해석도 이러한 시대적 분위기에 크게 좌우되었다. 이와 같은 현상으로서 천황제의 근간을 이루는 내용을 담고 있는 두 개의 고전 작품 『겐지모노가타리(源氏物語)』와 『다이헤이키(太平記)』를 중심으로 당시 지식인들이 사회를 바라보는 태도가 이 작품들의 해석을 통해서 드러나고 있다는 점을 밝혔다.

제3부에서는 고전문학이 '문학'이라는 틀에서 벗어나 장르를 초월하여 확산되어 가는 현상, 즉 고전이 대중화되어 가는 과정을 분석했

다. 먼저 1950년대 예술가들이 근대 이후 서양 중심적인 예술을 지향해 온 것에 대해서 반성하고 고전으로 눈을 돌려 연극계의 쇄신을 꾀한 점에 주목하였다. 또한 일본 대중문화를 이야기할 때 빼놓을 수 없는 것이 만화와 애니메이션인데 고전이 만화와 애니메이션의 소재가 되어 새로운 내용으로 탄생해가는 과정을 대중의 리터러시(literacy)라는 문제를 시야에 두고 고찰했다.

전통문화의 계승, 전통문화와 새로운 문화와의 길항, 그것을 통한 새로운 문화의 창조라는 현상은 시대를 초월해서 반복되고 있다. 과연 현대에서 전통문화란 어떠한 의미를 가지는가? 이것이 본서를 엮게 된 출발점이다. 많은 논문을 발표하고 현재도 끊임없이 이 질문에 답하려고 고군분투하는 중이지만 여전히 그 해답은 얻지 못한 상태이다. 앞으로도 이러한 전쟁상태는 내 안에서 계속될 것이다. 부족한 내용이지만 앞으로의 전진을 위해서 지금까지의 성과를 책으로 내놓기로 결심하였다. 학문의 엄격함, 문학작품을 바라보는 방법과 자세에 대해서 철저하게 지도해 주신 두 분의 스승, 도쿄대학의 후지와라 가쓰미(藤原克己) 선생님, 한국외국어대학교의 김종덕 선생님께 감사드린다. 또한 물심양면으로 응원해 주시는 단국대학교의 정형 선생님, 한국방송통신대학교의 이애숙 선생님께도 감사드린다. 항상 주위에서 자극을 주고 학문하는 즐거움을 일깨워 주는 선배, 동료, 후배에게도 감사드리며, 힘겨운 길을 걷는 저자를 조용히 응원해 주는 가족에게 무엇보다도 감사의 마음을 전하고 싶다. 마지막으로 짧은 기간 안에 꼼꼼히 작업해 주신 보고사의 이경민 선생님께도 감사의 마음을 전한다.

2018년 7월

김정희

차례

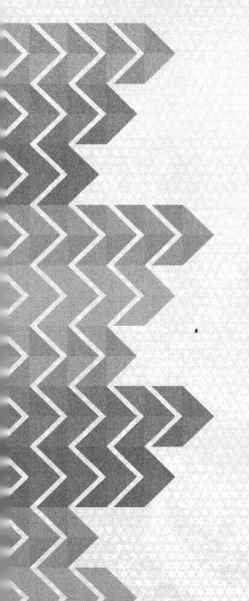

1부 일본문화의 원류와 그에 대한 해석

헤이안 시대 중기의 저주와 음양사

현대 음양사 붐의 전사(前史)

Ⅰ. 들어가며

현대 일본문화를 이루는 중요한 요소 중에 하나는 고전을 문화 콘텐츠로 하여 새로운 현대문화를 창조해 내는 것이다. 90년대 중반 이후 현재까지 꾸준한 사랑을 받고 있는 것 중에 하나가 『음양사(陰陽師)』 시리즈로, 이것 역시 고전에서 확인되는 이야기와 자료를 가지고 소설, 만화, 영화로 재탄생시킨 것이다.[1] 여기에서 다룰 테마는 헤이안 시대(平安時代, 794-1185)에 활약했던 음양사가 당시 성행했던 저주행위와 어떤 관련이 있는지에 대한 것이다.

음양도(陰陽道)는 음양오행설(陰陽五行説)에 바탕을 둔 신앙으로 중국에서 전래된 문화라는 것이 종래 선행연구의 지적이었으나,[2] 근래에는 이 음양도라는 명칭이 일본에서만 통용되고 있다는 점, 그리고 음양오행설, 점술, 달력, 천문, 도교신앙 등이 중요한 요소를 이루면서

---

1) 1990년대 중반 음양사 아베노 세이메이(安倍晴明) 붐을 일으킨 것은 유메 마쿠라바쿠(夢枕獏)의 소설 『음양사』 시리즈로, 이후 이를 바탕으로 만화, 영화가 만들어져 대히트를 기록하게 된다.

2) 斉藤励, 『王朝時代の陰陽師』, 甲寅叢書刊行所, 1915.; 村山修一, 『日本陰陽道史総説』, 塙書房, 1981.

도 헤이안 시대 전기에서 중기에 걸쳐 독자적으로 발전하게 되었다는
점을 들어 일본 고유의 특색을 가진 것이라는 설이 지배적이다.[3] 음양
사는 율령제(律令制)의 관청인 음양료(陰陽療)에 속한 관료들로, 점술,
달력, 천문 등으로 국가의 길흉을 점치고 흉조나 괴이(怪異)를 미연에
막고자 하라이(祓い)라는 불제(祓除) 행위를 하며 주술, 제사를 지내는
등의 주술적인 활동을 한다. 다시 말해서 음양도는 헤이안 시대인
9-10세기경에 성립한 것이라고 할 수 있는데 이후에는 민간에도 퍼져
나가 민간에서도 음양사를 칭하는 사람들[4]이 나타나게 된다.

이 시대에는 눈에 보이지는 않지만 사람들의 주변에서 좋고 나쁜
영향을 미치는 신(神), 불(佛), 귀(鬼), 영(靈), 정(精) 등의 존재를 총칭하
여 모노(モノ)[5]라고 하였고, 재해와 괴이, 원령인 모노노케(物の怪) 등
이 사람을 저주하여 병과 죽음의 원인이 된다고 여겼다. 이러한 현상
은 유교적 율령제도가 흔들리고 귀족 사이의 정쟁이 격화되면서 원령
에 대한 두려움이 가속화되어 나타나기 시작했고, 이로 인해 원래 국
가의 길흉을 점치고 예측하던 음양사가 귀족 개인의 하라이도 담당하
게 되었다.[6] 이와 같은 시대적 배경을 바탕으로 음양사는 개인적인
저주와 원한에 대해서도 관여하게 된 것이다.

이 논문에서는 헤이안 시대 중기를 중심으로 저주의 예를 확인하고

---

3) 小坂眞二,「九世紀段階の怪異変質に見る陰陽道成立の一則面」, 竹内理三 編, 『古代天皇
制と社会構造』, 校倉書房, 1980.; 同,「陰陽道の成立と展開」, 『古代史研究の最前線』第4
卷, 雄山閣出版, 1987.; 山下克明, 『平安時代の宗教文化と陰陽道』, 岩田書院, 1996.; 繁
田信一, 『平安貴族と陰陽師』, 吉川弘文館, 2005 참조.
4) 繁田信一, 『安倍晴明 陰陽師たちの平安時代』, 吉川弘文館, 2006, pp.60-84는 관리로
서의 음양사가 아닌 민간에서 활약하는 음양사를 법사음양사(法師陰陽師)라고 지칭하
고, 이들은 조정의 허가를 받은 음양사가 아니라고 지적하고 있다. 이 논문에서도 그
명칭과 구분에 따르고자 한다.
5) 森正人,「モノノケ・モノノサトシ・物怪・怪異」, 『国語国文学研究』27号, 1991, pp.73-90.
6) 山下克明, 『平安時代陰陽道研究』, 思文閣出版, 2015, pp.3-28.

음양사가 이 저주 행위와 어떠한 관련이 있는지를 문학 작품과 당시의 사료(史料)를 중심으로 살펴보고자 한다. 이미 선행연구에서도 이 음양사와 저주에 대해서 다룬 바가 있는데[7] 이를 바탕으로 선행연구의 지적을 수정하면서 논을 전개해 나가고자 한다.

II. 헤이안 시대 중기의 저주 형태

헤이안 시대는 후지와라 홋케(藤原北家)에 의한 섭관정치(摂関政治)가 이루어진 시기이다. 그 중에서도 3명의 딸을 황후(皇后)로 만든 후지와라노 미치나가(藤原道長)는 당대 최고의 권력자로 군림하였다. 이 미치나가의 경우, 후지와라노 가네이에(藤原兼家)의 5남으로 태어나, 관백(関白)이 된 두 명의 형인 미치타카(道隆), 미치카네(道兼)의 이른 죽음에 의해서 관백이 된 인물이다. 이 과정에서 미치타카의 아들인 고레치카(伊周)와 치열한 정권싸움이 이루어졌고 이에 승리하여 좌대신(左大臣)의 자격으로 헤이안 시대 중 가장 큰 외척세력으로 군림하기에 이른다. 이러한 사실은 미치나가가 고레치카를 비롯한 많은 적을 만들어낸 것을 의미하며, 따라서 헤이안 시대의 사료와 모노가타리(物語)에서는 이 미치나가의 집안을 둘러싸고 원령뿐만 아니라 살아있는 정적이 저주를 행한 예가 다수 확인된다.

장덕원년(995년) 8월 10일, 우대신(미치나가)을 저주하는 법사음양사는 고이위법사(다카시나노 나리타다)의 집에 있었다. 사건의 모양새를 보면 내대신(고레치카)의 소행과 비슷하다.

---

7) 繁田信一, 『呪いの都 平安京』, 吉川弘文館, 2006.

長德元年八月十日、呪詛右大臣(道長)之陰陽師法師、在高二位法師(高戎成忠)
家、事之體似內府(伊周)所爲者、   『白練抄』(2編2冊448)8)

아침 일찍 뇨인을 찾아가고 우대신을 뵈었다. 뇨인의 병은 어제 매우
위독하셔서 원호, 연작, 연관 등도 정지하고 싶다고 어제 (이치조 천황
(一条天皇)에게) 말씀드렸다고 한다. **또 말하길 어떤 사람이 뇨인을 저주
했다고 한다. 사람들은 뇨인의 침전에 판을 깐 곳 아래에서 주물을 꺼냈다
고 하였다.**

早朝參女院、謁右大臣、院御惱昨日極重、被停院号·年爵年官等事之由、昨夜
被奏聞了、又云、或人咒咀云々、人々厭物自寢殿板敷下堀出云々、

                    『小右記』(長德二年(996년)三月二十八日、②6)9)

유배의 조칙을 내리셨다. 가잔 법황을 화살로 쏜 것, 뇨인을 저주한
것, 개인적으로 다이겐노 호를 행한 것

仰配流宣命事 射花山法皇事、咒咀女院事、私行大元法師事等也、

                    『小右記』(長德二年(996년)四月二十四日、②7)

이 조토쿠(長德, 995-999) 연간에 일어난 후지와라노 고레치카의 히
가시산조인 후지와라노 센시(東三条院藤原詮子)에 대한 저주사건은 당
시 관백의 자리를 둘러싸고 벌어진 고레치카와 미치나가의 치열한 정
쟁의 결과로 이루어진 것이었다. 995년 4월에 홍역이 대유행한 후 관
백이었던 미치타카가 죽고 그의 동생인 미치카네가 관백이 되지만 불
과 7일 만에 홍역에 걸려 죽게 된다. 미치나가를 제치고 내대신(內大臣)

---

8) 이하 『백련초(百練抄)』는 도쿄대학교 사료편찬소 데이터베이스 중 '대일본사료데이터
베이스'에서 인용하였고, 편 수와 책 수, 페이지를 표시하였다.(大日本史料データベース,
http://wwwap.hi.u-tokyo.ac.jp/ships/shipscontroller 검색일: 2015.8.24)

9) 이하 『소우기(小右記)』의 본문은 도쿄대학교 사료편찬소 데이터베이스 중 '고기록 풀
텍스트 데이터베이스'에서 인용하였고, 권 수와 페이지를 표시하였다.(古記録フールテキス
トデータベース, http://wwwap.hi.u-tokyo.ac.jp/ships/shipscontroller 검색일: 2015.
8.12)

이라는 고위관직에 올랐던 조카 고레치카는 스스로 관백이 되기를 자청했지만 미치나가를 아꼈던 그의 누나이자 이치조 천황(一条天皇)의 어머니인 후지와라노 센시의 강력한 요청에 의하여 미치나가가 내람(内覧, 관백에 준하는 직책)[10]의 자리에 오르게 된다. 이에 불만을 품은 고레치카와 다카시나노 나리타다(高階成忠)가 미치나가를 저주한다는 소문이 995년 8월 시점에서 돌았고, 이듬해인 3월 28일에는 병으로 누워있는 후지와라노 센시의 처소에서 저주를 담은 주물(呪物)이 발견된다(굵은 글씨). 그리고 996년 정월에는 고레치카가 여자 문제로 연적이라고 생각한 가잔 법황(花山法皇)에게 협박을 하는 의미로 활을 쏘는 사건을 일으키고[11] 이 두 사건이 계기가 되어 그는 내대신에서 다자이노곤노소쓰(太宰権帥)로 좌천된다. 여기에서 주목하고 싶은 것은 저주의 형태로, 995년 8월 10일의 기록에 따르면 법사음양사(法師陰陽師)가 저주를 하고 있다는 것, 996년 3월 28일에는 저주의 대상이 되는 인물의 거처에서 주물이 직접 발견되고 있다는 점이다. 단 이 주물을 묻도록 한 인물이 고레치카라는 것이 밝혀지는 과정에 대해서는 사료에서는 기록을 찾아볼 수 없다. 또한 이 사건에 대해서는 문학작품인『에이가모노가타리(栄花物語)』에서도 다루고 있는데 양자의 차이는 저주 행위를 한 사람이 법사음양사라는 점을 모노가타리가 직접 언급하고 있지는 않다는 점과 주물을 묻었다는 기술이 확인되지 않는다는 점이다.

내대신(고레치카)은 자신의 입지가 위험하다고 생각됨에 따라서 이위(나리타다)에게 '방심하지 마, 방심하지 마'하고 채근하셔서 **이위는 알 수 없는 비법을 자신도 행하고 또한 다른 사람에게도 시켜서** '무슨 일이 있어

---

10)『소우기』長徳元年(995년) 五月十一日 기록.
11)『소우기』長徳二年(996년) 正月十六日 기록.

도 안심하십시오. 무슨 일이든지 사람이 할 수 있겠습니까. 단지 천도가
행하는 것입니다'라고 부탁하며 말하였다.

　内大臣殿、世の中危うく思さるるままに、二位を「たゆむなたゆむな」と責めのた
まへば、二位、えもいはぬ法どもを、われもし、また人しても行はせて、「さりとも
と心長閑に思せ。何ごとも人やはする。ただ天道こそ行はせたまへ」と頼めきこゆ。

(①212)12)

이 예문에서는 나리타다가 비법을 행하고 있다고 기술하고 있는데
(굵은 글씨) 이 비법에 대해서『신편일본고전문학전집(新編日本古典文学
全集)』은 다음에 인용할 본문 중에 나오는 '다이겐노호(大元法)'에 주석
을 붙이고 있다. 이 '다이겐노호'라고 하는 것은 오로지 조정에서만
예부터 실시해 온 것으로, 신하는 어떤 경우라도 해서는 안 되는 것
이었는데, 그것을 이 내대신(고레치카)은 요 몇 년간 몰래 해왔다는 것
이다.

　**또한 다이겐노호라고 하는 것은 오로지 조정에서만 예부터 행해진 비법
으로 신하는 어떤 중대한 일이 있어도 하는 일이 없었다.** 그것을 이 내대신
이 몰래 연내에 하시고 계시다는 소문이 최근에 들려와서 이것이 좋지
않은 일에 포함되게 되었다는 것이다.

　また大元法といふことは、ただ公のみぞ昔よりおこなはせたまひける、ただ人は
いみじき事あれどおこなひたまはぬことなりけり。それをこの内大臣殿忍びてこの年
ごろおこなはせたまふということこのごろ聞こえて、これよからぬことのうちに入り
たなり。(①230-231)

조정에서만 행한 비법인 '다이겐노호'를 신하인 고레치카가 미치나
가의 저주를 위해서 시행했다는 것이 밝혀지고 있는데, 이것은 앞서

---

12) 山中裕・秋山虔 他 校注, 新編日本古典文学全集『栄花物語』①, 小学館, 1995. 이하 인
　용은 이에 따르며, 권 수, 페이지를 표시하였다.

인용한 『소우기』의 996년 4월 24일 기록에서 고레치카를 좌천시킨 이유 중 하나로 든 '개인적으로 다이겐노호를 행한 것(私行大元法師事等 也)'이라는 대목과 일치하고 있다. 이 '다이겐노호'에 대해서 『신편일 본고전문학전집』의 주석은 '매년 정월 8일에서 7일간 치부성에서 수 행하고 있었던 대법회. 본래 외국의 위해에 대비하기 위한 비법이었는 데 성체호지, 국가진호를 목적으로 하게 되었다. 신하가 행하는 것은 금지되어 있었다(「每年正月八日から七日間、治部省で修せられる大法会。本来 は外国に備えんがための秘法であったが、聖体護持、国家鎮護を目的とするように なった。臣下が行うことは禁じられていた」).'(①230)라고 기술하고 있다.

이 사료의 기록과 모노가타리의 예를 종합해 보면 저주의 방법으로 서는 법사음양사의 저주행위, 주물을 저주대상의 처소에 묻는 행위, '다이겐노호'를 개인적으로 이용하여 저주하는 행위로 정리해 볼 수 있을 것이다. 그리고 이 기록에서 법사음양사의 저주와 주물을 저주 대상의 처소에 묻는 행위가 관련성이 있는 것처럼 서술되고 있는 점에 도 주의해야 할 것이다. 즉 주물을 묻는 행위를 법사음양사가 했다는 것을 시사하고 있는 것이다.

그러나 미치나가 일가에 관한 기록을 좀 더 자세히 살펴보면 위에서 언급한 저주 형태 이외에도 '식신(式神)'이라는 것을 사용한 저주가 눈 에 띈다.

같은 해 같은 달 8일, 좌대신의 병은 **식신**의 소행이라고 한다.
9일 좌대신의 집에서 주물이 나왔다.
同年同月八日、左府所悩、**式神**所至云々事、
九日、左府家中出厭物事、
『小記目録』(長保二年(996년)五月八日、九日、2編3冊775)[13]

미치나가의 병의 원인에 대해서 이 기록은 '식신'의 소행에 의한 것
이라는 소문이 돌았다는 점과 9일에 미치나가의 저택에서 주물이 발
견되었다는 점을 언급하고 있다. 그렇다면 '식신'이라는 것이 어떤 것
인지 구체적으로 살펴볼 필요가 있을 것이다. 다음 장에서는 이 '식신'
이 어떻게 묘사되고 있는지에 대해서 논하고자 한다.

III. 헤이안 시대의 '식신'과 그 기능

헤이안 시대의 식신(式神)[14]에 대한 기록은 주로 설화나 모노가타리
(이야기) 작품에서 찾아볼 수 있다.[15] 식신에 관한 『일본국어대사전』
(小学館)의 설명을 참조하면, '음양도에서 음양사가 다루는 귀신. 음양
사의 명령에 따라서 자유자재로 변화하는 불가사의한 주술을 하는 것
이라고 한다(「陰陽道で、陰陽師が使役するという鬼神。陰陽師の命令に従って変
幻自在、不思議な術をなすという」)'[16]라는 설명에서 알 수 있듯이, 음양사
와 깊은 관련이 있다는 것을 짐작해 볼 수 있다. 먼저 식신이 어떠한
기능을 하는지를 예를 통해서 확인해 보고자 한다.

---

13) 이하 『소기목록 (小記目録)』은 도쿄대학교 사료편찬소 데이터베이스 중 '대일본사료데
   이터 베이스'에서 인용하였고, 편 수와 책 수, 페이지를 표시하였다.(大日本史料データ
   ベース, http://wwwap.hi.u-tokyo.ac.jp/ships/shipscontroller 검색일: 2015.8.24)
14) 13세기까지의 문헌에서 '식신'의 예를 살펴보면 그 수는 21개로, 표기는 '式', '式の神',
   '式神', '識神'으로 되어 있다.
15) '식신'에 대한 선행연구로는 鈴木一馨, 「式神について」, 『宗教研究』315号, 1998.; 「式
   神の起源について」, 『宗教学論集』20輯, 駒沢宗教学研究会, 1998.; 「「式神」と「識神」とを
   めぐる問題」, 『宗教学論集』21号, 2002.; 「怨霊・調伏・式神」, 斎藤英喜 他 編, 『〈安倍晴
   明〉の文化学』, 新紀元社, 2002.; 繁田信一, 『呪いの都 平安京』, 전게서.; 志村有弘, 『陰
   陽師 安倍晴明』, 角川ソフィア文庫, 1999 등을 참조 바람.
16) 『日本国語大辞典』, JapanKnowledge, http://japanknowledge.com (검색일자 : 2015.
   9.7)

서궁 좌대신 다카아키라(源高明, 미나모토노 다카아키라)는 저녁에 다이리(内裏)를 나와 니조대로의 교차점을 지나가려고 하는데 신선원(神泉苑)의 북동쪽 모퉁이, 레이제이원의 남서쪽 구석의 담장 안쪽에 가슴이 담장의 위쪽에 닿을 정도로 키가 큰 자들 세 명이 서 있는데, 대신의 하인들이 앞을 선도하며 길을 여는 목소리를 듣고는 엎드리고, 목소리가 들리지 않을 때에는 몸을 앞으로 내밀었다. 대신은 그 마음을 읽으시고 하인들에게 계속해서 소리를 내도록 했다. 담장을 지나갈 때 (세 명이) 대신의 이름을 불렀다. 그 후 **얼마 안 있어서 큰 일이 발생하여 좌천되었다. '신선원에서 경마가 있었을 때 음양사가 식신이 내려오기를 청하고 이것을 땅에 묻었는데 지금도 해제되지 않았다.** 그 정령이 있다고 전해지고 있다. 지금도 지나가서는 안 된다.'라고 아리유키라는 음양사는 말하였다.

西宮左大臣高明、日くれて内よりまかり出給けるに、二条大宮の辻をすぐるに、神泉の丑寅の角、冷泉院の未申のすみのついぢのうちに、胸、ついぢの覆にあたるほどにたけたかきもの、三人たちて、大臣、さきをふ声をききてはうつぶし、をはぬ時はさし出けり。大臣、その心を得て、しきりにさきををはしむ。ついぢをすぐるほどに、大臣の名をよぶ。其後、**ほどなく大事いできて、左遷せられけり。「神泉の競馬の時、陰陽、識神を嘱してうづめるを、今に解除せず。** その霊ありとなんいひつたへたる。いまもすぐべからず」とぞ、ありゆきと云陰陽師は申ける。(655)[17]

이 인용문은 『속고사담(続古事談)』에 전해지는 이야기로, 미나모토노 다카아키라(源高明)가 969년에 일어난 안나의 변(安和の変)으로 좌천된 사건의 원인에 대해서 이야기하고 있다. 이 사건은 후지와라 씨가 자신들의 정권을 확립하기 위해서 꾸민 것으로 무라카미 천황(村上天皇)의 비(妃)가 된 다카아키라의 딸은 천황과의 사이에 다메히라 친왕(為平親王)을 낳는다. 이 친왕을 다카아키라가 천황으로 옹립하려고 한다는 후지와라 씨의 모략으로 인해 그는 다자이노곤노소쓰(太宰権帥)로

---

17) 川端善明・荒木浩 校注, 新日本古典文学大系『古事談 続古事談』, 岩波書店, 2005. 인용은 이에 의하며, 페이지 수를 표시하였다.

좌천된다. 이러한 사건의 전말에도 불구하고 이 설화에서는 다카아키라의 좌천의 원인을 그 이전 시대인 우다(宇多), 다이고(醍醐) 천황 때에 이루어진 경마대회에서 누군가를 저주하기 위해 음양사가 식신을 불러들일 주물을 묻어두었는데 그것을 없애지 않고 그대로 놓아 둔 탓이라고 하고 있다. 사건의 원인에 대한 가부는 제쳐두고 여기에서 확인할 수 있는 것은 음양사가 저주를 위해 땅에 주물을 묻고 식신을 불러들였다는 사실이다.

그렇다면 본디 식신은 저주를 위해서 존재한 것인지, 그 기능과 모습은 어떤 것이었는지에 대해서 구체적으로 살펴보고자 한다.

세이쇼나곤(清少納言)이 쓴 수필집 『마쿠라노소시(枕草子)』에는 처음으로 궁중에 들어간 세이쇼나곤과 중궁 데이시(中宮定子)의 에피소드가 그려져 있다. 중궁이 '나에 대해서 생각하고 있는가?' 하고 질문하여 세이쇼나곤이 그렇다고 대답한 순간 누군가가 재채기를 하자 중궁은 그녀의 대답이 거짓이라고 말한다. 당시 누군가가 이야기를 할 때 주위 사람이 재채기를 하면 그 말이 거짓이라는 인식이 있었다. 세이쇼나곤이 재채기를 한 사람을 미워하고 있을 때 중궁에게서 편지가 도착하고 그에 대해서 세이쇼나곤은 다음과 같이 대답한다.

꽃이라면 색의 옅고 짙음에 좌우되겠지만, 그에 좌우되지 않는 것이 (사람의) 코이기 때문에 당신을 생각하는 마음의 깊고 얕음은 재채기에 좌우되지 않습니다. 그런데도 불구하고 괴로운 신세가 된 것은 슬픕니다. **역시 이것만은 정정하게 해 주십시오. 식신도 자연스럽게 보고 계시겠지요. 너무나 두려울 정도로 정확히 꿰뚫어서.**
薄さ濃さそれにもよらぬはなゆゑに憂き身のほどを見るぞわびしき
なほこればかりしなほさせたまへ。式の神もおのづから。いとかしこし ……

(177단, 314)[18]

여기에서 확인되는 식신은 사람들의 행동을 지켜보는 역할을 하고
있는데, 따라서 세이쇼나곤은 자신의 말의 진위 여부를 식신은 알고
있기 때문에 거짓말은 할 수 없다고 호소하고 있는 것이다. 그렇다면
원래 식신이란 기존의 선행연구가 언급한 것처럼 애당초 음양사가 부
리는 정령을 의미하는 것이 아니라, 본래 사람을 지켜보는 정령으로,
이것을 사역할 수 있는 능력을 가진 사람이 음양사의 자격을 갖춘 것
이라고 봐야 할 것이다.19) 또한 모노가타리나 설화, 사료에서의 식신
의 예는 거의 대부분 저주와 관련되어 있는데, 그러나 식신은 원래
저주와는 관계없이 음양사의 사역에 의해 저주와 연결되어진 것이라
고 판단하는 것이 타당할 것이다. 다음의『오카가미(大鏡)』의 예도 이
러한 설을 뒷받침해 준다. 퇴위한 가잔 천황(花山天皇)이 때마침 음양사
인 아베노 세이메이(安倍晴明)의 집 앞을 지나갈 때, 세이메이가 손뼉을
치면서 '천황이 퇴위할 것을 예고하는 이변이 일어났는데, 이것은 이
미 퇴위가 정해진 것을 의미하므로 지금 바로 궁정으로 들어가 봐야겠
다.'라고 말하는 것을 듣는다. 그리고 이어서 세이메이는,

---

18) 松尾聡 校注, 新編日本古典文学全集『枕草子』, 小学館, 1997. 이하 인용은 이에 따르
며, 장단 수, 페이지를 표시하였다.

19) 鈴木一馨, 「怨靈・調伏・式神」, 전게서, p.64에서 '식신'은 음양사가 '육임식점(六壬式
占)'으로 괴이를 점치는 능력으로부터 식점이라는 것 자체가 신격화한 것이라고 설명하
고 있다. 이『마쿠라노소시』의 예에서 보면 식신과 음양사의 관련성은 보이지 않는 점으
로 볼 때, 원래 '식신'이란 정령 중의 하나로 그것이 후에 음양사와 결합한 것이라고
보아야 할 것이다. 또한 '식신'을 부리는 음양사의 예를 보면, 뛰어난 능력을 가진 음양
사로 인식되었던 아베노 세이메이의 일화에 집중되어 있는 점을 알 수 있다(앞서 언급한
대로 '식신'의 예 21개 중 음양사와 관련이 있는 예는 18개이고, 이 중 2개를 제외한
모든 예가 아베노 세이메이와 관련되어 있다). 따라서 모든 음양사가 아닌 특히 능력이
좋은 음양사가 '식신'을 다룰 수 있다고 인식되고 있었다고 해야 할 것이다.

'바로 식신 한 명은 궁정으로 가라.'고 말하자 눈에는 보이지 않지만 (식신이) 문을 열고 천황의 뒷모습을 보았는지 '바로 지금 이곳을 지나가고 계시는 것 같습니다'라고 대답했다는 것이다. 그 집은 쓰치미카도 마치구치인데, 바로 천황이 지나가시는 길이었다.

「且、式神一人内裏にまゐれ」と申しければ、目には見えぬものの、戸をおしあけて、御後をや見まゐらせけむ、「ただ今、これより過ぎさせおはしますめり」といらへけりとかや。その家、土御門町口なれば、御道なりけり。(46-47)[20]

라고 식신을 궁정에 보내겠다고 말하고 있다. 이것은 퇴위하는 천황을 지켜보도록 하기 위한 것으로, 따라서 식신은 마침 세이메이의 집 앞을 가잔 천황이 지나가고 있다는 것을 그에게 보고하고 있는 것이다. 이 인용문에서 식신은 세이메이의 명령에 따르고 있지만 그가 식신이 퇴위하는 가잔 천황을 지켜보도록 하는 것은 식신의 본래 행위를 인식하고 있기 때문이라고 해석할 수 있다. 이와 같이 식신은 원래 누군가를 지켜보는 역할을 했었던 것으로 추측해 볼 수 있는 것이다.

식신을 사역할 수 있는 음양사는 식신을 불러들일 주물을 땅에 묻어 상대방을 저주하는 것 이외에 직접 저주의 대상을 죽일 수도 있다는 예도 보인다. 『곤자쿠모노가타리슈(今昔物語集)』 24권 16화에는 음양사 아베노 세이메이가 히로사와(広沢)의 간초승정(寛朝僧正)이라고 하는 사람의 집을 방문했을 때 젊은이들과 승려들이 식신을 사용하여 사람을 죽일 수 있느냐고 질문하자 죽일 수는 있지만 살릴 수는 없기 때문에 죄를 짓는 행위라고 세이메이가 대답하는 장면을 볼 수 있다.

---

20) 橘健二・加藤静子 校注, 新編日本古典文学全集『大鏡』, 小学館, 1996. 이하 인용은 이에 따르며, 페이지를 표시하였다.

정원에서 개구리가 5, 6마리 연못 쪽으로 튀어오니 젊은이들이 '그렇다면 저것을 한 마리 죽여주십시오. 시도해 봅시다.'라고 이야기했다. 세이메이는 '죄를 짓는 짓을 하는 분이시구려. 그러나 시도해 보고 싶다고 하시니까'라고 하며 풀잎을 따서 무언가를 외우는 모습을 하고 개구리 쪽으로 던져 그것이 개구리 위에 걸린 것을 보자 개구리는 퍼져서 죽어버렸다. 승려들은 이것을 보고 새파랗게 질려 두려워했다.

> 庭ヨリ蝦蟆ノ五ツ六ツ許踊ツツ、池ノ辺様ニ行ケレバ、君達、「然ハ彼レ一ツ殺シ給へ。試ム」ト云ケレバ、晴明、「罪造リ給君カナ。然ルニテモ、『試ミ給ハム』ト有レバ」トテ、草ノ葉ヲ摘切テ、物ヲ読様ニシテ蝦蟆ノ方へ投遣タリケレバ、其ノ草ノ葉ノ上ニ懸ルト見ケル程ニ、蝦蟆ハ真平ニ□テ死タリケル。僧共此ヲ見テ、色ヲ失テナム恐ヂ怖レケル。(③286-287)[21]

여기에서 세이메이는 풀잎을 매개로 식신을 이용하여 개구리를 직접 죽이고 있다. 뿐만 아니라 그는 위의 인용문의 바로 직후에는 평소에도 집에 사람이 없을 경우에는 식신을 부리고 있는지 문이 저절로 열렸다 닫혔다 한다는 서술이 이어지고 있다(「此晴明ハ、家ノ内ニ人無キ時ハ識神ヲ仕ケルニヤ有ケム、人モ無キニ、蔀上ゲ下ス事ナム有ケル。亦、門モ差ス人モ無カリケルニ、被差ナムドナム有ケル。此様ニ希有ノ事共多カリ、トナム語リ伝フル」(③287)). 이러한 점에서 미루어 볼 때 식신을 다루는 기능이 출중한 사람이 능력이 뛰어난 음양사로 인정을 받았다는 점을 알 수 있다. 모습을 알 수 없는 식신이 이 인용본문에서는 풀잎을 통해서 기능하고 있는데, 이 외에도 동자의 모습을 하거나(『곤자쿠모노가타리슈』 24권 16화), 까마귀가 되어 똥을 사람에게 떨어뜨리는 것으로 저주를 씌우기도 한다(『우지슈이모노가타리』 2권 8화).[22] 또한 주의해야 할 점은

---

21) 馬淵和夫 他 校注, 新編日本古典文学全集『今昔物語集』③, 小学館, 2001. 이하 인용은 이에 따르며, 권 수, 페이지를 표시하였다.

22) 小林保治·増古和子 校注, 新編日本古典文学全集『宇治拾遺物語』, 小学館, 1996. 이하 인용은 이에 따르며, 페이지를 표시하였다.

아베노 세이메이가 식신을 부려 저주를 행한 예는 보이지 않고 다만 개구리를 살생하는 예만 보여 주고 있다는 점이다. 뿐만 아니라 저주 행위에 대한 기록을 보면 관리인 음양사가 아닌 법사음양사만이 관여 하고 있다는 점도 알 수 있다.

이와 같이 식신은 눈에는 보이지 않지만 음양사의 사역에 의해 변신 을 하며 사람을 저주하는 기능을 하게 된 것이다.

IV. 저주와 관련된 음양사의 역할

앞장에서는 음양사가 식신을 사용하여 사람을 죽이는 예를 살펴보 았는데, 『우지슈이모노가타리』10권 9화에는 음양사가 식신을 사역하 지 않고 주문으로 사람을 저주하여 죽이는 예를 볼 수 있다.

국비의 지출을 관할하는 주계(主計)의 장(頭)인 오쓰키 마사히라(小槻 当平)의 아들 모스케(茂助)는 기량이 뛰어나고 학문에도 능하여 많은 사람들의 질투를 샀다. 어느 날 신탁에 모스케는 자신을 저주하는 사람 이 있다는 것을 알게 되어 음양사를 찾아가 근신해야 할 날을 받아왔 다. 그러나 사실은 모스케를 미워하는 자가 이 음양사에게 그를 저주하 는 주술을 외우게 한 것이다. 그리고 이 음양사는 모스케가 근신해야 하는 날에 찾아가 그의 목소리라도 듣고 저주를 하면 효력이 있을 것이 라고 했다. 과연 근신하는 날, 자신을 만나기 위해 찾아온 음양사를 위해서 대문 밖으로 얼굴을 내민 모스케는 음양사의 저주를 받아 3일 후 죽어버렸다(323-325). 이와 같이 음양사는 식신을 이용하지 않고 저주의 주술을 외우는 것으로 사람을 죽음에 이르게 하기도 하였다.

그러나 주의해야 할 점은 음양사가 저주를 행하는 행위에만 관여하 지는 않았다는 점이다. 저주와 관련하여 음양사는 저주받은 것을 불제

(祓除)하는 행위도 하였다. 세이쇼나곤은 『마쿠라노소시』 안에서 '기분 좋은 것(「心ゆくもの」)'에 대해서 서술하고 있는데 그 중에는 '말을 잘하는 음양사에게 부탁하여 강으로 나가 저주의 불제를 하는 것(「物よく言ふ陰陽師して、河原に出でて、呪詛の祓へしたる」)'(29단, 71)이라는 표현이 있어서 음양사의 역할 중 불제가 큰 비중을 차지하고 있었다는 점을 알 수 있다. 이러한 점은 실제 사료에서도 찾아볼 수 있다.

> 11일 무신, 토평, 고레카제가 와서 말하길 '어제 주물이 있었던 우물을 파냈더니 그것의 부속물이 있었습니다.' 또 음양사들을 불러서 불제를 시켰다.
> 十一日、戊申、土平、惟風朝臣来云、昨日有厭物御井汲、其具物侍者、又召陰陽師等令解除　　　　『御堂関白記』(長和元年(1012년)四月, ②147)[23]

이것은 후지와라노 고레카제가 미치나가에게 전날 발견된 주물의 부속물이 나왔음을 알리자 미치나가가 음양사들을 불러서 불제를 시킨 예로, 주물을 땅에 묻는 역할뿐만 아니라 발견된 주물에서 저주를 없애는 역할도 음양사들이 했다는 점을 알 수 있다. 이것은 1012년 4월 10일에 있었던 산조 천황(三条天皇)의 중궁인 후지와라노 겐시(藤原妍子, 미치나가의 차녀)에 대한 저주 사건의 이튿날에 있었던 정황을 기록한 것으로, 여기에서 알 수 있는 것은 주물을 저주대상의 거처뿐만 아니라 우물에도 넣었다는 점이다. 그 전날 주물이 발견된 것에 대해서는 다음과 같이 기록하고 있다.

---

23) 이하 『미도칸파쿠키(御堂関白記)』의 본문은 도쿄대학교 사료편찬소 데이터베이스 중 고기록 풀 텍스트 데이터베이스에서 인용하였고, 권 수와 페이지를 표시하였다.(古記録フールテキストデータベース, http://wwwap.hi.u-tokyo.ac.jp/ships/shipscontroller 검색일: 2015.8.12)

11일 무신, 미쓰요시가 말하기를 오늘 아침에 좌대신이 부르셔서 좌대
신의 집으로 갔다. 명령하여 말씀하시기를 **히가시산조인의 우물 밑에 여**
러 개의 떡과 사람의 머리카락 등이 가라앉아 있었다고 한다. 요시히라와
함께 점을 쳐 보니 매우 강한 저주의 기운이 있었다. 정월부터 중궁께서는
이 저택에 계셨다.

十一日、戊申、光栄朝臣云、今朝依召参左府、命云、東三条院居井底沈餅數
枚·人髮者、吉平朝臣相並占推、頗見呪詛気、従正月中宮座此院、

『小右記』(長和元年(1012년)四月、③4)[24]

중궁 겐시의 거처인 히가시산조인의 우물에서는 떡과 사람의 머리
카락이 나왔는데 이것을 음양사인 가모노 미쓰요시(賀茂光栄)와 아베노
요시히라(安倍吉平)가 점을 쳐 보니 주물이라는 것이 밝혀졌다는 것이
다. 즉 주물인지의 여부를 점치는 것도 음양사의 역할이었다는 것이
드러나고 있다. 또한 주물은 앞에서 살펴본 바와 같이 식신이 오도록
주물을 땅에 묻는 형태가 있었는데, 그것뿐만 아니라 사람의 머리카락
등 물건을 묻는 경우도 있었다.[25] 특히 머리카락은 주물로서 효험이
있었다는 점을 『소우기』의 1017년(寛仁元年) 11월 23일자 기록에서도
알 수 있다.

---

24) 『소우기』는 우물에서 주물이 발견된 사건을 4월 11일의 일로 기록하고 있으나 『미도칸
파쿠키』는 그 전날인 4월 10일의 일로 기록하고 있다.
25) 繁田信一, 『呪いの都 平安京』, 전게서, p.64. 여기에서 시게타 신이치 씨는 이 기록을
다루면서 주물은 모두 식신이라고 하고, 음양사의 불제 행위는 식신의 효력을 없애려고
하는 것이라고 지적하고 있다. 물론 직접 주물을 묻지 않고 음양사에게 주물을 묻도록
한다는 점에서 식신에 의한 저주의 효과를 높이려고 한다는 점에서는 수긍할 수 있는
부분도 있다. 그러나 앞서 언급했듯이 모든 음양사가 식신을 다룰 수 있었는지에 대해서
는 여전히 의문이 남는다. 음양사에게 저주 행위를 부탁하는 것은 식신의 효과가 아니더
라도 주물의 저주의 기운이 강해진다고 생각했기 때문이라고 해석하는 것이 타당할 것
이다.

사랑스러운 아이의 머리카락을 잘라서 신장대에 바치어 뜰 가운데로 나가 모든 신에게 저주를 기원했다.

切愛子如御髮、捧御幣出庭中、咒咀諸神等事也

『小右記』(寬仁元年(1017년)十一月二十三日、④272)

이것은 좌대신 후지와라노 아키미쓰(藤原顯光)가 신에게 아이의 머리카락을 공물로 바쳐 후지와라노 사네스케를 저주한 부분이다. 사네스케는 『소우기』를 기록한 인물로 당대 가장 유명한 지식인이자 정치가였다. 이에 반해 아키미쓰는 조정의 의식의 순서도 잘 모르는 바보로 취급받고 있었다. 실제로 이 인용문은 사네스케가 그를 조롱하였다고 해서 아키미쓰가 사네스케를 저주하는 말을 했다는 18일자 기록의 연장선상에 있는 것이다. 이와 같이 신에게 머리카락을 공물로 바쳐 저주를 하는 행위 이외에도 음양사에게 부탁하지 않고 직접 인형 등의 주물을 묻어 저주하는 행위는 나라시대(奈良時代, 710-794) 때부터 성행했던 것으로 보인다.[26]

이 외에도 음양사가 저주를 예견하여 이를 예방한 예도 있다. 『우지슈이모노가타리』 2권 8화에는 음양사인 아베노 세이메이가 우연히 젊고 재능 있는 구로우도노 쇼쇼(藏人少將)에게 까마귀가 새똥을 뿌리고 날아가는 것을 보고 그를 돕는 이야기가 등장한다. 이를 본 세이메이는 구로우도노 쇼쇼에게 당신은 오늘 밤을 못 넘길 운이지만 내가 그것을 막을 수 있다고 하여 쇼쇼를 하룻밤 동안 껴안고 불법의 가호를 바라는 기도를 외워서 그를 저주로부터 막아냈다는 것이다(83-84). 이 설화의 사실 여부는 알 수 없는데, 특히 세이메이는 능력이 특출한

---

26) 鈴木一馨, 「怨靈・調伏・式神」, 전게서, pp.52-53. 헤이조궁(平城宮) 터의 우물에서 목제로 된 못이 박힌 흔적이 있는 인형이 출토된 점에서 저주 행위가 이루어지고 있었다는 점을 미루어 짐작할 수 있다.

음양사로서 여러 가지 설화를 낳고 있다는 점에서 이 이야기가 과장된 것일 가능성도 높다. 이렇게 직접 음양사가 저주받은 사람을 껴안고 기도를 한 예는 이 외에 확인되지 않기 때문에 진위가 의심스러운 부분도 있지만, 그러나 어떠한 저주의 예견이 있었을 때 그것을 막기 위해서 음양사가 불제를 시행한 예는 『소우기』에서도 읽을 수 있다.

> 2일, 무진, 저주의 기운이 보이는 꿈을 꿔 나카하라노 쓰네모리에게 해제시켰다.
>
> 二日、戊辰、聊有夢想、見咒咀気、仍以恒盛令解除、
>
> 『小右記』(萬壽四年(1024년)十二月二日、⑧44)

여기에서 사네스케는 꿈속에서 자신을 향하여 누군가가 저주하는 꿈을 꾸고 이것을 음양사인 나카하라노 쓰네모리(中原恒盛)에게 불제를 하여 없애도록 하였다. 그리고 이상의 서술에서 주목해야 할 점은 저주에 관여한 음양사가 민간의 법사음양사라고 한다면, 귀족의 저주의 불제, 또는 저주를 미연에 막는 행위, 저주를 점치는 행위는 주로 관리인 음양사들이 담당했다는 것을 알 수 있다.

그렇다면 음양사가 누군가를 저주한 후 그것이 발각되었을 때는 어떻게 되었을까? 앞서 예로 든 『우지슈이모노가타리』 2권 8화에서 아베노 세이메이가 저주받은 구로우도노 쇼쇼(蔵人少将)를 보호한 이야기의 결말을 보면 다음과 같다.

> 이 쇼쇼가 죽을 뻔한 것을 세이메이가 발견하여 철야로 기도를 하니 그 식신을 사용한 음양사가 있는 곳에서 사람이 와서 큰소리로 '마음이 갈피를 못 잡고 있어 특별히 신의 가호가 강한 사람(쇼쇼)에게 명령을 어기지 않으려고 식신을 사용하였는데, **어느 새인가 그 식신이 (저주한**

음양사에게로) 돌아와 반대로 제가 식신에게 정복되어 죽습니다. 해서는
안 될 짓을 해서'라고 말하는 것을 세이메이가 '이것을 들으십시오. 어젯
밤 제가 발견하지 않았더라면 이렇게는 계시지 않겠지요.'라고 말하고
그 심부름꾼에게 사람을 붙여 보내 듣자하니 '음양사는 결국 죽었습니다.'
라고 말했다.

さてその少将死なんとしけるを、晴明が見つけて夜一夜祈りたりければ、その
ふせける陰陽師のもとより人の来て、高やかに「心の惑ひけるままに、よしなくま
もり強かりける人の御ために仰せをそむかじとて式ふせて、すでに式神かへりて、
おのれ只今式にうてて死に侍りぬ。 すまじかりける事をして」といひけるを、 晴
明、「これ聞かせ給へ。夜部見つけ参らせざらましかば、かやうにこそは候はまし」
といひて、その使ひに人を添へてやりて聞きければ、「陰陽師はやがて死にけり」と
ぞいひける。(84)

결국 이 이야기의 결말은 구로우도노 쇼쇼를 미워하여 그를 저주하
도록 한 구로우도노 오위(蔵人五位)가 집에서 쫓겨나고, 식신을 사용해
저주를 행한 음양사는 자신이 행한 저주를 되돌려 받아 죽게 되었다는
것이다(굵은 글씨).

이와 같이 법사음양사는 저주와 관련하여 저주를 시행하는 역할을
하였고, 귀족들에게 그것을 미연에 방지하도록 하고, 저주 여부를 점
치며, 저주에 대해서 불제를 하는 역할을 한 것은 주로 관리인 음양사
라는 것을 알 수 있었다. 또한 저주를 실행했을 때에는 그 저주를 자신
이 받아 죽는 경우도 있었다는 점을 알 수 있다.

V. 나오며

헤이안 시대는 권력싸움의 격화로 인해 눈에 보이지 않는 정령 등이
사람들의 마음을 점령하게 된 시기라고 할 수 있다. 음양도라는 것도

처음에는 중국의 음양오행설을 바탕으로 하고 있었으나 원령 등 사람들의 생사를 좌우한다고 믿었던 모노에 의해 독자적인 주술 종교로 발전하게 된 것이라는 점이 현재 연구의 지배적인 설이다. 음양사의 역할 확대도 이러한 시대적 배경을 바탕으로 이루어진 것으로, 특히 민간에서 활동한 법사음양사의 저주 행위는 정적에 대한 원한을 과감 없이 보여주는 예라고 하겠다.

헤이안 시대 후기, 즉 원정기(院政期, 11세기 후반 - 12세기 중후반)에 이르면 음양사의 활동은 더욱 다양해지고 복잡한 양상을 띠며, 이것이 중세, 근세로 이어지게 된다. 특히 아베노 세이메이의 경우는 헤이안 시대 이후 다양한 설화로 발전하게 되고, 그의 능력은 과도하게 포장되어 전승되기도 한다. 그리고 이러한 음양사, 특히 아베노 세이메이의 활약은 현대 문화콘텐츠의 하나로 중요한 역할을 하고 있다. 음양사의 저주 행위와 불제행위 등은 현대 문화 속에서도 그려지고 있지만, 앞서 언급한 대로 모든 음양사가 식신을 다룰 수 있었던 것은 아니라는 점 등을 예로 들어 볼 때, 실제로 기록과 문학작품 속에서의 양상과는 차이점이 드러난다. 본고는 현대의 문화콘텐츠로 자리매김한 음양사의 역할을 자료를 통해서 면밀히 검증해 보고자 한 것으로, 현대와 헤이안 시대 기록과의 차이점에 관한 좀 더 상세한 고찰은 이후의 과제로 삼고자 한다.

Ⅰ. 들어가며

'야마토다마시이(「大和魂」)'라는 용어에 대해서는 일본이 패전하기 전
인 1945년 이전에 사상계, 사학계에서 많이 논의되었다. 그러한 연구는
상당수가 일본의 군국주의의 발판이 되는 것으로 일본고유의 민족정신
으로서 '야마토다마시이'라는 용어를 수용하고 있다. 그리고 당시 문학
계에서도 이 용어는 연구대상이 되고 있었는데, 예를 들어 히사마쓰
센이치는(久松潜一)는 '야마토다마시이'를 '모노노아와레(「もののあはれ」-
사물·사람에 대해 공감하는 것)'에 가까운 우아한 마음이라고 언급한 후,
이로부터 '용맹한 정신, 국가적 정신을 발견할 수 있다(「雄々しさの精神、
国家的精神をも見い出し得る」)'[1]고 하였다. 이케다 기칸(池田龜鑑)은 "야마
토다마시이'란 요컨대 일본인으로서 가지고 있는 본연의 마음으로, 또
한 동시에 조금도 비뚤어짐이 없는 자연스러운 순수한 꾸밈없는 올곧은
인간의 마음이다. 태어나면서 주어진 지, 정, 의의 있는 그대로의 전체
이다(「「やまとだましい」とは要するに日本人としての本然の心であり、また同時に

---

1) 久松潜一,「源氏物語と大和魂」, 島田景二·小林正明 編,『批評集成·源氏物語』五, ゆま
に書房, 1999, pp.251-254.

少しもゆがめられる所のない、自然な純粋な、かざりけのない生一本の人間の心であ
る。生まれながらにして与えられた知、情、意のあるがままの全体である」)'2)라고
논하고 있다. 그리고 요시자와 요시노리(吉沢義則)는 『겐지모노가타리
(源氏物語)』에 처음으로 등장하는 '야마토다마시이'의 예('역시 한학의 재능
을 바탕으로 하여야 야마토다마시이가 세상에 사용되는 방편도 강해질 것이다「な
ほ、才をもととしてこそ、大和魂の世に用ゐらるる方も強うはべらめ」')를 검토하
여 '우선 학문에 의해 다듬지 않으면 야마토다마시이를 천하에 강하게
활동하게 하는 것은 불가능하다. 그 외의 재주는 그것을 돕는 것에
불과하다(「まず学問によって練り上げなければ、大和魂を力強く天下に活動せしめ
ることは出来ない、その他の才はそれを幇助するに過ぎない」)'라고 해석하는 한
편 이 "야마토다마시이'를 국가적 의지를 가지고 항상 국민을 지도하고
있는(「国家的意志を持って、常に国民を指導している」)'3) 정신으로 규정하고
있다.

　패전 후 일본에서는 가치관이 완전히 바뀌어 버리자 '야마토다마시
이'라는 말 자체를 증오하는 경향이 보였고 그것을 입에 담는 것조차
도 꺼리게 된다. 그렇기 때문에 이 '야마토다마시이'라는 용어는 시대
의 영향에 의해 크게 좌우된 개념이고, 그 자체의 의미에 관한 적절한
연구가 이루어지지 않은 것이 현실이다. 이러한 연구 상황에 대한 반
성으로 고대에서 중세까지의 용례를 조사하고 검토한 연구자가 사이
토 쇼지(斎藤正二)이다. 그는 헤이안 시대에서 중세시대까지의 문학작
품에서 확인되는 용례를 분석한 후 이 용어의 의미를 '임기응변적으로
현실적=정치적 문제를 처리할 수 있는 어떤 정신적 능력(「臨機応変に現

---

2) 池田龜鑑,「やまとだましい」,『国語と国文学』第16巻4号, 1939, p.110.
3) 吉沢義則,「少女巻なる「大和魂」の解き方について」, 島田景二・小林正明 編,『批評集
　成・源氏物語』五, ゆまに書房, 1999, p.263.

実的=政治的問題を処理することのできる、なんらかの精神的能力」)'[4]이라고 해석하고 있다. 뿐만 아니라 그는 이러한 '야마토다마시이'의 의미가 일본의 민족정신을 상징한다고 해석된 것은 근세시대 유행한 국학에 의해서라고 분석하였다.

이후 이 '야마토다마시이'에 대한 연구는 1990년대부터 활기를 띠기 시작한다. 그 이유는 일본이 저지른 전쟁과 거리가 있는 세대가, 그렇기 때문에 그것을 객관적으로 분석할 수 있다고 판단했기 때문일 것이다. 그러나 그 연구는 사상계·사학계 쪽에 치우쳐 있고 연구의 대상이 되는 시대도 근세, 특히 국학이 번성했던 시기를 중심으로 이루어지고 있다. 이러한 상황에서 텍스트를 보다 다층적으로 접근할 수 있는 문학에서의 연구가 절실히 필요한 상황이다.

이 논문에서는 이러한 문제의식을 바탕으로 헤이안 시대에서 근세까지의 문헌, 특히 『겐지모노가타리』 주석서를 중심으로 '야마토다마시이'의 의미의 변천에 대해서 검토하고 이 표현이 가지는 다양한 의미의 생성원리를 해명하려고 하는 것이다.

II. 근세 이전의 '야마토다마시이'의 의미

'야마토다마시이'의 첫 번째 용례는 『겐지모노가타리』 소녀권(少女卷)에서 확인된다.

　　(A) 명문가의 자제로 태어나 관위도 생각대로 승진하고 세상의 영화에 익숙하여 우쭐거리면 학문을 배워 고생하는 것은 일체 하고 싶지 않다고

---

　4) 斎藤正二, 『「やまとだましい」の文化史』, 講談社現代親書, 1972, p.297.

생각하게 되는 것 같습니다. 노는 것만을 좋아하고 그래도 생각대로 관위를 얻게 되면 권세에 아부하는 세상 사람들이 속으로는 코웃음을 치면서도 겉으로는 추종하여 비위를 맞추는 동안에는 어쩐지 대단한 사람인 것처럼 생각되어 훌륭하게 보이지만, 시절이 바뀌어 의지할 사람이라고 생각한 분이 먼저 죽고 운세도 기울어져 가면 사람들에게 멸시받고 더 이상 어디에도 기댈 곳이 없는 신세가 되어 버리는 것입니다. **그렇기 때문에 역시 학문을 기본으로 하여야 실무의 재능도 세간에서 존중받는다는 것은 확실한 것입니다.**

> 高き家の子として、官爵心にかなひ、世の中さかりにおごりならひぬれば、学問などに身を苦しめむことは、いと遠くなむおぼゆべかめる。戯れ遊びを好みて、心のままなる官爵にのぼりぬれば、時に従ふ世人の、下には鼻まじろきをしつつ、追従し、気色とりつつ従ふほどは、おのづから人とおぼえてやむごとなきやうなれど、時移り、さるべき人に立ちおくれて、世おとろふる末には、人に軽め侮らるるに、かかりどころなきことになむはべる。なほ、才をもととしてこそ、**大和魂の世に用ゐらるる方も強うはべらめ。**
>
> (少女③22)[5]

이 인용문은 겐지가 아들인 유기리(夕霧)의 관위(官位)를 6위로 하여 대학료(大学寮)에 입학시킨 이유를 유기리의 외할머니에게 설명하고 있는 부분이다. 겐지는 명문가의 자제는 관위도 보장되어 있어 학문을 배우는 고생은 하지 않을 것이다, 노는 것을 좋아하고 그렇게 관위를 얻게 되면 권세에 아부하는 세간의 사람들은 마음속으로는 코웃음을 치면서도 겉으로는 추종하고 비위를 맞출 때는 자신이 훌륭한 사람으로 생각되지만 시대의 흐름이 바뀌어 현인이 먼저 세상을 떠나서 운세도 쇠해버리면 사람들에게 경멸당하고 기댈 곳도 없어진다고 이야기하고 있다. 이 발언은 겐지의 아버지인 기리쓰보(桐壺) 천황이 죽은 후

---

5) 본문의 인용은 秋山虔・阿部秋夫 他 校注, 新編日本古典文学全集 『源氏物語』 ①-⑥, 小学館, 1994-1998에 의하고 권명, 권 수, 페이지 수를 명기하였다.

그 자신이 스마(須磨)에서 유랑한 경험을 바탕으로 하고 있다고 할 수 있다. 계속해서 그는 학문(漢学)을 기본으로 해야 '야마토다마시이'도 존중된다고 덧붙이고 있다. 이 '야마토다마시이'에 대해서 『신편일본 고전문학전집』은 "재(才)', 즉 한학에서 얻은 기본적인 원리를 우리나라의 실정에 맞도록 임기로 응용하는 지혜, 지력(知力)을 '야마토다마시이'라고 한다(「「才」すなわち漢学で得た基本的諸原理を、わが国の実情に合うように、臨機に応用する知恵才覚を「大和魂」という」)'라고 주를 붙이고 있어 한학을 나타내는 '재(才)'[6]와 달리 현실에서 활용할 수 있는 능력으로 야마토다마시이를 해석하고 있다.

헤이안 시대에 이 '야마토다마시이'의 용례는 『곤자쿠모노가타리슈(今昔物語集)』에 1례, 『오카가미(大鏡)』에 1례, 『주가이쇼(中外抄)』에 1례가 확인된다.

『곤자쿠모노가타리슈』의 용례는 「명법박사 요시즈미가 강도에게 살해된 이야기(明法博士善澄被殺強盗語)」(29권 제20)에서 확인되는데 그 내용을 간략하게 정리하면 다음과 같다.

명법박사(明法博士)로 조교(助教)인 기요하라 요시즈미(清原善澄)는 학재에 뛰어나 세간에서도 존중받고 있었다. 그러나 집은 가난하여 평소의 생활에 만족할 수 없는 일이 많았다. 어느 날 그 집에 강도가 들었다. 기요즈미는 순간적인 기지로 툇마루 밑에 숨고 강도는 닥치는 대로 물건을 훔쳐서 나갔다. 그때 기요즈미는 강도가 나간 뒤, "너희들의 얼굴을 전부 봐 두었다. 겐비이시(検非違使)의 별당(別当)에게 호소해서 잡아버리겠다."라고 큰소리로 외쳤다. 그러자 이것을 들은 강도가 돌아와서 기요즈미를 큰 칼로 내려쳐서 죽여 버렸다. 이 일에 대해 내레

---

6) 「才」의 의미는 크게 두 개로 나뉜다. 첫 번째는 한학에서 얻은 지식, 학문이라는 뜻, 두 번째는 와카(和歌)를 읊고 악기를 연주하는 예능(芸能)의 의미가 있다.

이터는,

> 요시즈미는 학재는 훌륭했지만 사려분별이 전혀 없는 사람이어서 이
> 런 유치한 말을 해서 살해당하게 되었다고 이 이야기를 듣는 모든 이들에
> 게 비난받았다고 전해지는 것이다.
> 善澄才ハ微妙カリケレドモ、露、和魂無カリケル者ニテ、此ル心幼キ事ヲ云テ
> 死ヌル也トゾ、聞キト聞ク人ニ云ヒ被謗ケル、トナム語リ伝ヘタルトヤ。
>
> (今昔物語集④352)[7]

라고 매듭짓고 있다. 즉 요시즈미는 학재는 훌륭했지만 '야마토다마시
이'가 부족하기 때문에 유치한 말을 해서 살해당했다는 것이다. 이와
같은 문맥에서 '야마토다마시이'는 현실에 대응할 수 있는 사리분별을
나타내고 있다는 것을 알 수 있다.

『오카가미(大鏡)』의 '야마토다마시이'의 예는 후지와라노 도키히라
(藤原時平)에 대해서 '그런 정치적 능력은 상당하셨지만(「さるは、大和魂
などは、いみじくおはしましたるものを」)'(時平88)[8]이라고 평가하고 있는 부
분에서 확인된다. 그에 대해서는 '나이도 어리고 한학의 재능도 의외
로 떨어져서(「御年も若く、才もことのほかに劣りたまへる」)'(時平74)라고 하
여 한학의 재능이 뒤떨어져 있다고 이야기하는 것이 눈에 띈다. 도키
히라라고 하면 다이고 천황(醍醐天皇) 때 스가와라노 미치자네(菅原道真)
와 함께 대신(大臣)의 자리에 있으면서 미치자네를 좌천으로 몰아넣은
장본인이다. 이러한 도키히라와는 대조적으로 미치자네에 대해서는
'우대신은 한학의 재능이 뛰어나서 훌륭하시고 마음의 배려도 의외로
훌륭하십니다(「右大臣は才世にすぐれめでたくおはしまし、御心おきても、こと

---

7) 馬淵和夫 他 校注, 新編古典文学全集 『今昔物語集』④, 小学館, 2001.
8) 橘健二・加藤静子 校注, 新編古典文学全集 『大鏡』, 小学館, 1996.

のほかにかしこくおはします」)'라는 식으로 학문적 재능에서도, 정치적인 배려에서도 훌륭하다고 묘사되어 있다. 여기에서 확인되는 '야마토다마시이'의 예는 다이고 천황이 사치를 엄격히 금했는데도 불구하고 도키히라가 눈에 띄는 옷을 입고 궁중에 나타나자 이것을 본 천황이 화를 낸 것을 안 그가 스스로 주거지의 문을 닫고 한 달 동안이나 바깥출입을 삼갔다는 일화와 관련된 것이다. 다시 말해서 도키히라는 근신이라는 태도를 취했을 뿐만 아니라 그것을 한 달이나 계속함으로써 세상의 사치도 억제했던 것이다. 이러한 도키히라의 유연한 처세 방법을 '야마토다마시이'라고 하고 있는 것이다.

이상의 두 개의 용례에서 '야마토다마시이'는 『신편일본고전문학전집』이 지적하고 있는 대로 '임기응변적으로 응용하는 지혜, 재능'이라고 우선은 해석해도 무방할 것이다.

그렇다면 헤이안 시대의 한학의 실태는 어떠한 것이었고, 그 가운데에서 '야마토다마시이'는 어떻게 자리매김할 수 있을까?

앞에서 인용한 『겐지모노가타리』의 예를 그대로 번역하면 한학을 바탕으로 해야 '야마다마시이'도 기능할 수 있다는 의미가 되어 이 작품이 한학을 중요시하고 있는 것을 알 수 있다, 이러한 논리는 기리쓰보 천황이 죽은 뒤 정세가 급변하여 고키덴뇨고(弘徽殿女御)를 중심으로 한 우대신 측이 실권을 장악했을 때 겐지가 근심하는 마음을 위로하는 수단으로 박사와 함께 한시를 만들고 한학을 난세를 살아가는 힘으로 여기는 것에서도 알 수 있다(賢木②139-143). 그러나 그것뿐만 아니라 이 이야기는 헤이안 시대에 한학과 그것에 몸담는 학자들에 대한 세간의 인식을 여실이 전해주고 있다. 예를 들면 유기리의 스승인 한학자 다이나이키(大內記)에 대해서는 '다이쇼가 술잔을 권하니 완전히 취해 있는 얼굴 모양은 정말이지 홀쭉하게 말랐다. 이 다이나이

키는 굉장히 특이한 자로 학문에 비해서는 세상에서 이용되지 않고 사람관계도 나쁘고 가난한데 대신이 인정할 만한 점이 있다고 하셔서 이렇게 특별히 부르신 것이다.(「大将、盃さしたまへば、いたう酔い痴れてをる顔つき、いと痩せ痩せなり。世のひがものにて、才のほどよりは用ゐられず、すげなくて身貧しくなむありけるを、ご覧じうるところありてかくとりわき召し寄せたるなりけり」'(少女③29)라는 것처럼 학문에 전념하는 전문가로서 다이나이키는 겐지에게 인정을 받으면서도 성질이 별난 사람이고 학문을 연마한 것에 비하면 세상에서 기용되지 못하고 있다고 평가를 받고 있는 것이 확인된다. 또한 기리쓰보 천황의 한학에 대한 발언에도,

> 학식이라는 것을 세상에서 너무나 중요시하기 때문인가 깊이 탐구한 사람으로 장수와 행운을 함께 가지는 일은 좀처럼 드물다. 높은 신분으로 태어나 그런 것을 하지 않아도 사람들에게 뒤질 리 없기 때문에 무리하게 이 길에 깊이 관여하지 않도록 하고 훈계하시어 정식 학문과는 다른 예능 전부를 가르쳐주셨는데, 그 방면으로는 잘 하는 사람도 없고 그렇다고 해서 특히 이렇다 할 만큼 잘하는 것도 없었습니다.
>
> 才学といふもの、 世にいと重くするものなればにやあらむ、 いたう進みぬる人の、命、幸ひと並びぬるはいと難きものになん。品高く生まれ、さらでも人に劣るまじきほどにて、あながちにこの道な深く習ひそと諫めさせたまひて、本才のかたがたのもの教へさせたまひしに、拙きこともなく、またとりたててこのことと心得ることもはべらざりき。
>
> (絵合②388-389)

라는 것처럼 학문에 전념하고 깊이 연구하는 일을 피하고 있었던 실태가 확인된다. 그러나 그와 함께 이 문장 뒤에는 '원 앞에서 친왕, 내친왕 등 모두 각각의 재능을 익히게 하지 않은 것이 있을까요. 그 중에도 특히 마음을 써서 전수한 보람이 있어서 문장의 재능은 말할 것도 없고 그렇지 않은 것 중에는 금을 타게 하는 것이 최고의 재능으로 다음으로

는 피리, 비파, 쟁의 금을 배우신다고 천황도 생각하셨다(「院の御前に
て、親王たち、内親王いづれかはさまざまとりどりの才ならはさせたまはざりけむ。
その中にも、とりたてたる御心に入れて伝へうけとらせたまへるかひありて、文才を
ばさるものにていはず、さらぬことの中には、琴弾かせたまふことなん一の才にて、
次には横笛、琵琶、箏の琴をなむ次々に習ひたまへると、上も思しのたまはせき」)'
(絵合②390)라고 서술하고 있는 것에 주의해야 한다. 이 인용문은 헤이
안 시대에는 학문뿐만 아니라 그림과 악기의 연주 등에도 정통하는
교양주의가 귀족의 이상적인 모습으로 간주되고 있었다는 것이 드러
나는 것이다. 바로 히카루 겐지는 그 체현자로서 조형되고 있는 것인데
이와 같은 점에서 한학을 중시하고 폭넓은 교양을 추구하는 헤이안
시대 귀족의 이상형과는 거리가 먼 현실에서의 기지가 부족한 전문가
로서 한학자를 깔보는 현상이 보여,[9] 작품 안에서 그들의 얼굴이 '도화
사처럼 우스꽝스럽고 볼품없으며 꼴불견인 것(「猿楽がましくわびしげに人
わろげなる」)'(少女③25)이라고 희화화되어 있는 것은 이 시대의 성격을
나타내는 것이라고 판단된다.

　일본에서 유학은 9세기가 전성기였다. 그러나 이후 일본에서는 유
학관료라는 이념이 결국 정착되지 못했다. 그 이유로는 '중국에서는
한대에 유교 국교화 및 학문진흥과 향거리선(鄕擧里選) 제도가 만들어
져 향촌의 민의를 대변하는 것으로서 유교관료라는 이념이 형성되었
다. 그렇기 때문에 관리의 지위에 앉기 위해서 또는 향촌에 대한 지배
력을 강화하기 위해서는 학문이 필수요소였다. 과거제도는 바로 이러
한 유교관료의 이념을 대표하는 것인데 일본에서는 민의를 대변하는
것으로서 유교관료라는 이념은 끝내 자리 잡지 못했다.(「中国においては

---

9) 이것에 대해서는 藤原克己, 「幼な恋と学問—少女巻—」, 『源氏物語講座』 三, 勉誠社,
　1992을 참조하기 바람.

漢代に儒教国教化および学問振興と郷挙里選の制度が作られ、郷村の民意を代弁す
るものとしての儒家官僚という理念が形成された。それゆえに、官途につくために、
あるいは郷村に対する支配力を強めるためには学問が必須の要素になっていた。 科
挙制度はまさにこうした儒家官僚の理念を代表するものであったが、 日本において
は民意を代弁するものとしての儒教官僚という理念はついに根付くことができな
かった」'10)라고 설명하고 있다. 일본에서는 대학료에도 귀족의 자식이
입학하게 되어 있고 섭관정치에 의한 세습이 이루어져 정치에 민의를
반영하는 시스템은 구축되어 있지 않았던 것이다. 이와 같은 상황은
섭관가가 행하는 정치가 문장경국(文章経国), 혹은 민의를 대변한다는
유교의 이념과는 거리가 먼 것을 의미한다. 이와 같은 실태는『주가이
쇼(中外抄)』11)에서도 '섭정, 관백은 반드시 한학의 재능을 갖추고 있지
않아도 야마토다마시이만 훌륭하다면 천하는 다스릴 수 있다(「摂政関
白は、必ずしも漢才候はねども、やまとだましひだにかしこくおはしまさば、天下は
まつりごたせ給ひなん」)'(下巻338)라고 서술되어 있어, 현실적인 기지, 지
혜만 있다면 정치는 가능하다는 당시의 현실상황을 이야기하고 있는
것이다. 앞서 언급한『오카가미』안에서 확인되는 도키히라의 예도
이와 관련되는 것으로, 그것은 10세기 무렵에 이미 이와 같은 시대적
분위기가 형성되고 있었다는 것을 나타내고 있는 것이다.

　『겐지모노가타리』에서 확인되는 '한학의 재능(「才」)'과 '야마토다마
시이(「大和魂」)'와의 관계에 대해서 고려해야 할 것은 이상에서 서술한
헤이안 시대의 유교의 모습이라고 해야 할 것이다. 이념이 결여된 유
연한 사고를 의미하는 '야마토다마시이'는 본래 유가 관료의 이념을

---

10) 藤原克己,『菅原道真と平安朝漢文学』, 東京大学出版会, 2001, p.7.

11)『中外抄』는 헤이안 시대 말기를 살아간 관백(関白) 후지와라노 다다자네(藤原忠実)의
　 담화를 기록한 것이다. 인용은 山根対助・池上洵一 校注, 新編日本古典文学大系『江談抄
　 中外抄 富家語』, 岩波書店, 1997에 의한다.

가진 '한학의 재능(「才」)'을 바탕으로 해야만 활용할 수 있다는 것이 『겐지모노가타리』의 용례에 대한 정확한 이해일 것이다. 다시 말해서 이 예는 당시 정치에 대한 엄격한 비판을 나타낸 것이라고 파악할 수 있다. 그렇기 때문에 히카루 겐지가 그의 후견인이 죽자 사람들에게 멸시를 당하고 의지할 곳도 사라져버리는 사태를 피하기 위해서 아들인 유기리에게 학문을 배우게 한 것이라는 점은 쉽게 추측할 수 있을 것이다.

헤이안 시대 이후 중세시대의 '야마토다마시이'의 용례는 어떻게 해석할 수 있을까? 이 표현은 『구칸쇼(遇管抄)』12)와 『에이햐쿠료와카(詠百寮和歌)』13)에서 각각 1례씩 확인된다.

그렇지만 긴자네의 인품, 일본의 학문과 한학의 재능이 뛰어나 스가와라노 미치자네의 후계자라도 된다면, 또한 지소쿠인도노보다도 인품과 '야마토다마시이'가 뛰어나 견식이 있는 사람들도 사네스케 등과 같이 생각하신다면 이야기는 달라진다.

サリトテ又公実ガラノ、和漢ノ才ニトミテ、北野天神ノ御アトヲモフミ、又知足院殿ニ人ガラヤマトダマシイノマサリテ、識者モ実資ナドヤウニ思ハレタラバヤアランズル。 　　　　　　　　　　　　（『愚管抄』卷第四「鳥羽」203-204）

문장박사 새로운 책을 봐도 어둡지가 않고 잘 이해할 수가 있구나. 야마토다마시이 덕분에

---

12) 『愚管抄』는 지엔(慈円)의 저서로 1220년에 성립하였다. 岡見正雄・赤松俊秀 校注, 日本古典文学大系 『愚管抄』, 岩波書店, 1967.

13) 『에이햐쿠료와카(詠百寮和歌)』는 15세기 후반에 성립했다고 추측된다. 발문(跋文)에는 '요즘 백수 와카를 읊는 이유는 돌아가신 뉴도노 오토도의 일본, 중국의 모든 관인의 장이 하는 일을 기록하시어(「このころ百首和歌をよめる意趣は故入道大殿のやまともろこしの百官の掌侍る事をしるされて」)'라고 쓰여 있는데, 続群書類聚完成会, 『群書解題六』, 1960는 이 '돌아가신 뉴도노 오토도'를 이치조 가네요시(一条兼良)라고 해석하고 있다. 群書類聚, 『詠百寮和歌』, 続群書類聚完成会, 1959.

文章博士 新しき文を見るにもくらからじ読み開きぬる大和と玉しゐ
(『詠百寮和歌』)

『구칸쇼(愚管抄)』의 인용문은 도바 천황(鳥羽)이 즉위할 때의 일화이다. 천황의 어머니는 후지와라노 사네스에(藤原実季)의 딸인 이시(茨子)로, 후지와라노 긴자네(藤原公実)는 이시의 오빠이고 도바 천황의 외삼촌에 해당한다. 그런 점에서 그는 섭정의 지위에 오르고 싶다고 시라카와 상황(白河上皇)을 찾아가 졸랐다. 한편 미나모토노 도시아키(源俊明)는 상황에게 후지와라노 다다자네(藤原忠実)를 섭정으로 하겠다는 답변을 얻는다. 결국 긴자네는 원하는 것을 얻지 못했다. 인용한 부분은 작자 지엔(慈円)이 쓴 이 사건에 관한 비평문으로, 만약 긴자네의 인품이 학문과 한학의 재능이 뛰어난 스가와라노 미치자네(菅原道真)의 뒤를 잇는 다면 또한 후지와라노 다다자네보다도 인품과 '야마토다마시이'가 뛰어나 견식이 있는 사람들로부터 후지와라노 사네스케(藤原実資)처럼 인정받는다면 이야기는 달라진다고 평하고 있다. 이 문장에서는 정치를 하기 위해서는 훌륭한 인품과 함께 '야마토다마시이'가 있으면 섭관이 될 수 있다는 당시의 현실과 동시에 일본 고유의 학문과 한학의 재능도 정치가의 요건으로 작용해야 한다는 정치가의 이상상이 동시에 확인되는 것이다.

『에이햐쿠료와카』는 16세기 후반에 성립했다고 추측되는데 관직에 있는 사람들을 위한 계몽서와 같은 성격을 가지고 있다. '야마토다마시이'의 용례는 문장박사(文章博士)라는 항목에 있는데 그것을 자세히 해석해 보면 '유입되는 새로운 한적을 읽어도 잘 이해할 수 있는데 그것은 해독할 때 야마토다마시이가 작용했기 때문이다'라는 정도의 의미가 된다. 그렇다면 이 노래는 '야마토다마시이'가 있어야 한적의 의

미를 이해할 수 있다는 뜻이 되어『겐지모노가타리』에서 한학을 바탕
으로 해야 '야마토다마시이'가 기능할 수 있다는 의미가 역전되고 있
다는 것을 알 수 있다. 시대의 변화에 따라서 '야마토다마시이'의 위상
이 크게 달라졌다는 것을 나타내고 있는 것이다.

　이상과 같이 헤이안 시대와 중세 초기의 문헌에서 보이는 '야마토다
마시이'라는 표현은 한학의 재능을 가리키는 '재(「才」)'라는 표현, 혹은
한학과 관계있는 인물과 함께 사용되고 있는 것을 알 수 있다. 그러나
이들은 반드시 '한학의 재능(才)'과 '야마토다마시이(「大和魂」)'를 대
립하는 것으로 간주하고 있지는 않다. 야마토다마시이도 정치에는 필
요하고, 그러나 그것은 정치적 이념을 가지고 있지 않기 때문에 '한학
의 재능(「才」)'이 그 바탕에서 기능해야 한다는 것이다. 즉 양자는 정치
가로서 갖추어야 할 자질로 그것이야말로 헤이안 시대의 이상이었던
것이다. 그러나 무로마치 시대(室町時代, 1336-1573)가 되면『에이햐쿠
료와카』의 예에서 알 수 있듯이 변화하고 있다. 이미 '야마토다마시이'
를 원래의 의미로 파악할 수 없는 시대가 도래한 것을 시사하고 있는
것이다.

Ⅲ.『겐지모노가타리』주석서와 근세의 '야마토다마시이'

　앞장에서는 헤이안·중세시대 작품에서의 '야마토다마시이'의 의미
에 대해서 고찰해 봤는데 본장에서는 앞서 인용한『겐지모노가타리』
소녀권(少女巻)의 본문(A)에 관한 중세에서 근세까지 모든 주석과 그와
관련해서『겐지모노가타리』의 주석에 관여한 근세 국학자의 '야마토
다마시이'에 대한 해설을 생각해 보도록 하겠다.

　가장 빠른 예로『가카이쇼(河海抄)』(1362-1368년 사이에 성립. 요쓰쓰지

요시나리(四辻善成) 저)를 들 수 있다. 이 문헌은 '야마토다마시이'에 대해서 '야마토다마시이(「やまとたましゐ」) 화국혼(「和国魂」) 화재혼백(「和才魂魄」)'이라고 기록하고 있다. '화재혼백'에 대해서 생각해 보면 '화재(「和才」)'란 와카(和歌)・와문(和文)을 만드는 능력을 가리킨다. '혼백(「魂魄」)'은 '혼(「魂」)'[14]을 의미하며 여기에서는 '재(「才」)'(한학의 재능)와 화재(「和才」)를 대비시키고 있는 것이 확인된다. 이러한 점에서 이 주석서는 '야마토다마시이'를 와카・와문을 만드는 혼(정신)이라고 해석하고 있다는 것을 지적할 수 있다.[15]

이『가카이쇼』다음으로 성립한『가초요세이(花鳥余情)』(1472년 성립, 이치조 가네요시(一条兼善) 저)는 '우리나라의 옳고 그름을 판단하는 마음이다(「わか国のめあかしになる心也」)'라고 주를 붙이고 있어 '야마토다마시이'를 일본인들을 이끄는 이념이 되는 정신으로 파악하고 있다는 것을 알 수 있다. 그리고『반스이이치로(万水一露)』는 이 양자의 설을 이어받는 형태로 '일본의 옳고 그름을 판단하는 마음 등이라고 하는 것이다. 화국혼(「日本の目あかしなと云心也和国魂」)'이라고 적고 있다. 또한『모신쇼(孟津抄)』는『가초요세이(花鳥余情)』의 설을 이어받은 후 그 위에 '중국의 학문을 널리 배워야만 일본에 대한 것도 알 수 있는 것이다(「もろこしの文を広く学びてこそ、日本の事をも知るべきと也」)'라고 덧붙이고 있다.

이러한 주석서들은 주로『가초요세이(花鳥余情)』설을 계승하고 그 위에 자신의 설을 첨부하는 경향이 보인다. 그러나『가카이쇼』의 경우도,『가초요세이』의 경우도, '야마토다마시이'의 의미는 헤이안 시대에 통용되던 것과 크게 다르다는 점을 지적할 수 있다.『가카이쇼』는

---

14) 「魂(たましひ)」에는 사람의 근원을 이루고 사람의 몸에서 이탈하는 것이라는 의미뿐만 아니라 10세기 후반이 되면 분별력, 혹은 재기(才気)라는 의미도 생기게 된다.
15)『고게쓰쇼(湖月抄)』는 '화재의 혼백(「和才ノ魂魄ト也」)'이라고 기술하고 있어 이 해석을 참조하면 그 의미는 더욱 명백해진다.

한학의 재능을 가리키는 '재(「才」)'에 대해서 와카, 와문의 재능을 나타
내는 '화재(「和才」)'를 들고 나와 그 근본을 이루는 혼으로 '야마토다마
시이'를 파악하고 있고 『가초요세이』는 일본 사람들을 이끄는 이념이
되는 정신으로 그 의미를 전환시키고 있다. 또한 『모신쇼』의 설도 '현
실적인 임기응변 능력'이라는 의미를 상실한 채 일본의 것을 이해하는
것이라는 식으로 일본론으로 귀결시키고 있다.

그렇다면 근세의 주석서는 이 '야마토다마시이'라는 표현을 어떻게
생각하고 있었을까?

근세의 많은 국학자들이 『겐지모노가타리』주석서를 집필한 것은
주지의 사실이다. 국학의 대표자인 가모노 마부치(賀茂真淵)는 『겐지모
노가타리신석(源氏物語新釈)』를 남기고 있는데 '야마토다마시이'라는
항목에서,

　　이 무렵에는 오로지 한학을 가지고 천하를 다스리는 것이라고 생각하
였기 때문에 이렇게 쓰고 있는 것이다. 그렇지만 황조의 옛 천황의 위성
으로 백성이 평안했던 모습은 단지 무위를 보여서 백성을 다스리고 그렇
게 천지의 마음에 맡겨 다스리신 것이다. 사람의 마음을 가지고 만들었다
고 할 수 있는 이학으로는 그 나라도 다스려진 적은 없는 것을, 너무나
믿은 나머지 천황은 겸손하고 고귀하여 신하에게 세상을 빼앗기신 것이
다. 이러한 일까지는 이 무렵 사람들이 알 수 있는 것이 아니고 여자가
헤아릴 수 있을 리가 없다.

　　此頃となりては専ら漢学もて天下は治る事とおもへはかくは書たる也、されと皇
朝の古皇威盛に民安かりける様はたた武威をしめして民をまつろへさて天地の心に
まかせて治給ふなり、 人の心もて作りていへる理学にてはその国も治りし事はなき
を偏に信するか余りは天皇は殷々として尊に過給ひて臣に世をとられ給ひし也、か
かる事までは此頃の人のしる事ならすして女のおもひはかるへからす。

(『源氏物語新釈』72)[16]

라고 말하고 있다. 상당히 상세한 주석으로, 이 서술은 『겐지모노가타리』가 쓰인 시대에는 오로지 한학이 천하를 다스리는 것이라고 생각했기 때문에 이와 같이 서술하고 있지만 고대에 천황이 권위를 가지고 백성이 평안하게 산 것은 단지 무력과 권위를 보임으로써 백성들이 따르게 하고 그렇게 해서 천지의 마음에 따라 통치했기 때문이다, 사람의 마음으로 만들어졌다는 이학(한학)으로는 그 나라(중국)도 다스려진 적이 없는데 그것을 맹신한 나머지 천황은 신하에게 세상을 빼앗긴 것으로, 『겐지모노가타리』의 저자인 무라사키 시키부(紫式部)는 이 사실을 알 리가 없다는 내용이다. 이 가모노 마부치(賀茂眞淵)의 주장에는 헤이안 시대 한학을 바탕으로 한 정치의 폐해와 고대에 천지의 마음으로 정치를 행한 것에 대한 칭찬을 기술하고 있다. 즉 여기에서는 '야마토다마시이'의 의미를 직접 설명한 것은 아니지만 그것이 고대 정치의 근본이 된 정신이고 천지의 마음과 상통한다는 이해를 읽어낼 수 있는 것이다. 이와 같은 한학의 배제의식이 국학의 핵심인 것은 잘 알려져 있지만 고대 왕권을 중시하는 생각이 '야마토다마시이'라는 용어와 견고하게 연결되어 설명이 전개되고 있는 것에 주의해야 한다.

또한 가모노 마부치의 다른 저서에서도 이 '야마토다마시이'의 용례를 확인해 볼 수 있다.

　　국학에 입문할 때 바르지 않게 들어서는 것은 좋지 않다. 잘못된 길로 들어가 배운 것은 진짜가 되어 일본인 본래의 정신을 잃어버리면 우연히 좋은 것을 들어도 곧고 깨끗한 고대의 도에 들어가기 힘들 것이다.
　　ものの始、わろく入り立ちにしこそ苦しけれ。万よこしまにも習へば、心となるものにて、もとのやまと魂を失へりければ、たまたま良き筋の事は聞けども、直く

---

16) 秋山虔・鈴木日出男 編, 『賀茂眞淵全集』 十四, 続群書類聚完成会, 1962.

清き千代の古道には行き立ちがてになむある。　　　　　　　(『歌意考』555)[17]

　　이렇게 고킨가집만을 배우는 사람이 있는데 거기에는 마음이 좁고 지나치게 기교적인 것이 많아서 아래시대의 사람이면서 그 좁고 기교적인 것에 마음이 끌려 **높고 곧은 야마토다마시이**를 잃어버린 것이다. 따라서 그것이 점점 더 나빠져서 결국 마음이 심란해지고 소리를 내어 소란을 부리고 손짓을 하게 된 것이다.

　　かくて古今歌集をのみまねぶ人あれど、　彼れには心沰巧みに過たる多ければ、下れる世人のくせにて、そのことせばく巧めるにこころよりて、**高く直きやまと魂**を忘るめり。よりてそれが下に降ちに降ちて、終に心くるほしく、言ささき手ぶりとなん成ぬる。　　　　　　　　　　　　　　　　(『にひまなび』360)[18]

　　『가의고(歌意考)』라는 가론서는 마부치가『만요슈(万葉集)』를 존중하는 입장을 명확하게 나타낸 것으로, 인용한 본문에도 처음에 무언가를 배울 때에는 올바르게 배워야 하며 그렇지 않으면 원래 가지고 있었던 '야마토다마시이'를 잃고 '올바르고 깨끗한 천대의 고도', 즉 솔직하고 순수한 고대의 세계로 들어가는 것이 불가능해진다고 설명하고 있다. 이것은 이 가론서가 '아아, 상대시대에는 사람들의 마음이 한결같이 곧았다.(중략) 노래를 부를 때에도 한결같이 하나의 마음으로 부르고, 말도 바른 일상의 언어로 계속하기 때문에 계속된다고 생각하지 않아도 계속되고 부르지 않는데도 부르는 것 같다(「あはれあはれ、上つ代には、人の心ひたぶるに、直くなむありける。(中略)うたふもひたぶるに一つ心にうたひ、言葉も直き常の言葉もて続くれば、続くとも思はで続き、調ふともなくて調はりけり」)'(『歌意考』549)라고 첫머리에서 제시하고 있는 것처럼, 그가 중국의 영향이 미치지 않았다고 생각하는『만요슈』의 시대를

---

17) 橋本不美男・有吉保 他 校注, 「歌意考」, 新編日本古典文学全集『歌論集』, 小学館, 2002.
18) 平重道・阿部秋夫 校注, 日本思想大系『近世神道論 前期国学』, 1972.

이상으로 삼고 있으며, 따라서 순수하고 솔직한 마음이 표현되어 있는『만요슈』를 학습의 출발점으로 해야 한다고 역설하고 있는 것이 나타난다. 또한『니이마나비(にひまなび)』에서도 '높고 곧은 야마토다마시이'(굵은 글씨)라는 표현이 확인되어, 가모노 마부치가 '야마토다마시이'를 솔직하고 정결한 일본 고유의 정신으로 인식하고 있다는 점이 드러나고 있다.

　이러한 마부치의 설을 이어받아 일한(和漢)의 대립을 궁극적인 형태로 만들어 낸 것은 바로 모토오리 노리나가(本居宣長)이다. 그는『겐지모노가타리』와 관련된 것으로 개괄서의 성격을 가진『시분요료(紫文要領)』와 주석서인『겐지모노가타리 다마노오구시(源氏物語玉の小櫛)』를 집필하였다.『겐지모노가타리』각권에 대해서 자세하게 서술하고 있는 것은 주석서인『다마노오구시』쪽인데 그러나 이 주석서에는 '야마토다마시이'에 관한 해석은 보이지 않는다. 단 앞서 인용한 본문에서도 확인할 수 있는 것처럼 와(和=일본)과 한(漢=중국)에 관한 그의 사고는 많은 저서에서 일괄적으로 관통하는 주제로, 그것이 중국의 것에 관해서는 '가라고코로(「漢意」)'라는 단어로 표현되고 그와 함께 일본에 관해서는 '미쿠니다마시이(「皇国魂」)', '야마토다마시이'라는 표현이 쌍을 이루고 있다.19) 이 '가라고코로'라는 표현은 가모노 마부치가 처음으로 사용하기 시작한 것으로,20) 노리나가의 저작 가운데에서는 1790년 전후가 되면 이 표현이 증가한다. 그 중에서 노리나가가 만년에 집필한『우이야마부미(うひ山ぶみ)』는 '야마토다마시이'를 포함한 문맥에서 그 대비되는 개념으로 반드시 '가라고코로'라는 표현을 사용하고

---

19) 田中康二,「「漢意」の成立と展開」,『本居宣長の思考法』, ぺりかん社, 2005, p.205.
20) 상게서, p.217.

있는 점에서도 주목해야 할 것이다. 이 서적은 그의 사고가 완성된 후에 집필된 것으로, 뿐만 아니라 국학의 목적과 방법을 설명하는 입문서라는 성격에서 그의 사상을 집대성한 것이라고 판단된다. 이 저서 안에는 '야마토다마시이'라는 표현이 6례 확인되는데 그 중에서 다음의 3례에 대해서 살펴보고자 한다.

(B) 또한 초학자는 나의 저술인『신대정어』를 몇 번이고 읽어서 고어의 모습에 익숙해지고, 그리고『나오비노미타마』『다마호코햐쿠슈』『다마쿠시게』『구즈바나』등을 처음부터 두 개의 경전과 함께 읽는 것이 좋을 것이다. 그렇게 하면 두 경전에 쓰여 있는 사건의 흔적에 도가 갖춰져 있는 것도, 도의 개략도 대체로 이해할 수 있을 것이다. 그러한 책들을 빠른 시일 안에 읽어 두면 야마토다마시이가 견고해져서 가라고코로에 빠지지 않게 될 것이다. 도를 배우려고 하는 자는 첫 번째로 가라고코로, 유교의 태도를 깨끗이 씻어내어 야마토다마시이를 확실하게 가지는 것이 무엇보다도 중요한 것이다.

又、初学の輩は、宣長が記したる神代正語を数十遍よみて、その古語のやうを口なれしり、又直日のみたま・玉矛百首・玉くしげ・葛花などやうの物を、入学のはじめより、かの二典と相まじへてよむべし。然せば、二典の事跡に道の具備はれることも、道の大むねも、大抵に合点ゆくべし。又、件の書どもを早くよまば、やまとたましひよく堅固まりて、漢意におちいらぬ衛にもよかるべき也。道を学ばんと心ざすともがらは、第一に漢意・儒意を清く濯ぎ去りて、やまと魂をかたくする事を要とすべし。　　　　　　　　　　　　　　　　　　　（「道の学問」57-58)

(C) 한적을 읽는 것도 학문을 위해서는 유익한 것이다. 야마토다마시이조차 견고하게 흔들리지 않으면 항상 한문만 읽는다고 해도 그것에 현혹될 걱정은 없다. 그러나 보통 사람은 어쨌든 야마토다마시이가 견고해지기 어렵기 때문에 한적을 읽으면 말에 현혹되어 뒷걸음질 치기 쉬워진다.

からぶみをもまじへよむべし。

漢籍を見るも、学問のために益おほし。やまと魂だによく堅固まりて、動くこと

なければ、昼夜からぶみをのみよむといへども、かれに惑はさるるうれひはなきな
り。然れども、世の人、とかく倭魂かたまりにくき物にて、から書をよめば、その
ことよきにまどはされて、たぢろきやすきならひ也。　　　　（「からぶみ」168)[21]

(B)는 고도(古道)를 배우는 방법에 대해서 언급한 것이다. 초학자는
나(노리나가)의 저술인『신대정어(神代正語)』를 몇 번이고 읽어서 고어
의 모양에 익숙해진 후『나오비노미타마(直日のみたま)』, 『다마보코햐
쿠슈(玉矛百首)』, 『다마쿠시게(玉くしげ)』, 『구즈바나(葛花)』 등을 처음부
터 2개의 책(『고사기(古事記)』, 『일본서기(日本書紀)』)과 함께 읽는 것이 좋
다. 그렇게 하면 2개의 책에 기록된 사적에 도(道)가 있는 것도, 도의
개략도 대체로 이해할 수 있다. 그것을 빨리 읽어두면 '야마토다마시
이'가 견고해져 '가라고코로'에 빠지는 일이 없어진다. 도를 배우고자
하는 자는 가장 먼저 '가라고코로'를 없애고 '야마토다마시이'를 가지
는 것이 중요하다고 주장하고 있다.

(C)는 한적(漢籍)을 읽을 때 주의해야 할 사항에 대해서 이야기하고
있는 것으로, 야마토다마시이만 견고하다면 한문과 가까워져도 그것
에 현혹되는 일은 없는데 그러나 보통 사람들은 야마토다마시이가 견
고해지기 어렵기 때문에 중국문헌을 읽으면 현혹되기 쉽다고 하고 있
다. (B)에서 노리나가가 이상으로 삼고 있었던 것이『고사기』, 『일본
서기』에 그려진 고도(古道)의 세계라는 것을 알 수 있고 야마토다마시
이는 가모노 마부치가 주장한 고대의 솔직하고 깨끗한 마음과 통하고
있다는 것이 드러나는 것이다.

이러한 용례들은 공통적으로 '야마토다마시이'를 견고하게 하기 위
해서는 '가라고코로'를 없애고 그것에 현혹되지 않는 것이 우선이라고

---

21) 本居宣長, 『うひ山ぶみ』, 講談社学術文庫, 2009.

하고 있다. 그렇다면 노리나가가 주장하는 '가라고코로'란 구체적으로 무엇인가? 『다마카쓰마(玉勝間)』 제1권 「가라고코로(からごころ)」에는 다음과 같은 문장이 확인된다.

> 가라고코로란 중국풍을 좋아하고 그 나라를 중요시하는 것만을 일컫는 것이 아니라 대체로 세상 사람들의 여러 일에 관한 선악과 옳고 그름을 논하고 사물의 이치를 정하여 말하는 종류, 모든 것이 한적의 취향을 일컫는다.
> 漢意とは、漢国のふりを好み、かの国をたふとぶのみをいふにあらず、大かた世の人の、万の事の善悪是非を論ひ、物の理をさだめいふたぐひ、すべてみな漢藉の趣なるをいふ也
> 　　　　　　　　　　　　　　　　　　　　　　　　　　　　　　　　　　　　　　（『玉勝間』 33-34)[22]

　노리나가가 정의하는 '가라고코로'란 모든 것의 좋고 나쁨을 논의하고 사물의 도리를 정하는 것을 나타내고 있다. 이 '가라고코로'과 쌍을 이루고 있는 '야마토다마시이'의 내실은 결국 밝혀지지 않았지만 그러나 이러한 주장에서 추측할 수 있는 것은 '야마토다마시이'가 선악의 옳고 그름을 판단하는 이치가 아니라 감정의 움직임을 중시하는 것이라는 점이다. 그렇다면 이것은 노리나가가 『겐지모노가타리』의 주제이고 독자의 자세로서 지적하고 와카의 특징으로 제시한 '모노노아와레'와도 결부되어 있다는 것을 지적할 수 있을 것이다.

　이와 같이 『겐지모노가타리』에서 모토오리 노리나가로 '야마토다마시이'의 의미는 명확하게 변화하고 있다. 요컨대 '야마토다마시이'는 『겐지모노가타리』에서는 '한학의 재능(「才」)'이라는 표현과 함께 사용되어 이념을 바탕으로 한 현실에서의 재치라는 의미로 쓰였는데 이것이 근세 국학에서는 '가라고코로'와 첨예한 대립을 이루는 개념으로

---

22) 本居宣長, 『玉勝間』 上, 岩波文庫, 1934.

변모하고 있는 것이다. 이와 같은 변화에는 시대의 분위기가 크게 작용했다고 할 수 있는데 이러한 해석의 하나의 근거로서는 앞서 서술한 『겐지모노가타리』 주석에서의 오독의 영향도 무시할 수 없다. 물론 이러한 주석서에서 보이는 '야마토다마시이'가 마부치와 노리나가 주장한 바와 같이 고대를 이상으로 삼은 고결하고 순수한 민족의 혼으로 의식되고 있었던 것은 아니다. 그러나 화재(和才)를 발휘하기 위한 혼이라고 하는 생각, 혹은 일본 사람들을 선도하는 정신이라고 하는 견해는 중국과는 분리된 일본이라는 의식을 나타내고 있고 마부치와 노리나가가 '야마토다마시이'를 일본의 민족정신으로 이해하는 근거를 주는 것이다. 뿐만 아니라 『에이햐쿠료와카』가 전거(典拠)로 삼고 있는 것이 『가초요세이』의 주석자인 이치조 가네요시(一条兼良)의 저작이라는 것을 생각하면23) 중세 중기 이후의 '야마토다마시이'에 대한 해석의 변화가 후대에 큰 영향을 미치고 있다는 것을 이해할 수 있다.

『가카이쇼』와 『가초요세이』는 『겐지모노가타리』 주석사에서 가장 후세에 많은 영향을 미친 것이다. 그렇기 때문에 『겐지모노가타리』의 강의와 주석에 참가한 마부치와 노리나가가 이 서적을 봤을 가능성은 쉽게 추측해 볼 수 있는데, 그렇기 때문에 국학에 의한 일본 사상의 변화는 앞 시대의 학문성과를 발판으로 한 것이라는 점에 주의해야 할 것이다.

IV. '야마토다마시이'에 관한 이견(異見)

앞장에서는 근세의 국학, 특히 가모노 마부치와 모토오리 노리나가가

---

23) 주13) 참조.

에게 '야마토다마시이'의 의미가 중세『겐지모노가타리』주석서의 영
향을 받아서 성립된 것이라는 점에 대해서 언급하였다. 그렇다면 근세
의 '야마토다마시이'에 대한 해석이 이와 같이 고대 일본에 대해서 찬
양하는 것밖에 없었는가 하는 의문을 가지게 된다. 이후에는 이에 대
해서 살펴보고자 한다.

마부치와 노리나가에 대한 비판의 예로서는 우에다 아키나리(上田秋
成)가 일부러 노리나가의 와카를 사용하여 다음과 같은 노래를 부르고
있는 것을 들 수 있다.

> 시골사람의 마음, 아저씨의 설로 시골사람이 들으면 믿을 것이다. 교
> 토 사람이 듣는다면 천황을 뵐 면목이 없다. 야마토다마시이라는 것을
> 이러쿵저러쿵 말한다. 어느 나라에서나 그 나라의 혼이 나라의 악취다.
> 자화상 위에 썼다고 하는
> > 일본인의 마음은 아침 해에 빛나는 벚꽃과 같다.
> 라는 것은 무엇인가? 자신의 모습 위에 쓴다는 것은 자만의 극치다. 그래
> 서 나는
> > 일본인의 마음이라고 이러쿵저러쿵 말도 안 되는 것을 또 벚꽃이라
> > 고 한다.
> 라고 대답했다.
> > 田舎人のふところおやじの説も、又田舎者の聞いては信ずべし。京の者が聞け
> ば、王様の不面目也。やまとだましひと云事をとかくにいふよ。どこの国でも其国
> のたましひが国の臭気なり。おのれが像の上に書しとぞ。
> > 敷島のやまと心の道といへば朝日にてらす山ざくら花
> > とはいかにいかに。おのれが像の上に尊大のおや玉也。そこで、
> > しき島のやまと心のなんのかのうろんな事を又桜ばな
> とこたへた。   (『胆大小心録』74-75)[24]

24) 上田秋成,『胆大小心録』, 岩波文庫, 1938.

아키나리는 노리나가의 '야마토다마시이'에 대한 주장을 옳지 않다
고 비판하고 또한 노리나가가 70세가 된 기념으로 화상에게 자화상을
그리게 하여 문하인들에게 나누어 준 그림의 노래를 이용하여 조롱하
고 있다. 아키나리는 여기에서 자신이 '야마토다마시이'에 관한 의견
을 제시하지는 않았지만 그가 노리나가의 '야마토다마시이'의 개념에
대해서 부적절하게 생각하고 있다는 것을 엿볼 수 있다.

또한 가모노 마부치에게 사사받고 가인이자 한시를 읊는 시인이기
도 한 무라타 하루미(村田春海)도 마부치와 노리나가의 '야마토다마시
이'의 이해에 대한 저항감을 나타낸 인물 중 한 명이다. 그는 앞에서
든 가모노 마부치의 『겐지모노가타리신역(源氏物語新釈)』을 1791년에
서사하고 있는데 소녀권(少女巻)의 '야마토다마시이' 항목에서 다음과
같은 추가 항목을 마련하고 있다.

> 하루미고에 야마토다마시이란 학문의 길은 중국이 근본이기 때문에
> 일본 사람의 혼이라는 뜻으로 야마토라는 표현을 첨부한 것뿐이다. 기리
> 쓰보권에 야마토의 인상이라고 한 예와 같다. 야마토다마시이라고 해서
> 특별한 혼을 의미하는 것이 아니다.
>   春海考に、 大和魂とは学問の道はもろこしか本なれは日本の人の魂といふ意に
> て、大和といふ詞をそへたるのみ也、桐壺に大和相とある類也、大和魂とて別に一
> 筋たてたる魂をいふにあらす。[25]

무라타 하루미는 '야마토다마시이'는 단순히 일본 사람의 혼이라는
뜻으로, 마부치가 주장하는 의미가 아니라고 하고 있다. 우선 하루미
가 '야마토다마시이'를 일본인의 혼으로 받아들이고 있는 것은 『가초
요세이』 이래 답습되어 온 주석의 해석과 연결되어 있지만 이 용어가

---

25) 秋山虔·鈴木日出男 編, 『賀茂真淵評釈』十四, 전게서, p.72.

스승 마부치가 주장하는 일본만이 가지는 특별한 혼을 의미하는 것이라는 해석에 대해서 수긍할 수 없다는 입장을 보이고 있다. 또한 그는 『창설(窓雪)』이라는 저서에서 한학에 대해서 적대적인 자세를 보이고 있는 국학의 '야마토다마시이'에 대해서 이의를 제기하고 있다.

약사(노리나가)는 야마토다마시이라는 것이 무엇을 뜻하는지 깨닫고 그렇게 이야기하고 있는 것인가. 이것은 옛 서적에는 사라져 보이지 않는 말로 중간 정도의 시대에 이르러 겐지노모가타리에 처음으로 나온다. 또한 야마토고코로라고 하는 것도 동일한 종류의 용어로 아카조에몬의 노래에서 확인된다. 그 후 오카가미 등에는 야마토다마시이, 야마토고코로 등 많이 이야기하지만 그것은 모두 야마토테부리(일본의 풍습)등과 같은 말로 단지 가벼운 말투로 중국에 대해서 야마토라는 것을 이렇게 말하는 것으로 옛 마음이 담겨있는 말이 아니다. 그러한 것을 최근의 이 사람(노리나가)이 억지로 엄중하게 취급하여 중국의 풍습을 미워하여 세상의 승려들의 가르침조차 나쁜 것처럼 말하는 것을 야마토다마시이라고 하는 것은 정말이지 이해할 수 없다. 이것은 옛 사람들의 용어 사용을 어기는 것으로 맞지 않는 것이다.

薬師はやまとたましひとは、いかなる事をいふぞと心得て、さはの給ふにか。こはふるき世の書には絶て見え侍らぬ詞にて、中比の世にいたりて、源氏の物語にはじめていでたり。又大和ごころといふも、同じたぐひの詞にて、赤染衛門が歌にぞ見えたる。其後大鏡などには、大和だましひ大和心などおほくいへれど、そは皆大和てぶりなどいふばかりの事にて、ただかろきいひなしにて、からにむかへて大和といふ事をかうぶらせいへるのみにこそあれ、ふるき心ある詞には侍らずなん。さるをちかき此の人、しひていかめしうとりなし侍りて、もろこしの手ぶりをあばきにくみ、世々のひじりのをしへおき給へる事をさへに、あしざまにいひなすを、大和だましひ也といふは、いといと心得がたし。こは古の人の詞のつかひざまにそむきて、あたらぬこと也。[26)]

---

26) 春海文庫所蔵本. 인용은 田中康二, 「村田春海の和学論」, 『日本文学』 第47巻 9号, 1998,

우선 '야마토다마시이'와 '야마토고코로(「大和心」)'의 최초의 예를 들어 그 표현의 전개에 대해서 언급하고 이러한 것들은 모두 야마토의 풍습에 관한 가벼운 의미로 파악해야 한다고 하고 있다. '야마토다마시이'라는 용례가 『겐지모노가타리』에서 처음으로 확인되기 때문에 노리나가가 주장하고 있는 것처럼 이 용어가 고대 사람들의 마음을 담고 있는 의미로는 사용할 수 없다는 것을 고려해야 한다는 것이다. 게다가 하루미는 중국에 대한 적개심을 나타내기 위해서 이 용어를 사용하고 있는 것에 대해서 강력하게 비난하고 있다. 이 인용문 첫째 줄에 보이는 '약사(「藥師」)'란 의사가 본업인 모토오리 노리나가를 지목하고 있는 것으로, 하루미의 비판은 노리나가를 겨냥한 것이라고 판단된다.

이와 같이 유학을 배제해서는 안 된다고 하는 하루미의 사고는 『화학대계(和学大概)』와 『시분적비(時文摘紕)』 속에서 국학자와 유학자 각각에 대한 비판으로 발전되어 가는 양상을 보인다.

우리나라의 유생은 반드시 우리나라의 국사, 선례에 정통해야 하는데도 불구하고 요즘에는 학문의 길이 재야에만 있어서 유생 모두 옳지 않은 사람처럼 되어 유학자의 임무는 단지 중국의 서적에 정통하는 것만을 자신의 업으로 삼아 우리나라의 것은 그 업과는 상관없는 것처럼 생각하는 것은 학문의 길, 본뜻을 잃어버리는 것이다. 하야시 순사이가 학생을 가르치는 5개의 과목 중에 화학과(和学科)를 만든 것은 뜻있는 일이다. **모든 유학자의 업은 경세치국을 위한 수단이기 때문에 우리나라에서는 예부터 건국의 대략, 제도의 연혁, 인정세태가 변천해 오는 모습, 여러 가지에 대해서 알지 못하면 어떻게 그 학문을 영위할 수가 있겠는가.** 따라서 화학(일본에 대한 학문)을 반드시 필요한 업무로 여겨야 한다.

---

p.34에 의한다.

> 吾国の儒生は、　必吾国の国史典故に通ぜずしてはかなはざる事なるを、　当世
> は、学問の道草莽にのみあれば、儒生皆曲稽の士の如くになりて、儒者の任は、只
> 漢土の書に通ずるを己が業とのみこころえて、吾国の事は、其業の外の事のやうに
> おもひたるは学問の本意を失へるものなり。林春斎の諸生を教る五科のうちに和学
> 科をたてけるは、心ある事なり。すべて、儒者の業は経世治国の術なれば、吾国
> に在ては、いにしへよりの建国の大体、制度の沿革、人情世態の変遷し来れるあり
> さま、よろづの事をしらでは、いかでか其学問をほどこすべきやうあらんや。　され
> ば、和学をば必要務となずべきなり。　　　　　　　　　　　(『和学大概』448)27)

여기에 또한 우리나라의 것을 배우는 자들이 세간의 유생들의 그들을
중하중국이라고 말하는 것을 미워하여 그것을 교정하려고 하여 중국을
야만인처럼 말하는 무리들이 있는 것도 오히려 옛 원칙에 어긋나는 것이
다. 옛 천황은 성인의 길을 존중하여 문물과 제도 모두를 중국을 스승으
로 삼아 배우셨기 때문에 그렇게 말해서는 안 되는 것이다.

> ここに又我国の学する人の、世の儒生等が、彼を中夏中国などいふをにくみて、
> 夫を矯めむとて、漢土を戎狄の如くいひなす輩のあるも、却て古の制にそむけり、
> 古の天皇聖人の道を尊みたまひ、文物制度皆彼を師とし学びたまひぬれば、さはい
> ふまじき事なり。　　　　　　　　　　　　　　　　　　　(『時文摘紕』171)28)

전자는 유학자의 국학에 대한 태도를 논한 것으로 유학자가 국학을
소홀하게 여기는 것은 학문의 길이 아닐 뿐만 아니라 유학자의 업은
경세치국에 있기 때문에 그들은 건국의 것부터 규칙의 연혁, 인정세태
의 변천까지 배워야한다고 하고 있다(굵은 글씨). 후자는 국학자의 유학
에 대한 올바른 자세를 제시하고 있다. 인용한 본문의 바로 앞부분에
는 중국을 중하중국(「中夏中国」)이라고 일컫는 것은 잘못된 것이라는
내용이 담겨 있는데 이 주장의 옳고 그름은 제쳐두고라도 유학자가

---

27) 平重道・阿部秋夫 編, 日本思想大系 『近世神道論 前期国学』, 岩波書店, 1972.
28) 有馬祐政・黒川真道 編, 国民道徳叢書2 『時文摘紕』, 博文館, 1911.

중국을 중하중국이라고 부르고 있는 것을 증오하여 그들을 야만인이라고 하는 것은 옛 규정에도 어긋나는 것이라고 하고 있다. 왜냐하면 예부터 천황은 성인의 길(유교)을 존중하고 문물제도를 배워왔기 때문이다. 즉 이 두 개의 논리에서 분명한 것은 한학자도 경세치국을 바탕으로 일본에 대해서 알아야 하며 국학자도 한학에 정통해야 한다는 것이다. 이것은 바로 『겐지모노가타리』 소녀권에서 '역시 한학의 재능을 바탕으로 하여야 야마토다마시이가 세상에 사용되는 방편도 강해질 것이다(「なほ、才をもととしてこそ、大和魂の世に用ゐらるる方も強うはべらめ」)'라는 문장과 그 의미가 상통하는 것이 아닐까? 『겐지모노가타리』가 이상으로 삼는 것은 한학을 바탕으로 하여 폭넓은 교양을 갖추어야 한다는 교양주의이고 그것이 정치가의 덕목이라는 것이다. 이 이념은 시대를 초월하여 근세의 무라타 하루미를 통해서 언급되고 있는 것인데, 이것이야 말로 한학을 제외하고는 성립될 수 없는 일본 문화를 파악하는 올바른 자세라고 할 수 있을 것이다.

V. 나오며

'야마토다마시이'라는 용어의 의미는 역사상 다양하게 해석되었고 19세기 초 『소녀권쇼추(少女卷抄注)』[29]라는 『겐지모노가타리』 주석서에서도 헤이안 시대와 같은 해석이 이루어지고 있다. 즉 '한학에 대하여 당면한 일에 대처하는 처세의 재능을 이렇게 말한다(から學問に対へて、差当たる御用むきの世才をかくの給ふ也)'(162-63)라는 온당한 해석이 제

---

29) 『소녀권초주(少女卷抄注)』는 1824년에 노리나가 문하의 국학자인 스즈키 아키라(鈴木朖)가 집필한 것이다. 인용은 島内景二・小林正明 編, 『批評集成・源氏物語』 二, ゆまに書房, 1999에 의한다.

시되고 있는 것이다. 그럼에도 불구하고 이후 일본의 우경화와 군국주의라는 시대적 분위기 속에서 '야마토다마시이'라는 용어에서 일본의 민족정신을 읽어내려고 한 연구만이 주목을 받게 된다. 앞서 언급한 대로 근세 국학에 관계된 사람들 모두가 '야마토다마시이'라는 말을 가모노 마부치와 모토오리 노리나가와 동일하게 해석했던 것은 아니라는 점에 주목해야 할 것이다. 국학자라도 무라타 하루미가 주장한 것은 헤이안 시대 귀족의 이상이었던 교양주의와 결부되는 것이다. 이러한 태도는 한학을 배제하고는 상상할 수 없는 일본문학과 문화의 연구 분야에서 주목해야 할 방법이라고 해야 할 것이다.

또한 간과해서는 안 될 것은 중세시대에 '야마토다마시이'의 의미가 바뀌었다는 것이다. 왜 중세시대에 이러한 현상이 일어났는가? 거기에는 어떠한 역사적인 배경이 있고 그것이 문학에는 어떻게 투영되고 있는가? 이러한 점이야말로 규명되어야 할 문제로, 이후의 과제로 삼고자 한다.

노리나가宣長의 '모노노아와레'설의 성립과 변천

『겐지모노가타리 다마노오구시(源氏物語玉の小櫛)』를 중심으로

I. 들어가며

근세시대의 국학자 모토오리 노리나가(本居宣長)가 와카론(和歌論)과 『겐지모노가타리(源氏物語)』론을 전개해 나가는 과정에서 '모노노아와레(사물·사람에 대한 공감)'라는 개념을 사용했다는 것은 잘 알려진 사실이다. 노리나가의 '모노노아와레(「もののあはれ」)'설에 대해서는 와쓰지 데쓰로(和辻哲郎)의 「모노노아와레에 대해서」[1]가 발표된 이후 이미 많은 선행연구들이 보고되고 있다. 이 연구들의 공통적인 논지는 노리나가가 당시 유교, 불교가 문예에 개입하는 현상을 타파해야 한다는 신념 하에 이 설을 주장하고 문예를 자립시켰다는 것이다. 그러나 이 '모노노아와레'설에 대해서는 비판의 목소리도 높아서, 예를 들어 와쓰지는 앞서 예로 든 논문에서 이 용어가 헤이안 시대 문학 이념을 가장 잘 나타내고 있지만 노리나가는 이 용어를 문예 일반의 본질로 간주하고 있기 때문에 충분한 추상화가 이루어지지 못했다고 비판하고 있다. 또한 히노 다쓰오(日野龍夫)는 노리나가가 '모노노아와레'에 대해서 논하고 있는 것은『겐지모노가타리』의 주석서인『시분요료(紫

---

1) 和辻哲郎, 「『もののあはれ』について」, 『思想』13, 1923.

文要領)』와 가론서인 『이소노가미노사사메고토(石上私淑言)』를 저술한
시기에 집중되어 있고 '모노노아와레'는 그에게 그다지 중요한 개념이
아니라고 지적하고 있다.2) 아베 아키오(阿部秋生)는 노리나가가 '아와
레' '모노노아와레'의 개념을 하나하나 검토하고 있지 않은 점에서 우
연히 생각해낸 개념이라고 말하고 있다.3) 그러나 이러한 비판에도 불
구하고 '모노노아와레'라는 용어는 여전히 와카와 『겐지모노가타리』
를 읽는 독자를 속박하고 있는 것이 현실이다. 이와 같이 노리나가에
대한 비판 자체가 곤란한 현상에 대해서 근세 공동체와 '모노노아와레'
의 관계에서 설명하고 그것을 '우리 안의 노리나가(「内なる宣長」)'로 규
정한 것이 모모카와 다카히토(百川敬仁)의 논고이다.4) 그러나 중요한
것은 근세 공동체와의 관련성에서 탄생한 '모노노아와레'설을 노리나
가는 모노가타리론과 가론(歌論)에서 주로 사용하고 있다는 점, 그리고
그것을 전개하기 위해 그가 '모노노아와레'를 어떻게 구성하고 있는가
하는 점이다. 이와 같은 점에 주목하여 이 논문에서는 『겐지모노가타
리』의 주석서인 『겐지모노가타리 다나노오구시(源氏物語玉の小櫛)』를
중심으로 '모노노아와레'설에 대해서 검토해 보고자 한다. 구체적으로
는 '모노노아와레'설을 주창하게 된 배경과 노리나가가 주장한 '모노
노아와레'의 의미, 성립과정, 그리고 그 의미가 그의 저서 안에서 어떻
게 변천해 가는지에 대해서 살펴보고 최종적으로는 그것이 어떤 효과
를 가져오고 있는지에 대해서 밝히고자 한다.

---

2) 日野龍夫, 『宣長と秋成』, 筑摩書房, 1984.
3) 阿部秋生, 「蛍の巻の物語論」, 『人文科学科紀要(東京大学教養学部)』24, 1961.
4) 百川敬仁, 『内なる宣長』, 東京大学出版会, 1987.

II. '모노노마기레'와 '모노노아와레'

『겐지모노가타리 다마노오구시』에는 히카루 겐지(光源氏)와 후지쓰보(藤壺)의 밀통을 가리키는 '모노노마기레(もののあはれ)'를 유교적인 입장에서 다룬 논에 대한 비판으로 '모노노아와레'설이 설정되어 있다. 본장에서는 노리나가 이전의 『겐지모노가타리』 향수의 양상을 검토해 보고 『겐지모노가타리 다마노오구시』(이하, 『다마노오구시』로 약칭함)에서 '모노노마기레'에 대한 비판으로 '모노노아와레'설이 어떻게 등장하고 있는지에 대해서 고찰해 보기로 하겠다.

우선 『겐지모노가타리』의 호색(好色)적 성격이 문제가 된 것은 중세 말기이다. 그 이전에는 『겐지모노가타리』의 작자인 무라사키 시키부가 광언기어(狂言綺語), 즉 도리에 맞지 않는 교묘하게 지어낸 말을 써서 지옥에 떨어졌다고 하는 것이 『겐지모노가타리』 수용의 모습이다. 『겐지모노가타리』가 '회음의 서(誨淫の書)'라고 불리게 된 것은 중세 말기로,5) 이와 같은 유교, 불교 측의 『겐지모노가타리』에 대한 비판과 그것이 가지고 있는 문예로서의 위대함을 절충하는 형태로 이 작품을 『장자(莊子)』에 나오는 '우언(寓言)'(다른 사물에 빗대어 의견과 교훈을 담는 말)이라는 관점이 탄생한다. 예를 들어 무로마치 시대 초기 『겐지모노가타리』의 주석서인 『가카이쇼(河海抄)』(1362-1368년간에 성립)에는 '그 취지는 장자의 우언과 마찬가지인 것이다(「其趣莊子の寓言におなじき物歟」)'라고 하고 있고, 또한 『모신쇼(孟津抄)』(1575년 성립)에는 '무라사키 시키부는 장자를 가지고 겐지 일부를 썼다(「紫式部は荘子をもって源氏一部は書也」)'라고 『장자』의 우언과 『겐지모노가타리』의 관계를 보다 적극적으로

---

5) 이 『源氏物語』 비판사에 대해서는 小谷野敦, 「『源氏物語』批判史序説」, 『文学』 4-1, 2003에서 많은 교시를 받았다.

주장하고 있다. 그리고『묘조쇼(明星抄)』(1539-1541년 사이에 성립)의 경우
에는 '표면으로는 호색, 요염을 가지고 세운다고 하지만 작자의 본의는
사람을 인의오상의 길로 인도하여 결국에는 중도실상의 오묘한 이치를
깨닫게 하고 출세의 선한 근본을 성취해야 한다는 것이다(「面には好色妖艶
を以て建立せりといへども作者の本意人をして仁義五常の道に引いれ終には中道実相
の妙理を悟らしめて、出世の善根を成就すべしとなり」)'라는 식으로 호색성을 유
교, 불교의 입장에서 다시 해석하고 우언으로 파악하고 있다. 이와 같이
살펴보면 이러한 주석서는 유교와 불교의 영향을 강하게 풍기고 있는
것을 확인할 수 있다. 다시 말해서 이러한 우언을 주장하게 된 것은
당시『겐지모노가타리』향수에서 호색이 큰 문제가 되고 있었다는 것을
반증하는 것으로, 작품의 호색성에 대한 우언설은 불교와 유교의 영양
하에 탄생한 것이라는 점을 알 수 있다.

　이와 같은『겐지모노가타리』에 대한 견해는 근세 전기에도 여전히
확인되고 있다.『겐기벤인쇼(源義弁引抄)』(1650)는 '그 가운데에 음란, 불
의에 대해서 이야기하는 예도 많다. 오상을 바로잡는 모시에 많게는 부
부의 관계, 음란한 것들이 보인다 (중략) 어느 것이나 악을 그려내어 금
지하기 위한 것이다(「淫乱不義をおほく記たるも例あり。五常をただせる毛詩に、
おほくは夫婦のまじはり淫乱の事あり (中略) いづれも悪をのせて戒ん為也」)'(11)[6] 라
고 하는 것처럼『겐지모노가타리』에 음란에 관한 예가 있다고 하고,
오상(五常, 인·의·예·지·신(仁·儀·礼·智·信))을 바로잡기 위해서『모
시(毛詩)』에도 그와 같은 예가 있으며, 이러한 예가 확인되는 것은 사
람들을 훈계하기 위한 것이라고 지적하고 있다. 이와 같이『겐지모노
가타리』의 호색성을 문제로 삼는 의견과 이 작품을 우언을 위해 쓴
것이라는 주장에서 또 하나의 흐름, 즉 이 작품을 풍유(諷諭, 직접적으로

---

6) 인용은 島田景二·小林正明 編,『批評集成·源氏物語』一, ゆまに書房, 1999에 의한다.

말하지 않고 돌려 말하여 자연스럽게 납득시킨다) · 교훈적 측면에서 파악하려고 하는 주석서가 새롭게 등장하게 된다. 그 대표적인 것이 안도 다메아키라(安藤為章)의 『시카시치론(紫家七論)』(1730년 성립)이다.

이 모노가타리는 오로지 인정세태를 그리고 상중하의 풍습과 마음씀씀이를 나타내며, 부인을 호색과 관련시켜 찬미와 풍자를 드러내지 않고, 보는 사람이 좋고 나쁨을 결정하게 한다. 대체적인 취지는 부인을 위해서 돌려 말하여 알아차리게 한다는 것이지만 저절로 남자들의 경계가 되는 것이 많다. (중략) 결국 시키부의 생각을 보면 모노가타리를 전부 지어낸 것이라고만 할 수도 없다. **모두 그 세상에 있는 것, 사람의 신변에 관한 것을 이야기하고 있어 권선징악을 포함하고 있다. 이 본의를 모르고 매음의 서라고 보는 자들은 말할 나위도 없이 심한 것이다.** 또한 장식적인 말만을 가지고 노는 사람들은 검의 날카롭고 무딘 것을 논하지 않고 단지 칼집의 장식을 논하는 것과 같다.

此物語、もっぱら人情世態をのべて、かみ中しもの風儀用意をしめし、妻を好色によせて、美刺を詞にあらはさず、見る人をしてよしあしを定めしむ。大旨は、婦人のために諷諭すといへども、をのづからおのこのいましめとなる事おほし。(中略) やがて、式部が意趣を見ゆれば、物語をすべて作りごととのみもいふべからず。みなその世の有し人のうへを述べ、勧善懲悪をふくめたり。此本意をしらずて、誨淫の書と見るともがらは、無下の事也。又詞花言葉をのみもてあそぶ人は、劍の利鈍をばいはずして、ただ柄室のかざりを論ずるがごとし。(218-220)[7]

위의 인용문(굵은 글씨)에는 안도 다메아키라의 주장이 잘 피력되어 있다고 할 수 있는데 그 취지는 이 모노가타리를 매음의 서라고 비난하는 자들은 무라사키 시키부의 의도를 알지 못한다. 이것은 그녀가 권선징악의 예를 나타내고 사람들을 깨닫게 하기 위한 것이라고 정리하고 있다. 즉 안도 다메아키라는 당시 유행했던 『겐지모노가타리』의

---

7) 상게서.

호색성에 대해서 완전히 부정하고 풍유(諷諭) 혹은 권선징악이라는 새로운 용어로 이 작품의 의의를 제시하고 있다. 그리고 이 안도 다메아키라의 주장에 대해서 또 하나 주목해야 할 것은 모노가타리에서의 불교의 의의를 부정한 것,[8] 그리고 이 작품이 인정세태(人情世態)를 그리고 있다는 새로운 인식 방법이다. 모노가타리 또는 소설이 인정세태를 묘사하는 것이라는 점은 근대에 들어와 작가 쓰보우치 쇼요(坪内逍遙)등이 주창한 문학론과 동일한 것으로 그것을 근세시대의 안도 다메아키라가 주장한 것은 획기적인 사건이라고 해야 할 것이다. 그러나 거기에는 여전히 유교의 도덕론에 속박되어 있는 측면이 있고 그것이 권선징악과 풍유라는 표현으로 나타나 있는 것이다.

그런데『시카시치론』에서는 호색성이 언급될 때마다 논쟁의 대상이 된 겐지와 후지쓰보(藤壺)의 밀통에 대한 서술도 읽어낼 수 있다.

> 모노가타리에 처음에는 겐지와 후지쓰보의 밀통을 매우 우아하고 아름답게 그려냈지만, 마지막에는 매우 무섭고 있을 수 없는 잘못이라고 명시해두는 마음가짐을 보라.
> 物語に、始には、源氏と藤壺の密事を、いともやさしきさまにかきなし、終には、いとおそろしくあるまじきあやまちなりけれと、ことわりたる気象を見よ。(223)

이 문장에서는 모노가타리를 만든 작자의 의도가 어디까지나 황통을 어지럽힌 것에 대한 풍유에 있다는 주장을 읽어낼 수 있다. 이 안도 다메아키라의 풍유설에 대해서 엄격한 비판을 가한 것이 바로 국학자 모토오리 노리나가(本居宣長)이다. 그는『다마노오구시(玉の小櫛)』에서 이 문장을 들어서 다음과 같이 비난하고 있다.

---

8) 鈴木健一,「解説」, 상게서, p.484.

앞에서도 우스구모권을 인용하여 말하기를 겐지는 이 일을 이후에는 매우 무섭고 있을 수 없는 일이라고 깨닫게 되시면서 그 후에도 역시 오보로즈키요와 몰래 몰래 만나시는 것은 뭐라고 해야 할까? 만약 후지쓰보 중궁의 일을 매우 무서운 잘못이라고 인정하는 마음이 있다면 그 후에 이러한 일을 과연 쓸 것인가? 만약 과연 풍유라면 한번은 주의하면서 또한 되돌아와서 나아가야 할 것이다. (중략) 이러쿵저러쿵 이 일을 나누어서 풍유라고 할 필요도 없고 원래 이 모노노마기레는 고금에 걸쳐 비견할 수 없는 중대한 일이지만 모노가타리는 모노가타리이기 때문에 그런 세상의 중대한 일을 일부의 중대한 일로 써서는 안 된다. 이것도 모노가타리에서는 단지 모노가타리 중의 하나의 일일 것이다. 그렇다면 이것은 어떤 의미로 썼는가 하니 **우선 후지쓰보 중궁과의 일은 앞서 말한 것처럼 사랑의 모노노아와레의 극치를 깊이 있게 전부 보여주기 위해서이다.**

さきにも薄雲巻を引ていへる如く、源氏君、此事を後には、いとおそろしくあるまじかりける事と、おもひしり給ひながら、其後もなほ、朧月夜君に、忍び忍び逢給ひしは何とかいはむ、　もし藤壺中宮の御事を、　いとおそろしきあやまちなりと、ことわれる心ならば、其後にかかる事を、まさに書べしや、もしはたして諷諭ならむには、一たびはいましめながら、又立かへりてすすむるにぞなりぬべき、(中略) かにかくに此御事、わきて諷諭といふべきにもあらず、そもそも此物のまぎれは、古今ならびなき大事にはあれども、物語は物語なれば、さる世の中の大事を、一部の大事として、書べきにはあらず、これも物語にては、ただ物語の中の一つの事にぞ有ける、然らば此事は、いかなる意にて書るぞといふに、まづ藤つぼ中宮との御事は、上にもいへるごとく、恋の物のあはれのかぎりを、深くきはめつくして見せむため也、(229)9)

전반부의 논지는 만약 무라사키 시키부가 이 모노가타리를 풍유를 위해서 쓴 것이라고 한다면 히카루 겐지가 후지쓰보와의 밀통을 저지른 후, 그리고 오보로즈키요(朧月夜)와 몰래 계속된 만남을 지속하는

---

9) 『源氏物語玉の小櫛』의 인용은 大野晋 編, 本居宣長全集四 『源氏物語玉の小櫛』, 筑摩書房, 1969에 의한다.

이야기를 쓸 리가 없다는 것이다. 후반부의 의미는 모노가타리는 단순한 모노가타리에 지나지 않고 그것을 세상의 중대한 일로 파악해서는 안 된다고 한 후, 그렇다면 후지쓰보와 히카루 겐지의 밀통에 대해서 쓴 이유는 사랑의 모노노아와레(もののあはれ)의 극치를 보이기 위해서라는 것이다(굵은 글씨). 노리나가의 모노가타리론이 기존의 주장과 다른 점은 첫 번째는 모노가타리를 허구로 인식하고 그것을 독자를 훈계하는 목적으로 썼다는 기존의 논리로부터 벗어났다는 점, 두 번째는 기존의 모노가타리에 대한 이해의 방법에 대해서 '모노노아와레'라는 개념을 제시했다는 점이다. 그렇다면 노리나가가 주장한 '모노노아와레'는 어떤 것이고 어떻게 성립된 것인지를 다음 장에서 분석해 보고자 한다.

III. '모노노아와레'설의 성립
– 한시론(漢詩論)으로부터의 이탈

'모노노아와레'설은 노리나가가 모노가타리, 특히『겐지모노가타리』의 본질이라고 주장하고 나아가 그의 가론의 핵심을 이루는 개념이다. 실제로 '모노노아와레'라는 용어가 사용된 저서는 와카론을 전개한『안하레이벤(安波礼辮)』(1758)과『아시와케오부네(排蘆小船)』(1758년 성립?),『이소노카미노사사메고토(石上私淑言)』(1763),『겐지모노가타리』론에 대한 저술인『시분요료』(1763)과『다마노오구시』(1796)이다. 그리고 만년에 그의 사상을 집대성한 입문서인『우이야마부미(うひ山ぶみ)』(1798)를 들 수 있다.10) 본고에서는『우이야마부미』를 제외하고 가장 마지막에 완성

---

10) 이 외에「もののあはれ」의 용례가 보이는 것은『本居宣長随筆』十一(1772년 성립?)과

된 『겐지모노가타리』의 주석서인 『다마노오구시』를 중심으로 노리나가가 주장한 '모노노아와레'의 의미와 그 성립과정에 대해서 생각해 보고자한다. 왜냐하면 이 주석서는 그가 일생에 걸쳐 강석(講釋)해 온 『겐지모노가타리』에 대한 사고가 응축되어 있을 뿐만 아니라 가론을 완성한 후에성립되었기 때문에 그가 계속해서 추구해 온 '모노노아와레'설에 대한의미를 확실하게 읽어낼 수 있기 때문이다.

『다마노오구시』 2권의 「역시 개략(なほおむね)」에는 '모노노아와레'또는 '아와레'에 대해서 구체적으로 언급되어 있다.

(A) 모노노아와레를 안다는 것, 우선 모든 아와레라고 하는 것은 원래보는 것, 듣는 것, 접하는 것에 대해서 마음으로 느껴서 나오는 탄식의소리로, 지금의 속어에도 '아아'라고 하고, '하레'라고 하는 것을 말한다.예를 들면 꽃과 달을 보고 느끼고 아아, 훌륭한 꽃이구나, 하레, 좋은달이구나 등이라고 말한다. 아와레라고 하는 것은 이 아아와 하레라고하는 것이 겹쳐진 것으로 한문에 명호(嗚呼) 등이라는 문자를 '아아'라고읽는 것도 이것이다. …… 반드시 '아아하레'라고 느껴야 하는 것을 접하고서는 그 느껴야 할 마음가짐을 분별하여 알고 느끼는 것을 '아와레를안다'고 한다. 또한 '모노오 아와레부'라는 말도 원래 '아아하레'라고 느끼는 것이다. 고킨슈 서문에 있는 안개를 아와레미(느낀다)라고 하는 표현을 보고도 알 수 있다, 또한 후대에서는 '아와레'라고 하는 것에 애(哀)라는 글자를 써서 단지 비애의 뜻으로만 생각하는데, '아와레'는 비애뿐만아니라 기쁜 일도, 재미있는 일도, 즐거운 일도, 웃기는 일도, 모두 '아아하레'라고 생각되는 것은 모두 '아와레'이다. …… 또한 '모노노아와레'라고 하는 것도 마찬가지로 모노(物)라고 하는 것은 무언가를 말하는 것을모노이우, 이야기하는 것을 모노가타리, 또한 모노모우데(신사나 절에참배하는 것), 모노미(무엇인가를 구경하는 것), 모노이미(더럽거나 부정

『源氏物語玉の小琴』(1768-1779년 사이에 성립)이다.

한 것을 피하는 것) 등을 말할 때 사용하는 의미의 모노(物)로, 넓게 얘기
할 때 첨부하는 말이다.

　物のあはれをしるといふ事、まづすべてあはれといふはもと、見るものきく物ふ
るる事に、心の感じて出る、嘆息の声にて、今の俗言にも、ああといひ、はれとい
ふ是也、たとへば月花を見て感じて、ああ見ごとな花ぢゃ、はれよい月かななどい
ふ、あはれといふは、このああとはれとの重なりたる物にて、漢文に嗚呼などある
もじを、ああとよむもこれ也、…… かならずああはれと感ずべき事にあたりては、
その感ずべきこころばへをわきまへしりて、感ずるを、あはれをしるとはいふ也、
又物をあはれふといふ言も、もとああはれと感ずること也、古今集序に、霞をあは
れみ、とあるなどをもてしるべし、 又後の世には、 あはれといふに、 哀の字を書
て、ただ悲哀の意とのみ思ふめれど、 あはれは、 悲哀にはかぎらず、 うれしきに
も、 おもしろきにも、 たのしきにも、 をかしきにも、 すべてああはれと思はるる
は、みなあはれ也、……又もののあはれといふも、同じことにて、物といふは、言
を物いふ、かたるを物語、又物まうで物見物いみ、などいふたぐひの物にて、ひろ
くいふときに、添ることばなり、(201-203)

　(B) 사람 마음이 무언가를 느끼는 것에는 선악, 옳고 그른 것 등 다양한
가운데에, 이치에 맞지 않는 것은 느끼지 말아야 하지만 마음은 내 것이어
도 어쩔 수가 없어서 저절로 참기 어려워 느끼는 바가 있는 것이다.

　人の情の、物に感ずる事には、善悪邪正さまざまある中に、ことわりにたがへ
る事には、感ずまじきわざなれども、情は、我ながらわが心にもまかせぬことあり
て、おのづからしのびがたきふし有りて、感ずることあるもの也、(196)

　(A)에서는 '아와레'라는 용어에 대해서 보는 것, 듣는 것에 마음이
느껴서 나오는 탄식의 말이라고 정의하고 '아와레를 안다'는 것은 느
껴야 할 것에 대해서 느끼는 마음을 가리키고 있다고 설명하고 있다.
이를 바탕으로 '아와레'에는 비애뿐만 아니라 희로애락의 모든 감정이
포함되어 있고 '모노노아와레'는 '아와레'보다 폭넓게 이야기할 때 사

용하고 있다는 설명을 덧붙이고 있다. (B)의 문장은 인용문 (A)의 '아와레'에 대한 설명을 첨부한 것으로, 사람이 무언가를 느끼는 것은 자신의 의지로 조정할 수 있는 것이 아니라 마음이 느끼는 것에는 선악과 옳고 그름을 비롯하여 다양한 감정이 있다고 하고 있다. 즉 노리나가에게 '모노노아와레'는 사물에 대한 민감한 마음의 움직임이고 희노애락 등 모든 감정을 가리키는 것이다. 이러한 '아와레', '모노노아와레'라는 용어는 주지하는 바와 같이 특히 헤이안 시대의 작품에서 빈번하게 확인할 수 있는 표현이다. 그것은 사물과 접하여 생기는 자연스러운 감정과 감흥으로 파악된다. 예를 들어 『겐지모노가타리』의 다음과 같은 문장을 살펴보도록 하자.

> 계절이 가을이기 때문에 애수가 더해지는 기분으로 출발하는 날 새벽녘에 가을바람이 시원하게 불고 벌레도 재촉하는 듯한데 아가씨가 바다를 바라보고 있으니 뉴도는 언제나 일어나는 어두운 후야의 시간보다도 빨리 일어나 눈물로 코를 훌쩍거리며 일을 하신다.
> 秋のころほひなれば、もののあはれとり重ねたる心地して、その日とある暁に、秋風涼しくて虫の音もとりあへぬに、海の方を見出だしてゐたるに、入道、例の後夜よりも深う起きて、鼻すすりうちして行ひいましたり。　　　(松風②403)[11]

> 여자만큼 처신하기도 힘들고 애처로운 것은 없다. 마음에 스며드는 정취도, 때에 따라서 흥취를 돋우는 풍류에 대해서도 마치 전혀 알지 못한다는 듯이 얌전하게 조용히 있어야 한다면 무엇으로 이 세상을 살아가는 기쁨을 맛보거나 덧없는 이 세상의 단조로움을 달랠 수 있겠는가.
> 女ばかり、身をもてなすさまもところせう、あはれなるべきものはなし、もののあはれ、をりをかしきことをも見知らぬさまにひき入り沈みなどすれば、何につけ

---

11) 『겐지모노가타리(源氏物語)』의 인용은 阿部秋生·秋山虔 他 校注, 新編日本古典文学全集 『源氏物語』 ①-⑥, 小学館, 1994-1998에 의하고, 권명, 권 수, 페이지 수를 표시하였다.

てか、世に経るはえばえしさも、常なき世のつれづれをも慰むべきぞは、

(夕霧④456)

위의 첫 번째 인용문은『겐지모노가타리』마쓰카제권(松風巻)의 한 문장으로, 겐지의 명령으로 아카시노기미(明石の君)가 정든 아카시(明石) 지역을 떠나서 수도(京, 교토)로 옮기게 되어 아버지 뉴도(入道)와 이별하는 장면이다. 여기에서 '모노노아와레'는 계절도 가을이고, 애수가 더욱 깊어지는 기분이 든다는 의미로 해석할 수 있다. 두 번째 인용문은 무라사키노우에(紫の上)가 세상에서 여성이 얼마나 살아가기 힘든지에 대해서 생각하는 장면으로 여기에서의 '모노노아와레'는 마음에 스며드는 정취 정도의 의미로 이해할 수 있다. 이러한 문맥에서 노리나가가 주장하는 '모노노아와레'의 의미가 헤이안 시대의 용례에서 확인된 것이라는 점은 쉽게 추측할 수 있는데 그렇다고 해서 양자의 의미를 동일한 것으로 파악할 수는 없다. 그 이유는 모노가타리에 나타난 '모노노아와레'의 예는 그 자리에서 작중인물들이 느끼는 마음에 스며드는 정취와 감정을 나타내고 있는 것으로 노리나가가 주장하는 것처럼 작품 전체를 포괄하는 주제는 아니기 때문이다.

노리나가가 '모노노아와레'라는 용어에 주목하게 된 계기는 '사랑을 하지 않으면 사람은 마음이 없는 것과 마찬가지다. 사물의 정취도 사랑하는 마음이 있기 때문에 알 수 있는 것이다(「恋セズハ、人ハ心モ無ラマシ、物ノアハレモ、是ヨリゾシル」)'라는 후지와라 슌제이(藤原俊成)의 와카에서 보이는 '모노노아와레'의 의미에 대해서 질문을 받았을 때였다는 것이『안하레이벤(安波礼辯)』에 적혀 있다.[12] 그 후 노리나가는 헤이안 시대의 작품에서 이 표현이 다용되고 있는 것을 의식하면서 다양한

---

12) 大野晋 編, 本居宣長全集四『安波礼辯』, 筑摩書房, 1969, p.585.

사고 끝에 결국 독자적인 '모노노아와레' 개념을 만들어냈다. 그때 그
에게 이 개념의 성립에 영향을 미친 것은 어떤 것인가.

　노리나가가 '모노노아와레'설을 전개할 때에 『모시(毛詩)』 등의 한시
론(漢詩論)과 후지와라 슌제이의 와카, 그리고 『고킨슈(古今集)』 가나서
문(仮名序)과 한자서문(真名序)의 영향을 받은 것을 널리 알려져 있다.
그러나 한적(漢籍)에서의 시론(詩論)과 『고킨슈』 서문이 노리나가에게
어떻게 흡수되고, 또는 배제되었는지에 대해서는 여전히 규명되지 않
은 부분이 많다.

　(C) 또한 어떤 것을 느낀다는 것은 보통 단지 좋은 것에만 말하지만,
이것도 그렇지 않고 사전에도 느끼는 것(感)은 움직이는 것(動)이라고 하
여 마음이 움직이는 것이기 때문에 좋은 것이라도 나쁜 것이라도 마음이
움직여서 '아아하레'라고 생각되는 것은 모두 느끼는 것으로, '아와레'라
는 말에 잘 사용되는 문자이다. ① 한문에 감귀신(感鬼神)이라는 것이
있고, 고킨슈 한자서문에도 그렇게 쓰여 있는 것을, ② 가나 서문에는
귀신도 '아와레'라고 느끼게 하여, 라고 쓰여 있어서 '아와레'는 무언가를
느끼는 것이라는 점을 알아야 할 것이다.
　さて又物に感ずるとは、俗にはただよき事にのみいふめれども、これも然らず、
字書にも、感は動也といひて、心のうごくことなれば、よき事にまれあしき事にま
れ、心の動きて、ああはれと思はるるは、みな感ずるにて、あはれといふ詞に、よく
あたれるもじ也、① 漢文に感鬼神と有て、古今集の真名序にも、然書れたるを、②
かな序には、おに神をもあはれと思はせ、とかかれたるにて、あはれは、物に感ずるこ
となるをしるべし、(202)

　이 본문(C)에서 노리나가는 무언가를 느끼는 것은 마음이 '움직이는
것(動)'으로, 좋은 것이든, 나쁜 것이든 무언가를 느끼는 것이야 말로
중요하다고 강조하고 있다. 그리고 그 예로 들고 있는 것이 『고킨슈』

의 한자서문(真名序)과 가나서문(仮名序)의 문장이다. 다음의 ①′는 한자서문의 표현이고, ②′는 가나서문의 표현이다.

①′와카라는 것은 그 뿌리를 마음의 바탕에 내리고 그 꽃을 언어의 숲에 피우는 것이다. 사람은 살아가는 한 영원한 것은 없다. 사고는 항상 변하고 슬픔도 기쁨도 변해 간다. 생각은 마음 안에서 나타나고 노래는 언어로 하나의 형태가 된다.【그렇기 때문에 편하게 살고 있는 사람의 목소리는 즐겁고 원한을 품고 있는 사람의 목소리는 슬프다.】노래로 감정을 표현하는 것이 가능하고 분노를 표출하는 것도 가능하다. 천지를 움직이게 하고 귀신을 감동시켜 사람들을 가르쳐 인도하고 부부 사이를 원만하게 하는데 와카보다 좋은 것은 없다.

夫れ和歌は、其の根を心地に託け、其の華を詞林に発くものなり。人の世に在るや、無為なること能はず。思慮遷り易く、哀楽相変ず。感は志に生り、詠は言に形はる。【是を以ちて、逸せる者は其の声楽しく、怨ずる者は其の吟悲し】。以ちて懐を述ぶべく、以ちて憤を発すべし。天地を動かし、鬼神を感ぜしめ、人倫を化し、夫婦を和らぐるは、和歌より宜しきはなし。(495)[13]

②′와카라는 것은 사람의 마음을 씨앗으로 하여 다양한 말의 잎사귀를 피우는 것이다. 세상 사람들은 관련된 일이 많기 때문에 마음속으로 생각하는 것을 보고, 듣는 것으로 표현한다. 꽃을 보고 우는 휘파람새와 물에 사는 개구리 소리를 들으면 살아가는 모든 것 중 노래하지 않는 것이 있으랴. 힘을 들이지 않아도 천지를 움직이고 눈에 보이지 않는 귀신도 감동시키고, 남녀 사이를 부드럽게 하고, 용맹한 무사의 마음을 달래는 것이 노래이다.

やまとうたは、人の心を種として、よろづの言の葉とぞなれりける。世の中にある人、ことわざしげきものなれば、心に思ふことを、見るもの聞くものにつけて言ひ出せるなり。花に鳴く鶯、水に住むかはづの声を聞けば、生きとし生けるもの、

---

13) 이하 『古今集』의 인용은 髙田祐彦, 『古今和歌集』, 角川ソフィア文庫, 2009에 의하고 페이지 수를 표시하였다.

いづれか歌をよまざりける。力をも入れずして、<u>天地を動かし、目に見えぬ鬼神を</u>
<u>もあはれと思はせ</u>、男女の仲をもやはらげ、たけき武士の心をもなぐさむるは歌な
り。(8-9)

①'는『고킨슈』한자서문의 모두로 이중 밑줄부분인 '천지를 움직이
게 하고 귀신을 감동시켜(「天地を動かし、鬼神を感ぜしめ」)'라는 구절은 앞
서 든『다마노오구시(玉の小櫛)』의 본문(C)의 밑줄부분①에 인용된 것
이다. 이 한자서문은 와카가 가진 기능과 힘에 대해서 설명한 것이다.
또한 ②'는 가나서문의 모두로 이중 밑줄부분은『다마노오구시』의 전
게 본문(C)의 ②에 해당한다. 가나 서문의 내용도 한자서문과 동일한
것으로 와카는 사람의 마음을 씨앗으로 하여 많은 언어로 이루어진
것으로, 이 세상에 사는 사람은 서로 관계하는 일이 많기 때문에 마음
에서 생각하는 것은 보는 것과 듣는 것을 통해서 노래로 만드는 것이
라는 의미이다. 즉 이 한자서문도 가나 서문도 와카를 정의하는 것이
라고 할 수 있는데 특히 노리나가가 인용하고 있는 한자서문, 가나
서문의 이중 밑줄부분에 주목하면 이 서문들의 표현들은『모시』대서
(大序)에서 인용한 것이라는 것을 알 수 있다.[14]

(Ⅰ) 시란 뜻이 움직인 것이다. 마음속에 있는 것을 뜻이라고 하고 말
로 표현한 것을 시라고 한다. 감정은 마음속에서 움직이고 말로 표현된
다. ……감정이 말의 소리가 되어 나오고, 그 소리에 장단이 붙으면 이것
을 음이라고 한다.【치세의 소리는 편안하고 즐겁다. 왜냐하면 그 나라의
정치가 평화롭기 때문이다. 난세의 소리는 원망스럽고 화가 난 듯하다.
왜냐하면 그 나라의 정치가 비뚤어져 있기 때문이다. 망국의 소리는 구슬
프고 근심으로 가득하다. 왜냐하면 그 나라 사람들이 괴롭기 때문이다.

14) 한적과의 관계에 대해서는『古今集』의 주석서에서 이미 지적이 있었다.

따라서 사람의 악행을 바로잡고】<u>천지를 움직이게 하고 귀신을 감동시키는 것으로는 시 이상의 것이 없다.</u> 선왕은 시에 의해 부부 사이를 좋게 하고 부모에게 효를 다하고 윗사람을 공격하게 하고 사람의 도리를 잘 지키게 하여 교화에 따르게 하며 풍속을 좋은 방향으로 향하게 했다.

詩は志の之く所なり。心に在るを志となし、言に発するを詩となる。情、中に動いて言に形はる。……情、声に発し、声、文を成す。之を音と謂ふ。【治世の音は安じて以て楽しむ。其の政和すればなり。乱世の音は怨んで以て怒る。其の政乖けばなり。亡国の音は哀しんで以て思ふ。其の民困しめばなり。故に得失を正し】、<u>天地を動かし、鬼神を感ぜしむるは、詩より近きは莫し。</u>先王、是を以て夫婦を経し、孝敬を成し、人倫を厚くし、教化を美にし、風俗を移す。[15)]

게다가 이『모시』대서의 인용 부분은『예기(礼記)』악기편(楽記篇)의 다음 부분을 바탕으로 하고 있다.

（Ⅱ）무릇 소리는 사람의 마음의 움직임 때문에 생기는 것이다. 감정이 마음속에서 움직여서 소리로 표현되고 소리의 변화가 일정한 형태를 이루는 것을 음이라고 하는 것이다.【따라서 평화로운 세상의 소리가 느긋하고 온화한 것은 그 정치가 온화하기 때문이다. 난세의 소리가 원망과 분노의 감정을 나타내는 것은 정치가 사람의 마음을 거스르고 있기 때문이다. 망국의 음이 구슬프고 근심스러운 것은 인민이 괴롭기 때문이다. 이와 같이 성음의 성질은 정치 상황과 깊이 관련되어 있다.】

凡そ音は人心より生ずる者なり。情、中に動くが故に声に形はる。声の文を成す、之を音と謂ふ。【是の故に治世の音は安くして以て楽めるは、其の政和げばなり。乱世の音は怨みて以て怒れるは、其の政乖けばなり。亡国の音は哀みて以て思ふは、其の民困しめばなり。声音の道は政に通ず。】[16)]

---

15) 高田真治、漢詩大系第一巻『詩経上』、集英社、1966, p.14.
16) 竹内照夫、新釈漢文大系『礼記』中、明治書院、1977, p.558.

이들『예기』와『모시』에는 시를 가지고 인륜을 교화한다는 유교의
사상이 나타나 있다.『고킨슈』한자서문, 가나 서문은『모시』대서의
이중 밑줄부분 '천지를 움직이게 하고 귀신을 감동시키는 것으로 시보
다 더한 것은 없다(「天地を動かし、鬼神を感ぜしむるは、詩より近きは莫し」)'라
는 부분을 인용하고 있어서 시를 가지고 인륜을 교화한다는 유교의
예악사상(礼楽思想)을 근간에 두고 있다. 그러나 이『예기』와『모시』의
【 】부분, 즉 치세(治世)의 소리는 즐겁고 난세(乱世)의 소리는 원한을
가지고 있고, 망국의 소리는 슬퍼하는 것이라는 정치의 문란에 의한
나라의 흥망성쇠에 관한 사상은『고킨슈』한자서문과 가나서문에는
생략되어 있다. 한자서문에는 '그렇기 때문에 편하게 살고 있는 사람의
목소리는 즐겁고 원한을 품고 있는 사람의 목소리는 슬프다(「是を以ち
て、逸せる者は其の声楽しく、怨ずる者は其の吟悲し」)'(앞의 본문①'의【 】)라고
되어 있어, 시(詩)가 정치의 운영과 직접 관계가 있다는 사고를 드러내고
있지는 않다. 게다가 가나서문에는【 】의 부분이 완전히 빠져있다. 이러
한 점에서『고킨슈』한자서문과 가나 서문을『모시』대서와『예기』
악기편과 비교해 보면 정치의 운영과 시의 관련성을 생략하고 있는
것이 드러나고 있어[17] 와카를 읊는 것은 정치와 관련 없이 사람의 보편
적인 심정에 의한 것이라는 생각을 확인할 수 있다.

특히『모시』대서(본문(I))와『예기』악기편(본문(II)), 그리고 한자서
문(본문①')·가나서문(본문②')의 점선부에 주목하고 싶다.『모시』대서
와『예기』악기편은 공통적으로 마음(情)은 움직이는 것이고, 그것을
언어로 나타내고 있는 것이 음, 즉 시(詩)라고 한다. 또한 한자서문·가나
서문도 이러한 시의 개념에 근거하여 사람의 마음은 희로애락으로 바뀌

---

17) 藤原克己·小川豊生·浅田徹,「〈共同討議〉古今集再考」,『文学』6-3, 2005, p.5.

는 것으로 그것을 언어로 표현한 것이 와카라고 정의하고 있다. 이
'마음은 움직이는 것(「心は動くもの」)'이라는 생각은 앞에서 든 『다마노오
구시』의 앞의 인용 본문(C)의 점선부에서도 '사전에도 느끼는 것은 움
직이는 것이라고 하여 마음이 움직이는 것이기 때문에(「字書にも、感は動
也といひて、心のうごくことなれば」)'라고 되어 있고, 또한 노리나가의 초기
연구 노트 『와카노우라(和歌の浦)』[18]에서도 '사람의 마음의 움직임은
사물이 그 원인이다. 마음이 사물에 감응하여 움직이기 때문에 그것이
소리로 표현된다(「人心之動、物使之然也、感於物而動、故形於声」)'(611)라고
『예기』 악기편과 '시는 사람이 느끼는 것을 말로 표현한 것이다 (「詩者人
心之感物而形於言之餘也」)'(612)라는 『시경집주(詩経集註)』의 표현이 인용
되고 있는 것이 확인된다.

　　그러나 중요한 것은 노리나가가 '모노노아와레'설을 전개해 나갈 때
한적의 시의 의의와 역할을 참고하고 있지만, 보다 보편적인 심정을
읊는 것을 중시하는 『고킨슈』가나 서문·한자서문의 와카론이 없었
다면 그의 '모노노아와레'설은 성립할 수 없었던 것이다. 다시 말하면
한시론을 그대로 흡수한 것이 아니라 『고킨슈』 서문을 통해서 유교적
인 가론을 배제하고 탄생한 것이 '모노노아와레'설이라는 것이다. 그
것은 그의 초기 저서인 『아시와케오부네』에서 노리나가가 『고킨슈』
서문의 의미를 다음과 같이 이야기하고 있는 점에서 알 수 있다.

　　질문 노래는 천하의 정도(政道)를 돕기 위한 길이다. 헛되이 가지고
　노는 것이라고 생각해서는 안 되며, 그 때문에 고킨슈 서문에 이 마음이
　보이고 있다. 이것의 의미는 무엇인가?
　　대답하여 말하길 그것은 옳지 않다. 노래의 본체는 정치를 돕기 위한

---

18) 大野晋 編, 本居宣長全集十四 『和歌の浦』, 筑摩書房, 1972.

것도 아니고 몸을 바로잡기 위한 것도 아니다, 단지 마음속에서 생각하는
것을 표현하는 것임에 틀림없다.

　問 歌は天下の政道をたすくる道也、いたつらにもてあそひ物と思ふべからず、
この故に古今の序に、この心みえたり、此義いかか

　答曰、非也、歌の本体、政治をたすくるためにもあらず、身をおさむる為にもあ
らず、たた心に思ふ事をいふより外なし。(3)[19]

노래는 천하의 정도(政道)를 돕는다는 설이 『고킨슈』 서문에 보인다고
하지만 이 의미는 무엇인가라는 질문에 대해서 노리나가는 그것을 틀린
것이라고 단언하고 노래는 정치를 돕기 위한 것도 아니고 『고킨슈』
서문도 그와 같은 의미를 담고 있는 것이 아니라고 주장하고 있다.
이와 같이 노리나가의 '모노노아와레'설에서는 나라의 흥망은 정치에
의한 것이고, 시가 정치를 바로잡는 것이라는 관념은 확인되고 있지
않으며 누구나가 느끼는 마음의 움직임과 보편적인 심정을 토로하는
것이 노래라고 파악하고 있는 것을 알 수 있다. 그리고 이것은 이후
『고사기전(古事記伝)』이라는 저술을 통해서 '중국(「漢」)'과 '일본(「やまと」)'
과의 대립을 드러내는 노리나가가 중국적인 한시론에서 탈피하여 '일본
적인 것'이 옳다고 하는 사고의 근간을 이루는 계기가 되고 있다고 할
수 있다. 즉 노리나가가 와카의 이념으로 시공을 초월한 보편적인 심정인
'모노노아와레'를 주장하는 것은 '일본적인 것'에 대한 집착과 불가분의
관계에 있는 것으로, 그것이 '모노노아와레'라는 용어를 다수 확인할
수 있는 헤이안 시대의 모노가타리론으로 이어져 간다고 할 수 있는
것이다.

---

19) 大野晋 編, 本居宣長全集二 『排蘆小船』, 筑摩書房, 1968.

Ⅳ. 모노가타리(物語)의 리얼리티와 독자

본장에서는 앞장에서 논한 '모노노아와레'설이 주로 가론에서 사용되었다는 점을 시야에 넣고 그렇다면 왜 노리나가가 모노가타리, 특히 『겐지모노가타리』의 어떠한 점에 주목하여 '모노노아와레'라는 용어를 사용하고 있는지 그 이유에 대해서 살펴보고 그것이 어떤 의의를 가지는지에 대해서 분석해 보고자 한다.

『다마노오구시』 권1의 「대략(大むね)」에는 『겐지모노가타리』의 원래의 뜻(또는 작자 무라사키 시키부의 원래의 뜻)에 대해서 다음과 같이 서술하고 있다.

(D) 그건 그렇고 무라사키 시키부가 이 모노가타리에 담은 참뜻은 바로 반딧불권에 나타나고 있는데, 그것도 확실하게 그렇다고는 하지 않고 예의 오래된 모노가타리에 대한 것을 겐지가 다마카즈라에게 말씀하시는 것처럼 해서 사실은 이 모노가타리의 참뜻을 담고 있다.

さて紫式部が、此物語かける本意は、まさしく蛍巻にかきあらはしたるを、それもたしかにさとはいはずして、例のふる物語のうへを、源氏君の、玉かづらの君に、かたり給ふさまにいひて、下心に、この物語の本意をこめたり、(186)

노리나가는 무라사키 시키부가 이 작품을 쓴 참뜻에 대해서 『겐지모노가타리』의 반딧불이권(蛍巻)에서 보이는 모노가타리론(物語論)에 적혀있다고 하고 있다. 그럼 이 반딧불이권의 모노가타리론에 대해서 잠시 살펴보고자 한다.

이 모노가타리론은 히카루 겐지가 모노가타리에 열중해 있는 다마카즈라(玉鬘)를 상대로 이야기한 것이다. 그 내용은 일반론으로서 모노가타리가 가진 의의에 대해서 이야기하는 부분과 그것을 불교의 불법(佛法)에 비유하는 부분으로 크게 나뉘어져 있다. 히카루 겐지가 생각하는 모노가타리의 효용성이라는 것은 일반론인 전반에 제시되어 있다.

　　① 그렇다고 해도 이런 여러 만들어낸 이야기 안에 과연 그런 일도 있을
까하고 사람들의 마음을 유혹하고 그럴 듯하게 말이 나열되어 있으니, 근거
도 없다고 알고 있으면서도 이유도 없이 흥미를 느끼게 되어 정말이지 아가
씨가 애처롭게 생각에 잠겨 계시는 모습을 보면 역시 어느 정도는 마음이
끌립니다. 또 그런 것은 전혀 있을 리가 없다고 생각하고 그래도 거창하게
과장하고 있는 곳에는 저절로 눈을 빼앗기고, 마음을 가라앉히고 다시
들을 때에는 이런 일이 있을까하고 시시하게 생각되어도, 경우에 따라서
는 감탄할 만한 것이 선명하게 그려져 있습니다. (중략) '누군가의 일을
있는 그대로 적을 리는 없다고 해도 ② 좋은 것이든 나쁜 것이든 이 세상을
살아가는 사람의 모습을, 보고 있는 것만으로는 부족한 것을, 듣고서 그대
로 흘려들을 수는 없는 것을 후세에도 전해지게 하고 싶은 것 하나하나를
마음에 담아두지 못하고 말해 둔 것이 모노가타리의 시작입니다.

　　① さてもこのいつはりどもの中に、げにさもあらむとあはれを見せ、つきづきしく
つづけたる、はた、はかなしごとと知りながら、いたづらに心動き、らうたげなる姫君
のもの思へる見るにかた心つくかし。またいとあるまじきことかなと見る見る、おど
ろおどろしくとりなしけるが目おどろきて、静かにまた聞くたびぞ、憎けれどふとを
かしきふしあらはなるなどもあるべし。(中略)「その人の上とて、ありのままに言ひ
出づることこそなけれ、② よきもあしきも、世に経る人のありさまの、見るにも飽か
ず聞くにもあまることを、後の世にも言ひ伝へさせまほしきふしぶしを、心に籠めが
たくて言ひおきはじめたるなり。

(蛍③211-212)

전반부는 모노가타리는 거짓이지만 그 속에는 그런 일도 있겠지라고
사람들의 마음을 사로잡아 그럴 듯하게 이야기하고 사실이 아니라는
것을 알면서도 흥미를 느끼게 하는 것이 있다는 것을 이야기하고 있다.
이 부분의 포인트는 모노가타리가 허구라는 것을 알면서도 그것을 읽는
사람은 자기도 모르게 마음을 빼앗긴다는 점이다. 그리고 후반부는

모노가타리는 좋은 일이든, 나쁜 일이든, 이 세상에 살아있는 사람들의 군상을 그린 것이라는 점에 대해서 언급하고 있다. 즉 해당 부분은 모노가타리가 이야기하고 있는 모든 것은 이 세상의 진실이라는 것이 요점이다. 이 반딧불이권의 모노가타리론 굵은 글씨①에 대해서 『다마노오구시(玉の小櫛)』는 '마음속으로는 과연 그런 일도 있겠구나라고 아와레를 보이고 있다고 한다. 이것이 『겐지모노가타리』의 포인트이다(「下心、げにさもあらんと、あはれを見せといへる、これ源氏物語のまなこ也」)'라고 설명하고 있어서 이 작품의 주안점이 독자에게 '아와레(「あはれ」)'를 느끼게 하는 것이라고 주장하고 있는 것이다.

그리고 굵은 글씨②에 대해서는 다음과 같이 보다 구체적으로 서술하고 있다.

모노가타리에 그려진 좋은 점, 나쁜 점은 세상에서 일반적으로 말하는 유불 등의 서적에서 말하는 선악과는 동일하지 않은 것이다. 그렇다면 모노가타리에 그려진 좋은 점, 나쁜 점을 오로지 유불의 선악으로만 이해해서는 잘못된 점이 많을 것이다. …… 모노가타리의 서문에서도 또한 좋다 나쁘다고 하는 것 중에는 세상의 유교, 불교의 선악과는 다른 것도 있을 것이다. 그렇다면 모노가타리에서 사람의 마음의 움직임 중 좋다, 나쁘다고 하는 것은 어떠한 것인가라고 하니 대개 모노노아와레를 알고 인정이 있어서 세상 사람들의 정과 일치하는 것을 좋다고 하고 모노노아와레를 모르고 인정이 없어서 세상 사람들의 마음에 맞지 않는 것을 나쁘다고 한다.

物語にいへるよきあしきは、よのつねの儒仏などの書にいふ善悪とは同じからざることなり、去れば物語にいへるよきあしきを、ひたぶるに儒仏の善悪とのみ心得ては、たがふしおほかるべし …… 物語序にても、又よしとしわろしとする事の中に、よのつねの儒仏の善悪とは、かはれることもあるぞかし、然らば物語にて、人の心しわざのよきあしきは、いかなるぞといふに、大かた物のあはれをしり、なさ

け有て、よの中の人の情にかなへるを、よしとし、物のあはれをしらず、なさけな
くて、よの人のこころにかなはざるを、わろしとはせり (197-198)

모노가타리에서 말하는 좋고 나쁜 것은 유교와 불교에서 주장하는
선악과는 다르며, 모노노아와레를 아는 것이야 말로 중요하다고 지적
하고 있다. 여기에 '마음은 내 것이면서도 내 마음대로 할 수 없는 것
으로 저절로 견디기 어려운 면이 있어서 느끼는 것도 있는 것이다.
겐지의 경우로 말하자면, 우쓰세미, 오보로즈키요, 후지쓰보 중궁 등
에게 마음을 쓰고 만나셨다(「情は、我ながらわが心にもまかせぬことありて、
おのづからしのびがたきふし有て、 感ずることあるもの也、 源氏君のうへにてい
ば、空蟬君朧月夜君藤つぼの中宮などに心をかけて、逢給へる)'(198)라고 덧붙
이고 있다. 이와 같이 노리나가가 반딧불이권의 모노가타리론에 제시
된 허구의 진실성에 찬성하면서 그것을 모노노아와레를 아는 것으로
연결해 가는 구조가 확인된다. 그리고 그때 노리나가의 주장이 다다
르는 곳은 앞서 서술한 대로 모노노마기레설을 중심으로 한 유교, 불
교에 대한 비판이다. 게다가 『다마노오구시』권2의 「역시 개략(なほお
ほむね)」에서는 이와 같은 모노가타리와 모노노아와레설을 보다 구체
적으로 설명하고 있는데, 거기에는 작자 무라사키 시키부가 '모노노아
와레를 안다'라는 것을 알리기 위해 『겐지모노가타리』를 쓴 것이라고
까지 단정하고 있다. 그리고 무언가를 접하여 사람의 마음을 움직인
다는 예에는 사랑보다 더한 것은 없다고 하면서 이 모노가타리에 노리
나가가 '모노노아와레'설을 사용한 이유는 '세상의 모노노아와레의 극
한을 모두 모아서 읽는 사람을 깊게 감동시키고자 만든 것으로 이 사
랑이 아니면 사람 마음의 여러 가지 상세한 모습, 모노노아와레의 매
우 깊은 곳의 맛은 나타나기 어렵기 때문에 특히 이 부분을 골자로

하여 많이 이야기한 것으로, 사랑하는 사람의 여러 가지 것에 대해서 하는 일, 생각하는 마음의 각양각색의 정취를 정말이지 세세하게 그려내신 것으로, 모노노아와레를 전부 나타낸 것이다(「よの中の物のあはれのかぎりを、書あつめて、よむ人を、深く感ぜしめむと作れる物なるに、此恋のすぢならでは、人の情の、さまざまとこまかなる有さま、物のあはれのすぐれて深きところの味は、あらはしがたき故に、殊に此すぢをむねと多く物して、恋する人の、さまざまにつけて、なすわざ思ふ心の、とりどりにあはれなる趣を、いともいともこまやかに、かきあらはして、もののあはれをつくして見せたり」)'라고 하는 것처럼 이 모노가타리가 '모노노아와레'를 가장 잘 나타낼 수 있는 사랑하는 사람들의 마음과 행위를 표현하고 있다고 주장하고 있다.

제1장에서 다룬 것처럼 노리나가가 '모노노아와레'설을 제시한 것에는 당시『겐지모노가타리』를 유교, 불교와 관련지어 모노가타리를 읽는 자세에 대한 비판에 그 목적이 있었다. 그러나 노리나가가 주장하고 있는 대로 후지쓰보와 히카루 겐지의 밀통, 오보로즈키요(朧月夜)와 히카루 겐지의 만남 등, 개개의 장면에서 느껴지는 '모노노아와레'의 반복이 이 작품의 주제라고는 할 수 없다. 왜냐하면 예를 들어 노리나가가 '모노노아와레'를 알 수 있는 장면으로 빈번하게 언급하고 있는 후지쓰보와 히카루 겐지의 밀통은 '모노노아와레'를 느끼게 할 뿐만 아니라 제2부의 가시와기(柏木)와 온나산노미야(女三宮)의 밀통과 가오루(薫)의 탄생까지 깊은 영향을 주고 있기 때문이다.

이분이 정말이지 기품이 있는데다가 귀염성이 있고 눈가가 밝아서 미소를 띠고 있는 것 등을 (겐지는) 매우 귀엽게 여기신다. 그렇게 생각하고 보기 때문인가 역시 (가시와기와) 많이 닮았다. 지금부터 벌써 눈빛이 온화하고 바라보는 사람이 부끄러워질 정도로 훌륭한 모습을 하고 계신 것도 보통이 아니시며 화사하고 아름다운 얼굴이다. 미야(온나산노미야)

는 그렇다고는 생각하지 못하고 다른 사람들도 전혀 모르는 일이기 때문
에 겐지는 단지 마음속으로만 얼마나 덧없는 그 사람(가시와기)의 운명
인가 하고 바라보시니 세상 일반의 덧없음도 계속해서 생각하게 되셔서
눈물이 뚝뚝 떨어지는 것을…

> この君、いとあてなるに添へて愛敬づき、まみのかをりて、笑がちなるなどをい
> とあはれと見たまふ。 思ひなしにや、 なほいとようおぼえたりかし。 ただ今なが
> ら、まなこゐののどかに、恥づかしきさまもやう離れて、かをりをかしき顔ざまな
> り。宮は、さしも思しわかず、人、はた、さらに知らぬことなれば、ただ一ところの
> 御心の中にのみぞ、あはれ、はかなかりける人の契りかなと見たまふに、おほかた
> の世の定めなさも思しつづけられて、涙のほろほろとこぼれぬるを、(柏木④323)

이 부분은 가오루의 탄생 50일째의 축의(祝儀)를 묘사하고 있다. 가
시와기는 온나산노미야와 밀통을 범한 후 히카루 겐지를 두려워하여
자멸해 버린다. 그리고 온나산노미야는 원치 않는 아이를 가진 채로
출가해 버린다. 이날 태어난 가오루를 본 겐지는 가시와기를 떠올리면
서 아기를 자신의 아들로 받아들이고 있다. 이와 같은 모노가타리의
전개는 제1부의 후지쓰보와 겐지의 밀통 없이는 그려낼 수 없는 것으
로, 그와 같은 경험을 한 겐지이기 때문에 자신의 아내와 밀통을 범한
가시와기를 생각하면서 마음 아파하고 그의 아이를 자신의 자식으로
키워가는 것이다. 그러나 아이러니하게도 가시와기는 그를 원망하지
않는 겐지의 마음을 충분히 이해하지 못한 채 공포에 질려 죽어간다.
이와 같이 이 모노가타리에는 어긋나는 인간관계가 모노가타리를 전
개해 나가는 방법이 되고 있고, 그곳에 묘사되어 있는 것은 오랜 시간
에 걸쳐 살아가는 인간들의 복잡하게 얽힌 관계와 인생 그 자체인 것
인다. 그렇기 때문에 이 모노가타리의 주제가 단순히 '모노노아와레'
를 아는 것이라고는 말할 수 없다. 뿐만 아니라 이 모노가타리를 읽고
다양한 생각과 감정을 맛보는 것은 독자 각자의 판단과 가치기준, 감

정에 의한 것으로 그것을 작자가 처음부터 예측하고 모든 것을 지배할수는 없기 때문이다. 무라사키 시키부가 자각한 것이 '모노노아와레'를 아는 것이라고 하는 노리나가의 주장은 모노가타리의 다이너미즘과 독자의 자유 의지를 고려하지 않은 것이라고 봐야 할 것이다.

그럼에도 불구하고 노리나가가 『겐지모노가타리』를 해석할 때 '모노노아와레'를 사용한 것은 작품을 생각할 때 간과해서는 안 되는, 당시로서는 획기적인 시점을 제시하고 있었다. 이미 선행연구가 노리나가의 공적으로 지적하고 있는 것은 유교와 불교의 교훈적인 독서법으로부터 『겐지모노가타리』를 해방시킨 점이다. 그것은 어쩌면 너무나 당연한 지적이지만, '모노노아와레'설에는 독자와 모노가타리의 관계에 대한 보다 근본적인 문제가 숨어 있다고 생각된다. 노리나가는 독자가 작품을 읽는 이유와 독서라는 행위를 통해서 '모노노아와레'를 느끼는 과정을 다음과 같이 설명하고 있다.

> 대체로 모노가타리를 읽는 마음가짐은 이와 같을 것이다. ① 옛 일을 현재의 나와 비교해보고 옛 사람들의 모노노아와레도 생각해 보고 나의 신세도 옛 것과 비교해 보고 모노노아와레를 이해하여 괴로움도 달래는 것이다. 이와 같이 다음과 같이 매 권에 옛 이야기를 읽는 사람의 마음가짐을 쓰는 것, ② 즉 지금 겐지모노가타리를 읽으려고 하는 사람들의 마음가짐도 이와 같다는 것을 알아야 한다. 세상의 유교, 불교 등의 서적을 읽으려고 하는 마음가짐과는 상당히 다른 것이다.
>
> 大かた物語をよみたる心ばへ、かくのごとし、① 昔の事を、今のわが身にひきあて、なすらへて、昔の人の物のあはれをも、思ひやり、おのが身のうへをもむかしにくらべみて、もののあはれをしり、うきをも思ひなぐさむるわざ也、かくて右のごとく、巻々に、古物語をよみたるひとのこころばへを書くやう、② すなはち今源氏物語をよまむ人の心ばへも、かくのごとくなるべきこと、しるべし、よのつねの儒仏などの書をよみたらむ心ばへとはいたくことなるものぞかし (185–186)

이 인용문은『다마노오구시』권1의「개략」의 모두 부분으로『겐지
모노가타리』의 각 권에는 옛 모노가타리를 읽는 이유를 상세히 써 놓
았다고 하고, 그 예를 든 후 노리나가 자신이 그 내용을 정리한 것이
다. 굵은 글씨①은 독자가 작품을 향수하는 방법에 대해서 서술하고
있다. 모노가타리를 읽는 것으로 옛 것을 자신의 경우와 비교하여 옛
사람들의 '모노노아와레'를 생각하여 그것에 대해서 이해하고 현재의
자신을 위로하는 것이라고 한다. 그렇기 때문에 지금『겐지모노가타
리』를 읽으려고 하는 사람의 마음가짐도 이래야만 한다고 서술하고
있다(굵은 글씨②). 등장인물이 옛 모노가타리를 읽는 것을 예로 들어
현재 이것을 읽으려고 하는 사람도 그들과 동일해야 한다는 논리는
억지스러운 면은 있지만, 그러나 작품과 그것을 향유함으로써 감동을
받는 독자와의 관계에 대한 해석은 정확한 지적이라고 할 수 있다.
　근세시대는 그 이전 어느 때보다도 도시가 발달한 시기였다. 그러나
'그 도시는 그것을 구성하는 대중 공동체의 자기표현으로서가 아니라
권력 여하에 따라서 대중의 연대를 분단하는 중세 이래의 방식에 의해
만들어진 것(「その都市はそれを構成する大衆の共同態の自己表現としてでなく、
権力の都合によって大衆の連帯を様々に分断する中世以来ひき継がれたやり方で産
み出された」)'으로, 도시의 대중은 자기표현의 장을 잃고 막다른 곳에
놓인 상태였다고 한다.[20] 이와 같은 근세 도시의 특징에 의해 자기표
현의 장으로 탄생한 것이 유곽과 연극으로, 바로 이러한 근세 도시에
서 살아가는 사람들에게 자신의 감정을 표출할 수단이 필요하다는 것
을, 노리나가 자신이 가장 잘 이해하고 있었다는 점은 쉽게 추측해
볼 수 있다. 모노가타리의 등장인물에게 독자가 자신의 감정과 모습을
중첩시키면서 또는 그들에게 감정이입을 하는 것은 작품이 가지고 있

20) 百川敬仁, 전게서, pp.173-174.

는 리얼리티가 독자의 마음을 움직이게 하고 있기 때문이다. 다시 말
해서 근세 도시 사람들이 처한 폐쇄적인 상황은 '모노노아와레'를 가
장 잘 느끼게 하는 옛 모노가타리가 가지고 있는 리얼리티에 의해 독
자들이 자신을 위로할 수 있다고 노리나가는 생각했던 것이다. 이와
같이 텍스트와 독자 사이에 일어나는 감정의 교류야말로 노리나가가
주장한 시대를 초월한 보편적 심정으로서의 '모노노아와레'이고, 그것
은 『고킨슈』 서문에 서술되어 있는 와카의 참뜻과도 일치하고 있다.
노리나가의 『다마노오구시』에 나타난 '모노노아와레'설의 가치는 이
와 같이 모노가타리의 리얼리티와 독자의 관계를 제시했다는 점에 있
다고 평가할 수 있을 것이다.

V. 『다마노오구시』에서 『우이야마부미』로

앞장에서는 모노가타리의 리얼리티가 독자와의 관계, 그리고 그것
을 '모노노아와레'설과 관련지어 생각한 점에 노리나가의 공적을 인정
할 수 있다는 점에 대해서 언급하였다. 그러나 그가 '모노노아와레'설
을 전개해 가는 과정에서는 상당한 무리가 있었다는 점도 인정하지
않을 수 없다. 그는 '모노노아와레를 아는 것'을 중시하여 이것을 공유
할 수 없는 독자를 『겐지모노가타리』의 독자로 인정하지 않았다. 즉
그는 '모노노아와레를 아는 것'을 작품을 읽은 후의 독자 개인의 감정
에 맡기는 것이 아니라 그것을 모노가타리를 읽는 독자의 소양으로
명시하고 있는 것이다. 그렇기 때문에 '모노노아와레를 아는 것'이 하
나의 규범이 되어 유교, 불교적 교훈관 대신에 독자를 지배하고 있는
것이다.[21]

이와 같은 문예론으로서의 '모노노아와레'설이 명백한 변화를 이루고 있는 것은 언제인가? 이에 대해서는 선행연구가 그다지 언급하지 않고 애당초 노리나가 만년의 '모노노아와레'설에 관해서는 주목하지 않았다. 그러나 이 점을 밝히는 것이야말로 고대를 이상적으로 여긴 노리나가의 주장과 '모노노아와레'설이 어떻게 연결되어 가는지를 명확히 할 수 있다고 생각한다.

『다마노오구시』 이후, '모노노아와레'라는 용어가 사용되고 있는 것은 『우이야마부미(うひ山ぶみ)』이다. 『다마노오구시』가 완성된 것은 노리나가 67세인 1796년의 일로, 『우이야마부미』가 완성된 것은 2년 후인 1798년이다. 이 해는 『고사기전(古事記伝)』 44권을 탈고한 해이기도 하다. 노리나가 만년에 완성한 이러한 저작들, 특히 『우이야마부미』는 알기 쉽게 서술한 입문서로서 그의 사상이 집약되어 있다고 할 수 있다. 이 저작에서의 '모노노아와레'라는 용어의 예는 1개로('아와레'의 예는 2개이다), 그것은 다음과 같은 문맥에서 사용하고 있다.

> 옛 사람들의 풍류의 정취를 아는 것은 등등
> 사람들은 풍류의 정취를 몰라서는 안 된다. 이것을 모르는 것은 모노노아와레를 모르는 것, 마음이 없는 사람이다. 그 풍류의 정취를 아는 것은 노래를 부르고 모노가타리 등을 잘 보는 것에 있다. 그렇기 때문에 옛 사람들의 풍류의 마음을 알고 모든 풍류가 있던 옛 세상의 모습을 잘 아는 것이야 말로 옛날의 도를 알기 위한 지침이 된다.
> いにしへ人の風雅のおもむきをしるは云々。
> すべて人は、雅の趣をしらでは有るべからず。これをしらざるは、物のあはれをしらず、心なき人なり。かくてそのみやびの趣をしることは、歌をよみ、物語書などをよく見るにあり。然して、古人のみやびたる情をしり、すべて古の雅たる世の

---

21) 野口武彦, 「本居宣長と紫式部」, 『江戸文林切絵図』, 冬樹社, 1979, p.121.

有りさまをよくしるは、これ古の道をしるべき階梯也。(248)[22]

이 문장의 의미는 옛 시대의 풍류를 아는 것은 '모노노아와레를 아는 것'이요, 옛 도를 아는 것이라는 점이다. 노리나가가 '풍류의 정취(「雅の趣」)'를 모르는 것은 '모노노아와레'를 모르는 것이라고 할 때 이 '풍류의 정취'라는 말은 신국(神国)인 일본의 고유의 정취를 의미한다.[23] 그에 따르면 '풍류의 정취'를 아는 것은 당연하지만 '모노노아와레'를 이해함으로써 옛 사람들의 풍류를 알게 되고 모든 옛 도를 알게 된다는 것이다. 이와 같이 '모노노아와레를 안다'는 것은 『우이야마부미』에서 '옛 도(「古の道」)'를 아는 초석이 된다는 노리나가의 주장을 확인할 수 있는 것이다.

그렇다면 노리나가가 말하는 '옛 도'란 무엇을 의미하는가? 『우이야마부미』에는 도(道)의 학문에 대한 그의 언설이 서술되어 있다.

학문의 근본이 무엇인가 하면 도를 배우는 것이다.
원래 이 도는 아마테라스 오미카미의 도로, 천황이 천하를 통치하는 도, 사해만국에 걸친 진정한 도인데, 단지 황국에만 전해지는 것을, 그 도는 어떤 것인가 하면 이것은 고사기, (일본)서기의 두 개의 경전에 적혀 있는, 신대, 상대의 모든 사적에 깃들어있다. 이 두 경전의 신대, 상대의 권들을 반복해서 잘 읽어야만 한다.
その主としてよるべきすぢは何れぞといへば、道の学問なり。

---

22) 『うひ山ぶみ』의 인용은 白石良夫 注, 『うひ山ぶみ』, 講談社学術文庫, 2009에 의한다.
23) 『石上私淑言』 巻二(인용은 大野晋 編, 本居宣長全集四 『石上私淑言』, 筑摩書房, 1968에 의한다)는 「吾御国は天照大御神の御国として、国々にすぐれ、めでたくたへなる御国なれば、人の心もなすわざもいふ言の葉も、只直くみやびやかなるままにて、天の下は事なく穏に治まり来ぬれば、人の国のやうにこちたくむつかしげなる事は、つゆまじらずなむ有ける」(154)이라고 서술하고 있어서 옛날의 '풍류의 정취(「雅の趣」)'(또는 「雅情」)는 신국인 일본 고유의 정취라고 이해할 수 있다.

　　そもそも此道は天照大御神の道にして、天皇の天下をしろしめす道、四海万国
　　にゆきわたりたるまことの道なるが、ひとり皇国に伝はれるを、其道はいかなるさ
　　まの道ぞといふに、此道は、古事記・書紀の二典に記されたる、神代・上代のもろ
　　もろの事跡のうへに備はりたり。此二典の上代の巻々をくりかへしくりかへしよく
　　よみ見るべし。(57)

　　즉 노리나가는 이 도를 천황의 시조신인 아마테라스 오미카미의 도
이고, 천황의 도이며, 이것은 황국인 일본에만 전해지는 것으로 『고사
기』, 『일본서기』를 통해서 전해진다고 하고 있다. 이 도의 학문이라는
것은 바로 노리니가가 주장한 고도학(古道学)으로, 일본의 부동의 체제
인 신의 도를 일컫는 것이다. 그렇다면 『우이야마부미』에서 '모노노아
와레를 아는 것'은 신의 도를 알기 위한 기반이 되는 것이라고 판단할
수 있을 것이다.

　　앞서 서술했듯이 『다마노오구시』에서 노리나가가 모노가타리를 읽
는 모든 사람들은 '모노노아와레'를 알아야 한다고 한 것은 문예를 즐
기는 공동체의 감성을 규정하고 제약하는 것이었다. 그러나 특정한
작품의 주석서가 아니라 폭넓은 내용을 망라하고 있는 입문서의 성격
을 띤 『우이야마부미』에서 '모노노아와레'에 관한 설은 단지 독자의
인성론과 문예론에 머무는 것이 아니라 『고사기전』의 저술을 거쳐 성
립한 그의 '고도학'과 결부되고 있는 것을 알 수 있다. 그리고 여기에
서 주장하고 있는 것처럼 고도학의 기반으로 '모노노아와레'를 알아야
한다는 것은 이미 이 '모노노아와레'설이 문예론에서 벗어나 이데올로
기가 되고 있다는 것을 드러낸다. 노리나가가 지향하는 옛 도를 아는
것은 옛날을 이상적인 것으로 규정하고 그 세계를 꿈꾸는 것을 의미한
다. 그것은 자기표현의 장을 잃어버린 근세인들에게 자신의 아이덴티

티를 발견할 수 있는 것이 필요했다는 당시의 사회적 분위기와 맞물려 있다고 볼 수 있다. 그렇다면 이것은 이미 『다마노오구시』에서 확인되는 문예론의 견해를 초월하여 이데올로기로서 공동환상을 만들어 내고 있는 것이다. 즉 '모노노아와레를 아는 것'은 『우이야마부미』에 이르러 폐쇄적인 생활에 몰려 있는 민중의 마음을 결집시키기 위한 이데올로기로서 확고한 지위를 획득했다는 점을 드러내고 있다.

VI. 나오며

노리나가가 주장한 '모노노아와레'설은 지금도 여전히 모노가타리를 읽는 독자의 마음을 사로잡는 개념으로 작용하고 있다. 그 의미는 모노가타리를 접하고 느끼는 다양한 감정의 움직임을 표현할 뿐만 아니라 독자의 인간성까지 규정하고 있다. 그러나 이 설은 근대의 문예론의 선구가 되는 획기적인 시점을 제시하고 있다는 점도 인정해야 할 것이다. 모노가타리가 가지고 있는 리얼리티와 독자의 문학 수용과의 관계에 대해서 설명하고 있는 것이 바로 그것이다.

'모노노아와레'설의 성립에 관해서 선행연구는 중국의 한시론과 『고킨슈』서문의 영향 등을 지적하고 있지만 그러나 노리나가가 양쪽을 동일하게 흡수하고 있었던 것은 아니다. 『고킨슈』서문의 영향을 받는 과정은 한시의 논리로부터 탈피하는 것을 뜻하며 이와 같은 『고킨슈』서문의 문예론이 없다면 노리나가의 '모노노아와레'설은 성립될 수 없었을 것이다. 그리고 이것이 이후 '한(漢)'과 '야마토'를 대비시켜 가는 도식으로 이어지고 있다. 이러한 경향은 노리나가 만년의 '모노노아와레'설에서 더욱 뚜렷해진다. 노리나가가 『고사기전』을 완성한 해에 저술한『우이야마부미』에서 '모노노아와레'설은 고도론(古道論)과 융합되고 있다. 그리고 이것이 옛날을 이상으로 삼아 사람들의 마음을 사로잡는 공동환상으로 작용하고 있는 것을 알 수 있다.

와카라는 전통의 재발견과 한계

노리나가 가론(歌論)에서의 '말'과 '마음'

Ⅰ. 들어가며 - 일본의 와카와 모노노아와레

일본 근세기 국학자 모토오리 노리나가(本居宣長, 1730-1801)가 헤이안 시대 작품인 『겐지모노가타리(源氏物語)』와 일본 고유의 노래인 와카(和歌)의 본질을 '모노노아와레(もののあはれ)'라는 용어를 사용하여 설명한 것은 잘 알려져 있다. 이 '모노노아와레'에 대한 해설이 확인되는 것은 주로 와카에 대해 해설해 놓은 『이소노카미노사사메고토(石上私淑言)』와 『겐지모노가타리』에 대한 의견을 피력한 『시분요료(紫文要領)』, 『겐지모노가타리 다마노오구시(源氏物語玉の小櫛)』(이하, 『다마노오구시(玉の小櫛)』로 약칭함)이다. 그러나 노리나가는 이 '모노노아와레'라는 용어를 단지 일정 기간 동안에만 주장한 것이 아니라 평생에 걸쳐 사용하였다. 그의 초기 가론집(歌論集)인 『아시와케오부네(あしわけをぶね)』와 만년의 국학입문서인 『우이야마부미(うひ山ぶみ)』에서도 이 '모노노아와레'라는 단어의 용례는 확인되고 있어 노리나가 사상의 중핵을 이루는 개념이라는 것을 알 수 있다.

노리나가의 대표적인 가론집인 『이소노카미노사사메고토』는 이 '모노노아와레(もののあはれ)'와 와카에 대해서 다음과 같이 기술하고 있다.

(A) 물어 말한다. 모노노아와레를 아는 것이란 무엇인가?

내답하여 말한다. 고킨와카슈 서문에 ① **와카는 하나의 마음을 씨앗으로 하여 수많은 말의 잎사귀가 된다고 한다.** 여기에서 마음이라고 하는 것은 다시 말해서 모노노아와레를 아는 마음이다. 다음으로 ② **세상 사람들은 여러 일과 관련되어 있기 때문에 마음으로 생각하는 것을 보는 것, 듣는 것을 통해서 말한다.** 이 마음으로 생각하는 것 또한 다시 말해서 모노노아와레를 아는 마음이다. …… 모든 세상에 살아가는 것은 모두 마음이 있다. 마음이 있으면 무언가를 접하여 반드시 생각하는 것이 있다. 이 때문에 살고자 해서 살아가는 것들에는 모두 노래가 있는 것이다.

問云。物のあはれをしるとはいかなる事ぞ。

答云。古今序に、① やまと歌は、ひとつ心をたねとして、萬のことのはとぞなれりけるとある。此こころといふがすなはち物のあはれをしる心也。次に、② 世中にある人、ことわざしげきものなれば、心に思ふ事を、見る物きく物につけて、いひいだせる也、とある。此心に思ふ事といふも、又すなはち、物のあはれをしる心也。……すべて世中にいきとしいける物はみな情あり。情あれば、物にふれて必ずおもふ事あり。このゆへにいきとしいけるものみな歌ある也。　　　　（『石上私淑言』99)[1]

여기에서 노리나가는 '모노노아와레를 아는 것'은 어떤 것인가라는 질문에 대한 대답으로 『고킨와카슈(古今和歌集)』(이하, 『고킨슈(古今集)』라고 약칭함) 가나 서문(仮名序)을 바탕으로 설명하고 있다. '모노노아와레를 아는 것'이란 당연히 '모노노아와레'를 이해하는 것인데, 이 '모노노아와레'에 대해서는 『다마노오구시(玉の小櫛)』 2권의 「역시 개략(なほおおむね)」에 보다 자세하게 서술되어 있다.

　모노노아와레를 안다는 것, 우선 모든 아와레라고 하는 것은 원래 보는 것, 듣는 것, 접하는 것에 대해서 마음으로 느껴서 나오는 탄식의 소리

---

1) 『이소노카미노사사메고토(石上私淑言)』와 『아시와케오부네(あしわけをぶね)』의 인용은 大野晋 編, 『本居宣長全集』 二, 筑摩書房, 1968에 의하고, 페이지 수를 표시하였다.

로, 지금의 속어에도 '아아'라고 하고, '하레'라고 하는 것을 말한다. 예를 들면 꽃과 달을 보고 느끼고 아아, 훌륭한 꽃이구나, 하레, 좋은 달이구 나 등이라고 말한다. 아와레라고 하는 것은 이 아아와 하레라고 하는 것 이 겹쳐진 것으로 한문에 명호(鳴呼) 등이라고 있는 문자를 '아아'라고 읽는 것도 이것이다. …… 반드시 '아아하레'라고 느껴야 하는 것을 접하 고서는 그 느껴야 할 마음가짐을 분별하여 알고 느끼는 것을 '아와레를 안다'고 한다. 또한 '모노오 아와레부'라는 말도 원래 '아아하레'라고 느끼 는 것이다. 고킨슈 서문에 있는 안개를 아와레미(느낀다)라고 하는 표현 을 보고도 알 수 있다. 또한 후대에서는 '아와레'라고 하는 것에 애(哀)라 는 글자를 써서 단지 비애의 뜻으로만 생각하는데 '아와레'는 비애뿐만 아니라 기쁜 일도, 재미있는 일도, 즐거운 일도, 웃기는 일도, 모두 '아아 하레'라고 생각되는 것은 모두 '아와레'이다. …… 또한 '모노노아와레'라 고 하는 것도 마찬가지로 모노(物)라고 하는 것은 무언가를 말하는 것을 모노이우, 이야기하는 것을 모노가타리, 또한 모노모우데(신사나 절에 참배하는 것), 모노미(무엇인가를 구경하는 것), 모노이미(더럽거나 부정 한 것을 피하는 것) 등을 말할 때 사용하는 의미의 모노(物)로, 넓게 얘기 할 때 첨부하는 말이다.

物のあはれをしるといふ事、まづすべてあはれといふはもと、見るものきく物ふ るる事に、心の感じて出る、嘆息の声にて、今の俗言にも、ああといひ、はれとい ふ是也、たとへば月花を見て感じて、ああ見ごとな花ぢゃ、はれよい月かななどい ふ、あはれといふは、このああとはれとの重なりたる物にて、漢文に鳴呼などある もじを、ああとよむもこれ也、…… かならずああはれと感ずべき事にあたりては、 その感ずべきこころばへをわきまへしりて、感ずるを、あはれをしるとはいふ也、 又物をあはれふといふ言も、もとああはれと感ずること也、古今集序に、霞をあは れみ、とあるなどをもてしるべし、又後の世には、あはれといふに、哀の字を書 て、ただ悲哀の意とのみ思ふめれど、あはれは、悲哀にはかぎらず、うれしきに も、おもしろきにも、たのしきにも、をかしきにも、すべてああはれと思はるる は、みなあはれ也、…… 又もののあはれといふも、同じことにて、物といふは、言 を物いふ、かたるを物語、又物まうで物見物いみ、などいふたぐひの物にて、ひろ

くいふときに、添ることばなり、(201-203)[2]

인용문(A)은 『고킨슈』 가나서문 첫머리에 '와카라는 것은 사람의 마음을 씨앗으로 하여 다양한 말의 잎사귀를 피우는 것이다. 세상 사람들은 관련된 일이 많기 때문에 마음속으로 생각하는 것을 보고, 듣는 것으로 표현한다. 꽃을 보고 우는 휘파람새와 물에 사는 개구리 소리를 들으면 살아가는 모든 것 중 노래하지 않는 것이 있으랴(「やまとうたは、人の心を種として、よろづの言の葉とぞなれりける。世の中にある人、ことわざしげきものなれば、心に思ふことを、見るもの聞くものにつけて言ひ出せるなり。花に鳴く鶯、水に住むかはづの声を聞けば、生きとし生けるもの、いづれか歌をよまざりける」(8)[3]라는 부분을 인용하여 이것이야말로 '모노노아와레를 아는 마음'이라고 언급하고 있다(굵은 글씨①②). 이 문맥에서 와카는 마음(情), 즉 모든 것을 느끼는 '모노노아와레'를 근본으로 하고 있다고 할 수 있는데, 그 감정을 그대로 읊는 것을 의미하는 것이 아니라는 점이 드러난다. 인용문(A)의 굵은 글씨① '하나의 마음(「ひとつ心」)'[4]이란, 굵은 글씨②의 '마음으로 생각하는 것을(「心に思ふ事を」)'이라는 문맥에서 알 수 있듯이 감정이 아니라 느낀 것을 생각한다는 이성을 가리키는 것으로, 와카는 감정을 그대로 표출하는 것이 아니라 이성의 통제에 의해 성립하는 것이라는 점이 부각되고 있다.[5] 그렇기 때문에 노리나

---

2) 大野晋 編, 『本居宣長全集』 四, 筑摩書房, 1969.

3) 高田祐彦, 『古今和歌集』, 角川ソフイア文庫, 2009.

4) 『石上私淑言』에서는 '하나의 마음(「ひとつ心」)'이라고 되어 있는데, 『고킨슈』의 본문에서는 '사람의 마음(人の心)'이라고 되어 있다.

5) 본고는 '기교(あや)'의 의미의 해석에 대해서 鈴木日出男, 「宣長の和歌論における「もののあはれ」と「あや」」, 長島弘明 編, 『本居宣長の世界』, 森話社, 2005에서 많은 교지를 받았다. 그러나 이들 논문의 결론은 노리나가가 와카의 본질을 찾아냈다는 점을 평가하는 것으로 귀결되어 있다. 본고는 이러한 설을 발판으로 삼으면서도 노리나가의 설의 한계도 지적하려고 하여 논지의 방향성은 다르다.

가는 이 마음이라는 것이 다시 말해서 '모노노아와레를 아는 마음이
다.'(인용문(A) 밑줄부분)라고 하여 마음을 '모노노아와레'가 아니라 '모노
노아와레를 아는 마음', 즉 감정을 이해하는 마음이라고 표현하고 있는
것이다. 따라서 '마음(「こころ」)'의 표기를 '정(「情」)'과 '심(「心」)'으로 나
누어 사용하고 있다고 할 수 있다.

근세 가론에서 확인되는 공통적인 인식은 『만요슈(万葉集)』에서 『고
킨슈』로의 변화였다. 전자가 단지 마음을 읊은 것이었다고 한다면, 후
자는 말의 장식이 중시되었다는 것이다. 이러한 고전 와카에 대한 이
해는 근세의 와카가 마음을 표현하는 것이 아니라 오로지 말의 유희에
치중하여 세속화되어 버렸다는 비판에 바탕을 두고 있다.[6] 예를 들어
가모노 마부치(賀茂真淵)는 말의 장식이 배제되고 감정을 그대로 솔직
하게 표현한 『만요슈』를 이상적인 가집이라고 생각했다. 노리나가는
마부치에게 커다란 영향을 받았지만 앞서 말한 것처럼 다양한 감정을
나타내는 '모노노아와레'를 그대로 드러내는 것을 부정하고 이성이라
는 필터를 통해서 표현해야 한다고 서술하고 있어 가모노 마부치와
확연한 차이를 드러내고 있다.

그럼 근세 와카론에서 논의되고 있었던 노래를 읊는 사람의 감정과
말과의 괴리현상을 노리나가는 어떻게 생각하고 있었을까? 그리고 앞
서 언급한 노래를 이성을 통해서 표현한다는 것은 어떤 의미를 가지는
가? 다음으로 노리나가의 와카론을 분석하여 와카를 읊는 사람의 마
음과 표현의 문제에 대해서 고찰해 보기로 하겠다.

---

6) 子安宣邦, 「本居宣長・和歌の俗流化と美の自律—「物のあはれ」論の成立—」, 『思想』879,
   1997, pp.4-9.

II. 소리의 기교, 말의 기교

노리나가는 어떤 상태에서 와카를 읊고 그것을 어떻게 표현해야 하는지에 대해서 다음과 같이 이야기하고 있다.

(B) 그것(와카)을 단순한 말로 표현하지 않으려고 소리를 길게 하고 말을 꾸미거나 궁리할 필요가 없다. 참기 힘든 것을 말로 표현할 때는 저절로 말에 장식이 생기고 목소리도 길게 나오는 것이다. 그것을 단지 말로 표현하는 것은 아와레의 감정이 희박할 때이다. 아와레의 감정이 깊을 때에는 자연스럽게 장식이 있고 길게 부르는 것이다. <u>깊은 아와레는 단지 말로 해서는 만족할 수 없고 같은 한마디도 길게 꾸며서 말하면 더할 나위 없이 마음이 밝아진다.</u> 단순한 말로는 아무리 길게 자세하게 이야기해도 말로 다 할 수 없는 깊은 감정도 말을 꾸며 길게 부르면 그 **말의 기교 소리의 기교**에 의해 마음의 깊이도 나타난다. 그러면 그 말에 적당하게 기교가 있어 긴 곳에 무궁무진한 깊은 아와레(정취)가 담겨있는 것이다.

それをただの詞にいはずして、声を長くし、詞にあやをなすことも、たくみて然するにはあらず。たへがたき事をいひ出るは、をのづから詞にあや有て、長くひかるるもの也、それをただの詞にいふは、哀の浅きときの事也。ふかきときは自然と文有長くいはるる也、<u>深きあはれはただの詞にいひてはあきたらず、同し一言も、長くあやをなしていへば、心はるる事こよなし。</u>ただの詞にては、いかほど長くこまごまといひても、いひつくされぬ深き情も、詞にあやをなして長くうたへば、其詞の文声の文によりて、情の深さもあらはさるるもの也。されば其詞のほどよく文有て長き所に、無量無窮の深きあはれはこもりて有物也。　　　　　（『石上私淑言』109-110）

와카와 보통의 말의 차이를 강조하고 있는 이 문장은 소리를 길게 내고 말을 꾸미는 것이 노래이고 깊은 아와레의 감정을 느낄 때 와카는 자연스럽게 나온다고 하고 있다. 즉 이 설명을 보는 한 감정이 북받

쳐 오르면 노래는 자연스럽게 읊어진다는 것이다. 그러나 노리나가가 와카에 대해서 이야기하려고 하는 것은 과연 이러한 점뿐일까? 노리나가가 생각하고 있는 와카라는 것은 어떻게 읊어야 하는가? 이 질문에 대한 열쇠는 노리나가가 빈번하게 사용하고 있는 '기교(「あや」)'라는 의미를 밝히는 것에 있다.

　우선 굵은 글씨의 '말의 기교와 소리의 기교'라는 표현에 주목해 보자. 바로 앞에 '말을 꾸며 길게 부르면'이라는 부연설명이 있기 때문에 소리의 기교란 노래의 음률을 가리키는 것이라고 이해할 수 있다. 말의 기교에 대해서는 『이소노카미노사사메고토』에서 '물어서 말하길, 말이 알맞게 정돈되어 꾸밈이 있다는 것은 무엇을 말하는가.'라는 물음을 설정하여 그에 대해서 '부르기에 말의 수가 적당하고 막힘없이 흥취 있게 들리는 것이다. 기교가 있다는 것은 말을 잘 정돈하여 흐트러짐이 없는 것이다. 대체로 오언칠언(五言七言)으로 정돈되는데 옛날과 현재, 세련된 말과 속된 말에 걸쳐서 적당하다. 그렇기 때문에 옛날 노래도 지금의 유행가인 고우타(小歌)도 모두 오언칠언이다. 이것이 자연의 훌륭한 점이다(「うたふに詞のかずほどよくて、とどこほらずおもしろく聞ゆる也。あやあるとは、詞のよくととのひそろひてみだれぬ事也。大方五言七言にととのひたるが、古今雅俗にわたりて、ほどよき也。さればむかしの歌も今のはやり小歌も、みな五言七言也。是自然の妙也」)'(『石上私淑言』88)라고 하여 오언칠언의 정형성이 말의 장식이라고 인식하고 있다는 것을 알 수 있다. 이 와카의 정형성은 '아와레' 또는 '모노노아와레'를 표현할 때에 자연스럽게 나오는 율조로, 그러한 의미에서 보통의 말과는 달리 마음의 움직임과 밀접하게 관련된다고 할 수 있다. 즉 '모노노아와레'를 표현하기에 가장 자연스러운 형태가 이 오언칠언의 정형화된 형식이라고 강조하고 있는 것이다.

이와 같이 노리나가가 주장하는 소리의 기교, 말의 기교라는 것은 일상적인 언어가 아닌 율조가 가미된 것이라는 것을 알 수 있다. 그러나 이렇게 결론을 내리기에는 문제가 그렇게 간단하지만은 않다. 왜냐하면 노리나가는 와카를 노래하는 방법으로 다음과 같은 문장을 덧붙이고 있기 때문이다.

　(C) 그건 그렇고 또한 오른편처럼 아와레의 감정을 참을 수 없을 때, 또한 아와레를 표출하고 표현하기 힘들 때에는 귀에 들리는 바람 소리와 벌레 소리에 가탁하여 이것을 읊어라. 혹은 눈으로 보는 꽃의 아름다움, 눈의 색에 빗대어 이것을 읊는 일이 있다. 고킨슈 서문에 **마음으로 생각하는 것을 듣는 것, 보는 것에 가탁하여 표현한다는 것은 바로 이것을 말한다.** 있는 그대로를 말해서는 충분히 표현할 수 없고, 나타내기 어려운 아와레도 그렇게 보는 것, 듣는 것에 가탁하여 말하면 더할 나위 없이 깊은 마음도 표현하기 쉬워지는 것이다.

　さて又、右のごとくあはれにたへぬときに、さやうにしても、猶あはれのつくしがたく、あらはれがたきときは、耳にふるる風の音虫のねに託てこれをのべ。或はめにふるる花のにほひ雪の色によそへてこれをうたふ事あり。古今序に、**心に思ふ事を、みる物きく物につけていひ出すとあるは是也。**ありのままをいひては、いひつくされずあらはしがたき物のあはれも、さやうに見る物きくものにつけていへば、こよなく深き情もあらはれやすき物也。　　　　　（『石上私淑言』110-111）

아와레의 감정에 사로잡혀 견딜 수 없을 때, 또한 그것을 표현할 수 없을 때에는 바람소리와 벌레소리, 그리고 꽃의 아름다움 등에 빗대어 읊어야 한다고 하고 있다. 즉 『고킨슈』 서문에서 '마음으로 생각하는 것을 듣는 것, 보는 것에 가탁하여 표현한다는 것은 바로 이것을 말한다.'(굵은 글씨)라고 서술하고 있는 것을 들어서 사람들이 접촉하는 모든 것에 비유하여 와카를 만드는 것이 '모노노아와레'를 표현할 수 있는 방법이라는 것이다. 이와 같이 외부의 사물을 통해 마음(情)을

노래로 표현하는 것은 '기물진사(「寄物陳思」)'라는 와카 표현의 본질을
나타내고 있는데 그것이 '모노노아와레'라는 감정과 말의 기교의 문제
와 어떻게 결부되고 있는지를 다음 장에서 자세히 검토하고자 한다.

III. 기교와 소리

앞서 인용한 본문(C)에 이어서 노리나가는 다음 와카의 예를 들어
설명하고 있다.

　　(D) 그 사람에 대해서 소문으로만 듣고 밤에 국화에 이슬이 맺히고
낮에는 햇살 때문에 사라지는 것처럼 나도 밤에는 잠들지 못하고 낮에는
그리운 마음에 견딜 수 없어서 이 몸이 사라져 버릴 것 같구나.
　　사물에 의거하여 생각하는 마음을 읊는 것, 이런 예는 예나 지금이나
셀 수 없을 정도로 많다. 또 하나의 형태이다. **모노노아와레를 느껴 견딜
수 없을 때 그것을 분명하게 말해서는 감정을 해치는 점이 있어서 말하기
어려운 것을 사물에 의거하여 말하는 것이다.**
　　音にのみきくのしら露よるはおきてひるはおもひにあへずけぬべし
　　物に託ておもふ心をのぶる事、此たぐひむかしも今もかぞふるにたへずおほかり。
　　又ひとつのやうあり。物のあはれにたへぬとき、それをあらはにいひては、さはる所
有ていひ出がたきを、物に託していふことあり。　　　　　　　（『石上私淑言』111）

이 와카는 『고킨슈』470번가로, 작자는 소세이법사(素性法師)이다.
이 노래에는 가케코토바(掛詞), 동음이의어가 많이 사용되고 있어「き
く」는 '듣다(聞く)'와 '국화(菊)'를,「おきて」는 '두고(置きて)'와 '일어나고
(起きて)'를, '생각(おもひ)'의「ひ」는 '햇빛(日)'라는 의미를 중첩하여 나
타내고 있다. 이 노래를 해석해 보면 그 사람에 대한 소문을 들을 뿐,

국화의 이슬이 밤에 내려 낮에는 햇빛에 의해 사라져 버리는 것처럼 나도 밤에는 깨어있고 낮에는 사랑하는 마음에 견디지 못해 사라져버릴 것 같다는 의미이다. 이것은 사랑하는 이에 대한 마음으로 괴로워하는 작자의 심정을 자연을 통해 표현하고 있는 노래라고 할 수 있다. 이 와카에 대해서 노리나가는 '모노노아와레를 느껴 견딜 수 없을 때 그것을 분명하게 말해서는 감정을 해치기 때문에 말하기 어려운 것을 사물에 의거하여 말하는 것이다.'(굵은 글씨)라고 설명하고 있어 모노노아와레의 감정으로 견딜 수 없지만 그 마음을 나타낼 수 없을 경우에는 사물에 의거하여 표현하는 것이라고 하고 해석하고 있다. 다시 말해서 와카 표현은 진의(眞意)를 직접적으로 밝히지 않더라도 자연에 의탁하여 읊는 것으로 그 의미가 파악된다는 것이다.

이와 같이 와카를 자연(사물)에 의탁하여 표현하는 방법으로서 앞에서 언급한 가케코토바의 예를 들 수 있다. 그리고 노리나가는 이와 같은 말의 수사법(rhetoric)이 노래의 표현방법으로 유효하다는 것을 적극적으로 인정하고 있다.

또한 수사법에 대한 이해는 그의 저서 『우이야마부미(うひ山ぶみ)』에서 한층 더 분명해진다.

노래는 생각한 대로 단지 말하는 것이 아니다. 반드시 말에 기교를 부려 정돈하여 말하는 것을 수법으로 삼아서 신대부터 그렇게 해 온 것으로, 잘 완성되어 훌륭한 것(노래)에 사람도 신도 감동하기 때문에 이미 만요에 실릴 무렵의 노래도 상당수는 좋은 노래를 읊으려고 하여 기교를 부려 부른 것으로 실제의 정을 그대로 읊은 것이 아니다. 상대의 노래에도 마쿠라코토바·조코토바 등이 있는 것을 가지고 깨달아야 한다. **마쿠라코토바와 조코토바 등은 마음으로 생각한 것이 아니라 말에 기교를 부리기 위해서 만들어진 것이 아니었던가.**

歌は、おもふままにただにいひ出づる物にはあらず。かならず言にあやをなして
ととのへいふ道にして、神代よりさる事にて、そのよく出来てめでたきに人も神も
感じ給ふわざなるがゆゑに、既に万葉にのれるころの歌とても、多くはよき歌をよ
まむと求めかざりてよめる物にして、実情のままのみにはあらず。上代の歌にも、
枕詞・序詞などのあるを以てもさとるべし。**枕詞や序などは、心に思ふことにはあ
らず、詞のあやをなさん料にまうけたる物なるをや。**(202)7)

이 인용문은 노래는 반드시 기교를 부려 정돈해야 한다는 것을 역설
한 것으로, 만요슈 시대에도 좋은 노래를 부르기 위해서 말에 기교를
부리는 경우는 있었고 그 예가 마쿠라코토바·조코토바 등이라고 하
고 있다(굵은 글씨). 노리나가가 말하는 '기교(「あや」)'란 음률을 필요로
할 뿐만 아니라 수사법의 문제도 포함하고 있는 것이다. 그렇다면 마
쿠라코토바·조코토바가 기교를 부리기 위한 수법이라는 노리나가의
설이 타당한 것인지 검증해 보도록 하겠다.

빈번하게 구름이 피어오르는 이즈모를 몇 겹이나 둘러싼 담장. 아내를
지키기 위해 몇 겹이나 되는 담장을 만든다. 그 아름다운 담장을.
八雲立つ出雲八重垣妻籠みに八重垣作るその八重垣を   (『古事記』)8)

어머니 곁에서 떠나 철이 들었다고 하는데, 이렇게나 어쩔 도리가 없
는 마음은 지금까지 든 적이 없습니다.
たらちねの母が手離れかくばかりすべなきことはいまだせなくに
                                             (『万葉集』2368)9)

7) 白石良夫 校注, 『うひ山ぶみ』, 講談社学術文庫, 2009.
8) 山口佳紀·神野志隆光, 新編日本古典文学全集 『古事記』, 小学館, 1997, p.73.
9) 와카의 인용은 특별히 표기하지 않는 한 『新編国歌大観』, 角川書店에 의함.

　전자는 지명인 이즈모(出雲)에 걸리는 마쿠라코토바 '야쿠모타쓰
(「八雲立つ」(굵은 글씨))'를 포함한 노래이다. 이 와카는 아내를 소중
하게 지키기 위해 훌륭한 울타리를 가진 집을 만들었다고 해석할 수
있다. 이 노래의 의미를 고려해 보면 '야쿠모타쓰'라는 표현은 노래에
서 어떠한 역할도 하지 않고, 이 표현이 없어도 노래는 성립한다. 그
러나 이즈모 앞에 '야쿠모타쓰'라는 음(音)이 있는 것으로 이즈모라는
지역의 이미지가 선명해진다(양쪽 표현 모두 '구름'과 '나오다'라는 의미를
가지는 음이 존재한다)

　또한 후자의 노래는 '어머니(「母」)'에 걸리는 '다라치네노(「たらちね
の」)(굵은 글씨)'라는 마쿠라코토바가 사용되고 있다. '다라치네노(「たら
ちねの」)'라는 표현은 특정한 의미를 가지지 않는다. 그러나 '다라치네
노'의 '치'라는 말의 울림에서 어머니의 가슴(「乳」)이 연상되는 것은
분명하다. 이것이 '어머니'라는 표현과 결합되어 어머니의 이미지를
부각시키고 있다. 다음으로는 조고토바에 대해서 살펴보자.

해안에서 떨어져 있는 바다의 흰 파도가 이는 다쓰타산을 언제 넘어갈
수 있겠는가. 아내가 있는 집 근처를 보고 싶구나.
海の底沖つ白浪たつた山いつか超えなむ妹があたり見む　　　　(『万葉集』83)

두견새가 우는구나. 5월의 창포여. 사리분별도 할 수 없는 사랑을 하는
구나.
ほととぎす鳴くや五月のあやめぐさあやめも知らぬ恋もするかな

(『古今集』469)

　이 두 개의 노래에서 조고토바는 굵은 글씨로 표시한 부분에 해당하
는 것으로 양자의 공통점은 자연의 풍물을 읊고 있다는 점이다. 『만요

슈』83번 노래에서 작자가 정말로 표현하고 싶은 내용은 '다쓰타산을 언제 넘어갈 수 있겠는가. 아내가 있는 집 근처를 보고 싶구나.'라는 부분이다. 즉 조고토바 부분(굵은 글씨)은 작자의 심정과 직접 관련되는 것은 아니다. 이것은 『고킨슈』의 예에서도 마찬가지이다. 이 노래에서 조고토바는 단지 자연물의 모습으로 작자가 표현하고자 하는 내용과 직접적인 관계는 없다. 그러나 이 자연물의 표현은 시각, 후각 등의 감각을 자극하여 노래의 이미지를 확대시키고 있다. 『만요슈』83번 노래의 경우, '해안에서 떨어져 있는 바다의 흰 파도'라는 표현은 흰색과 파도의 시각적인 인상과 파도소리라는 청각을 자극하여 다쓰타산을 넘어가는 어려움을 느끼게 한다. 그리고 『고킨슈』의 경우에는 울고 있는 두견새의 목소리와 창포의 향기가 관능적으로 표현되어 사랑의 괴로움을 호소하는 심정과 절묘하게 조화를 이루고 있다.

이처럼 마쿠라코토바와 조코토바가 의미의 전달보다 이미지의 형성에 중요한 역할을 하고 있는 것은 앞서 언급한 가케코토바와도 공통된다. 전게 본문(D)의 '그 사람에 대해서 소문으로만 듣고 밤에 국화에 이슬이 맺히고 낮에는 햇살 때문에 사라지는 것처럼 나도 밤에는 잠들지 못하고 낮에는 그리운 마음에 견딜 수 없어서 이 몸이 사라져 버릴 것 같구나.'라는 『고킨슈』의 예에서 '국화(「菊」)', '두고(「置きて」)', '생각(「おもひ」)'의 '햇빛 「ひ(日)」'이라는 표현은 배제되어도 노래의 의미는 통한다. 그러나 이들 자연물의 도움으로 지금이라도 사라져버릴 정도로 연정의 괴로움에 신음하는 작자의 모습이 선명하게 떠오르는 것이다. 그리고 노리나가는 이와 같은 수사법에 의해서야 '모노노아와레'를 가장 효과적으로 표현할 수 있다고 생각했던 것이다.

　　시키시마노 야마토가 아닌 저 중국의 옷 - 시간을 두지 않고 만날 수 있는 방법이 있으면 좋겠구나.

　　미카노하라를 나누는 것처럼 넘쳐흐르는 이즈미강은 아니지만 언제 만났는가, 아니 사실은 만난 적도 없는데 왜 이렇게 그리운 것인가.

　　나와는 인연이 없는 존재로 바라보는 것만으로 끝나버릴 것인가.

　　먼 저편에 있는 가쓰라기의 다카마산 봉우리에 걸려있는 흰 구름처럼 손이 닿지 않는 그 사람

　　이 와카들은 생각하는 마음을 단지 2구로 표현하고 나머지 3구는 모두 말의 기교이다. 그렇다면 필요 없는 것처럼 생각하는 사람도 있겠지만, **쓸모없는 말의 기교에 의해 2구의 아와레(정취)가 더없이 깊어지는 것이다.** 만요슈에 이러한 예가 특히 많다. 단순한 말과 노래의 차이는 모두 여기에 있다. 단지 말은 그 의미를 자세하게 계속해서 이야기하여 그 의미는 자세하게 들리지만, 역시 말하려고 해도 말할 수 없는 마음속 아와레는 노래가 아니면 표현하기 어렵다. 그 말하려고 해도 말할 수 없는 아와레의 깊은 곳이 노래로 표현되는 것은 무엇 때문인가 하면, 그것은 말에 기교를 부리기 때문이다. 그 기교에 의해서 한없이 깊은 아와레도 나타나는 것이다.

　　敷島のやまとにはあらぬからころもころももへずしてあふよしもがな
　　みかの原わきてながるるいづみ川いつみきとてかこひしかるらむ
　　よそにのみ見てややみなむかつらきやたかまの山の峯のしら雲

　これら、おもふ心をばただ二句にいひて、のこり三句はみな詞の文也。さればいらぬ物のやうにおもふ人有べけれど、**無用の詞のあやによりて、二句のあはれがこよなく深くなる也**。万葉集に此たぐひことにおほし。すべてただのことばと歌とのかはりはこれ也。ただの詞は其意をつぶつぶといひつづけて、ことはりはこまかに聞ゆれ共、猶いふにはいはれぬ情のあはれは、歌ならではのべがたし。其いふにいはれぬあはれの深きところの、歌にのべあらはさるるは何ゆへぞといふに、詞にあやをなす故也。其あやによりて、かぎりなきあはれもあらはるる也。　　（『石上私淑言』113）

첫 번째는 『고킨슈』 697번 노래로, '시키시마노(「敷島の」)'는 마쿠라코토바로, 작자의 심정이 드러나 있는 것은 아래 구 '시간을 두지 않고 만날 수 있는 방법이 있으면 좋겠구나.'뿐이다. 두 번째는 『신고킨슈 (新古今集)』 996번 노래로 위 3구 '미카노하라를 나누는 것처럼 넘쳐흐르는 이즈미강'은 조고토바이다. 세 번째는 같은 가집 990번 노래로, 아래 3구 '가쓰라기의 다카마산 봉우리에 걸려있는 흰 구름'은 풍경을 읊은 것이다. 이들 마쿠라코토바·조고토바는 쓸모없는 말인 것 같지만 그러나 노리나가는 이 '쓸모없는 말의 기교에 의해서', '아와레'의 감정이 깊게 표현된다고 한다(굵은 글씨). 그리고 그는 이와 같은 말의 기교는 『만요슈』 시대에도 확인된다고 하고 있어 가모노 마부치(賀茂真淵) 등이 감정을 순수하게 표현한 『만요슈』의 노래를 이상적인 것으로 파악하고 『고킨슈』 이후의 노래를 비판한 것에 대한 비난을 시사하고 있다.

이와 같이 수사법을 이용함으로서 '모노노아와레'를 효과적으로 표현할 수 있다는 논리에는 소리에 대한 인식이 근저에 있다고 할 수 있다. 물론 와카는 단지 소리를 내어 읊는 것으로서만 기능하는 것이 아니라 글로 쓰거나 혹은 가집의 편찬 등을 통하여 기록되었다. 그러나 중요한 것은 와카가 문자화되더라도 소리를 내어 읊는 것 같은 감각을 수반하고 있다는 점이다. 그 감각은 마쿠라코토바·조코토바·가케코토바 등의 수사법이 있기 때문에 가능한 것이다. 앞서 설명한 것처럼 마쿠라코토바와 조코토바, 그리고 가케코토바에서의 자연물은 노래의 내용과는 직접 관계가 없이 인간의 감각을 움직이게 할 뿐만 아니라 노래의 음률을 의식하게 한다. 다시 말해서 수사법에 의해 풍부해지는 상상력은 소리와 불가분의 관계에 있는 것이다. 그렇기 때문에 작자의 감정이 그 자리에서 생생하게 전달되는 것이며 이것이야말로 노리나가가 주장하는 작자의 '모노노아와레'의 감정이 깊이 표현되는 것을 의미한다. 이것은 전게 본문(B)의 밑줄부분의 서술에서 '깊은 아와레는 단지 말로 해서는 만족할 수 없고 같은 한 마디도 길게 꾸며서 말하면 더할 나위 없이 마음이 밝아진다.'라고 한 것처럼 깊은 아와레는 단순한 말이 아니라 같은 말이라도 음률을 의식해서 읊으면 작자의 마음이 밝아진다는 문장의 의미를 구체적으로 명기한 것이라고 할 수 있다. 제Ⅰ장에서 서술한 이성을 통해서만 '모노노아와레'를 표현할 수 있다고 한 것도 이와 같은 맥락과 통하고 있는 것이다. 즉 노리나가는 만들어진 수사법이라는 말의 기교가 없으면 '모노노아와레'는 표현할 수 없다고 이해했던 것으로, 이러한 기교가 와카에 음성적인 특징을 더하고 있다고 파악하고 있었던 것이다.

IV. 와카를 읊는다는 것 – 가상으로 만들어진 세계

앞장에서는 노리나가가 말하는 '기교'가 마쿠라코토바, 조코토바, 가케코토바 등의 수사법을 의미하는 것으로, 그것이 작자의 실제 감정(모노노아와레)을 표현하기 위해서 필수불가결하다는 점을 밝혔다. 이와 같이 와카를 지탱하고 있는 소리의 문제는 작자의 '모노노아와레'의 표출에 멈추지 않고 사실은 와카를 듣는 사람의 향유 방법과도 불가분의 관계에 있다고 할 수 있다. 또한 와카가 '모노노아와레'를 직접 나타내는 것이 아니라는 점에는 말의 기교에 관한 문제뿐만 아니라 작자의 감정의 문제에 대해서도 중요한 시사점을 제시한다. 따라서 이번 장에서는 이러한 점에 초점을 맞춰 와카를 읊는 실제의 장면을 검토하면서 와카를 읊는 것이 어떤 것인지를 생각해 보고자 한다. 이것은 노리나가가 와카의 본질을 '모노노아와레'라고 규정한 것을 검증하는 작업이 되기도 할 것이다.

노리나가의 와카론에서는 와카를 읊을 때 작자와 듣는 사람의 마음의 문제에 대해서 다음과 같은 설을 확인할 수 있다.

(E) 좋은 노래를 부르려고 하는 마음에서 단어를 선택하고 의미를 만들어 기교를 부리기 때문에 내용을 잃어버리는 일도 있다. 언제나 사용하는 언어조차 생각한 대로, 있는 그대로는 말할 수 없는 것이다. 게다가 노래는 적당하고 흥취 있게 읊으려고 하기 때문에 나의 본디 마음과 다른 경우도 있을 것이다. 그 다른 것도 다시 말해서 진실한 마음인 것이다. 그 때문에 마음속에는 나쁜 마음이 있어도 선한 마음의 노래를 부르려고 생각하여 부르는 노래는 거짓이어도 그 선한 마음을 읊으려고 하는 마음에 거짓은 없다. 즉 진실한 마음인 것이다. **밖으로는 꽃을 보고 그다지 흥취가 있지는 않지만 노래의 관습이기 때문에 상당히 흥취를 느낄 수 있도록 읊는다. 흥취가 있다는 것은 거짓이지만 흥취 있게 읊으려고 하는 마음은 진심인 것이다.**

ヨキ歌をヨマムト思フ心ヨリ、詞ヲエラヒ意ヲマフケテカザルユヘニ、実ヲウシナフ事アル也、ツネノ言語サヘ思フトヲリアリノママニハイハヌモノ也、況ヤ歌ハホトヨクヘウシオモシロクヨクヨマムトスルユヘ、我実心トタカフ事ハアルベキ也、ソノタガフ所モスナハチ実情也、其故ハ、心ニハ悪心アレトモ、善心ノ歌ヲヨマムト思フテ、ヨム歌ハイツハリナレトモ、ソノ善心ヲヨマムト思フ心ニ、イツハリハナキ也、スナハチ実情也、タトヘハ花ヲミテ、サノミオモシロカラネト、歌ノナラヒナレハ、随分面白ク思フヤウニヨム、面白ト云ハ偽リナレド、面白キヤウニヨマムト思フ心ハ実情也、

(『あしわけをぶね』5)

(F) 그건 그렇고 노래라고 하는 것은 모노노아와레를 느껴 견딜 수 없을 때 입에서 나와 저절로 마음을 읊는 것만도 아니다. ① **아와레의 감정이 매우 깊을 때에는 저절로 나오는 것만으로는 역시 마음이 개운하지 않**

고 만족할 수 없기 때문에 사람들에게 들려주고 위로하는 것이다. 사람들
이 이것을 듣고 이와레라고 생각할 때 매우 마음이 개운해지는 것이다.
이것 또한 자연스러운 일이다. 예를 들어 지금 사람이 절실하게 생각하고
마음속에 담아두기 어려운 일이 있을 경우에 그것을 혼잣말로 계속 중얼
중얼거려도 마음이 개운하지 않는 것이기 때문에 그것을 사람에게 이야
기하여 들려주면 마음이 조금은 개운해지는 것이다. ② **그렇게 해서 그**
듣는 사람도 과연이라고 생각하고 아와레를 느껴서 그것을 사람들에게 말
하고 들려주면 마음은 조금 개운해지는 것이다.

> さて又歌といふ物は、物のあはれにたへぬとき、よみいでてをのづから心をのぶ
> るのみにもあらず。① **いたりてあはれの深きときは、みづからよみ出たるばかりに**
> **ては、猶心ゆかずあきたらねば、人にきかせてなぐさむ物也**。人のこれを聞てあ
> はれと思ふときに、いたく心のはる物也。これ又自然の事也。たとへば今人せち
> におもひて、心のうちにこめ忍びがたき事あらむに、其事をひとり言につぶつぶと
> いひつづけても、心のはれせぬ物なれば、それを人に語り聞かすれば、やや心のは
> るるもの也。② **さてそのきく人もげにとおもひて、あはれがれば、それを人に語り**
> **聞かすれば、やや心のはるるもの也**。   (『石上私淑言』112)

이 두 개의 본문에서는 두 개의 문제점이 부상하고 있다. 첫 번째는
본문(E)의 서술에서 확인되는데, 이 인용문은 노래를 잘 부르려고 단
어를 고르고 기교를 부리는 것은 명백한 사람의 진심이라고 긍정하는
것이다. 여기에서 주목하고 싶은 것은 그 설명의 예로 들고 있는 굵은
글씨로 표시한 부분이다. 꽃을 보고 그다지 마음이 끌리지 않더라도
매우 감동적으로 노래를 읊는 것 그 자체는 거짓이지만, 감동적으로
읊으려고 하는 마음은 진심이라고 하고 있다. 이것은 분명히『만요슈』
의 노래를 이상형으로 여기고『고킨슈』이후의 와카를 기교 때문에
부정한 것에 대한 반론을 드러낸 것인데 중요한 것은 사물과 접한 진
심과 노래에 의해 표현된 마음과는 반드시 일치하지는 않는다는 것이
다. 다시 말해서 노래로 표현된 심정과 현실의 마음과의 사이에는 거

리가 있는 경우도 있다는 것이다. 그렇다면 이것은 노래는 '모노노아
와레'를 느껴 견딜 수 없을 때 읊는 것이라고 한 노리나가 자신의 설과
모순된다는 의문이 생긴다.

두 번째는 본문(F)의 설명에서 '아와레의 감정이 매우 깊을 때에는
스스로 나오는 것만으로는 역시 마음이 개운하지 않고 만족할 수 없기
때문에 사람들에게 들려주고 위로하는 것이다.'(굵은 글씨①)라고 하고
노래는 저절로 나오는 것만으로는 만족할 수 없기 때문에 사람들에게
들려줘야 하고 또한 그것을 듣는 사람도 공감을 느끼는 것으로 마음이
밝아진다(굵은 글씨②)라고 설명하여 와카가 듣는 사람들에게 작용하는
역할에 대해서 문제시하고 있다.

그럼 이 두 개의 문제를 작자와 듣는 사람이 상정되어 있는 증답가
(贈答歌), 우타아와세(歌合)의 예를 통해 검증해 보도록 하자.

> 오랫동안 다니고 있었던 후카쿠사를 내가 버리면 여기는 한층 풀이
> 우거진 들판이 되겠지.
> 풀이 우거진 들판이 되면 나는 메추라기가 되어 울고 있겠지요. 그렇
> 게 하면 당신이 사냥을 위해서 잠시라도 오지 않는 일은 없겠지요.
> 年を経てすみこし里をいでていなばいとど深草野とやなりなむ
> 野とならばうづらとなりて鳴きをらむかりにだにやは君は来ざらむ
>
> (『伊勢物語』123段)[10]

『이세모노가타리(伊勢物語)』123단은 옛날에 어떤 남자가 후카쿠사
에 살고 있던 여자와 마음을 나누었는데 그 남자가 변심하여 여자에게
자신의 본심을 넌지시 밝히는 노래를 보냈다, 그러나 여자로부터 온

---

10) 片桐洋一 他 校注, 新編日本古典文学全集『竹取物語 伊勢物語 大和物語 平中物語』, 小
学館, 1994, p.215.

노래를 읽고 감동한 남자는 여자 곁을 떠나지 않았다는 내용이다. 여자의 답가에 나오는 「かりに」라는 표현에는 '잠시(「仮に」)'와 '사냥하러(「狩りに」)'라는 의미가 겹쳐 있어서 떠나려고 하는 남자에게 잠시라도 오지 않을 수는 없을 것이라고 반발하는 여성노래(女歌, 이하 '온나우타'로 표기)11)의 전형적인 형태를 띠고 있다. 여성의 노래에 감탄한 남성은 결국 떠나려고 하는 마음이 사라지는데 이것은 여성이 답한 노래 내용이 단지 불쌍하기 때문만은 아닐 것이다. 이와 같이 듣는 사람에게 공감을 불러일으키고 감동시키는 것이 노리나가가 주장하는 와카의 본질을 이루고 있는 '모노노아와레'인 것이다.

증답가에서 온나우타라는 정형적인 형태는 남녀의 사랑노래에서만 사용되지는 않는다. 무라사키 시키부의 조부이자 쓰라유키(貫之)와는 친교가 두터웠던 후지와라노 마사타다(藤原雅正)가 부른 다음 노래를 분석해 보자.

　　수개월 동안 몸이 좋지 않아서 외출도 못 하고 찾아뵙지도 못한다는 편지를 보내왔는데 그 안에 쓰여 있는 노래
　　봄이 지나 꽃도 지고 두견새가 가버릴 때까지 당신을 찾아뵙는 일은 불가능해졌군요.
　　답가 꽃의 색과 새 소리에 마음을 빼앗겨버린 당신 탓에 너무나 괴로운 저는 허무하게 지내고 있을 따름입니다.
　　月ごろ、わづらふことありて、まかりありきもせで、までこぬよし言ひて、文の奥に
　　花も散りほととぎすさへいぬるまで君にもゆかずなりにけるかな
　　　　　　　　　　　　　　　　　　　　　　　つらゆき (『後撰和歌集』 211)

---

11) 鈴木日出男, 「女歌の本性」, 『古代和歌史論』, 東京大学出版会, 1990. 온나우타는 증답가에서 보이는 정형적인 형태로, 사랑의 노래처럼 남자의 증가에 대해서 여자가 반발하는 형태를 띤 여성의 답가를 가리킨다.

返 花鳥の色をも音をもいたづらに物うかる身は過ぐすのみなり

藤原雅正 (『後撰和歌集』 212)[12]

이들 노래는 작자의 이름이 명시되어 있지 않으면 남녀의 사랑 노래인 것처럼 보인다. 방문할 수 없는 사람에 대해서 자신의 처지의 괴로움을 호소하고 반발하는 것은 온나우타의 전형적인 형태이기 때문이다. 게다가 이 노래는 '사랑의 부(恋の部)'가 아니라 '여름의 부(夏の部)'에 속해 있다. 남자끼리 주고받은 노래가 마치 연인 사이에서 주고받은 증답가와 같은 성격을 드러내고 있는 것이다. 여기에서 답가에 주목해 보자. 실제로 쓰라유키와 사이가 좋았던 마사타다는 그와 만날 수 없는 쓸쓸함을 표현하고 있는데 그러나 그 감정은 여성이 남성을 그리워하는 것과 동일한 성질의 것은 아니다. 그럼에도 불구하고 친구를 기다리고 있는 마음은 '모노노아와레'를 느끼는 진심이고 그것을 효과적으로 표현하기 위해서는 온나우타라고 하는 형식이 필요한 것이다. 즉 친구를 생각하는 마음은 온나우타라는 형식을 빌림으로써 극대화되어 가고 그것은 작자의 진심과 완전히 일치하는 것은 아니다.

그럼 많은 사람들이 참가하는 우타아와세의 예는 어떠한가?

십구번 좌 승
만약 만남이 끊어져 만나지 않는다면 오히려 그 사람도 나 자신도 원망하지 않을 텐데. 아사타다 우
당신을 그리워하면 한편으로는 괴로움에 내 몸이 사라져가면서 지내는 것을 이러한 것을 살아있는 것으로 보겠는가. 모토자네
좌우의 노래 매우 훌륭하다. 그렇지만 왼쪽의 노래는 언어가 아름답기

---

12) 『後撰和歌集』의 인용은 片桐洋一 他 校注, 新日本古典文学大系 『後撰和歌集』, 岩波書店, 1990, p.66에 의함.

때문에 좌를 이긴 것으로 한다.

十九番 左勝

あふことのたえてしなくはなかなかに人をも身をもうらみざらまし　朝忠　右

きみこふとかつは消えつつふるものをかくてもいけるみとやみるらん　元真

左右歌、いとをかし、されど、左のうたは、ことばきよげなりとて、以左為勝

(『天徳内裏歌合』)13)

　　이 두 수의 노래는 무라카미 천황(村上天皇) 때인 960년(덴토쿠(天徳)4
년) 3월 30일에 천황이 주최하여 치러진 『덴토쿠 4년 다이리 우타아와
세(天徳四年内裏歌合)』의 한 예이다. 우타아와세란 노래의 승패를 결정
하는 공적인 행사인데 그 자리에 모인 사람들은 제출된 주제에 따라서
와카를 부르고 이것을 판정관(判者)이 판정하게 된다. 위의 노래들은
사랑이라는 주제하에 읊은 것으로, 19번째로 제출된 두 개의 노래 중
에서 왼쪽의 노래가 판정자인 후지와라노 사네요리(藤原実頼)가 우승으
로 선택한 것이다. 그러나 주의해야 할 것은 우타아와세에서 와카는
단지 우열을 가리기 위해서 읊는 것은 아니라는 점이다. 이 자리에서
의 와카는 서로 조화를 이루고 그것을 듣고 있는 사람들에게 진지하게
느끼게 하고 그 감정을 맛보게 하여 감동을 전달한다. 우타아와세가
행해지고 있는 자리에는 와카뿐만 아니라 향료, 장식, 음악, 공예품,
일용품 등이 훌륭하게 배치되어 일상과는 완전히 분리된 비일상적인
공간을 이룬다. 그렇기 때문에 사전에 주제가 제시되고 우타아와세의
자리에서 와카를 읊는 것은 작자가 그 자리에서 느낀 자신의 심정을
나타낼 뿐만 아니라 가상으로 만들어진 세계를 구축하는 작업을 의미
하기도 한다. 즉 노리나가의 표현을 빌면 '모노노아와레'라는 보편적
인 인간의 감정을 말을 통해서 완성하고 그 자리에 참가한 사람들은

---

13) 『新編国歌大観』, 角川書店에 의함.

동일한 감정을 함께 공유하게 되는 것이다. 앞서 서술한 우타아와세를 예로 들면 사랑의 괴로움을 얼마나 잘 표현할 수 있는가, 그리고 그것을 듣는 청중이 얼마나 감동하는가 하는 점에 우타아와세의 주안점이 있다고 할 수 있다. 이러한 점에서 보면 증답가도, 우타아와세도, 인간의 보편적인 심정을 말로 창조하고 이러한 행위를 통해 타인을 공동환상에 젖게 하는 것이다. 와카를 통해 가상의 세계가 만들어지는 것을 노리나가는 작자의 현실에서의 심정과 노래와의 거리, 듣는 사람의 '모노노아와레'에 대한 공감으로 설명하고 있는 것이다.

V. 모노가타리에서의 와카 - '모노노아와레'설의 한계

와카의 본질이 '모노노아와레'라고 한 노리나가는 모노가타리, 특히 『겐지모노가타리』도 와카와 마찬가지로 '모노노아와레'를 본질로 하고 있다고 했다. 독자에게 감동을 주기 위해서 이야기가 허구인 것과 와카가 가상의 세계를 만들어서 독자에게 공감을 느끼게 하는 것과는 서로 상통하는 면이 있다. 그리고 노리나가가 역설하고 있는 것처럼 『겐지모노가타리』의 본질이 오로지 '모노노아와레'로 귀결되는 것이라면 이 이야기에 담겨있는 와카도 그러한 역할을 담당하고 있을 것이다. 이번 장에서는 『겐지모노가타리』에 수록된 와카도 노리나가가 주장하고 있는 것처럼 작중인물끼리 서로에 대해서 공감을 느끼게 하고 마음의 교류를 나누게 하는 계기가 되고 있는지에 대해서 고찰해 보고자 한다.

그 근처에 있는 무엇 무엇이라고 하는 저택에 도착하여 집을 지키는 사람을 부르는 동안 황폐해진 문에 일엽초가 무성하게 자라고 있는 것을 자연스럽게 올려다보니 비할 데 없을 정도로 나무가 깊은 그림자를 드리우고 있다. 아침 안개도 깊어 마치 이슬 같고 수레의 발까지 올리고 계셔서 소매도 흥건히 젖어버렸다. 겐지는 '아직 이러한 것에 익숙하지 않기 때문에 마음도 초조하군요.

　　옛사람들도 이와 같이 헤매고 있었을까. 내가 지금까지 몰랐던 새벽녘의 사랑의 길을

　　① **당신은 익숙하신지요?**'라고 말씀하신다. 그러자 여자는 부끄러운 듯이

　　산의 가장자리가 어떤 심정인지도 모르고 그것을 향해 가는 달은 어쩌면 하늘에서 모습을 감추고 말지도 모릅니다.

불안해서라고 말하고 뭔가 두렵고 기분이 좋지 않은 것 같아서 ② **그런 봄비는 곳에 사는 것이 익숙하신 탓이겠지라고 귀엽게 여기신다.**

　　そのわたり近きなにがしの院におはしまし着きて、預り召し出づるほど、荒れたる門の忍ぶ草茂りて見上げられたる、たとしへなく木暗し。霧も深く露けきに、簾をさへ上げたまへれば、御袖もいたく濡れにけり。「まだかやうなることをならはざりつるを、心づくしなることにもありけるかな。

　　いにしへもかくやは人のまどひけんわがまだ知らぬしののめの道

　　① **ならひたまへりや**」とのたまふ。女恥ぢらひて、

　　「山の端の心もしらでゆく月はうはのそらにて影や絶えなむ

心細く」とて、もの恐ろしうすげげに思ひたれば、② **かのさし集ひたる住まひの心ならひならんとをかしく思す。**

(夕顔①159-160)[14]

　　이 본문은 유가오권의 한 장면이다. 서로 정체를 숨긴 채 만남을 지속한 겐지와 유가오는 어느 날 밤 폐허가 된 저택을 찾아간다. 그곳에서는 황폐해진 문에 무성하게 자란 일엽초가 어둠을 만들고 있었다. 겐지는 유가오에게 이러한 경험은 처음으로, 이것저것 걱정이 된다고

---

14) 『源氏物語』의 인용은 阿部秋夫・秋山虔 他 校注, 新編日本古典文学全集 『源氏物語』 ①
　　-⑥, 小学館, 1994-1998에 의하고, 권명, 권 수, 페이지 수를 표시하였다.

이야기한다. 그리고는 증가를 읊은 후 거기에 '익숙하신지요(「ならひた
まへりや」)'(굵은 글씨①)라고 당신에게는 이러한 경험이 있는지 묻는 말
을 덧붙이고 있다. 이 표현을 통해서 알 수 있는 것은 겐지가 처음으로
여자를 데리고 나와 새벽녘의 길을 헤매는 심경을 나타낼 뿐만 아니라
정체를 모르는 여자의 과거를 추궁하기 위해서 이 노래가 등장하고
있다는 것이다. 그에 대한 여자의 노래에서는 '산언저리(「山の端」)'는
겐지를, '달(「月」)'은 유가오 자신을 비유하고 있어 다른 여자와는 이와
같은 경험을 한 적이 없다고 여자에게 애정을 호소하는 남자의 노래를
듣고 당신의 진심을 알 수 없다고 반발하는 전형적인 온나우타의 형태
를 보여주고 있다. 그러나 이 와카의 의미는 보다 중층적이라고 할
수 있다. 답가 직후 '불안하여'라는 표현이 이어지고 있는 점에서 유가
오가 불안에 휩싸여 있는 것을 확인할 수 있는데 그것은 겐지의 애정
에 대한 불안만이 아니다. 폐허가 된 집의 경치도 그렇고 유가오는
왠지 모르게 자기 자신에 대한 불안에 휩싸여 있다. 뿐만 아니라 이
노래는 작자의 의식을 뛰어넘어 독자에게도 불안감을 조성하고 있다.
왜냐하면 유가오의 노래의 아래 구인 '어쩌면 하늘에서 모습을 감추고
말지도 모릅니다(「うはのそらにて影や絶えなむ」).'와 자신의 모습이 사라
져버릴지도 모른다는 표현에서 이후 유가오에게 죽음이 엄습할 것을
암시하고 있기 때문이다. 이처럼 유가오의 와카에는 남자의 애정과시
에 대한 반발뿐만 아니라 자신에 대한 불안감, 이후 일어날 사건의
복선이 드러나고 있다. 그럼에도 불구하고 답가를 듣고 있는 겐지는
'그런 붐비는 곳에 사는 것이 익숙하신 탓이겠지라고 귀엽게 여기신
다.'(굵은 글씨②)라고 하면서 유가오의 불안의 원인을 심각하게 받아들
이지 않는다. 게다가 그는 두려워서 떨고 있는 그녀의 모습을 보고
단지 귀엽다고 여긴다. 이 증답가의 본질은 두 사람의 공감을 나타내

는 것도 아니고 독자의 감동을 불러일으키고자 하는 것도 아니다. 유가오의 노래는 이야기에서 그녀의 상황과 이후 맞이하게 될 운명을 가리키고 있는 것이다.

또 다른 예를 살펴보자. 『겐지모노가타리』 제2부에서 무라사키노 우에(紫の上)와 겐지 사이에는 균열이 생기기 시작한다. 온나산노미야(女三宮)와 겐지의 결혼을 계기로 무라사키노 우에는 극심한 고통에 시달리게 되는데 그 때문에 와카를 읊지 않고는 견딜 수 없는 무라사키노 우에는 그 노래를 다음과 같이 종이에 적고 있다.

> 눈앞에서 변하려고 하면 얼마든지 변할 수 있는 당신과의 관계인데 먼 장래까지 그 관계에 의지하고 있었다니
> 옛 노래와 함께 함께 섞여있는 것을 손에 들고 보시니 **특별한 노래는 아니지만 과연 당연한 것이기 때문에**
> 생명이라고 하는 것은 끊어질 때는 끊어지는 것이지만 우리의 인연은 일정하지 않는 세상의 모습과는 다른 것입니다
> 目に近く移ればかはる世の中を行く末とほくたのみけるかな
> 古言など書きまぜたまふを、取りて見たまひて、**はかなき言なれど**、げに、ことわりにて、
> 命こそ絶ゆとも絶えめさだめなき世のつねならぬなかの契りを （若菜上④65）

이 노래는 겐지의 변심을 원망하는 노래이다. 이것은 변심한 남자의 마음을 한탄하는 옛 노래들과 함께 적혀있던 것으로 이 노래를 발견한 겐지는 '특별한 노래는 아니지만 과연 당연한 것이기 때문에'(굵은 글씨)라고 각별히 눈에 띄는 노래는 아니지만 이러한 와카를 읊는 것도 무리는 아니라고 이해하고 있다. 그리고 그의 답가에서 추측할 수 있듯이 겐지가 무라사키노 우에의 고통을 전혀 알아차리지 못하고 있는 것은 아니다. 그러나 주목해야 할 점은 무라사키노 우에의 와카가 남

자의 변심을 원망하는 일반적인 노래들과 동일한 것이기 때문에 겐지
는 무라사키노 우에의 노래에 담겨있는 괴로움을 완전히 이해하고 있
지는 못하다. 즉 언어의 기교로 인해 성립되는 와카는 그 전형성 때문
에 작자의 감정을 다른 사람에게 효과적으로 전달할 수 있지만 오히려
그 전형성이 방해가 되어 무라사키노 우에의 고통은 일반화되어 버리
고 만다. 이와 같이 『겐지모노가타리』 제2부에서 와카는 겐지와 무라
사키노 우에 사이에 생긴 틈을 나타내기 위해서 만들어진 것이라고
할 수 있다. 그렇다면 『겐지모노가타리』의 와카는 '모노노아와레'라는
말로만은 설명할 수 없는 다양한 가능성을 포함하고 있다는 사실을
알 수 있다. 타인과의 공감에 대한 강한 희구에서 탄생한 노리나가의
'모노노아와레'설이 그 자신에 의해 모노가타리와 와카의 본질로서 규
정됨에 따라 오히려 와카와 모노가타리가 가지고 있는 다양한 측면들
이 배제되고 있는 것이다. 와카는 직접 작자의 목소리를 느끼게 하는
힘을 가지고 있고 사람과 사람을 연결하는 가장 효과적인 것이지만
그러나 그것이 정형화됨에 따라 때로는 작자의 심정이 충분히 전달되
지 않는 한계를 노정하고 있다. 이와 같은 노래의 특징에 자각적이었
던 것이 바로 『겐지모노가타리』였으며 그것을 이야기의 전개 방법으
로 사용하고 있는 것이다.

　　근세시대에는 노래의 세속화에 따른 와카무용론(無用論)에 대한 목
소리가 높아졌다. 그 대표적인 인물이 가다노 아리마로(荷田在満)이다.
그는 『국가팔론(国歌八論)』이라는 가론서를 저술했는데 이것은 근세에
성립된 최초의 체계적인 가론이었다.[15] 그러나 그 입장은 '노래라는
것, 여섯 개의 예능의 종류에 속하지 않기 때문에 원래 천하의 정무에

---

15) 子安宣邦, 전게논문, p.4.

도움이 되지 않고 또한 일상생활에도 도움이 되지 않는다(「歌のものた る、六芸の類にあらざれば、もとより大下の政務に益なく、また日用常行にも助く る所なし」'(65)[16]라고 하여 와카의 무용론을 주장한 것이었다. 노리나 가는 이러한 와카무용론을 거부하고 노래의 본질을 추구하여 공동체 에서의 필요성을 말의 기교와 '모노노아와레'로 설명하려고 하였다. 당시 와카무용론이 대두된 것은 기존에 존재했던 와카의 정형적 표현 방법에만 안주하고 그것을 뛰어넘으려고 하지 않는 당시 사람들의 와 카의 작법태도에 있었던 것이다. 노리나가는 수사법의 문제 등을 논하 면서 그 본질을 잘 꿰뚫고 있지만 그러나 정작 전통적인 수사법을 뛰 어넘고자 노력하지 않는 태도를 비판하지 않은 것은 그의 주장의 한계 라고 해야 할 것이다. 뿐만 아니라 와카와 모노가타리의 특징을 '모노 노아와레'라는 용어로 규정한 것은 오히려 그것이 가지고 있는 표현의 폭을 제한해 버리는 결과를 가지고 왔다. 이러한 점이야말로 노리나가 의 '모노노아와레'설의 한계라고 할 수 있다.

VI. 나오며

근세시대의 와카의 비속화에 대한 비판과 그로 인해 대두된 와카 무용론에 대한 반발로 노리나가는 말의 기교(수사법)과 모노노아와레 설을 주장하였다. 당시 와카의 비속화는 말과 그것을 읊는 작자의 심 정과의 괴리에 대한 문제점과 연결되어 있는데, 예를 들어 가모노 마 부치는 수사법이 발달된 『고킨슈』 이후의 와카를 부정한다. 이와 같 은 시대의 분위기에 민감하게 반응하여 노리나가가 와카의 본질을 추

---

16) 長谷川如是閑 編, 『国歌八論』, 『日本哲学思想全書』 第11, 平凡社, 1956.

구한 것은 와카비평사에서 중요한 의미를 차지한다. 또한 와카무용론에 대한 비판으로, 노래로 공동 환상체를 만들 수 있다는 '모노노아와레'설을 제시한 것은 방법적으로 유효하다고도 할 수 있다. 그러나 정작 비판을 해야 하는 것은 전통적인 수사법에 안주하여 기교만을 추구하는 당시의 세태였다. 뿐만 아니라 와카의 유용성을 제시하는 데 효과적인 '모노노아와레'설을 안이하게 모노가타리, 모든 와카에까지 적용하고 있는 것은 오히려 와카와 모노가타리가 가지고 있는 풍부한 표현력을 부인하는 결과를 가져왔다는 점을 인정하지 않을 수 없는 것이다.

2부 근대의 암울한 역사와
고전의 굴절

근대 천황제와 문학비평

『겐지모노가타리』의 수난 시대

Ⅰ. 들어가며

근대 일본에서는 서구를 모방하여 일본문학사를 처음으로 서술하기 시작해서 『고사기(古事記)』, 『일본서기(日本書紀)』, 『만요슈(万葉集)』, 『겐지모노가타리(源氏物語)』 등은 일본의 고전문학으로 자리매김하게 된다. 그러나 이 작품들 중에서 특히 『겐지모노가타리』에 대한 평가는 일정하지 않았다는 점에 유의하여야 한다. 그 이유는 『겐지모노가타리』라는 작품의 내용이 천황제의 근간을 뒤흔드는 중요한 문제를 포함하고 있었기 때문이다. 특히 『겐지모노가타리』의 비평사에서 '모노노마기레(「もののまぎれ」)'와 '모노노아와레(「もののあはれ」)'는 이 작품을 평가할 때 사용되는 중요한 용어이다. 왜냐하면 전자는 황후(皇后)와 신하의 밀통, 그리고 이 두 사람 사이에서 탄생한 아이가 천황으로 즉위하는 것을 의미하여 만세일계(万世一系)를 주장하는 근대 천황제에 반하기 때문이다. 후자는 노리나가의 '모노노아와레'설이 근대 천황제의 기반을 이루는 이념으로 정착하고 그 위에 전쟁을 옹호하는 다양한 개념과 결부되어 버리기 때문이다. 이와 같은 근대의 시대배경과 이 모노가타리 작품과의 관계에 대해서는 고바야시 마사아키(小林正明) 씨

의 일련의 논고1)와 우도 유타카(有働裕) 씨가 자세하게 보고하고 있
다.2) 본고에서는 이러한 선행연구에 안내를 받으면서 근대 겐지모노
가타리 비평사에 대한 보다 구체적인 상황을 파악하기 위해 천황제와
'모노노아와레'설을 중심으로 고찰해 보기로 하겠다.

II. '모노노마기레'의 의미

겐지모노가타리 주석서에서 '모노노마기레'를 정면으로 다룬 것은
안도 다메아키라(安藤為章)의 『시카시치론(紫家七論)』이다. 이 주석서에
서 히카루 겐지(光源氏)와 후지쓰보(藤壺)의 밀통은 '모노노마기레'라고
표현되어 있는데 사실 이 용어는 헤이안 시대에 이미 등장하였다. 이
에 관해서는 이마이 겐에이(今井源衛)가 자세하고 분석한 예가 있다.3)
이에 따르면 헤이안 시대의 용례는 '사람의 눈에 띄지 않는 형태로 일
어난 잘못', '남녀관계에서 보이는 비밀스러운 교제'라는 의미를 가지
고 있다고 한다. 『겐지모노가타리』 안에서 후자의 의미를 확인할 수
있는 것은 다음의 1례이다.

천황의 부인을 범하는 일은 옛날에도 있었지만 그것은 또한 경우가
다르다. 미야즈카에라고 하여 나도 그 사람도 같은 분을 모시는 동안에
자연스럽게 그럴만한 것에 대해서도 마음을 나누어 **밀통을 저지르는 일
도 많이 있었다.**

---

1) 小林正明, 「わだつみの源氏物語」, 吉井美弥子 編, 『〈みやび〉異説』, 森話社, 1997.; 동일
   저자, 「昭和十三年の『源氏物語』」, 『国文学』 第44巻 5号, 1994.; 동일저자, 「戦場の『源氏
   物語』, 『国文学』 第45巻 14号, 2000.
2) 有働裕, 『「源氏物語」と戦争』, インパクト出版会, 2002.
3) 今井源衛, 「『もののまぎれ』の内容」, 佐藤泰正 編, 『「源氏物語」を読む』, 笠間書院, 1989.

帝の御妻をもあやまつたぐひ、昔もありけれど、それは、またいふ方異なり。宮
仕えといひて、我も人も同じ君に馴れ仕うまつるほどに、おのづからさるべき方に
つけても心をかはしそめ、**ものの紛れ**多かりぬべきわざなり。　(若菜下④ 254)[4]

인용문은 히카루 겐지가 자신의 아내인 온나산노미야(女三宮)에게
가시와기(柏木)가 보낸 편지를 발견하고 두 사람이 밀통을 했다는 사실
을 알고 고민하는 모습을 묘사한 것이다. 그 내용은 옛날에도 천황의
아내를 범하는 예는 있었어도 그것은 이 경우와는 다르다, 같은 천황
을 모시고 있으면서 자연스럽게 마음을 나누기 시작하여 남녀관계를
맺는 일은 있었다고 해석된다. 이런 문맥을 고려해 보면 헤이안 시대
의 '모노노마기레'(굵은 글씨)라는 용어는 남녀의 밀통을 시사하는 의미
를 포함하고 있다는 것을 확인할 수 있다.

　그렇다면 주석서인 『시카시치론』에서는 '모노노마기레'가 어떤 의
미를 띠고 있는지 살펴보고자 한다.

　이세모노가타리의 니조노키사키, 고센슈의 교고쿠미야슨도코로, 에
이가모노가타리의 가잔뇨고, 이분들은 마음이 가벼워 자신이 원하는 것
으로 치우쳐 버렸다. **그렇지만 다행히도 모노노마기레는 일본에서는 예가
없다.** 정말이지 기쁜 문장이다. 만약 천황의 혈통이 일대라도 아리와라
씨, 후지와라 씨에 의해 흐트러짐이 있다면 우리나라를 위해서는 어처구
니없는 일로, 동해를 밟는 노중연이 있음에 틀림없다. 그러나 후지쓰보
에게 겐지가 방문하여 레이제이인을 낳은 것은 정말이지 있어서는 안 되
는 잘못으로, 겐지는 음탕의 죄는 무겁다고 할 수 있지만 황통이 어지럽
혀지는 일은 없었고 기리쓰보 천황을 위해서는 옳은 자식이고 손자이다.
진무 천황의 혈맥이다. 이세의 종묘, 그 제사를 받으시고 천하의 창생,

---

4)『源氏物語』의 인용은 阿部秋生・秋山虔 他 校注, 新編日本古典文学全集『源氏物語』①
　-⑥, 小学館, 1994-1998에 의하고 권명, 권 수, 페이지 수를 표시하였다.

그 정치를 받았다. 그것조차 역시 레이제이인의 후위를 버리고 스자쿠의 정통으로 바꾼 것은 정말이지 엄격한 문장이 아니겠는가. 그렇다고 해도 일단 인륜의 어지럽힘과 긴 황통의 어지럽힘 중 어느 것이 가볍겠는가. 단안을 내리기 어렵다고 해도 신하의 마음에서 말하자면 겐지의 죄를 모르는 척하여 황통이 생각지도 못한 형태로 되지 않은 것을 기뻐해야 한다. 시키부의 참뜻을 헤아려야 한다.

伊勢物語に、二条后、後撰集の京極御息所、栄華物語に、花山女御、これらの御かたがた、心ばせおもからずして私のねぎことになびきたるなるべし。されど、幸にして物のまぎれ、日の本には御覧じうる所なかりしぞ、いともうれしき筆にて侍る。もし皇胤御一代にても、在原氏、藤原氏などにまぎれあらば、わが国の御為ものうき事にして、東海をふむ魯仲連有ぬべし。さるは、藤壺に源氏のかよひて冷泉院をうみ給ふは、まことにあるまじきあやまちにして、源氏は淫然の罪おもしといへども、皇胤のまぎれおもはずなるかたにはあらず、桐壺帝の御為には正しく子也、孫也、神武天皇の御血脈也。伊勢の宗廟その祀をうけ給ひ、天下の蒼生その政をいただき奉るべし。それすら猶冷泉院の御後をすて、朱雀の正統にかへせるは、いともきびしき筆にあらずや。抑一旦人倫のみだれと、長く皇胤のまぎれと、いづれか重く、いづれか軽かるべしや。断案をくだしがたしといへども、臣下の意にていはば、源氏の罪をしらざるまねして、皇胤のおもはぬかたならぬをよろこぶべし。式部が真意をしはかるべし。(221-222)5)

다메아키라는 니조노키사키, 교고쿠미야슨도코로, 가잔뇨고의 밀통의 예를 들어 다행이도 '모노노마기레'의 예는 일본에는 없다고 하고 있다(굵은 글씨). 후지쓰보와 겐지 사이에서 탄생한 레이제이 천황이 즉위했음에도 불구하고 황통이 더럽혀지는 일은 없었다는 근거로서 후지쓰보는 황녀(皇女)이고 겐지도 기리쓰보 천황의 자식이기 때문에 두 사람의 밀통의 결과 탄생한 레이제이인은 결국 기리쓰보 천황의 손자에 해당한다고 기술하고 있는 것이다. 게다가 다메아키라는 '이

---

5) 島田景二・小林正明 編, 『批評集成・源氏物語』 一, ゆまに書房, 1999.

꾸민 풍유(간접적으로 깨닫게 하기 위한 것)를 눈치 채도록 하여 정말이지 황통이 어지러워지는 일을 미리 막아야만 한다(「此造言諷諭に、心づかせ 給ひて、いかにもいかにも、物のまぎれをあらかじめふせがせ給ふべし」)'라고 주장하고 있어 겐지와 후지쓰보의 밀통은 '모노노마기레'를 방지하기 위해 간접적으로 깨닫게 하기 위해 쓰인 것이라고 이야기하고 있다. 이러한 해석에서 다메아키라가 이 '모노노마기레'라는 단어를 남녀의 밀통과 황통의 어지럽힘이라는 의미로 파악하고 있었다는 것을 확인해 볼 수 있다. 요컨대 다메아키라는 무라사키 시키부가 '모노노마기레'를 간접적으로 깨닫게 하기 위해 『겐지모노가타리』를 썼다고 주장하는 것이다. 이와 같은 인식에 대해서 유교와 불교의 영향으로 형성된 가치관이라고 하여 반기를 든 것이 바로 국학자 모토오리 노리나가(本居宣長)였다. 노리나가가 『겐지모노가타리』의 주제를 '모노노아와레'라고 한 것은 잘 알려진 사실이다. 노리나가가 이 '모노노아와레'설을 전개할 때 주로 비판의 대상으로 삼은 것이 겐지와 후지쓰보의 밀통을 풍유(諷諭)라고 파악한 다메아키라의 태도였다.

그렇다면 노리나가는 '모노노마기레'를 어떻게 해석하고 있었을까?

원래 이 **모노노마기레**는 예나 지금이나 견줄 수 없는 중대한 일이지만 모노가타리는 모노가타리이기 때문에 그런 세상의 중대한 일을 일부의 중대한 일로 써서는 안 된다. 이것도 모노가타리에서는 단지 모노가타리 안에서 일어난 하나의 사건인 것이다. 그렇다면 이것은 어떤 의미로 쓴 것인가 하니 우선 후지쓰보 중궁과의 일은 위에서도 말한 대로 사랑의 **모노노아와레**라는 감정의 극한을 깊이 추구하여 보여주기 위한 것이다. (중략) 본디 레이제이인의 **모노노마기레**는 겐지의 영화의 절정을 보여주기 위해서 쓴 것이다. 그것은 우선 어떤 모노가타리에도 중점적으로 훌륭하게 말하는 사람이 있어서 그 사람에 대해서 말할 때에는 세상의 모든 좋은 것을 골라서 이야기하는 가운데 영화는 세상의 좋은 일중 으뜸이므로 그 사람에게 여러 가지 좋은 일이 있어서 결국에 더할 나위 없는 신분이 된 것을 이야기한다. 이것은 모노가타리에서 볼 수 있는 많은 예로, 이 모노가타리도 겐지의 번영을 추구하여 쓰려고 하니 사람의 번영의 한계는 천황의 지위로, 집정대신이라고 하더라도 신하는 역시 만족할 수 없기 때문에 다조천황의 존호를 받게 하려고 하니 그러한 사정없이는 갑작스럽고 경박한, 마치 만든 것 같기 때문에 (겐지를) 천황의 아버지로 하려는 것으로, 이 **모노노마기레**는 이러한 사정으로 쓰인 것이다.

そもそも**此物のまぎれ**は、古今ならびなき大事にはあれども、物語は物語なれば、さる世の中の大事を、一部の大事として、書べきにはあらず、これも物語にては、ただ物語中の一つの事にぞ有ける、然らば此事は、いかなる意にて書るぞといふに、まづ藤つぼの中宮との御事は、上にもいへるごとく、恋の**物のあはれ**のかぎりを、深くきはめつくして見せむため也、(中略)さて冷泉院のもののまぎれは、源氏君の栄えをきはめむために書る也、そはまづいづれの物語にも、むねとして、よきさまにいふ人有て、その人のうへをいふとては、よにあらゆるよき事を、えりあつめていふ中に、身のさかえは、人のよのよき事のかぎりなれば、其人の万にさいはひ有てつひにうへなき身となりぬる事などをいふぞ、物語の多くの例にて、**此物**がたりも、源氏君の栄えをきはめてかかむとするに、人のさかえのきはまりは、帝の御位にして、執政大臣といへども、ただ人はなほあかぬところある故に、太上天皇の尊号をかうふらしめむとするに、さるべきよしなくては、ゆくりなくて、まことに浅はかなる、作り事めくゆゑに、帝の御父とせむ料に、**此物**のまぎれは書るもの也、(229-230)[6]

노리나가는 후지쓰보와 겐지의 밀통, 레이제이인의 즉위를 '모노노마기레'로 표현하고, 이 사건은 어디까지나 모노가타리 안에서 일어난 일로, 그것이 묘사된 것은 남녀사이의 '모노노아와레'를 보여주기 위한 것이라고 설명하고 있다. 그리고 이 '모노노마기레'는 '훌륭한 사람

---

6) 『源氏物語玉の小櫛』의 인용은 大野晋 編, 『本居宣長全集四』, 筑摩書房, 1969에 의한다.

(「よき人」)'인 겐지의 영화를 달성하기 위해 그를 천황의 아버지로 하기 위해서 서술한 것이라고 한다. 노리나가도 '모노노마기레'를 '남녀의 비밀스러운 정교'와 '황통의 더럽혀짐'이라는 의미에서 파악하고 있다는 것을 확인할 수 있다. 그리고 주의해야 할 것은 노리나가가 '모노노 아와레'(굵은 글씨)를 극적으로 표현하기 위해서 '모노노마기레', 즉 황후와 신하의 밀통과 아이의 탄생이 그려졌다고 주장하는 것이다. 바꿔 말하면 '모노노마기레'는 황후의 밀통과 황통의 문제를 포함한 용어로 사용되어 그것을 노리나가가 '모노노아와레'로 다루고 있는 것이다. 이와 같이 이 두 가지가 밀접한 관련성을 가지고『겐지모노가타리』 비평사에 출현한 것은 큰 의미를 가지고 있다고 하겠다. 왜냐하면 이것은『겐지모노가타리』를 이해하는 근간이 되는 문제를 함축하고 있을 뿐만 아니라 근대 이후 시대변화에 따라서『겐지모노가타리』를 어떻게 평가하게 되었는지와도 관련이 있기 때문이다. 다음은 이 두 개의 관념을 중심으로 근대에서 일루어진『겐지모노가타리』비평사에 대해서 검토해 보고자 한다.

Ⅲ. 메이지·다이쇼 시대의 겐지모노가타리 비평

근대가 되어 서양의 영향을 받아 일본문학사 서술이 시작되었다. 이 시기에 저술된 문학사는 국민성을 밝히는 데 주안점을 두고 있었다. 예를 들어 1890년에 성립한『국문학독본(国文学読本)』에서는 국문학을 국민사상을 서술한 것으로 정의하고 있다. 이와 같이 문학을 통해서 국민성을 규명하려고 하는 움직임은 일본뿐만 아니라 19세기 서양에서 수행해 오던 작업이다. 그렇다면 서양 문학사에 자극을 받아서 일본문학사를 쓰기 시작한 일본의 입장에서는 문학사가 자국의 국민성에 대해서 논하는 작업이 된 것은 당연한 귀결이라고 할 수 있다. 또한 처음으로 문학사가 만들어진다는 것은 새로운 고전의 위치가 부여된다는 것을 의미하기도 한다.

일본의 본격적인 문학사는 미카미 산지(三上參次)·다카쓰 구와사부로(高津鍬三郎)가 저술하고, 오치아이 나오부미(落合直文)가 감수한 『일본문학사(日本文学史)』(1890, 이하, 미카미의 『일본문학사』라고 약칭함)이다. 이 일본 최초의 본격적인 문학사에서 주목해야 할 것은 서양에서 영향을 받은 문학사뿐만 아니라 근세 국학에서 많은 것을 흡수하고 있다는 점이다. 예를 들어 헤이안 시대의 문학을 설명하는 부분을 확인해 보자.

아아, 우리나라의 상대시대는 일반적으로 풍속이 고상하다고는 할 수 없다. 남녀 양성 사이에는 특히 엄정한 규칙도 없었을 정도로 고귀한 분들에게도 현명한 사람들에게도 이 점에서는 난잡한 거동이 적지 않았다. 그렇지만 당시에는 상하의 풍속 자연스럽고 상무의 기상이 성행했기 때문에 그렇게까지 폐해를 보지는 않았지만, 이후 당풍을 모방하고 부박하고 화려한 것을 존중하고 불법을 믿어 무상을 느끼는 시대에 이르러서는 일본 남자의 용맹스러운 기풍은 완전히 이 때문에 소모되어 그 모습도 마음도 여성스러워져 놀기 좋아하고 게으른 풍조가 조정에서 잠시 번창함에 따라 그 폐해가 상당히 커지고, 후지와라 씨가 자신이 원하는 대로 대권을 휘두를 무렵에는 거의 극에 달했다.

抑、我国の上代は、一般に風俗の高尚なりしには似ず、男女両性の間には、別に厳正なる規則も無かりしほどに、高貴なる方々にても、賢明なる人々にても、此点に於ては、猥りがはしき挙動少なからざりき。されども、当時は上下風俗質樸にして、尚武の気象熾んなりしかば、さまでの弊害を見ざりしが、降りて唐風を摸して、浮華を尊ひ、仏法を信じて、無常を感ずる時代に至りては、日本男子の勇壮なる気風は、全く之がために消耗し、姿も心も女々しくなりて、遊惰の風漸く朝廷

に盛んなるに従ひ、其の弊害大に露はれ、夫の藤原氏が大権を恣にする頃に至りては、殆んど其極に達したり。(267)[7]

이 서술은 상대에서는 남녀관계에 엄정한 규칙은 없고 상무와 같은 기상을 가지고 있었으나 헤이안 시대에 이르러서는 당풍을 모방하고 불법을 믿어서 무상을 느끼게 되어 상대의 용맹스러운 기풍은 없어지고 여성스러움만이 남아 그에 따른 폐해가 크다고 해석할 수 있다. 이와 같이 상대에서의 기상을 중시하고 당풍과 불교의 영향을 부정하는 것은 근세 국학의 주장과 일맥상통한다고 할 수 있다. 근대에 서술된 많은 일본문학사는 상대시대의 국민성을 이상적인 것이라고 파악하고 문학작품 안에서도 특히 『고사기』와 『일본서기』를 성전으로 받들고 있는 것이 확인된다. 국학이 근대 일본문학사의 성립과 밀접한 관련성을 가지고 있는 것은 하가 야이치(芳賀矢一)의 경우에 보다 명확하게 드러난다. 독일 문헌학을 일본에 유입시킨 하가는 서양의 문헌학적 방법이 국학의 방법론과 유사하다는 것을 깨닫고 독일 문헌학을 통해 국학의 학문적 가치를 다시 평가하고 거기에 빠진 부분을 보충하면서 일본문헌학 수립을 제창하였다.[8] 그렇기 때문에 일본문학사의 근저에 흐르고 있는 것은 국학사상이라고 할 수 있다.

그렇다면 헤이안 시대에 서술된 『겐지모노가타리』는 근대 초기에 성립한 일본문학사 안에서 어떤 위치를 점하고 있었을까? 일본문학에서 『겐지모노가타리』가 후대의 문학작품에 미친 영향은 지대하고 그 때문에 문학사 서술에서는 반드시 등장하였다. 그러나 주의해야 할 것은 『겐지모노가타리』에 대해서는 『고사기』와 『일본서기』와 같은 일

---

7) 三上参次・高津鍬三郎 著, 落合直文 補, 『日本文学史』, 金港堂, 1890.
8) 野山嘉正, 「国学から国文学へ」, 『言語文化研究1—国語国文学の近代—』, 放送大学教育振興会, 2002, p.116.

정한 평가가 아니라 보다 복잡한 시점이 섞여 있다는 점이다. 예를 들어 미카미의『일본문학사』는 노리나가가『겐지모노가타리』를 '선을 권하는 책(勧善の書)'라고 평가한 안도 다메아키라의 설을 부정하고 모노가타리는 사회의 진상을 그대로 그려낸 것[9]이라고 지적한 것에 대해서 찬의를 표하고 있다. 그러나 히카루 겐지와 후지쓰보의 밀통, 레이제이 천황의 즉위를 '모노노아와레'를 위한 것이라고 한 것에 대해서는 엄격한 비판을 가하고 있다. 그리고 '순수한 선, 순수한 미, 순수한 마음이 한가지 모양인 것은 이것을 인간세계에서는 바랄 수 없지만 이 이상을 표준으로 정하고 그 방향을 향하여 진보하려고 노력하는 것은 일상 사람들이 당연히 말로 표현해야 하고 실행해 옮겨야 하는 바이다(「純善、純美、純真の斉一は、之を人間世界には求むべからずと雖も、この理想を標準と定め、其方角に向ひて、進歩せんことを務むるは、日常人々の、当に口に言ふべく、又当に実際に行うべき所なり」)'(269)라고 하면서 소설에는 사람을 회유하는 역할이 있는데 당시는 풍속이 문란했기 때문에 무라사키 시키부와 같은 재능 있는 여성이 도리에 어긋난 사랑을 그대로 그렸다고 한탄하고 있다. 미카미의『일본문학사』가 가지고 있는 '모노노마기레'에 대한 인식은 유교적 입장에서 벗어나지 않았던 것이다.

이와 같이 최초의 일본문학사에서는 노리나가의 '모노노아와레'설을 전면 부정하고 있다. '모노노마기레', 즉 남녀의 밀통과 황통이 더럽혀지는 것이 옳지 않다는 것을 깨닫게 하기 위해『겐지모노가타리』가 만들어진 것이라고 한 다메아키라의 주장에 대해서 안티테제로서

---

9) 이와 같은 작품의 해석방법은 당시 서구의 영향에 의한 새로운 문학론이 유입된 것과 관계되고 있다고 할 수 있다. 이후 1885년에 쓰보우치 쇼요(坪内逍遥)가『소설신수(小説神髄)』를 발표하여 소설의 권선징악 주의를 배제하고 사실주의를 제창하게 된다. 그러나 사실주의에 대해서 환영하는 자세와는 달리 연애에 관해서는 여전히 엄격한 시선을 드러내고 있다.

등장한 노리나가의 '모노노아와레'설을 최초의 일본문학사는 완전히 부정하고 있는 것이다. 이와 같은『겐지모노가타리』의 수용은 메이지(明治)시대라는 시대적 분위기에 좌우된 것이라고 할 수 있다.

메이지 시대는 천황의 위상이 절대적인 힘을 발휘하기 시작한 시기로, 그렇기 때문에 황통의 침범이 모노가타리를 읽는 데 그다지 중요한 문제가 아니었던 시대와는 상황이 변했다는 것을 읽어낼 수 있다. 그리고 이 시기에는 서민 사이에 유교적 성도덕이 침투하여 여성에게는 현모양처가 이상적인 부인상으로 강조되었다. 이와 같은 시대적 분위기에서는『겐지모노가타리』에 서술된 히카루 겐지의 다양한 연애와 후키쓰보와의 밀통이 용인될 리가 없었다. 그 증거로 '『겐지모노가타리』가 일본의 사기를 고무시키기 위해 무엇을 하였는가? 아무것도 안 했을 뿐만 아니라 여성스러운 겁쟁이로 만들어 버렸다(「『源氏物語』が日本の土気を鼓舞することのために何をしたか。何もしないばかりでなくわれわれを女らしき意気地なしになした」) (82)[10]라고 주장한 우치무라 간조(内村鑑三)의 발언을 들 수 있다.

미카미의『일본문학사』에서 확인되는 견해는 종래의 유교적 입장에 해당하는 것이기는 하지만 그러나 노리나가의 '모노노아와레'설의 성립사정, 즉 '모노노마기레'를 일반인에게 깨닫게 하는것이『겐지모노가타리』의 역할이라고 하는 해석에 대한 반발로 '모노노아와레'설이 등장했다는 과정을 설명하고 있다. 바꿔 말하면 노리나가의 '모노노아와레'설을 언급할 때 '모노노마기레'와 '모노노아와레'는 서로 긴밀한 관계 속에서 생성된 주장이라는 것을 분명하게 파악하고 있었던 것이다. 그러나 이후의 문학사에서는 이와 같은 양설의 관계조차 모호해지

---

10) 内村鑑三, 「後世への最大異物第二回」, 島田景二・小林正明 編, 『批評集成・源氏物語』三, ゆまに書房, 1999.

면서 '모노노아와레'설이 독자적으로 취급되거나 혹은 '모노노마기레', 즉 황통의 침범 문제는 물론, 후지쓰보와 겐지의 만남 자체가 언설에서 교묘하게 회피되는 경향을 볼 수 있다.

하가 야이치가 1899년에 저술한『국문학십강(国文学十講)』은 헤이안 시대 문학을 이후의 모범이 되는 작품으로 정의하고 있다. 그러나『겐지모노가타리』의 설명에 관한한 그 논조는 크게 변하고 있다. 우선 작자 무라사키 시키부에 대해서는 '정숙, 온후한 사람으로, 당시의 여류들과 그 성질을 달리하고 있었다고 보입니다. …… 그 시기의 여자는 품행이 방정하지 못한 것이 통례로 헤이안조는 윤리가 땅에 떨어진 시기였습니다만 무라사키 시키부가 정조를 엄중하게 하여 움직이지 않았던 것은 미도칸파쿠(후지와라노 미치나가(藤原道長))가 권력을 가지고 무라사키 시키부에게 접근했지만 그에 응하지 않은 것을 의미하는 것입니다(「貞淑温厚な人で当時の女流と其性質を異にして居ったと見えます。 …… 此時分の女は品行が乱れて居るのが普通で、平安朝は倫理の地に落ちた時分でありましたが、 紫式部が節操の厳然として動かなかったことは御堂関白が権力を以て紫式部を挑まれたけれども応じなかったといふことです」)'(109)[11]라고 하듯이 이 작자를 당시 품행이 올바르지 못한 여성과는 달리 정숙한 여인이라고 판단하고 그 근거로 후지와라노 미치나가의 유혹에도 굴하지 않고 정조를 지켰다는 점을 들고 있다. 이 설명에서 알 수 있듯이 하가는 헤이안 시대를 윤리가 땅에 떨어진 시기라고 규정하고 있다. 이와 같은 사고는 다음과 같은 서술에서 한층 명백해진다.

(A) 겐지가 후지쓰보와 정을 통한 것도 심한 이야기입니다. 그와 마찬가지로 겐지의 아들인 유기리라고 하는 사람(부인의 아들)이 무라사키노

---

11) 芳賀矢一, 『国文学史十講』, 富山房, 1899.

우에를 사랑하거나 계자가 계모에게 접근하거나 하는 일은 많이 있어서 한 여성이 두 남성에게 몸을 맡기는 일도 많이 있습니다. 그와 같은 부패한 사회양상에 대해서 쓴 것이 우리나라 국문학 중 제일 훌륭한 작품인 것처럼 중시해야만 한다는 것도 정말이지 한심합니다. 학교 등에서 읽힌다는 것은 결코 웃을 수 없는 일입니다.

> 源氏の藤壺と通じた事もひどい話です。それと同じく源氏の子夕霧といふ人(嫡出の子)が紫の上を懸想したり、継子が継母に言ひ寄ったりすることは沢山あり、一人の女で二人の男に身を委せる事などもいくらもあります。其様な腐敗した社会の有様を書いたものを我国文学の第一のもののやうに珍重しなければならぬと云ふのも実は情けないものである。學校などにして読ませるといふことは決して面白からぬことであります。(117)

겐지와 후키쓰보의 밀통을 비롯하여 유기리가 계모인 무라사키노우에에게 사모하는 마음을 가지는 것을 부패한 도덕성이라고 단죄하고 이와 같은 작품을 최고의 일본문학이라고 하는 것은 정말 어처구니가 없다고 하고 있다. 그렇기 때문에 이 『겐지모노가타리』를 교과서 등에 게재해서는 안 된다는 것이다. 하가 야이치는 겐지와 후지쓰보의 밀통을 의미하는 '모노노마기레'를 윤리라고 하는 척도에서 부패한 것이라고 파악하고 있다. 그렇다면 그는 노리니가의 '모노노아와레'에 대해서는 어떻게 파악하고 있는지 다음의 서술을 통해서 확인해 보고자 한다.

이 모노가타리는 권선징악에 대한 이야기라든지 천태종의 뜻을 설파하기 위한 것이라고 합니다만 모노노아와레를 알리기 위해서 만든 것이라고 다마노오구시에서 말한 것은 옳은 견해라고 하겠습니다. 즉 인정을 주로 보여주기 위해서 썼다는 의견이 옳습니다. 즉 소설로 사실적으로 그 사회의 모습을 그려낸 것에 불과한 것입니다.

> 此の物語は勧善懲悪の物語であるとか、天台の宗義を述べる為とか云ひますが、

物の哀れを知らせる為めに作ったものだと玉の小櫛にいはれたのは見解の高いこと
です。即ち人情を主とする為めに書いたと云ふ意見が正しいのです。詰り、小説で
写実的に其社会の有様を写出した小説に過ぎないのです。(110)

하가는 노리나가가 그런 것처럼 권선징악의 유교적인 관점에 입각
해서 모노가타리를 읽는 것을 부정하고 노리나가의 '모노노아와레'설
이 타탕하다고 주장하고 있다. 인용문(A)에서 주장한 하가의 언설과
이 문장을 함께 고려해 보면『겐지모노가타리』는 부패한 헤이안 시대
를 사실적으로 묘사한 소설이기 때문에 이와 같은 내용이 되어 버렸다
는 것이다. 그러나 전게 본문(A)처럼 하가 자신도 유교에 입각한 윤리
의식으로 헤이안 시대를 포착하고, 나아가『겐지모노가타리』를 그 관
점에서 읽어내고 있는 것은 명백하다. 그리고 겐지와 후지쓰보의 밀통
을 '모노노마기레'라고 표현하고 레이제이 천황의 즉위에 관해서는 이
모노가타리의 결점이라고 하고 있다. 이와 같이 유럽에서 배운 문헌학
과 국학의 공통점을 발견하고 일본문헌학을 수립한 하가에게 노리나
가는 존경해야 할 스승이었기 때문에 그의 주장을 지지하는 심정은
쉽게 추측해 볼 수 있다. 그럼에도 불구하고 하가 자신은 노리나가의
비판 대상이었던 유학사상으로부터 탈피하지 못하는 모순이 확인되고
심지어 '모노노마기레'와 황통의 침범에 대해서는『겐지모노가타리』
의 결점으로 간주하여 시종일관 작품을 비판하고 있는 것이다.

이후『겐지모노가타리』를 '모노노아와레'설과 유교적인 입장에서
거리를 두고, 보다 현대적으로 비평하려고 한 것이 후지오카 사쿠타로
(藤岡作太郎)이다. 그는 1905년 저술한『국문학전사(헤이안조) (国文学全
史(平安朝))』에서 '모노노아와레'론을 일단 긍정하면서도 이 한 가지 면
만으로 모노가타리를 다루는 것은 곤란하다고 주장한다. 그리고 이
모노가타리가 서술된 취지에 대해서는,

겐지모노가타리의 본뜻은 부인의 평론에 있다. 저자가 깊이 동료의 태
도를 진지하게 주의하고 몸소 그 견문을 붓으로 남긴 것은 무라사키시키
부 일기가 이것을 증명하고 있다. 저자는 관찰을 거듭하고, 생각을 반복
하여 여기에 한편의 위대한 소설을 만들어 부인에 대한 의견을 발표한
것이다.

源氏物語の本意は実に婦人の評論にあり。著者が深く儕輩の態度進士に注意し
て、みづからその見聞を筆に残せるは、紫式部日記これを証す。著者は観察を積
み、考覈を重ね、ここに一篇偉大の小説を作りて、婦人に対する意見を発表せ
り。(334)12)

라고 주장하는 것처럼 여성을 논평하는 것에 있다고 한다. 게다가 이
전의 주석서가 '모노노마기레'에 관해서 준거설(準拠説)을 제시하고 마
치 이것이 실제로 있었던 일인 것처럼 파악하려고 한 태도에 대해서는
정확한 입장이 아니라고 하고 있다.

'모노노아와레'를 일단 평가한 문학사도 '모노노마기레' 문제에 이
르면 유교적인 견식에 입각하거나 언급을 교묘하게 회피하거나 하는
양상을 보인다. 국민사상의 생성을 목표로 삼는 근대문학사와 근세
국학의 지향점은 자연스럽게 부합하고 있었다고 할 수 있는데, 그렇기
때문에 노리나가의 설을 인용하면서도 그것에 엄격한 비판을 가하는
예는 드물며 '모노노아와레'는 '모노노마기레'와 분리되고 있다. 문학
자 사이에서 흔들리는 『겐지모노가타리』에 대한 평가는 메이지 시대
가 되어 국민의 숭배를 받고 있는 황실의 위상과, 그와 동시에 강화된
유교사상을 기반으로 한 시대배경을 그대로 반영한 결과라고 할 수
있다. 이와 같은 『겐지모노가타리』의 미묘한 위치는 1912년에 『신역
겐지모노가타리(新訳源氏物語)』를 발간한 요사노 아키코(与謝野晶子)가

---

12) 落合直文 他, 『明治文学全集』 44, 筑摩書房, 1969.

'국민의 수양을 위해서는 고사기 연구도 좋습니다. 그와 동시에 저는 일본의 전통문학 중에서 창연하게 빛나고 있고 있는 겐지모노가타리의 사상에 대해서 메이지 시대 이후 아직까지 정교한 연구와 비평을 시도한 사람이 없다는 점을 유감스럽게 생각합니다(「国民の修養としては古事記の研究も結構である。それと同時に私は日本の伝統文学の中に燦然として大きく光って居る源氏物語の思想に就て、明治以来まだ精細な研究と批評とを試みる人の無いのを遺憾とするものである」)'(102)13)라고 개탄한 것에서도 명백하게 드러난다.

그러나 이러한 시대 분위기 속에서도『겐지모노가타리』를 문예작품으로 간주하고 '모노노마기레'에 관한 유교적 비판으로부터 작품을 지키고 그 가치를 인정하려고 한 연구도 있었다. 그것은 와세다대학 출판부(早稲田大学出版部)에서 간행된 이가라시 지카라(五十嵐力)의『신국문학사(新国文学史)』(1912년 4월, 이하 이가라시의『신국문학사』라고 약칭함)이다. 요사노 아키코가 현대어로 번역한『신역겐지모노가타리』보다 2개월 후에 간행된 이 저서는 '모노노마기레'설을 비판한 노리나가의 '모노노아와레'설을 전면적으로 지지하는 형태로『겐지모노가타리』를 옹호하고 있다. 이 저서는『다마노오구시』에서 '모노노아와레'설을 인용하고 '말이야말로 오래된 것이지만 시대를 초월한 탁견으로, 문란한 것을 가르치는 책이라 하고, 교훈을 위한 서적이라 하고, 불교의 이치를 나타낸 작품이라고 말하는 종류의 우매한 설들은 발끝에도 미치지 못할 대비평이다(「言葉こそ古けれ時代を超越した卓見で、誨淫の書といひ、教訓の書といひ、仏理を現はした作といへる類ひの愚説の、足許にもよらぬ大批評である」)'(167)14)라고 하고 있다. 그에 덧붙여서 '노리나가의 평으로도 알

13) 与謝野晶子,「伝統主義に満足しない理由」,『若き友へ』, 白水社, 1918.
14) 五十嵐力,『新国文学史』, 早稲田大学出版部, 1912.

려져 있는 대로 겐지모노가타리는 우리나라 메이지 이전의 문학 중에
서 최대 걸작의 하나로 특히 현실적, 자연적, 평범함, 정교한 묘사를
특징으로 하는 최근 문학의 추세를 예상하고 있었다고 보이는 점조차
있다(「宣長の評でも知らるる如く、源氏物語は我が明治以前の文学中の最大傑作の
一で、殊に現実的、自然的、平凡的、精写的なる最近文学の趨勢を予想したと見ら
れる点さへある」)'(167-168)라고 지적하고 있어 『겐지모노가타리』에 대해
새로운 위치를 부여하려고 하는 자세가 엿보인다. 이와 같은 노리나가
의 설에 대한 전폭적인 지지는 '모노노마기레'설을 인정의 극치로 파
악하려고 하는 입장과 자연스럽게 연결된다. 이가라시의 비평은 노리
나가의 설에서 벗어나지 못하고 있지만 그러나 그 안에는 현대의 고전
문학에 대한 관점과 통하는 견해를 확인해 볼 수 있다.

헤이안 시대는 감정 본위의 시대이다. 그들은 감정이 무리 없이 활동
하는 곳에서 일종의 도덕을 인정하였다. '여자를 좋아하지 않는 남자는
옥으로 된 술잔의 밑이 없는 것과 마찬가지다.'라는 말은 적절하게 이
인간의 도덕관을 표현한 것이다. 그들은 감정의 활동을 벗어나 사회의
인간사를 초월하여 높게 자신을 둔 후세의 이른바 도덕이라는 것을 모른
다. ……자신의 불륜관계로 인해 일어난 정사도 자신을 속이지 않는 진정
한 마음이 있는 한 용서받는 것이라고 생각했다. 권세와 지위를 얻기 위
해서는 부인을 재료로 삼는 것보다 좋은 방책은 없다고 생각했다.
平安朝は感情本位の時代である。彼等は感情の無理無く活動する所に一種の道
徳を認めた。「色好まざらむ男は玉の盃に当なきが如し」といふ語は適切に此の人道
観を言ひ表はしたものである。 彼等は感情の活動を離れ社会の人事を超越して高
く標置した、後世の謂はゆる道徳を知らぬ。…… 我が不倫の情事も我れに偽らぬ真
情の存する限り許さるべきものであると考えた。権勢地位を獲得するには婦人を材
料とするに優る策がないと考へた。(219-220)

여기에서 '헤이안 시대는 감정 본위의 시대'라고 규정하고, 당시의 남성은 '권세와 지위를 얻기 위해서는 부인을 재료로 삼는 것보다 좋은 방책은 없다고 생각했다'라고 하는 점에는 재고의 여지가 있다고는 하더라도 후세의 도덕관을 헤이안 시대 사람들이 가지고 있지 않았기 때문에 후세의 기준으로 모노가타리를 읽어서는 안 된다고 하는 논리는 수긍이 가는 부분이다. 이러한 모노가타리의 향수 태도는 현대의 자세와 유사하다고 할 수 있다. 이가라시의『신국문학사』에서는 황통의 문란에 관한 언급은 없지만 황후인 후지쓰보와 겐지의 밀통은 비판의 대상이 되지 않는다. 이러한 견해가 제시될 수 있었던 것은 연애에 대한 인식의 변화라는 당시의 시대적 변화와 맞물려 있다고 할 수 있다. 이 시기에는 작가 기타하라 하쿠슈(北原白秋)의 간통 사건이 일어나고 자연주의 문학이 확립되는 등 사회적 분위기의 변화를 볼 수 있다. 근대 문학사에서『겐지모노가타리』가 문학작품으로서의 가치를 획득하게 된 것이 다이쇼 시대를 3개월 앞둔 1912년 4월의 시점이었던 것은 시대의 변화와 무관하지 않다고 할 수 있는 것이다.

IV. '모노노마기레' 설에 대한 주목

다이쇼(大正)시대가 되어『겐지모노가타리』에 대한 호의적인 평가는 그 수는 적지만 조금씩 눈에 띄게 된다. 물론 이와 같은 분위기 가운데 여전히 유교적인 자세를 고수하는 입장도 다수 확인된다. 이 모노가타리의 문예성을 높이 평가하게 된 한 가지 원인에는 앞에서 언급한 것처럼 다이쇼라는 시대적인 분위기도 무시할 수 없지만 1925년 아서 웨일리(Arthur Waley)가『겐지모노가타리』를 번역하여 간행한 것을 들 수 있다.[15] 해외에서 받은『겐지모노가타리』에 대한 높은 평가가 반대로 일본 국내에 영향을 미친 것으로 보인다. 예를 들면 이 시기에 작가인 다야마 가타이(田山花袋)는『장편소설의 연구(長編小説の研究)』[16] 안에서『겐지모노가타리』를 예찬하고 현재의 젊은이가 이 작품을 읽지 않는 것에 대해서 분개했다.

그러나 쇼와시대에 접어들어『겐지모노가타리』가 위험에 노출되는 사건이 발생한다. 그것은 1933년『겐지모노가타리』의 연극화 기획이 공연 직전에 금지된 것이다. 이 사건은『겐지모노가타리』를 긍정적으로 평가한 사람들이 저항의 의지를 분명히 밝히는 계기가 되었다. 경시청 보안과가『겐지모노가타리』상연 금지를 발표한 것에 대해서 반발한 대표적인 단체는 1932년 후지와라 쓰쿠루(藤村作)・이케다 기칸(池田龜鑑)이 중심이 되어 발족한 무라사키시키부 학회(紫式部学会)이다. 이 모임이 후원하고 있었던『겐지모노가타리』연극이 1933년 11월에 경시청 보안과의 개입으로 상연이 금지된 사태에 응하여 이 학회의 월간지인『무라사키(むらさき)』는『무라카시 창간 특별호-겐지모노가타리극의 해설과 보고(むらさき創刊特別号—源氏物語劇の解説と報告)』[17]를 발간했다. 거기에는 (1) 무라사키시키부 학회의 목적과 겐지모노가타리 극화 상연을 지원하는 취지, (2) 제1각본이 상연불가 판정을 받은 사실, 그에 응해서 (3) 개정된 각본까지 기각되고, (4)개정 각본 상연불가의 이유가 언급되어 그에 따라 (5) 극장의 상연을 단념한 것과 본 학회의 후원이 자연스럽게 소멸된 경과에 대해서 보고하고 있다. 연극으로 상연하기로 한 내용은 하하키기권(帚木巻)에서 스마권(須磨巻)까지로, 후지쓰

15) 小谷野敦, 「『源氏物語』批判史序説」, 『文学』 4-1, 2003, p.202.

16) 田山花袋, 『長編小説の研究』, 新詩壇社, 1925, p.154.

17) 島田景二・小林正明 編, 『批評集成・源氏物語』 五, ゆまに書房, 1999.

보와 겐지의 밀통 부분(모노마기레)은 수록되지 않았다. 그러나 경시청은 상연을 금지한 이유에 대해서 '주요인물이 가상의 모노가타리라고 하더라도 윗분이라고 생각되는 점, 여러 명의 여성에 대한 연속적인 연애생활을 다루고 있는 것이 현재 사회상황에서 볼 때 악영향을 미칠 것이라고 인정한다(「主要人物が仮物語であると雖も、上っ方の人物と思はれること、数人の女性に対する連続的な恋愛生活を取扱ってあることが、現在の社会状勢の下に在っては悪影響を及ぼすと認める」)'(43)라고 설명하고 있다. 개정 각본상연의 금지 이유도 마찬가지로, '히카루 겐지가 윗분이기 때문이다. …… 윗분의 연애생활이기 때문에 불가하다(「光源氏が上っ方の人であるがためである。…… 上っ方の恋愛生活なるが故に不可である」)'(45)라고 적혀 있다. 요컨대 후지쓰보와의 밀통이 생략되더라도 히카루 겐지가 윗분이기 때문에 그의 연애생활을 보이는 것은 현 상황에서는 부적절하다는 것이다. 이것은 바꾸어 말하면 후지쓰보와 히카루 겐지의 인륜에 반하는 사랑과 황통이 어지러워진 것을 문제로 삼기 이전에 황실과 연결되는 인물의 연애 자체를 대중에게 보이는 것을 철저하게 봉인하는 자세를 보이고 있는 것이다.

그러나 후지쓰보와 겐지의 사랑, 그 결과로 레이제이 천황이 즉위한 것을 포함한 '모노노마기레' 문제는 생각지도 못한 형태로 주목을 받게 된다. 1938년에 『겐지모노가타리』가 『소학국어독본(小学国語読本)』 권11 제4에 실린 것에 대해서 다치바나 준이치(橘純一)가 '겐지모노가타리는 굉장히 불경스러운 책이다(「源氏物語は大不敬の書である」)'라는 타이틀로 잡지 『국어해석(国語解釈)』(1938년 7월)에 항의문을 발표했다.

현재 일본은(만주사변 이후 현재에 이르는 기간을 임시로 이렇게 부른다) 커다란 희생을 지불하고 국가 역사상 미증유의 자각을 얻은 것이다.

이렇게 일본민족의 가야 할 길은 명료해지고, 천황의 위광하에서 우리들은 '신민'으로서 새롭게 자각하여 대업을 익찬하는 광영에 감격하고 있다. 이것이 현대의 새로운 국민의 형세이다. 이 신국민 형세- '신민'으로서의 새로운 자각은 당연히 겐지모노가타리의 구상이 불경스러운지 아닌지를 문제로 검토해야 한다. 그것은 종래 인습적으로 이루어진 **'문학상의 가치비판은 별개다'라는 사고방식에는 조금도 주의를 기울여서는 안 될 정도로 절박한 '신민'으로서 중대한 문제다.** (중략) 겐지모노가타리가 굉장히 불경스러운 책으로서 구상을 가지고 있다는 확신을 견지하고 있다. 그렇다면 무엇을 가지고 이렇게 믿는가 하니, 겐지모노가타리 한 편의 주요 사상은 다음과 같기 때문이다.

1. 황자이지만 미나모토라는 성을 받아 이미 신하의 지위로 내려간 겐지가 아버지의 황후와 밀통을 한다.
2. 황후와 겐지 사이에 생긴 아이가 천황의 지위에 오른다. (이것을 예부터 레이제이인이라고 부르고 있다)
3. 레이제이 천황이 자신의 비밀을 알고 실제 아버지인 겐지를 태상천황에 준한 대우를 하신다.

現在日本は(満州事変以後現在に至る期間を仮にかくいふ)多大の犠牲を払って、国史上未曾有の自覚を得たのである。かくて日本民族の行くべき道は明瞭になり、天皇の御稜威の下に、吾々は「臣民」としての新しい自覚を以て御大業を翼賛し奉る光栄に感激してゐる。これが現代の新しい国民情勢である。この新国民情勢—「臣民」としての新しい自覚は、当然、源氏物語の構想の不敬か不敬でないかを問題として検討すべきである。それは従来因襲的に行はれてゐた「**文学上の価値批判は別だ**」といふ考へ方には一顧も与へてゐることのできない程、**切迫した「臣民」的の重大問題である。**(中略) 源氏物語が大不敬の書の構想を逞しうしたものであるといふ確信を堅持する。然らば何を以てかく信ずるかといふに、源氏物語一篇の主想は次の如くであるからである。

一、皇子であるが源姓を賜って既に臣列に下された源氏の君が、父帝の皇后と密通する。
二、皇后と源氏の君との間に出来た御子が帝位に即く。(これを古来冷泉院と申して居る)

三、冷泉帝が御身の秘密を知り、実父なる源氏の君を太上天皇に准じた待遇を
　なさる。(185-186)[18]

　다치바나는 만주사변 이후의 상황에서 신민으로서 자각을 가질 것
을 주장하고『겐지모노가타리』의 구성이 불경스러운지에 대해서 검토
해야 한다고 주장한다. 그리고 굵은 글씨와 같이 종래 논의되어 온
'문학의 가치비판은 별개다'라는 견해에 대해서 부정적인 태도를 보이
고 있다. 이 굵은 글씨로 표시한 부분의 주장은『겐지모노가타리』를
문예로서 독립시킨 노리나가의 '모노노아와레'설을 비롯한 종래의 의
견을 의식한 것이라고 판단할 수 있다.
　이러한 다치바나 준이치의 항의는 당연히 일본문학계의 반발을 사
게 된다. 그 때문에 반박문도 계속해서 발표된다. 그 대표적인 것이
요시자와 요시노리(吉澤義則)의 「겐지모노가타리에 대해서(源氏物語につ
いて)」(『문학(文学)』1938년 12월)와 히라바야시 하루노리(平林治徳)의 「교
재로서의 겐지모노가타리(教材としての源氏物語)」(『문학』 1938년 12월)[19]
이다. 우선 전자의 경우『겐지모노가타리』는 '우리 국문학 중 최고의
걸작(「わが国文学中の最傑作」)'이고 '세계에서 최고의 걸작(「世界での最傑
作」)'이라고 한 후, 이 작품을 쓴 목적은 권선징악의 교훈을 알리기 위
한 것이라고 하고 있다. 그리고 이 논지를 말하는 요시자와는 노리나가
의『다마노오구시(玉の小櫛)』를 예로 들어 '권선징악을 위한 책이기는
하지만 선악 비판의 기준이 유교와 불교와 다르다. 즉 겐지모노가타리
는 그 비판기준을 모노노아와레에 있다고 하는 것이 노리나가의 주장
이다(「勧善懲悪の書ではあるが善悪批判の標準が儒仏と相違してゐる、 即ち源氏

---

18) 상게서.
19) 상게서.

物語はその批判標準を物のあはれにおいてゐるのだといふのが、本居翁の所論である」)'(241)라고 하고 있다. 노리나가가 『겐지모노가타리』를 권선징악을 위한 책이라고 파악했다는 주장은 요시자와의 완전한 오독임에 분명하다. 모노가타리을 권선징악의 논리로 파악하는 것을 경계하고 그것을 유교적 논리에서 벗어나게 하려고 했던 것이 바로 '모노노아와레'설의 취지였다. 그리고 후자의 히라바야시 하루노리의 경우는 다치바나 준이치가 교과서에서 『겐지모노가타리』를 배제해야 한다는 근거로 든 3개의 항목에 대해서는 전혀 언급하고 있지 않다. 그는 『겐지모노가타리』가 세계에 자랑할 문화사상의 금자탑이라는 것만을 주장하고 있다.

> 우리들도 일본적인 것의 발양을 게을리해서는 안 된다. 그 방법은 하나에 한정되지 않지만 일본적인 것의 바탕이 되는 원천인 고전을 보급하는 것도 좋은 일이다. 국정교과서에 만요슈의 노래가 들어가고 고사기의 이야기가 들어간 것은 좋은 일이다. 나란히 겐지모노가타리가 수록된 것으로 완벽에 가까워졌다.
>
> 吾等も日本的なものの発揚を怠ってはならない。その方法は一に限らぬが、日本的なものの因ってくる源泉である古典を普及するのもよい事である。国定教科書に万葉集の歌が入り、古事記の話がはいったのは結構である。相並んで源氏物語が採られたので完璧に近づいた。(244)

이 문장 앞에는 '지금 세계는 각국 모두 자국적인 것을 열심히 주장하는 시대가 되었다(「今や世界は各国とも自国的のものを熱心に主張する時代となった」)'라는 전제가 붙어 있어 이와 같은 세계의 흐름 가운데에서 일본도 자국애를 함양해야 하고 그 방법이 『겐지모노가타리』를 국정교과서에 넣는 것이라고 한다. 즉 히라바야시의 논리는 다치바나 준이치가 제시한 3항목에 대한 직접적인 항의의 형태라고 할 수는 없고

『겐지모노가타리』가 세계에 자랑할 문화유산이기 때문에 학생들도 배워서 애국심을 길러야 한다는 것이다. 여기에서 주목해야 할 것은 이와 같은 히라바야시의 주장은 전쟁기의 국민교육에『겐지모노가타리』가 유효하다는 견해와 일치하고 있다는 점이다. 이처럼『겐지모노가타리』를 비판으로부터 지키려고 하는 사람들의 논조는 요시자와의 예처럼 왜곡된 노리나가의 설을 근거로 제시하면서 종래의 권선징악의 교훈서라는 입장을 고수하는 측과『겐지모노가타리』가 일본의 교육정책과 어떻게 부합하는지를 주장하는 측으로 나뉘어져 있는 것을 알 수 있다.

V. 이념화된 '모노노아와레'

교과서 문제 이후, 1939년에는 다니자키 준이치로(谷崎潤一郎)가 현대어로 번역한『겐지모노가타리』가 간행된다. 다니자키가 야마다 요시오(山田孝雄)에게 현대어역『겐지모노가타리』(이하 다니자키『겐지』라고 약칭함)의 교열을 의뢰했을 때 세 군데의 삭제가 수락의 조건으로 제시되었다. 이 세 군데는 다치바나 준이치가 제시한 3가지 항목과 일치한다. 황후의 밀통은 물론 황통의 계보를 혼란스럽게 한 것은 만세일계라고 규정하는『대일본국헌법(大日本国憲法)』의 조항에 위반되는 것으로 전국(戰局)이 가열됨에 따라 한층 더 천황의 절대화가 가속화되어 가는 상황에서 이 세 군데는 삭제되었다. 이와 같은 분위기 속에서 전장에서 기술한 것처럼『겐지모노가타리』를 보호하려고 하는 사람들의 논조도 군국주의에 발걸음을 맞추려고 하는 자세로 변해간다. 본장에서는 이와 같은 양상을 '모노노아와레'설이 어떻게 사용되고 있는지를 중심으로 고찰하고자 한다.

 교과서 문제가 발생하기 전해인 1937년은 문부성이 국민교화를 위해
서『국체의 본의(国体の本義)』라는 출판물을 간행한 해이다. 그 내용은
천황에 대한 절대복종과 사회주의 · 민주주의 · 개인주의 등을 배격하는
것이었다. 이 서적의 간행이 1935년의 국체명징 문제(国体明徵問題)로
인해 이루어진 것은 분명하다.『국체의 본의』의 편집위원으로 일본문
학 쪽에서 참가한 인물은 다니자키『겐지』의 교열자였던 야마다 요시오
와 당시 도쿄대학교 교수였던 히사마쓰 센이치(久松潜一)이다. 그리고
이『국체의 본의』의 내용을 부연 설명하기 위해서『국체의 본의 해설
총서(国体の本義解説叢書)』가 문부성 교학국에서 간행되었다. 그 가운데
에는 히사마쓰 센이치의『우리 풍토 · 국민성과 문학(わが風土 · 国民性と
文学)』(1938년 8월)이 포함되어 있다. 이 히사마쓰의 저서 제2장「우리
국민성과 문학(わが国民性と文学)」에는「1. 일본문학의 국민적 성격(日本
文学の国民的性格)」,「2. ‘솔직함’과 명정직(「まこと」と明浄直)」,「3. 국민성
의 미적 특질(国民性の美的特質)」,「4. 경신의 정신(敬神の精神)」,「5. 충군
애국(忠君愛国)」,「6. 가정의 존중(家の尊重)」이라는 세부항목이 마련되
어 있다. 일본문학에서 국민적 특성을 찾고자 하는 것은 근대 이후
일본문학사에서의 중요한 주제였고「2. ‘솔직함’과 명정직(「まこと」と明
浄直)」을 일본 국민성으로 파악하는 것은 명백하게 국학의 영향이라고
할 수 있다. 여기에서 주목하고 싶은 것은「3. 국민성의 미적 특질(国民性
の美的特質)」의 내용이다.

 이 인정과 도리를 갖춘 ‘솔직함’을 근저로 하여 일본의 국민성의 구체
적인 모든 양상을 볼 수 있는데 **미의 가치관**에 의한 국민성의 특질도 이
조화 위에 존재하는 것이다. 일본인이 예부터 미를 나타내는 말로서 사용
한 것을 보면 시대에 따라 각각 다르다. 상대의 ‘밝고 깨끗하고 곧고’도

미관으로 보이지만 중고에서는 '아와레' '오카시미'가 주요 단어로 사용
되고 있다. 이 경우 '아와레'도 '오가시미'도 정을 중심으로 하는 미에 대
한 감각으로 동시에 정이 정취화되어 있는 것이다. 정취화는 정에 이성이
결부되어 있다고도 말할 수 있는 것이다. 그래서 '아와레'는 정취의 내용
에 차분한 경향이 있고 '오카시미'는 밝고 명랑한 경향이 있다. …… **이와**
같은 미의 근저에 '솔직함'이 관통하고 있는 것이다. '모노노아와레'라고 해
도 '솔직함'이 근저에 있어서 미가 될 수 있는 것이다.

　この情理備はった「まこと」を根底として、 日本の国民性の具体的な諸相が見ら
れるのであるが、 美観における国民性の特質もこの調和の上に存するのである。日
本人が古来、美を現す語として用ゐたものを見ると、時代によってそれぞれ相違はあ
る。上代に於ける「明き淨き直き」も美観として見られるが、中古に於ては「あはれ」
「をかしみ」が主なる語として用ゐられて居る。この場合「あはれ」も「をかしみ」も、情
を中心として居る美感であり、且情が情趣化されて居るのである。情趣化は情に理
が結びついて来たとも言へるのである。 さうして「あはれ」の方は、 情趣の内容に於
てしんみりとした傾向があり、「をかしみ」は明るい朗らかな傾向がある。……**かくの**
如き種々の美の根底に「まこと」が貫いて居るのである。「もののあはれ」にしても、
「まこと」が根底にあって美となり得るのである。(55−59)[20]

　이 인용문에서 히사마쓰는 '모노노아와레'와 '아와레'를 같은 의미
로 파악하고 헤이안 시대의 일본인의 미를 나타내는 용어를 '아와레'
와 '오카시미(밝고 명랑한 정취가 있는 것)'라고 간주하고 있다. 그리고 시
대마다 미를 나타내는 단어는 다르지만 그 근저에는 정과 이성의 조화
를 의미하는 '솔직함'의 정신이 흐르고 있는 것이다(굵은 글씨). 이와
같이 '모노노아와레'는 노리나가가 주장한 와카와 모노가타리의 주제
로서만이 아니라 국민성인 '솔직함'을 근저로 한 미적관념으로 자리매
김하게 된다. 이와 같은 히사마쓰의 '모노노아와레'의 사용법은 사실
은 이 예가 처음이 아니고 이전부터 확인된다.

---

20) 久松潜一, 『我が風土・国民性と文学』, 教学局編纂, 1938.

1928년에 간행된 『상대 일본문학의 연구(上代日本文学の研究)』에는 서설 「일본문학의 정신(日本文学の精神)」 안에 제1장 「일본정신과 일본문학사(日本精神と日本文学史)」, 제2장 「국문학에 흐르고 있는 세 개의 정신(国文学を流れる三つの精神)」이라는 항목이 있고, 이 세 가지 정신으로 「솔직함, 모노노아와레, 유현(우아하고 고상하며 정취가 깊은 것)(まこと、もののあはれ、幽玄)」을 들고 있다. '모노노아와레'에 대한 설명에는 노리나가의 설이 주로 인용되고 있고, 이것을 『겐지모노가타리』의 정신으로 삼고, 나아가 헤이안 시대 이후 일본에 흐르는 중요한 일본정신이라고 하고 있다.[21] 게다가 이와 동일한 내용이 1944년 간행된 『국문학통론 -방법과 대상-(国文学通論一方法と対象一)』에도 실려있다. 히사마쓰는 『겐지모노가타리』를 불경스러운 책이라고 하는 기존의 주장들에 대해서 직접 언급하는 것을 회피한 채 『겐지모노가타리』의 정신인 '모노노아와레'를 일본문학의 정신이라고 지적하고 더 나아가 일본정신이라고까지 설명하고 있다.[22]

히사마쓰 센이치의 이러한 경향은 교과서 문제가 복발한 1938년에 발표한 논문 『겐지모노가타리와 야마토다마시이(源氏物語と大和魂)』(『중앙공론(中央公論)』 1938년 12월)[23]에서 현저하게 드러난다. 『겐지모노가타리』는 근대에 일본정신을 대표하는 용어로 빈번하게 사용된 '야마토다마시이(「大和魂」)'라는 말이 처음으로 확인되는 문헌이기도 하다. 히사마쓰의 이 논문에는 다치바나에 대항한다는 의식은 표면적으로 나타나지 않으나 그 시기를 생각하면 이 논쟁의 범위내에 들어가는 것이라고 판단할 수 있다. 『겐지모노가타리』의 소녀권(少女卷)에 '한학의 재능(才)'

---

21) 久松潜一, 『上代日本文学の研究』, 至文堂, 1928, p.157.

22) 久松潜一, 『国文学通論一方法と対象一』, 東京武蔵野書院, 1944, pp.220-223.

23) 島田景二・小林正明 編, 『批評集成・源氏物語』 五, 전게서.

이라는 표현과 함께 서술되어 있는 '야마토다마시이'에 대해서 히사마쓰는 이 작품은 명백하게 '한학의 재능(才)'보다 '야마토다마시이'가 우위에 있음을 강조하고 있다고 한 후 '모노노아와레'는 인간의 감동을 중심으로 하는 태도로 조화로운 아름다움을 주로 하는 것인데 그것은 민족적, 국민적 정신과 대립하는 것이 아니라 일본의 국민적 정신, 또는 일본정신 안에 포함될 수 있는 것이라고 생각된다. 이 점은 『겐지모노가타리』에서 야마토다마시이와 '모노노아와레'와의 관계를 봐도 지적할 수 있다(「大和魂」이 「才」의 優位이라고 語っているとしたうえで、「「もののあはれ」は人間の感動を中心とする態度であり、調和的な優美を主とするのではあるが、それは民族的国民的精神と相反するものではなく日本の国民的精神、或は日本精神の中につつまれるべきものであらうと考へられるのである。この点は源氏物語に於ける大和魂と「もののあはれ」との関係を見ても言はれる所である」)(251)라고 서술하고 있어 야마토다마시이의 일종으로 '모노노아와레'를 격상시켜 『겐지모노가타리』를 옹호하고 있다.

이와 같이 히사마쓰 센이치는 노리나가의 '모노노아와레'설을 일본 국민의 정신으로 논하고 있는데 그러나 이와 같은 주장은 히사마쓰에게만 보이는 것은 아니다. 근대초기에도 문학자들은 국민성을 논하는 저술을 발간하고 있었다. 그 대표적인 인물이 바로 히사마쓰 센이치의 은사였던 하가 야이치다. 하가는 1903년 『국민성십론(国民性十論)』[24]을 발표하였는데 이것은 후에 히사마쓰 센이치 교주로 1938년 7월에 재발간된다. 이러한 관계 속에서 하가가 히사마쓰에게 미친 영향을 엿볼 수 있다. 그 가운데에서 일본의 국민성으로 나열되는 항목은 '충군애국(「忠君愛国」)', '선조를 숭상하고 일가의 명성을 중시한다(「祖先を崇び家名を重んず」)', '현실적·사실적(「現実的·実際的」)', '초목을 사랑하고 자연을

---

24) 落合直文 他, 전게서, p.255.

즐기며 감사한다(「草木を愛し自然を喜ぶ」)' 등인데 '모노노아와레'의 용례는 '초목을 사랑하고 자연을 즐기며 감사한다'는 항목에서 확인할 수 있다. '초목을 사랑하고 자연을 즐기며 감사한다'는 항목에서는 『만요슈』와 『겐지모노가타리』, 군기모노가타리(軍記物語), 요쿄쿠(謠曲) 등의 예를 들어 일본인이 얼마나 자연을 사랑하고 그것을 어떻게 인사(人事)와 관련시켜 문학 안에서 표현해 왔는가에 대해서 논하고 있다. 하가는 그 가운데에서 이 사계절의 경치와 인간과 관련된 사건을 결부시켜 느끼는 것은 즉 아와레를 아는 것이다(「この四季の景色と人事とを結付けて感ずることは即ちあはれを知るのである」)라고 하고 중세 무사도는 이와 같은 마음을 가지고 있었다고 하면서 '일본인의 무사도는 서양의 기사도처럼 부인을 숭배하지는 않는 대신, 자연의 꽃을 사랑하고 모노노아와레를 이해했던 것이다(「日本人の武士道は西洋の騎士道の如く婦人を崇拝せぬ代りに、自然の花を愛し、物のあはれを解したのである」)(46)[25]라고 하였다. 즉 여기에서 자연을 사랑하는 마음은 무사도와 연결되고 있는 것이다.

이상과 같이 검토해 본 결과 '모노노아와레'는 와카와 『겐지모노가타리』의 주제로 인식되지는 않았다는 것이 드러난다. 그러나 이와 같은 가능성은 사실은 노리나가의 '모노노아와레'설에서 이미 존재하고 있었다. 외부의 사물에 접하여 그것에 민감하게 반응하는 마음의 움직임을 '모노노아와레'라고 정의한 노리나가는 그것을 가장 잘 드러내고 있는 것이 와카와 『겐지모노가타리』라고 주장했다. 문예학이라고도 부를 수 있는 이 '모노노아와레'설이, 그러나 그 모습을 바꾼 것은 그가 만년에 쓴 저서 『우이야마부미(うひ山ぶみ)』에서이다. 『다마노오구시』 이후 '모노노아와레'라는 표현이 사용되고 있는 유일한 저술이 이

『우히야마부미』이다. 이것이 완성된 것은 1798년의 일로, 이해는 노리나가가 『고사기전(古事記伝)』 44권을 탈고한 해이기도 하다. 노리나가의 만년에 이루어진 이 저작들, 특히 『우이야마부미』는 알기 쉽게 서술한 입문서로서 그의 사상이 집약되어 있다. 이 저작에서 '모노노아와레'라는 말은 1례('아와레(「あはれ」'라는 표현은 2례)로, 다음과 같은 문맥에서 사용되고 있다.

> 옛날 사람들의 풍류의 취향을 아는 것은 이라는 등. 모든 사람은 우아하고 고상한 취향을 몰라서는 안 된다. 이것을 모르는 것은 모노노아와레를 모르는, 마음이 없는 사람이다. 이렇게 그 우아하고 고상한 취향을 이해하는 것은 노래를 부르고 모노가타리를 잘 읽는 것에 있다. 그렇게 해서 옛 사람들의 고상하고 우아한 마음을 이해하고 모든 옛날의 고상하고 우아한 세상의 모습을 잘 아는 것, 이것이야말로 옛날의 도를 알아야 하는 학문의 단계이다.
>
> いにしへ人の風雅のおもむきをしるは云々。すべて人は、雅の趣をしらでは有るべからず。これをしらざるは、物のあはれをしらず、心なき人なり。かくてそのみやびの趣をしることは、歌をよみ、物語書などをよく見るにあり。然して、古人のみやびたる情をしり、すべて古の雅たる世の有りさまをよくしるは、これ古の道をしるべき階梯也。(248)[26]

이 문장의 주안점은 '모노노아와레'를 아는 것은 '옛 도'를 아는 것의 기초가 된다는 것이다.

그렇다면 노리나가의 '옛날의 도'란 어떤 것인가? 『우이야마부미』에는 이에 대한 그의 주장이 제시되어 있다.

---

26) 『うひ山ぶみ』의 인용은 白石良夫 注, 『うひ山ぶみ』, 講談社学術文庫, 2009에 의한다.

그렇다면 주로 근거로 해야 할 것은 무엇인가 하면 도에 관한 학문이다. 원래 이 도는 아마테라스오미카미의 도로, 천황이 천하를 다스리는 도, 사해만국에 이르는 진정한 길인데 황국에만 전해지는 것을 그 도는 어떠한 도라고 하는가 하면 이 도는 고사기·서기 두 개의 서적에 적혀있는 신대·상대의 모든 서적에 정리되어 있다. 이 두 서적의 상대의 권들을 반복해서 읽어야 한다.

> さて、その主としてよるべきすぢは何れぞといへば、道の学問なり。そもそも此道は天照大御神の道にして、天皇の天下をしろしめす道、四海万国にゆきわたりたるまことの道なるが、ひとり皇国に伝はれるを、其道はいかなるさまの道ぞといふに、此道は、古事記·書紀の二典に記されたる、神代·上代のもろもろの事跡のうへに備はりたり。此二典の上代の巻々をくりかへしくりかへしよくよみ見るべし。(57)

노리나가는 아마테라스오미카미의 도가 천황이 천하를 다스리는 길로, 단지 황국에만 『고사기』, 『일본서기』를 통해서 전해지는 도라고 주장하고 있다. 즉 이 '도의 학문'이라는 것은 바로 노리나가가 주장하고 있던 고도학(古道学)으로, 일본 부동의 체제인 신의 도를 역설한 것이다. 그렇다면 와카와 모노가타리를 읽고 '모노노아와레'를 아는 것은 신의 도를 알기 위한 기반이 되는 것이다.

노리나가에게 일본의 기반이 되고 있는 신의 도를 알기 위해 '모노노아와레'를 알아야 한다는 것은 '모노노아와레'가 문예론에서 벗어나 이데올로기화되고 있는 것을 의미한다. 이것은 앞서 언급한 바와 같이 형태는 다르지만 근대 '모노노아와레'설의 또 다른 하나의 모습을 형성하는 기반이 되었다고 할 수 있다. 다시 말하면 노리나가의 '모노노아와레'설은 근대에서 재발견되고 새로운 의미가 부여된 것이다. 하가는 『겐지모노가타리』 비평에서는 '모노노마기레'와 '모노노아와레'를 분리시키고 또한 이 '모노노아와레'를 국민성을 주장하는 데에 이용하고 있다. 그리고 히사마쓰 센이치는 군국주의가 한창인 가운데 『겐지모노가타리』를 보호

하는 방법으로 '모노노아와레'설과 일본정신을 연결시키고 있다. 이와
같이 '모노노아와레'설은 역사의 흐름에 따라 그 모습을 바꾸면서 '일본적
인 것'의 정신으로 반복되어 나타나고 있다는 점을 알 수 있는 것이다.

VI. 나오며

모모카와 다카히토(百川敬仁)는 저서『내 안의 노리나가(内なる宣長)』[27]
에서 근세 이후 일본인 안에 내재하고 있는 노리나가의 사상 때문에
노리나가 비판이 얼마나 어려운지를 설명하고 있다. 천황제의 근간을
건드리고 있는 '모노노마기레'를 유교적인 입장에서 이야기한 것에 대
한 비판으로 사용된 '모노노아와레'는 분명히『겐지모노가타리』를 문
예로서 독립시켰지만, 그러나 한편으로 일본적인 것을 언급할 때는
시대를 초월하여 반복적으로 재생되고 있다. 천황에 대한 불경스러운
내용을 가지고 있는『겐지모노가타리』가 근대 이후 비판에 노출되는
가운데에서도 '모노노아와레'설은 많은 사람들에게 지지를 받고 있었
다. 또한 근대초기에 그 관념은 일본의 국민성을 대표하는 것으로 이
용되고 군국주의가 한창인 시기에는 일본정신으로 취급되어 결과적으
로『겐지모노가타리』를 보호하는 역할을 맡게 된다.

현대『겐지모노가타리』의 비평사에서는 이 작품의 주제로 노리나가
의 '모노노아와레'설을 주장하는 사람은 거의 없다. 그럼에도 불구하
고 여전히 '모노노아와레'는 오늘날까지도 영향력을 유지하고 있다.
그것은 '모노노아와레'가 시대의 흐름 속에서 변용되어 다시 주권을
회복할 가능성을 시사하고 있다고 할 수 있다.

---

27) 百川敬仁,『内なる宣長』, 東京大学出版会, 1987.

Ⅰ. 들어가며

가마쿠라막부(鎌倉幕府)의 멸망, 고다이고 천황(後醍醐天皇)에 의한 겐무의 신정(建武の新政, 1333), 그리고 남북조(南北朝)의 동란을 그린 중세 군기모노가타리(軍記物語)의 대표작인 『다이헤이키(太平記)』는 구전인 강석(講釈)을 통해서 널리 알려진 것에 그 특징을 찾아볼 수 있다. 이것을 '다이헤이키요미(太平記読み)'라고 하는데 이 강석은 근세시대를 통해서 이루어져 그 영향은 지도층에서 서민들에게까지 미치고 있었다는 것이 최근의 연구를 통해서 밝혀지고 있다.1) 이 '다이헤이키요미'를 통해 가장 강력한 인상을 안겨 준 인물은 고다이고 천황을 위해 목숨을 바친 구스노키 마사시게(楠正成)이다. 근세시대에 편찬된 『대일본사(大日本史)』는 『다이헤이키』의 묘사에 많은 부분을 의존하면서

---

1) 대표적인 논고로는 若尾政希,「「太平記読み」の歴史的位置」,『日本史研究』380, 1994.; 兵藤裕己,『太平記〈よみ〉の可能性』, 講談社学術文, 2005 등을 들 수 있다. '다이헤이키요미'가 근세시대 서민들에게 수용되어 가는 양상은 위의 연구들을 통해 밝혀지고 있는 단계이고, 또한 메이지유신 이후 구스노키 마사시게가 국민통합의 원리로 사용되었다는 점도 최근의 보고를 통해서 드러나고 있다. 그러나 '다이헤이키요미'를 바탕으로 한 다이헤이키의 세계가 근대 전쟁의 대의명분의 논리로 이용되어 가는 점에 대한 연구는 아직 확인되고 있지 않은 상황이다.

남조(南朝)가 정통임을 주장하였는데 이후 근왕가(勤皇家)들은 이를 계승하여 고다이고 천황이 세운 남조의 정통성을 인정하였다. 아울러 고다이고 천황을 위해 끝까지 싸운 충신을 대표하는 인물로서 구스노키 마사시게를 신봉하는 경향이 눈에 띈다.[2] 그 중에서도 막말(幕末) 대표적인 존왕론가인 요시다 쇼인(吉田松陰)은 구스노키 마사시게에게 깊이 경도되어 그의 묘를 참배하였고 이 에피소드는 근대의 각종 서적에 소개되고 있다.

본고에서는 이러한 『다이헤이키』 수용의 역사를 바탕으로 요시다 쇼인의 '칠생설(七生說)'을 비롯하여 근대 이후 전쟁기에 『다이헤이키』의 세계가 국민들에게 전쟁을 수행하기 위한 대의명분의 논리로 어떻게 흡수되어 가는지에 대해서 살펴보고자 한다.

II. 요시다 쇼인의 '칠생설'과 『다이헤이키』의 세계

『다이헤이키』에서는 구스노키 마사시게, 마사스에(正季) 형제가 미나토가와(湊川) 전투에서 궁지에 몰려 마지막 각오를 이야기하는 부분을 확인해 볼 수 있다.

이미 기력이 완전히 쇠해 버렸기 때문에 미나토가와 북쪽에 있는 한 군락의 민가로 뛰어 들어가 마사시게는 동생인 마사스에에게 "원래 인간은 죽기 전 마지막 생각에 따라서 내세의 극락으로 가거나 지옥으로 떨어

---

2) 존왕가들이 남조의 천황을 정통으로 여겼고 그 남조의 천황을 위해 싸운 구스노키 마사시게를 충신으로 신봉하였다는 것은 주지의 사실이다. 그러나 메이지 천황은 북조의 자손으로 따라서 남조를 정통으로 하면서도 북조의 자손인 천황에게 충성을 맹세한다는 것에는 항상 모순이 존재하였다. 그렇기 때문에 이후 남북조정윤 논쟁(南北朝正閏論爭)이 붉어져 나오게 되는 것이다.

지는 것이 결정된다고 한다. 아홉 개의 세계 중에서 네가 가고 싶은 곳은 어디냐. 바로 그곳으로 가자"라고 물었다. 그러자 마사스에는 호탕하게 웃으며 **"단지 일곱 번(七生) 다시 태어나더라도 역시 같은 인간으로 태어나 조정의 적을 멸망시키고 싶습니다."**라고 대답했기 때문에 마사시게는 마음으로부터 기쁜 듯이 "죄업이 많은, 구원받을 수 없는 생각이기는 하나 나도 그렇게 생각하고 있다. 자, 그러면 마찬가지로 다시 태어나서 이전부터 가지고 있었던 이 소원을 이루어야겠구나."라고 약속하고 구스노키 형제는 서로를 찌르고 같은 곳에서 쓰러졌으니……

機すでに疲れければ、湊川の北に当る在家の一村ありける中へ走り入り、腹を切らんとて舎弟正季に申しけるは、「そもそも最後の一念によって、善悪生をひくといへり。九界の中には、何れのところか、御辺の願ひなる。直にその所に到るべし」と問へば、正季からからと打ち笑ひて、「ただ七生までも同じ人間に生れて、**朝敵を亡ぼさばやとこそ存じ候へ**」と申しければ、正成よにも心よげなる気色にて、「罪業深き悪念なれども、我も左様に思ふなり。いざさらば、同じく生を替へて、この本懐を遂げん」と契つて、兄弟ともに指し違へて、同じ枕に伏しければ……

(316-317)[3]

굵은 글씨의 "단지 일곱 번(七生) 다시 태어나더라도 역시 같은 인간으로 태어나 조정의 적을 멸망시키고 싶습니다."라는 표현은 근세의 『일본외사(日本外史)』 등, 구스노키 마사시게를 묘사할 때 반드시 등장하는 부분이다. 그러나 이 표현에 특별한 생명을 불어넣은 것은 다름 아닌 요시다 쇼인이라는 것이 메이지 이후의 인식이었다. 예를 들어 후지타 세이이치(藤田精一) 씨는 '쇼인은 대(大) 구스노키 씨를 신으로 추거하여 그 칠생멸적의 불사를 믿고 따라서, 몇 번이고 실패해도 좌절하지 않는 정신을 자신의 규범으로 삼았다. 이에 의해서 쇼인이 이후 창도한 '칠생멸적(七生滅賊)'이라는 말에 생기가 생겼다(「松陰は大楠

---

3) 長谷川端 校注, 新編日本古典文学全集 『太平記』 ②, 小学館, 1996.

氏に神明の誠を推し、其の七生滅賊の不死を信じ、依つて以て百折不撓の精神を私淑せしなり、 是に於てか松陰が爾來唱道せし「七生滅賊」の語に生気あり)'(599)[4] 라고 설명하고 있다. 다시 말해서 '칠생멸적'이라는 표현에 주목하여 그에 대해 특별한 의미를 부여한 것이 다름 아닌 요시다 쇼인이라는 것이다. 그렇다면 요시다 쇼인이 이 구스노키 형제의 '칠생멸적'을 어떻게 해석하고 있었는지 고찰해 볼 필요가 있겠다.

'칠생설'[5]은 요시다 쇼인이 시모다 사건(下田事件, 1854년 페리가 미일 화친조약을 위해 내항했을 때, 이즈 시모다항(伊豆下田港)에 정박하고 있었던 배에 올라타려다가 거부당한 후 막부에 자수하여 투옥된 사건)으로 옥중에 수감되어 쓴『병진유실문고(丙辰幽室文稿)』에 수록되어 있다. 1857년 4월 15일에 작성된 이 '칠생설'에는 구스노키 마사시게의 '칠생멸적'의 정신이 유교의 이기론(理氣論)을 바탕으로 서술되고 있다.[6]

하늘은 헤아릴 수 없이 넓어 하나의 理에 존재하고 父子祖孫은 면면이 이어져 하나의 気로 계승되어 간다. 사람이 살아갈 때 이 理를 취하여 마음으로 삼고, 이 気를 받아서 몸으로 삼는다. 몸은 私이고 마음은 公이다. 私를 사용하여 公을 따르는 자를 대인이라고 하고, 公을 사용하여 私를 따르는 자를 소인이라고 한다. 따라서 소인은 몸이 없어지고 気가 다할 때 즉 썩어서 없어져도 또한 수습할 도리가 없다. 군자는 마음이 理와 통하여 몸이 사라지고 気가 다하더라도 이는 홀로 고금에 걸쳐 천지 무궁하여 결코 한시도 없어지는 일이 없다. 내가 듣기를 정삼위 구스노키 공이 죽을 때 그 동생인 마사스에를 보고 말하길 "죽어서 어떻게 하겠느

---

4) 이하 藤田精一,『楠氏研究』, 1915에서 인용한 본문은 페이지 수를 표시하였다.
5) 원래 '칠생'이라는 용어는 불교에서 비롯된 것으로 인간세계 및 천계(天界)에 일곱 번 다시 태어난다는 의미이다. 그러나 요시다 쇼인의 경우 이것을 유교적으로 해석하여 개인의 윤회의 문제가 아니라, 집단과 세대로 이어지는 정신적 문제로 풀이하였다.
6) 쇼인의 칠생설과 이기론의 연관성에 대해서는 山崎道夫,「吉田松陰の七生説と宋学の理気論」,『大東文化大学東洋研究所』第26巻, 1972, pp.9-14에 자세한 분석이 있다.

냐." 말하길 "원컨대 일곱 번 사람으로 태어나도 국적을 멸망시키겠습니다." 공은 기뻐하며 말하길 "우선 나의 마음과 같구나"라고 하며 서로를 칼로 찔러 죽었다고 한다. 아아, 이것이야말로 깊이 理氣를 보는 것이리라. 이때부터 마사쓰라·마사토모의 모든 자손은 즉 理氣와 함께 이어지는 것이다. 닛타·기쿠치 씨 일족은 氣를 떠나 理가 통하는 자이다. 이에 근거하여 말하자면 구스노키 공 형제는 단지 七生뿐만 아니라 처음부터 지금도 역시 결코 죽은 것이 아니다. 그 후에 忠孝節義의 마음가짐을 가진 사람들은 구스노키 공을 보고 일어나지 않은 자가 없으니 즉 구스노키 공이후에 또한 구스노키 공을 낳은 자, 예부터 헤아릴 수 없다. 어찌 홀로 七生이라고 할 수 있겠는가.

「天の茫々たる、一理ありて存し、父子祖孫の綿々たる、一気ありて属く。人の生るるや、斯の理を資りて以て心と為し、斯の気を稟けて以て體と為す。體は私なり、心は公なり。私を役して公に殉ふ者を大人と為し、公を役して私に殉ふ者を小人と為す。故に小人は體滅し気竭くるときは、即ち腐爛潰敗して復た収むべからず。君子は心、理と通ず、體滅し気竭くるとも、而も理は独り古今に亘り天壌を窮め、未だ嘗て暫くも歇まざるなり。余聞く、贈正三位楠公の死するや、其の弟正季を顧みて曰く、「死して何をか為す」。曰く、「願はくは七たび人間に生れて、以て国賊を滅さん」。公欣然として曰く、「先づ吾が心を攫たり」とて耦刺して死せりと。噫、是れ深く理気の際に見ることあるか。是の時に当り、正行·正朝の諸子は則ち理気並び属く者なり。新田·菊地の諸族は気離れて理通ずる者なり。是れに由りて之れを言はば、楠公兄弟は徒に七生のみならず、初めより未だ嘗て死せざるなり。是れより其の後、忠孝節義の人、楠公を観て興起せざる者なければ、則ち楠公の後、復た楠公を生ずる者、古より計り数ふべからざるなり。何ぞ独り七たびのみならんや」(127-128)[7]

마음을 理로, 실체인 몸을 気로 정의하고 気가 사라지더라도 마음은 영원히 계속된다는 이기론의 설명부터 시작하여 군자는 마음이 理와

---

7) 이하 칠생설의 인용은 吉田松陰 著, 山口県教育会 編, 吉田松陰全集 第7巻 『丙辰幽室文稿』, 岩波書店, 1935에 의하고, 페이지 수를 표시하였다.

통하기 때문에 그는 죽더라도 그 정신(마음)은 결코 사라지지 않는다고 한다. 이것을 구스노키와 연관지어 구스노키의 자손들이 대대로 이어지고 있는 것처럼 그들과 함께 구스노키 형제의 충(忠)의 정신(理)도 영원히 이어진다고 해석하고 있다(굵은 글씨). 따라서 구스노키와 같이 활약한 남조의 충신인 닛타와 기쿠치 씨는 구스노키와 氣는 연결되어 있지 않지만(혈연관계는 아니지만) 理는 구스노키와 통하고 있다는 것이다. 구스노키 형제가 칠생(七生)이라고 표현했다고 하더라도 그것은 그들 자신이 일곱 번 태어나는 것에 그치는 것이 아니라 그 정신을 마음에 간직한 사람들에 의해서 영원히 계승되고 있다는 것이다. 요시다 쇼인이 구스노키 형제의 '칠생멸적'에 주목하여 그로부터 읽어 낸 것은 단지 불교의 윤회설을 바탕으로 그들의 충절의 각오를 밝히는 것이 아니라 그 정신이 개인을 뛰어넘어 세대로 이어진다는 영원성과, 그렇기 때문에 당시의 시대상황 속에서도 계승되어야 한다는 점이다.

  또한 요시다 쇼인은 '칠생설'의 마지막 부분을 다음과 같은 문장으로 끝맺고 있다.

  이 불초소생은 성현의 마음을 보존하고 충효의 뜻을 세워 국위를 선양하고 해적을 물리치는 것을 무턱대고 나의 임무로 삼아 실패를 거듭하여 불충불효 사람이 되어 또한 세상 사람들에게 보일 면목이 없다. 그러나 이 마음은 이미 구스노키 공을 비롯한 모든 사람들과 그 理를 함께하고 있다. 어찌 氣體를 따라서 썩고 질 수가 있겠는가. 반드시 후대 사람들이 나를 보고 일어나도록 칠생에 이르러, 그 후에도 가능하게 할 뿐이다. 아아, 이것은 나에게 달렸다. 칠생설을 만든다.
  余不肖、聖賢の心を存し忠孝の志を立て、国威を張り海賊を滅ぼすを以て、妄りに己が任を為し、一跌再跌、不忠不孝の人となる、復た面目の世人に見ゆるなし。然れども斯の心已に楠公諸人と、斯の理を同じうす。安んぞ気體に随つて腐爛潰敗するを得んや。必ずや後の人をして亦余を観て興起せしめ、七生に至りて、而

る後可と為さんのみ。噫、是れ我れに在り。七生説を作る。(129)

위의 본문에서 중요한 것은 요시다 쇼인 자신이 '이 마음은 이미 구스노키 공을 비롯한 모든 사람들과 그 理를 함께하고 있다.'라는 문장에서 밝히고 있듯이 구스노키 마사시게와 같이 충절의 뜻을 품은 사람들과 그 정신이 통하고 있다는 것이다. 이 문장은 바로 앞에 서술한 쇼인 자신의 마음가짐과 행위('성현의 마음을 보존하고 충효의 뜻을 세워 국위를 선양하고 해적을 물리치는 것을 무턱대고 나의 임무로 삼아 실패를 거듭하여')를 구스노키 마사시게의 정신을 이어받아 실천한 것이라는 정당성을 나타내고자 한 것이다. 이 본문에는 명시되어 있지는 않지만 이 부분은 밀항을 하려고 한 자신의 시모다 사건을 의미하기도 한다. 그는 자신의 행동의 대의명분을 바로 불변의 구스노키 형제의 정신에서 찾고 있는 것이다. 물론 여기에서 말하는 대의명분이란 나라를 위해서, 천황을 위해서 행동한다는 것을 의미한다. 그리고 쇼인이 '칠생설'을 만든 것은 후대 사람들이 이것을 읽어 보고 본보기로 삼아 일곱 번을 다시 태어나더라도 대의명분을 위해서 행동하도록 촉구하기 위한 것이라고 주장한다.

요시다 쇼인의 사상은 막부 말기의 지사들에게 많은 영향을 미친 것으로 알려져 있는데 실제로 그들이 자신의 행위의 정당성을 찾고자 할 때 구스노키 형제를 비롯한 남조 정통론과 관련된 『다이헤이키』의 세계의 담론을 자신들의 대의명분으로 내세우는 것을 볼 수 있다.

(A) 우리 동지들이 존왕토막의 대의를 주창하여 몸을 버리고 집을 잊고 동분서주하여 천하를 움직여서 결국 메이지유신 왕정복고의 시대를 연 것은 모두 이 위대한 구스노키 공의 유지를 계승하여 군주와 국가를 위해 신하로서 지켜야 할 절의에 힘썼기 때문이다.

吾等同志の者が、尊皇討幕の大義を唱へ、身を捨て家を忘れ、東奔西走して天
下を動かし、遂に明治維新王政復古の御代を開きしは、皆是れ大楠公の遺志を継
承して君国の為に臣節を诤勵したからである、(617)[8]

조슈번(長州藩)의 지사로서 메이지유신에 현격한 공을 세운 오쿠보
도시미치(大久保利通)는 1875년 2월에 구스노키 마사시게가 가마쿠라
막부군과 100일 동안 대치한 성지가 있는 지하야아카사카촌(千早赤阪
村)을 방문하여 위와 같은 뜻을 밝혔다. 『다이헤이키』의 세계관에서
비롯된 남조정통론을 인식하여 자신들이 행하고자 하는 정치적 행동
의 대의명분을 밝힘으로서 정의로운 것, 옳은 것이라는 이미지를 심어
주고 있는 것이다. 이러한 인식이 서민들 사이에 침투할 수 있었던
것은, 예를 들어 막부 말기 교토의 기온(祇園)에서 "'조슈인들은 마사시
게를 하신다고 한다."라고 이야기되었다고 한다. 마사시게에 대한 일
정한 통념이 교토의 서민들 사이에서까지 공유되어 있었던 것으로,
선전을 잘하는 막말 조슈인들은 그러한 서민 감정을 잘 포착하여 자
신들의 정치적 입장이 얼마가 정의로운지를 그와 같이 간결한, 즉 캐
치프레이즈를 가지고 단적으로 호소하고 있었다고 할 수 있을 것이다
(「長州樣は、正成をなさるそうな」と、いわれていたという。正成についての一個の
通念が京の庶民のあいだにまで共有されていたということであり、 宣伝上手の幕末
長州人はそういう庶民感情をうまくとらえて、 自分たちの政治的立場がいかに正義
であるかを、そのように簡潔な、つまりキャッチ・フレーズをもって端的に訴えてい
たともいえるかもしれない)'(8)[9]라고 하는 시바 료타로(司馬遼太郎) 씨의
지적대로 '다이헤이키요미'를 통하여 구스노키 마사시게는 옳은 일을
위해서 목숨을 바쳤다는 이미지가 보급되어 있었다. 조슈인이 마사시

---

8) 藤田精一, 전게서.
 9) 司馬遼太郎,「太平記とその影響」, 日本の古典15 『太平記』, 河出書房新社, 1971.

게를 한다는 것은 바로 구스노키 마사시게와 같이 옳은 일을 위해서 행동한다는 의미를 내포하고 있는 것이다. 따라서 요시다 쇼인과 오쿠보 도시미치도 자신의 정신과 행동을 구스노키에게 투영시킴으로써 그 충성의 정신이 영원하다는 것을 주장하는 것이다.

메이지 정부는 구스노키 마사시게를 신으로 모신다. 남조의 충신 중 가장 먼저 신격화되어 신사가 건립된 것도 구스노키 마사시게였으며 1880년에는 천황이 이 미나토가와신사(湊川神社)를 직접 방문했고 1903년에는 황궁 앞에 그의 동상을 세운다. 그리고『다이헤이키』세계를 중심으로 한 충절의 정신과 행동하는 자들의 자기 정당성의 논리는 근대 전쟁시기까지도 이어지고 있다. 다음 장에서는 근대 이후에 일어난 전쟁과 관련하여『다이헤이키』의 세계와 관련해서 대의명분을 둘러싼 담론이 어떻게 국민들에게 침투해 가는지에 대해서 살펴보고자 한다.

III. 무사도의 유행과 『다이헤이키』의 세계

오늘날 무사도(武士道)라는 용어는 일본 무사의 정신을 일컫는 말로 매우 친숙하지만 실제로 이 단어는 근세 이전에는 사용되지 않았다. 메이지유신이 일어나자 무사도라고 하는 것은 전근대적인 유물에 지나지 않다고 인식되었는데 그러나 이 용어는 근대 이후에 다시 부활하여 인기를 끌게 된다. 때는 청일전쟁에서 러일전쟁을 거친 시기, 특히 러일전쟁 이후라고 할 수 있다. 야마무로 신이치(山室信一) 씨에 따르면, 니토베 이나조(新渡戸稲造)의『무사도(武士道)』가 영문으로 간행된 것은 1899년이고 이것이 일본어로 번역된 것은 러일전쟁 후인 1908년으로, 그러나 이 번역서의 간행이 무사도 유행의 직접적인 계기가 된 것은 아니었나. 당시의 신문『일본(日本)』에 따르면 서의 사어(死語)가 되었던 무사도가 러일전쟁을 기회로 갑작스레 유행하기 시작했다는 것이 실제 정황10)이라는 것이다.

청일전쟁과 러일전쟁에서 승리하여 자긍심을 가지게 된 일본인들이 이 전쟁의 승리를 일본고유의 정신에서 찾고자 한 점이 무사도가 유행하게 된 직접적인 계기였다고 판단된다. 그것은 당시 무사도에 대해서 집필한 인물들이 이에 대해서 어떻게 이해하고 있었는지를 확인해 봄으로써 명확히 드러난다. 러일전쟁 이후 무사도를 집필한 대표적인 인물은 당시 철학계의 일인자로 손꼽혔던 이노우에 데쓰지로(井上哲次郎)였다. 물론 이에 앞서『무사도』가 유행할 기반은 서서히 마련되고 있었다. 무사도에 대한 가장 빠른 시기의 연구로는 1892년에 시게노 야스쓰구(重野安繹)가「무사도는 모노노베, 오토모 두 씨에 의해, 법률 정치는 후지와라 씨에 의한다(「武士道は物部大伴二氏に興り法律政治は藤原氏に成る」)라는 제목으로 강연한 것인데 그 내용은 후에 1909년에 간행된『일본무사도(日本武士道)』에 구체적으로 서술되어 있다.

우리나라의 무사도는 멀리 그 심원을 찾아보니 이미 그 발단은 신들의 시대에서 시작되어 건국과 함께 발생한 것이다. 이자나기, 이자나미 두 신이 옥으로 만든 창을 가지고 오야시마구니를 여신 것을 시작으로 하여 아마테라스오미카미가 검을 가지고 나라의 근원으로 삼고 삼종의 신기 중 하나에 넣은 것은 …… 국민이 상무의 기상을 양성하는 것에 틀림이 없고 그렇다면 국민의 기상 자체가 武를 좋아하는 것은 원래 천성에서 비롯된 것이라고 하더라도 그것을 배양하고 선도한 공적은 조종의 은덕

---

10) 야마무로 신이치 지음, 정재정 옮김,『러일전쟁의 세기』, 소화, 2010, p.232.

에 의한 것이라고 하지 않을 수 없다. ……

　我国の武士道は、遠く其淵源を尋ぬるに、既に端を神代に発し、建国と倶に起りしものなり、伊弉諾伊弉册二尊の瓊矛を以て大八洲を開き給へるを始とし、天照大神の実劔を以て、国の本と為して、三神器の一に加へ給ひしが、…… 国民尚武の気象を養成せるものに非るはなし、されば国民の気象自ら武を好むは、もと天性に出ると雖、その培養薫化の功は、全く祖宗余沢の致す所なりといはざるべからず。……11)

　무사도는 신들의 시대에 발생한 것으로 무(武)를 좋아하는 것은 일본인의 천성이지만 상무정신(尚武精神)의 배양은 군주의 시조(조종), 즉 천황의 시조의 공이라고 해야 한다는 것이다. 이와 같이 시게노는 무사도를 일본인의 상무정신에서 비롯된 것이라고 주장하고 있는데, 이러한 논리는 아다치 리쓰엔(足立栗園)과 이노우에 데쓰지로의 무사도론 안에서도 확인된다.

　(B) 무사도의 본질이 어떤 것인지 알려고 한다면 만사를 제쳐두고 우리 일본이 예로부터 무용의 나라였던 것을 먼저 알아두어야 한다.

　武士道の本質如何を知らうと思へば何は扠置き、我が日本国が古来武勇の国であったことを先づ承知して置かねばならぬ。12)

　(C) 무사도는 일본민족의 상무의 기상과 함께 발달해 왔습니다. 거슬러 올라가 생각해 보면 일찍이 신화의 세계 속에서도 무사도의 심원이라고 보아야할 것이 없는 것은 아닙니다. 그로부터 이후에는 무사도의 시작이라고도 이야기할 흔적은 얼마든지 있다.

　武士道は日本民族の尚武の気象と共に発達して来て居ります、遡って考えまするに最早や日本の神話の中に於ても武士道の淵源と見做すべき者がないでもない、夫から以後に至りましては武士道の初めとも謂ふ可き痕跡は幾らもある。13)

---

11) 重野安繹・日下寛 著, 『日本武士道』, 大修堂, 1909, pp.1-2.
12) 足立栗園, 『武士道発達史』, 積善館, 1901, pp.7-8.

인용문(B)는 1901년에 아다치가 무사도의 발달사에 대해서 서술한
것으로, 이노우에 데쓰지로의 무사도론보다 빠른 시기에 간행된 것
이다. 이 서적의 서문은 이노우에 데쓰지로가 서술하고 있는데 인용
문(C)의 그의 무사도론과 유사한 점이 많은 것으로 보아 이노우에가
아다치의 영향을 받은 것으로 판단된다. 인용문(B)와 (C) 모두 전게
한 시게노 야스쓰구의 주장대로 일본의 무사도를 고대로 거슬러 올라
가 일본인이 가지고 있는 고유의 정신으로 파악하고 있는 것을 엿볼
수 있다.

또한 역사적으로 무사도가 어떻게 발달되어 왔는지를 고찰하는 이
상의 저서들에는 무사도를 이루는 가장 중요한 덕목이 바로 충(忠)의
정신이며, 무사도를 집결해 놓은 것이 다름 아닌 군인칙유(軍人勅諭)라
는 점을 강조하고 있다.

(D) 모든 덕이란 첫 번째로 충효, 두 번째로 굳셈과 용감함, 세 번째로
청렴과 결백, 네 번째로 자비, 다섯 번째로 절도, 여섯 번째로 예의, 우선
이러한 요소들이라고 생각합니다.

諸德とは一に忠孝、二に剛勇、三に廉潔、四に慈悲、五に節操、六に礼儀、先
づ是等要素であると思ふのである。(1)[14]

(E) 종래의 무사제도를 개선하여 전국 개병주의를 취하고 메이지 5년
(1872년)에는 징병령을 발포하여 군제를 정비하고 그리고 칙유를 군인에게
내리시어 이것이야말로 무사도의 진수로서 **군인뿐만 아니라 국민이 길이
받들어야 할 실제의 원칙이기 때문에** 삼가 기록하여 무사도 편을 엮는다.

從来の武士制度を改め、全国皆兵の主義を執り、明治五年には徴兵令を発して
軍制を定め、尋て勅諭を軍人に下し給へり、是実に武士道の神髄にして、**独軍人**

13) 井上哲次郎, 『巽軒講話集 初編』, 博文館, 1902, p.98.
14) 足立栗園, 전게서.

のみならず、国民の永く遵奉すべき實興なれば、謹み録して武士道の編を結ぶ。(411)[15]

　(F) 일본 군대가 뛰어난 성적을 청일전쟁 및 후의 연합군과의 전쟁에서 보인 것도 주로 무사도 정신이 계속 보존되고 있기 때문이라는 것은 의심할 여지가 없습니다. ……기계만으로 일본의 군대가 그와 같이 엄청난 공을 세웠다고 하는 것은 믿을 수 없습니다. 기계를 운용하는 것의 정신이 첫 번째입니다. 기계는 그 다음입니다. ……단 우리들에게는 그러한 정교한 기계를 운용하기 위한 일종의 장렬한 정신이 있다. 즉 무사도의 정신이 있다. **그리하여 메이지 15년(1882년) 1월 15일의 군인에게 내린 칙유를 보니 그 대체적인 취지라는 것은 역시 무사도의 정신입니다.**

　日本の軍隊が非常な成績を日清戦争及び後ちの聯合軍に於て現はしましたと云うやうなことも重もに武士道の精神を存續して居るが為と云事は疑ひありませぬ、…… 器械だけで日本の軍隊が左樣に著しき功を奏したと云ふ事は信ぜられませぬ、器械を運用する處の精神が第一であります、器械は其次であります、…… 只我等には左樣な精巧な器械を運用する處の一種の壯烈なる精神がある、即ち武士道の精神がある、さうして明治十五年一月十五日の軍人に賜った處の勅諭を拜見しまするに其だいたいの趣意と云ふ者は矢張武士道の精神であります。(100)[16]

　(E), (F)의 인용문에서 공통되는 것은 밑줄부분에서 확인되는 바와 같이 군인칙유가 무사도의 진수라고 지적하는 점이다. 그리고 그 무사도의 정신으로서 본문(D)에서는 첫 번째로 충절의 정신을 꼽고 있는데 이것은 군인칙유의 첫 번째 덕목이 충절이라는 점과 자연스럽게 연결되고 있다. 또한 인용문(F)에서 흥미로운 것은 러일 전쟁에서 일본이 승리한 것이 무사도 정신 때문이라는 주장이다. 즉 일본군의 무사도 정신이 같은 무기를 사용하고 있는 서양과의 싸움에서 승리하는 원동

15) 重野安繹, 전게서.
16) 井上哲次郎, 전게서.

력이 됐다는 논리이다. 러일전쟁 이후 무사도의 갑작스러운 유행은
서양의 무기를 가지고 막대한 희생을 치러서 이긴 서양과의 싸움인
만큼 일본의 우수성을 민족정신에서 구하고자 하는 심리를 반영한 것
이라고 할 수 있다. 그리고 이러한 군인들이 가지고 있는 무사도 정신
은 인용문(E)의 굵은 글씨로 표시한 부분에서 확인할 수 있는 것처럼
국민이 가져야 하는 민족정신으로, 이를 국민교육으로 확대해 나가야
한다고 주장하게 된다. 이노우에 데쓰지로는 '무사도는 어디까지나 도
덕이다, 무사도라고 해서 道라는 글자를 붙이지는 않지만 그것을 틀려
서는 안 된다. 무사도가 도덕을 떠나서 다른 것이라고 생각한다면 큰
잘못이다. 전적으로 일본의 도덕주의다(「武士道は何処迄も道徳である、武
士道と言って道の字を附けてはありませぬが、 夫を間違へては行かぬ、 武士道が道
徳を離れて別にあるやうに考へたならば大変な間違ひである、 全く日本の道徳主義
である」(120)라고 하여 무사도를 일본의 도덕주의라고 주장하며 '군인
에게 내린 칙어와 교육계에 내린 칙어와는 조금도 다르지 않다. 하나
는 국민도덕을 나타낸 것으로 양자는 새의 양 날개, 차의 양 바퀴처럼
더불어서 효과를 나타내는 것이다(「軍人に賜はった、 勅語と、 教育界に賜
はった勅語と、 寸毫の違はない、 一は武士道を示され、 一は国民道徳を示されたも
ので、 この両者は、 鳥の双翼、 車の両輪のやうに相待って効を奏すべきものである
と思ふ」(375)라고 하는 것과 같이 교육칙어(教育勅語)와 군인칙유는 동
일한 것으로, 무사도와 국민도덕 역시 동일한 것이라는 입장을 밝히고
있다. 이러한 논리는 1912년에 발표한 그의 저서『국민도덕개론(国民道
徳概論)』에서 충효일치(忠孝一致)야말로 일본의 국민도덕의 정수라고
하는 사상으로 구체화되어 간다. 이와 같은 '무사도 = 국민교육'의 필
요성은 바꿔 말하면 국민의 정신적 군인화를 의미하는 것이라고 할
수 있다.

그러한 충효일치는 일본 국민도덕의 정수이다. 진보 발전은 영구히 기약할 것이지만 그와 함께 역시 충효일치를 완전히 이루어야 한다. 왜냐하면 이것은 실제로 대의명분과 관계되는 것이기 때문이다. 대의명분이라고 하는 것은 남북조 문제에 관해서도 누누이 이야기되어 왔습니다만 남북조에 관해서도 동일하다. …… 더욱 큰 국가성립의 근본주의로 되돌아가서 그러한 문제에 대해서는 단안을 내리지 않으면 안 된다. 그것이 일본에게는 국민도덕의 가장 중요한 점입니다. 국가성립의 근본주의는 만세일손의 황통 ― 이것이 국체의 기초이다. 이것이 만사의 기저에 있다. 일본 국가의 성립이유는 그것에 있는 것이다.

さう云ふ忠孝一致は日本の国民道徳の粋である。進歩発展は永久に期すべき事であるが、それと共に矢張り忠孝一致を全うすべきである。なぜならば、これは実に大義名分の係る所であるからである。 大義名分と云ふ事は南北朝問題に関しても屡々言はれましたが、南北朝のことも同じわけである。…… 一層大なる国家成立の根本主義に立返って、斯る問題に対しては断案を下さんければならぬ。それが日本にとっては国民道徳の一番重要な点であります。 国家成立の根本主義は万世一孫の皇統 ― これが国体の基礎である。これが万事の根底である。日本国家の成立つ所以は其処にあるのであります。(273)[17]

『국민도덕개론』이 발표된 1912년은 남북조 정통성을 둘러싼 논쟁 (이른바 남북조정윤 논쟁(南北朝正閏論爭))이 한창이었던 해로, 위의 인용문도 그러한 상황을 의식하여 작성한 것임을 짐작할 수 있다. 남북조정윤 논쟁이라고 하면『다이헤이키』를 바탕으로 한 역사관에서 비롯된 것으로, 메이지 정부는 남조를 정통으로 규정하고 있었다. 이노우에는 남조가 정통임을 주장하면서 충효사상이야말로 대의명분과 직결된다고 하고 국체 시스템을 근간으로 하는 국가를 지키는 것이 국민도덕이고 대의명분이라고 논하고 있다. 이와 같은 논리를 바탕으로 생각

17) 井上哲次郎,『国民道徳概論』, 三省堂, 1912.

해 보면 '무사도 = 국민도덕'이라고 하는 것은 무사도를 바탕으로 한 폭력도 도덕적인 행위라는 정당성이 부여되며 전쟁도 정의를 위한 것이라는 대의명분이 성립되는 것이다.

또한 시게노와 아다치, 이노우에의 무사도발달사에는 무사도를 지닌 역사적 인물이 다수 등장하고 있는데 그 중에서도 무사도의 가장 중요한 덕목인 충절을 대표하는 인물로서 손꼽고 있는 것이 바로 구스노키 마사시게이다.

> 아아, 예부터 국가를 위해 목숨을 바친 자 그것이 어느 정도인지 알 수 없고 충신열사라고 일컫는 자 또한 매우 많다, 그리고 구스노키 마사시게에 이르러서는 세상에서 말하기를 다른 자들을 뛰어넘어 충신이라고 하면 반드시 마사시게를 연상하는 것은 아동 병졸에 이르기까지 모두 한결같다.
>
> 呼呼古来国家の為に命を殯せしもの其の幾何なるを知らず、忠臣烈士と称せらるるものまた甚だ多し、而して楠木正成に至りては世の称すること他に超え、忠臣としていへば必ず正成を連想すること、児童走卒に至るまで皆其の揆を一にせり、
>
> (121)[18]

전게 본문(A)의 오쿠보 도시미치는 구스노키 마사시게를 이용하여 자신의 정의로움을 표출한 것은 군주에 대한 충절을 바탕으로 한 구스노키 마사시게가 서민들 사이에서 정의를 위해 싸운 인물이라는 공감대가 형성되어 있었기 때문에 가능한 것이라고 언급하였다. 그것은 군서(軍書)나 서적뿐만 아니라 '다이헤이키요미'라고 하는 구승을 통한 전승을 통해서 일반 서민에게까지 강력한 침투성을 가지고 있었기 때문이었는데 근대 이후에는 교육을 통해서 그 파급력이 더욱 강화되었

---

18) 重野安繹, 전게서.

다.19) 천황을 위하여 싸우다 죽은 정의로운 인물인 구스노키 마사시게를 무사도를 갖춘 대표적인 인물로 칭송하는 것은 청일, 러일 양 전쟁이 정의의 실현이었고 그것이 국체 시스템으로부터 비롯되는 일본이라는 국가가 존립하는 길이라는 것을 암시한다. 이러한 『다이헤이키』의 세계관을 이용한 무사도 담론은 태평양 전쟁 시기에 또 한 차례 일어나는 무사도 붐으로까지 이어지고 있다.

IV. 군신과 『다이헤이키』의 세계

1) '칠생보국'의 정신과 군신

러일전쟁을 계기로 유행한 것으로는 무사도와 함께 군신(軍神)을 들수 있다. 이 전쟁을 통해서 군신으로 추앙받은 대표적인 인물은 히로세 다케오(広瀬武夫)와 다치바나 슈타(橘周太)이다. 이 절에서는 먼저 히로세 다케오를 중심으로 '칠생보국(七生報国)'이라는 표현이 어떻게 전쟁과 결부되는지에 대해서 밝히고자 한다.

히로세 다케오는 1904년 2월 24일부터 시작된 일본의 여순항(旅順港) 폐색 작전 중 3월 27일에 결행된 제2차 폐색작전에서 전사한 인물이다. 러시아 함대가 견고한 요새로 되어 있는 여순항에서 버티자 일본 해군은 노후된 배를 침몰시켜 러시아 함대를 봉쇄해 버리려는 작전을 세운다. 2월 24일 새벽에 이 작전이 결행되지만 러시아 측에 발각되어

---

19) 1890년 오카야마현(岡山県)의 소학교 아동을 대상으로 한 '모범으로 삼고 싶은 사람' 1위로 구스노키 마사시게가 뽑힌 예(中村格, 「天皇制下における歴史教育と太平記」, 『聖徳大学研究紀要』 第9号, 1998, p.139)에서도 알 수 있듯이 민중 사이에서 이어져 온 구스노키의 전승과 메이지유신 이후의 교육의 효과(문부성 편찬 최초의 국어교과서 『소학독본』 이후 충신으로서 꾸준히 교과서에 등장하였음)로 구스노키의 인기가 높았다는 것을 확인할 수 있다.

이 배들은 목표를 달성하기 전에 폭격으로 침몰된다. 그로부터 약 1개월 후인 3월 27일에 제2차 작전이 결행되지만 이것 역시 실패로 돌아간다. 이 작전의 결과가 바로 신문지면에 발표되었는데 이때 특히 화제가 된 것은 당시 행방불명된 부하를 찾아 배 안을 샅샅이 뒤졌으나 발견하지 못하고, 보트를 타고 나서다가 적의 폭격을 맞아 전사한 히로세 다케오였다. 야마무로 겐토쿠(山室建德) 씨는 히로세 다케오에 대해서 전장에서 특별한 활약을 한 군인이 아니었음에도 불구하고 부하에게 존경받는 인물 됨됨이 때문에 국민들의 자발적인 호응에 의해 군신이 되었다고 설명하고 있다.[20] 다치바나 슈타의 경우는 육군이 해군의 군신인 히로세 다케오를 의식하여 만들어낸 군신이라고 하지만 역시 전장에서의 활약상보다는 국민들이 좋아할 만한 지휘관으로서의 면모에 의해 군신이 되었다고 논하고 있다. 당시 신문에서는 히로세 다케오가 부하를 찾으러 나갔다가 죽은 것에 대해서 '勇에 더해서 仁을 가지고 한 일(「勇に加ふるに仁を以てするもの」(『요미우리신문(読売新聞)』 1904년 4월 2일자)'[21]이라고 표현하고 있었다. 이 두 군신의 인간성은 이후에도 회자되어 많은 인물전이 간행된다. 예를 들어 1904년 5월에 발간된 『군신 히로세중령장열담(軍神広瀬中佐壮烈談)』이라는 서적은 히로세 다케오가 전사한 지 불과 2개월 후에 간행된 것이다. 그 목차를 살펴보면, '동생을 아껴 위험을 무릅쓰다(「弟を愛して危険を避く」)', '처음은 용기로, 마지막은 인으로(「始めは勇終りは仁」)', '중령, 정에 약하다(「中佐情に脆し」)'[22] 등등 히로세 다케오의 인간적인 면모를 부각시키는 내용이

20) 야마무로 겐토쿠 씨의 군신에 관한 논문의 인용은 山室建德, 「日本近代における軍神像の変遷」, 『帝京大学宇都宮キャンパス研究年報人文編』 第18号, 2012, pp.160~161에 의함. 야마무로 씨의 군신에 대한 자세한 논고는 山室建德, 『軍神』, 中央公論新社, 2007를 참조하기 바람.
21) 상게서, p.160.

다수 수록되어 있다. 그러나 주의해야 할 것은 3월에 신문 매체를 통해 그의 인간적인 면모가 일반 시민의 마음을 사로잡아 군신으로 추앙받았다고 한다면, 불과 2개월 후에 발간된 서적에서 그려진 히로세 다케오의 활약상에는 또 다른 의미가 부여되고 있다는 점이다.

(G) 이제 제2폐색대로서 후쿠이마루에 오르려고 할 때에 쓴 글은 돌아가신 아버지의 사진과 함께 넣어서 품속에 간직하였다. 동생은 하늘의 도움을 확신하고 다시 한 번 그 성공을 기약하는 동시에 무사로서 결코 집안의 명예를 더럽히는 일은 없을 것을 자신한다.

칠생보국 일사필견 재기성공 함소상선

今や第二閉塞隊として福井丸に上らんとす賜ふ処の手書は先考の真影と共に収めて懐に在り弟は天祐を確信し再び其成功を期すると共に武士として決して家声を汚すことなきを自信す

七生報国 一死必堅 再期成功 含笑上船 (149-150)

이 인용문에 대해서는 2차 여순항 폐색 작전이 있기 5일 전인 3월 19일에 동생인 히로세 중령이 형(대령) 앞으로 보낸 편지라고 소개되어 있다. 이 편지의 마지막 부분에는 '동생은(저는) 인간으로 일곱 번 다시 태어나도 나라를 혼란에 빠뜨리는 자를 멸하겠다는 구스노키 씨 형제의 정신과 마음가짐을 모범으로 삼고자 합니다(「弟は七生人間滅国賊の楠氏兄弟を以て精神と心得居候)」'(151)라고 적혀 있어 히로세 다케오 중령이 전장에 임하는 각오를 구스노키 형제의 대의명분에서 찾고자 했다는 것을 알 수 있다. 특히 '칠생인간멸국적(七生人間滅国賊)'이라는 표현은 앞서 살펴본 바와 같이 요시다 쇼인이 주목한 것으로, '칠생보국(七生

22) 본문의 인용은 剣影散史, 『軍神広瀬中佐壮烈談』, 大学館, 1904, pp.2-5에 의하며, 이하 페이지 수를 명시해 두었다.

報国)'은 이 '칠생멸적(七生滅賊)'을 이어받은 것이다. 이러한 정신이 명시되어 있는 히로세 다케오의 서간을 소개함으로써 천황에 대한 충성심을 국민에게 알리고자 하는 의도를 살펴볼 수 있다.

또한 히로세 중령을 둘러싼 담론의 형성과정을 살펴볼 때 흥미로운 것은 이것이 '다이헤이키요미'를 통해 유포되어 가는 구스노키 마사시게를 둘러싼 담론 형성과정과 매우 흡사하다는 점이다. 『다이헤이키』는 구스노키 마사시게의 천황에 대한 충성심뿐만 아니라 그가 유일하게 지인용(智仁勇)의 삼덕(三徳)을 갖춘 인물이라고 소개하고 있다. 당시 『다이헤이키』가 만들어진 시기에 이 지인용의 예를 살펴보면 군주, 또는 지휘관이 갖추어야 할 덕목으로 인식되고 있었으며, 이것이 『다이헤이키효반히덴리진쇼(太平記評判秘伝理尽鈔)』에서 더욱 구체화되어 간다.[23] 즉 구스노키 마사시게에게는 천황에 대한 충성을 맹세하는 인물임과 동시에 명군으로서 삼덕을 갖춘 인물이라는 두 가지 측면이 공존하고 있는 것이다. 앞에서 인용한 『요미우리신문』 1904년 4월 2일자의 기사에서 보이는 "勇에 더해서 仁을 가지고 한 일"이라는 표현에는 히로세 중령이 이러한 삼덕을 갖춘 지휘관이라는 이미지를 잘 보여주고 있다. 야마무로 겐토쿠 씨의 주장대로 그가 군신으로서 국민들에 의해 자발적으로 추대된 것인지, 아니면 매체에 의한 적극적인 개입이 있었는지에 대해서는 좀 더 상세한 분석이 필요하다. 그러나 분명한 것은 대중적인 인기를 끌고 있던 구스노키 마사시게의 명군으로서의 인물상을 당시의 히로세 중령으로부터도 읽어내어 그로 인해 중령이 군신으로 큰 인기를 얻고 있다는 점이다. 이러한 대중적인 인식을 바탕으로 하고 있기 때문에 히로세 중령의 충신으로서의 이미지

---

23) 이에 대해서는 졸고, 「구스노키 마사시게와 삼덕」, 『일본문화연구』 제43집, 2012 동아시아일본학회에서 자세히 논한 바가 있다.

를 부각시키는 것 역시 용이한 작업이었을 것으로 판단되며 천황에
대한 충절의 정신을 함양시키고자 하는 교육의 효과도 더욱 컸을 것으
로 생각된다.

  실제로 이후 히로세 중령을 둘러싼 담론 중 가장 눈에 띄는 것은
그가 전장에서 현격한 공을 세운 인물이 아님에도 불구하고 '칠생보국'
의 정신을 가슴에 품고 전장에서 활약했다는 점이다. 1910년에 간행된
『구스노키 마사시게 공(楠木正成公)』[24]이라는 서적에서는 마사시게에
게 감화를 받은 인물로서 요시다 쇼인과 히로세 다케오를 들고 있다.
요시다 쇼인에 대해서는 '칠생멸적(七生滅賊)'이라는 네 글자를 머리 위
에 붙여 놓고 있었다는 것과 히로세 중령에 대해서는 전게 본문(G)의
'칠생보국'과 관련된 내용을 소개하고 있다. 또한 1914년에 간행된 『쾌
걸전(快傑伝)』[25]도 히로세 중령의 여순 폐색 작전의 활약상을 소개하
고 히로세 중령의 서간문을 게재하고 있다. 그 서간문에는 히로세가
읊었다고 하는 와카와 한시가 다수 수록되어 있는데 가장 자주 확인되
는 단어는 바로 '칠생'과 '보국'이다. 또한 와카와 한시에 대한 부연
설명 부분에는 '칠생인간멸국적'이라는 말만큼 다케오가 소년시절 역
사서를 읽을 때 깊이 감명 받은 것은 없었다는 것을 기억한다. 청일전
쟁 때 본국에 있으면서 시가를 읊은 것 또한 분명히 이 뜻을 나타내고
있다(「七生人間滅国賊の語ほど少年読史の際より武夫を深く感銘をせしものなき
を覚ゆるなり日清の役扶桑にありて口吟せしもの亦此意に外ならざるなり」)'(193)
라는 식으로 청일전쟁 때부터 이미 '칠생보국'의 정신을 마음속 깊이
새기고 있었다는 주장이 확인된다. 이와 같이 러일전쟁 이후 히로세
중령에 대해서 다룬 서적이 그의 '칠생보국'의 정신에 주목하고 있다

---

24) 秋山角弥, 『楠木正成公』, 光風館, 1910, pp.212-230.
25) 伊藤痴遊, 『快傑伝』第4巻, 東亜堂書房, 1914.

는 점은 '히로세 다케오는 칠생보국의 정신을 대표하는 인물이다'라는
식으로 프로파간다화 되어 가는 것을 의미한다.

실제로 일본이 15년 전쟁에 돌입한 이후에는 이 언설이 고정화되고
심지어는 '칠생보국'의 정신을 상징하는 인물들이 계보화되어 가는 경
향을 발견할 수 있다. 이 전쟁기간 중에는 해군을 비롯하여 육군, 공군
등 헤아릴 수 없을 정도로 많은 군신이 만들어지며 그들과 칠생보국의
정신을 결부시키는 경향이 뚜렷해진다. 뿐만 아니라 국민에게는 전쟁
으로 인한 물품 부족현상이 일어나자 절약정신의 함양을 위해서 "'물
건'의 칠생보국(「「物」の七生報国」)"26)이라는 표어를 제시하기도 한다.
그러나 15년 전쟁기에도 칠생보국 정신의 본보기로서 국민들에게 각
인된 것은 역시 히로세 중령이며 또한 그의 뜻을 잇는 대표적인 인물
들이 새롭게 만들어지기 시작했다. 야마무로 겐토쿠 씨는 만주사변을
시작으로 한 15년의 전쟁기간 중에는 지휘관이 아닌 젊은 청년들이
집단적인 희생에 의해 군신으로 추대되는 경향이 보인다고 지적하고
있다.27) 그 중 대표적인 것이 진주만 공격에서 소형잠수함인 갑표적
(甲標的)을 타고 출격한 10명 중 귀환하지 못한 9명의 특별공격대원들
로 이들은 1942년 3월 7일자 각 신문 일면을 통해서 구군신(九軍神)으
로 불리고 있다. 그리고 이후에 간행된 서적들에는 다음과 같은 담론
이 형성되고 있다.

　　아아, 군신 특별공격대 구용사! 하와이 진주만 공격부대 안에 특별공
　격대라는 특수임무를 감행한 용사가 있었다는 것을 알고 우리 일억 국민

26) 国民精神総動員中央連盟 編, 『戦時サラリーマン読本』, 日本青年教育会出版部, 1938,
　　pp.55-57.
27) 山室建徳, 전게서.

들은 우리 사람들의 위대한 공이 하루라도 빨리 세상에 발표되는 것을 마음으로부터 기다리고 있었다.…… 지금 특별공격대의 진심어린 충성과 장렬한 공격 정신을 듣고 러일전쟁 때의 '여순폐색전'을 상기하는 것이다. 실로 여순폐색대에 의해 전 세계에 현시된 그 '칠생보국'의 제국해군이 가진 호국의 혼이 깊이깊이 그 맥이 이어져 그것이 특별공격대의 훌륭한 공적, 진주만 습격이 되어 전 세계의 간담을 싸늘하게 한 것이다. (『도쿄아사히』) (중략) 칠생보국의 정신은 구스노키 마사시게와 히로세와 구군신의 것일 뿐만 아니라 일본 육해군 군인 모두에게 통하는 것이다.

　　ああ軍神特別攻撃隊九勇士！ハワイ真珠湾攻撃部隊の中に特別攻撃隊といふ特殊任務を敢行した勇士があつたことを知つて、われら一億国民はわれらの人々の偉勲が一日も早く世に発表されることを心から待望してゐた。…… いま特別攻撃隊の純忠壮烈な攻撃精神を聞いて日露戦争の時の「旅順閉塞戦」を想起するものである。まさに、旅順閉塞隊によつて全世界に顕示されたあの「七生報国」の帝国海軍の護国の魂魄が深く深く脈々と伝え継がれて、さらに、特別攻撃隊の偉勲、真珠湾強襲となり全世界の心膽を寒からしめたものであらう。(『東京朝日』)(213-214) (中略) 七生報国の精神は楠正成や、広瀬武夫や、また特別攻撃隊九軍神のそれであるばかりでなく、日本陸海軍の軍人のすべてを通じてのそれである。(338)[28]

　1942년 8월 20일에 간행된 이 서적은 『도쿄아사히신문(東京朝日新聞)』의 기사를 인용하면서 '칠생보국'의 정신이 구스노키 마사시게에서 히로세 다케오로, 그리고 구군신으로 이어지고 있다고 역설하고 이를 확대하여 이 정신이야말로 일본육해군의 정신임에 틀림없다고 주장한다. 그리고 이후 구군신과 '칠생보국'의 정신과의 관련성은 그들이 생전에 남긴 유서나 감상문을 통해서 구체적으로 제시된다.

　후루노 시게미 소령(후쿠오카현 24세) 진충보국 칠생보국 천황폐하만세
　히로오 아키라 대위(사가현 22세) 히로세 중령전을 읽고

---

28) 沢本孟虎, 『あの人この人』, 青山書院, 1942.

중령은 선조 대대로 근황애국 정신에 불타고 있었다. 오늘날 세상을 풍미하는 자유주의, 공산주의 등의 영향을 받아 어떤 사람은 오늘날의 세상의 도리와 인심을 어지럽히려고 하고 있다. 그들로 하여금 이 히로세 중령의 일본 제국사상, 칠생보국을 알게 할 수 없는가, 게으른 자도 한편으로는 분발해야 한다는 것을 알게 된다.

古野繁実少佐(福岡県 二十四歳) 尽忠報国 七生報国 天皇陛下万歳
広尾彰大尉(佐賀県 二十二歳) 広瀬中佐伝を読みて
中佐は先祖代々勤皇愛国の念に燃えて居た。今日として世を風靡する自由主義、共産主義などの影響をうけ、或ひは今日、世道人心を惑はさんとす。彼らをしてこの広瀬中佐の日本帝国思想、七生報国を知らしめんか、惰夫も或は振起せんことを知る。(132-133)[29]

이와 같이 구스노키 마사시게로부터 비롯되었다는 '칠생보국'은 요시다 쇼인에 의해 영원히 이어지는 충의 정신으로 그 생명을 부여 받아 군신에 의해 면면히 이어지고 있고, 이것이야말로 러일전쟁과 미국을 비롯한 서양과의 싸움에서 이기는 근원적인 정신이라는 담론을 만들어냄으로써 국민의 집결시키고 전쟁을 수행하는 대의명분을 표명하고 있다는 것을 알 수 있다.

2) 다치바나 슈타의 구스노키 마사시게(楠正成) 자손설

본절에서는 러일전쟁을 통해서 탄생한 또 한명의 군신인 다치바나 슈타(橘周太)와 『다이헤이키』의 세계가 어떻게 결부되어 가는지에 대해서 고찰해 보고자 한다.

앞절에서 언급했듯이 다치바나 슈타는 러일 전쟁에서 히로세 다케오와 함께 부하를 위해 희생한 지휘관으로 군신으로 불린 인물이다.

---

29) 農村更生協会八ヶ岳中央修錬農場 編, 『国本.皇道編』, 農村更生協会八ヶ岳中央修錬農場, 1943.

일본군은 1904년 8월 요양(遼陽)을 점령하고자 러시아군과 격전을 벌이는데 그는 격전장 중 하나인 수산보(首山堡)에서 싸움을 지휘하였다. 전사 후 육군 소속이었던 그는 해군의 군신인 히로세 다케오에 대한 대항마로 육군의 계획 하에 군신으로 추대된다. 군신화 작업에서 그는 일본인들이 좋아할 만한 캐릭터, 즉 지휘관으로서 부하를 아끼는 인간미를 가진 인물로 소개됨으로써 육군의 의도대로 군신으로 국민들의 존경을 받았다.

　같은 해인 1904년에 발간된 『러일전쟁사진첩(日露戦争写真帳)』[30]등의 자료에는 다치바나 슈타가 전장에서 부하를 격려하는 모습과 8월 3일이 동궁(東宮)의 탄생일이기 때문에 반드시 이긴다는 군인으로서의 각오가 그려져 있다. 이후에도 그의 인간성과 함께 천황에 대한 충성심이 각별했다는 논리는 여러 서적과 자료에서 확인해 볼 수 있는데, 그 중에서도 특히 흥미로운 것은 다음과 같은 담론이 형성되고 있다는 점이다.

　　중령의 부군은 진에몬이라고 하여 히젠국 시마바라영 = 지금의 미나미다카키군 = 지지와촌에서 유신 때까지 촌락의 장을 하고 있었다. 촌락의 장이라고 하면 현재의 촌장과 마찬가지로 한 촌락을 모으는 것이었기 때문에 토지에서는 크게 세력을 뻗치고 있었다. 그러나 옛날의 계급으로 말하자면 무사의 신분이 아니라 잠시 백성의 위에 설 뿐으로 그다지 으스댈 직위도 아니었다. 그렇지만 그 선조는 남조의 대충신으로서 겐무의 옛 천황을 위해 큰 공을 세운 구스노키 씨로부터 나왔다고 하니까 상당한 명문이다. 그 가계에 의하면 구스노키 씨의 일족으로 구스노키 씨 몰락 후에는 호조 씨의 눈을 피하기 위해 지지와촌으로 벗어나 성을 다치바나로 고쳐서 세상을 피하고 있었다.

---

30) 저자 불명, 『日露戦争写真帖』 第3集, 金港堂, 1904, p.3.

中佐の父君は甚右衛門と云ふて、肥前国島原領＝今の南高来郡＝千々石村で維
新の際まで荘屋をして居つた、荘屋と云へば現今の村長のような風に一村の束ねを
したものであるから土地では大に羽振を利かしたものである、 が昔の階級から云へ
ば無論士分では無く、漸く百姓の上に立つだけで余り威張つた役でも無かつた、け
れども其祖先は南朝の大忠臣として建武の昔時の御帝の御為に大偉功を樹てた楠
氏から出てをると云ふから中々の名門である。その家系によると、楠氏の一族であ
つて楠氏没落の後は北条氏の目を避くる為めに千々石村に免れ、姓を橘と改めて世
を忍んで居つた。(3)[31]

다치바나 슈타의 가계를 살펴보면 그의 아버지는 그다지 높은 지위
에 있는 것처럼 보이지는 않지만 사실 그는 구스노키 마사시게(楠正成)
의 자손으로 구스노키의 죽음 이후 숨어서 살았기 때문에 지금의 위치
에 있다는 것이다. 선조인 구스노키 마사시게의 충절의 정신이 자손인
다치바나 슈타에게도 전해지고 있고, 따라서 그는 러일 전쟁에서 활약
하였으며 군신으로 추앙받기에 적합한 인물이라는 것이다. 이러한 담
론은 1910년대부터 확인되기 시작하여 태평양 전쟁기의 자료에서까지
꾸준히 되풀이되고 있다. 이와 같이 다치바나 슈타와 구스노키 마사시
게를 결부시키는 담론은 사실은 메이지 시대 이래로 계속되어 왔던
구스노키 마사시게의 자손 찾기에서 비롯된 것이라고 할 수 있다.

앞서 논했던 바와 같이 메이지 초기부터 진행되어 온 구스노키 마사
시게를 이용한 국민 통합 정책의 일환으로서 시작된 것이 구스노키
마사시게의 자손 찾기였다. 1892년 궁내성(宮內省)은 구스노키의 자손
을 조사하였는데 그때 그의 자손이라고 밝힌 사람들은 50명 이상이었
다. 그들은 고문서 등 각종 증거가 될 만한 물건들을 지참했음에도
불구하고 정통한 증거를 가진 혈통은 끝내 찾을 수 없었다. 이러한

---

31) 野田挂華, 『軍神橘中佐』, 駸々堂, 1913.

궁내성의 움직임과 그 결과는 1893년『요미우리신문』3월 23일자에도 기사화되고 있어,[32] 이것이 범국민적으로 벌어진 사업이라는 것을 짐작하게 한다.

이와 같은 구스노키 마사시게의 자손 찾기는 그 후에도 계속되어 심지어는 구스노키 마사시게의 가계에 대한 본격적인 연구도 등장하게 된다. 그 대표적인 것이 후지타 세이이치 씨의『구스노키 씨 연구』[33]로, 먼저 구스노키 씨의 가계를 밝히기 위해 그의 선조부터 시작하여 자손에 대해서도 언급하고 있다. 고문서 등의 자료를 통해서 3종류의 계보도가 만들어졌는데, 여기에서 공통적인 것은 히다쓰 천황(敏達天皇, 538-585)의 후예인 다치바나노 모로에(橘諸兄, 684-657)가 구스노키 마사시게의 선조라는 점이다. 또한 3번째의 계보도에는 구스노키 마사시게의 동생인 구스노키 마사우지(楠正氏)가 와다(和田) 씨를 사용하기 시작했다는 것이 적혀 있다. 이러한 연구를 바탕으로 다치바나 슈타의 선조는 와다 씨(「楠左中将正成の支族和田氏は、実に橘家の始祖である」)(28)[34]라는 식의 주장이 이루어진다.

그러나 주의해야 할 점은 후지타 자신이 서문에서 서술하고 있는 대로 구스노키 마사시게의 가계를 밝히는 것은 매우 지난한 작업일 수밖에 없었다. 왜냐하면『다이헤이키』라는 중세 모노가타리 작품에 처음으로 등장하는 구스노키 마사시게는 당시 실존했던 인물인지 조차 명확하지 않기 때문이다. 원래『다이헤이키』에서의 첫 등장도 고다이고 천황이 꿈속에서 예시를 얻어 그를 불러들였다는 초자연적 현상을 기반으로 그려져 있고,[35] 뿐만 아니라 그 후의 활약상은 비범한

32) 森正人,「近代国民国家のイデオロギー装置と国民的偉人」,『人文論叢』第24号, 三重大学, 2007, p.170.
33) 藤田精一, 전게서.
34) 森本丹之助,『軍神橘中佐』, 忠誠堂, 1920.

전술가이자 충성스러운 신하로서 초인적인 모습조차 보이고 있기 때문이다. 근대 이후 서구의 영향을 받은 아카데미즘의 실증적 역사가들이 근세 『대일본사』 이후에 성립된 남조(=요시노조(吉野朝)) 정통론이 『다이헤이키』라는 허구성을 띤 작품의 기술에 의존하고 있다는 점을 비판한 것도 바로 이러한 이유 때문이었다. 그럼에도 불구하고 구스노키 씨의 자손을 밝히고자 하는 것은 '구스노키 씨와 같이 너무나 애처로운 고난을 겪은 사람은 가계 혹은 자손이 완전히 암흑 뒤로 묻히는 것 또한 정말이지 어쩔 수 없는 일이다. 단 존재하는 것은 존재한다. 구스노키 씨의 충렬은 미래에도 영원히 존재할 것이다(「楠氏の如き、世にも悲哀なる逆境者にありては、 家譜又は流裔の全く闇黒の裏に葬り去られたるは、 復た應に已むを得ざる事に属す、 但し存在するものは存在す、 楠氏の忠烈は未来永存在すべし」)'(2)36)라는 문장에서도 알 수 있듯이 자손을 찾는 것은 구스노키 마사시게를 실존인물로 규정한 후, 그의 충렬이 영원하다는 것을 증명하기 위한 것이라는 점을 알 수 있다.

이와 같이 남조의 충신과 군신과의 혈연관계를 강조하는 것은 단지 다치바나 슈타에 한정된 것은 아니었다. 히로세 다케오에 대해서는 그가 남조를 위해 싸운 무장 닛타 요시사다(新田義貞)의 후손이라는 담론도 형성되어 있었다. 이러한 움직임은 구스노키 마사시게를 비롯한 남조 충신들의 천황에 대한 충절의 정신이 근대에도 그 맥을 유지하여

---

35) 고다이고 천황은 겐코의 난(元弘の乱)으로 인해 가사기야마(笠置山)로 옮겨가는데 어느 날 기이한 꿈을 꾸게 된다. 남쪽에 큰 가지를 뻗고 있는 나무 밑에 구게(公卿)가 늘어서 있고 남쪽으로 면한 상석만이 비어 있었다. 동자가 나타나 '이 넓은 천하에 천황의 몸을 감출 수 있는 곳은 없습니다. 단 저 나무 그늘의 남쪽에 면한 자리가 있습니다. 그것이 당신의 왕좌입니다.'라고 말했다. 꿈에서 깬 천황은 나무(木)와 남쪽(南)이라는 점에서 구스노키(楠)라는 글자를 생각해 내고 무사 구스노키 마사시게를 불러들이게 된다. 이 내용은 長谷川端 校注, 新編日本古典文学全集 『太平記』①, 小学館, 1996, pp.124-125에서 확인된다.

36) 藤田精一, 전게서.

영원히 계속되고 있다는 것을 입증하고자 하는 의도에서 비롯되었다고 할 수 있다. 즉 군신이라는 특정인물을 제시하여 천황에 대한 충절의 정신을 시각화함으로써 일본의 전쟁이 천황을 중심으로 한 국가보존을 위한 것이라는 대의명분을 구체화하고 있는 것이다.

V. 나오며

『다이헤이키』의 세계를 대표하는 구스노키 마사시게에게는 다양한 이미지가 부여되어 있었다. 그 중 대표적인 것이 명군(明君), 즉 훌륭한 지휘관으로서 삼덕(三德)을 가지고 있다는 것, 그리고 천황을 위해 일곱 번 다시 태어나더라도 적을 끝까지 없애겠다는 충신으로서의 이미지이다. 또한 그에게는 정의로운 일을 하면서도 죽음에 이르렀다는 민중의 동정심이 따라다녔다. 이러한 복합적인 요소가 '다이헤이키요미'를 통해 오랫동안 민중들에게 각인되어 있었고, 따라서 이러한 복합적인 이미지를 천황의 나라를 위해서 행동한다는 대의명분의 정신으로 비교적 용이하게 수렴시킬 수 있었다. 그 대표적인 인물이 막부말기 지사들에게 정신적으로 지대한 영향을 미친 요시다 쇼인이었다. 그는 구스노키 형제의 충절의 각오에 주목하여 '칠생설'을 통해서 그 정신이 불멸하다는 영원성을 부여하였다. 근대 이후 이러한 쇼인의 주장은 무사도 정신과 군신들에 대한 담론으로 재생되었으며 이것이 전쟁에 임하는 국민들에게 공감대를 불러일으켰다. 즉 이러한 담론을 접한 국민들로 하여금 자기 자신을 『다이헤이키』의 세계에 투영시켜 정의를 위해 싸운다는 대의명분을 인식하도록 하는 고도의 정치적인 수법이라고 할 수 있다. 이와 같이 전쟁에

『다이헤이키』의 세계관을 적극적으로 활용한 것은 국민들이 스스로를 그 세계에 투영시킴으로써 전쟁 참여를 합리화하도록 하기 위한 것임을 알 수 있는 것이다.

일본 근대기 역사학자
미카미 산지의 역사관과 교육

『다이헤이키』의 세계를 중심으로

I. 들어가며

　　미카미 산지(三上參次)는 근대기를 대표하는 역사학자이다. 그에 대해서 주목하게 된 이유는 그가 일본에서 최초로『일본문학사(日本文学史)』[1]를 저술한 인물이자 일본의 국사가 기존의 국학과 한학의 한 분야에 지나지 않았던 일본의 역사를 국사학으로 독립시켜야 한다고 주장했던 인물이기 때문이다. 그리고 무엇보다도 그가 서술한『일본문학사』가 계기가 되어 근세의 국학을 바탕으로 한 국문학이 창출되었다는 점에서 국수주의적 성격을 띠는 인물일 것이라는 예상과는 달리 1911년에 있었던 남북조정윤 논쟁(南北朝正閏論爭)을 둘러싸고 그가 여론의 비난의 대상이 되었다는 점 때문이다. 소학교 역사교과서의 편찬위원이었던 그는 집필자인 기타 사다키치(喜田貞吉)와 함께 남북양립론을 주장하여 이를 역사교과서에 반영시켰으나 당시 남북정통론이 주류였던 가운데 일어난 대역사건(大逆事件)을 계기로 그들이 편찬한 역사교과서가 비난의 표적이 된다. 따라서 교과서 편찬위원이었던 그들 역시 정치

---

1) 三上參次・高津鍬三郎 他 編,『日本文学史』, 金港堂, 1890.

가, 역사학자, 법학자, 그리고 세간으로부터 격렬한 비난을 받게 된다. 기존의 선행연구들은 이 사건을 지식인에 대한 권력의 사상 탄압으로 간주하거나[2] 역사학계가 근세시대 이래로 지켜온 대의명분 사관과 막부말기이후 서양학문의 영향을 받아 대두된 실증주의 사관이 충돌하여 일어난 사건으로[3] 또는 역사연구와 역사교육을 분리시키는 계기가 된 사건으로 파악해 왔다.[4] 그 가운데에서 비난의 표적이 되었던 미카미 산지와 기타 사다키치는 이른바 사상의 탄압을 받은 불우한 지식인으로 규정하는 것이 지금까지의 대체적인 연구결과였다.

그러나 최근에는 남북조정윤 논쟁을 둘러싸고 이러한 미카미 산지와 기타 사다키치의 일방적인 피해자적 이미지에는 문제가 있다는 논문이 발표되었다.[5] 즉 미카미 산지의 역사학자로서의 태도와 교육에 대한 입장에 대해서 좀 더 면밀히 분석해야 한다는 필요성이 대두된 것이다. 따라서 본 논문에서는 이와 같은 선행연구를 바탕으로 하여 남북조정윤 논쟁뿐만 아니라 그가 일생에 걸쳐 어떠한 활동을 해 나갔는지를 조사하여 그의 교육관과 역사학자로서의 태도에 대해서 고찰해 보고, 나아가 근대기 지식인의 역사관과 교육관이 어떻게 드러나고 있는지 그 단면을 밝히고자 한다.

---

2) 大久保利謙, 「ゆがめられた歴史」, 向坂逸郎, 『嵐の中の百年』, 勁草書房, 1952.
3) 伊藤大介, 「南北朝正閏問題再考」, 『宮城歴史科学研究』第45号, 1998.; 宮沢剛, 「「吉野葛」論」, 『語文論叢』第24号, 1997.; 五味淵典嗣, 「この国で書くこと」, 『芸文研究』第79号, 2000.; 廣木尚, 「南北朝正閏問題と歴史学の展開」, 『歴史評論』740, 2011.
4) 小山常実, 『天皇機関説と国民教育』, アカデミア出版会, 1989.
5) 田中史郎, 「喜田貞吉の『歴史教育＝応用史学』論の性格とその歴史的位置」, 『社会科の史的探求』, 西日本法規出版, 1999.; 伊藤大介, 전게서, 池田智文, 「「南北朝正閏問題」再考ー近代「国史学」の思想的問題としてー」, 『日本史研究』528, 2006.

II. 메이지기의 역사학과 남북조정윤 논쟁의 전개

이 장에서는 미카미 산지의 역사관과 교육에 대한 고찰을 위한 발판으로 먼저 메이지유신 이후 사학계의 동향과 교육 문제와의 관련성, 그리고 남북조정윤 논쟁이 어떻게 전개되어 갔는지에 대해서 살펴보고자 한다.

메이지 정부는『대일본사(大日本史)』를 준칙찬사서(準勅撰史書)로 인정하고 대의명분 사관을 잇는 사서 편찬사업에 돌입한다.[6) 그를 위해 발탁된 인사가 시게노 야스쓰구(重野安繹)로, 그러나 이러한 인사발탁은 메이지 정부로서는 예상치 못한 사건을 불러일으키게 된다. 새롭게 편찬되기 시작한『대일본편년사(大日本編年史)』는『대일본사』의 대의명분 사관을 계승하는 것을 원칙으로, 1881년 수사국(修史局)에서 시작되어 1888년 제국대학(현 도쿄대학) 내 임시편년사편찬계(臨時編年史編纂係, 현 도쿄대학 사료편찬소)에서 이루어지게 된다. 따라서 그 내용도 남북조시대부터 시작되어『대일본사』와 연도가 70년 정도 겹치게 된다. 우선 시게노는 이 편찬사업을 위하여『대일본사』의 검증작업을 시작하는데 이러한 작업을 통해 그는『대일본사』의 내용 대부분이 중세시대의 모노가타리인『다이헤이키(太平記)』에 의존하고 있다는 사실을 밝혀내고『대일본사』의 역사관에 대한 비판을 하기 시작한다. 한문학자이자 서양 역사학의 영향을 받아 철저한 실증주의를 바탕으로 한 사서 편찬을 주장했던 그는『대일본사』의 대의명분 사관을 비판하기

---

6) 이하 역사학계에서의 명분론 사관과 실증주의 사관의 대립에 대해서는 大久保利謙, 전게서, 岩井忠熊, 「日本近代史学の形成」,『岩波講座日本歴史22』(別冊1), 岩波書店, 1963.; 尾藤正英, 「正明論と名分論」,『近代日本の国家と思想』, 三省堂, 1979.; 兵藤裕己, 『太平記〈よみ〉の可能性』, 講談社学術文庫, 2005.; 竹内光浩, 「久米邦武事件」,『歴史評論』 732, 2011 등을 참조하였다.

시작한 것이다. 이와 뜻을 같이 한 인물이 제국대학의 교관이자 편찬
작업에 함께 참여한 구메 구니타케(久米邦武)였다. 먼저 시게노는 1886
년 3월에 도쿄학사회원(東京学士会院)에서「대일본사를 논하여 역사의
체재에 이른다(大日本史を論じ歷史の体裁に及ぶ)」[7]라는 주제로 강연을 하
는데 그는『대일본사』가 북조 측의 역사자료를 이용하지 않은 것과
남조정통론을 주장한 것이 편견이라고 단죄하였다. 이에 대해 당시
미토학(水戶学)파와 국학자들은 충신의 말살이라며 시게노를 '말살박
사(抹殺博士)'라고 불렀다. 또한 구메는「신도는 제천의 옛 풍속(神道は
祭天の古俗)」[8]이라는 논문을 발표하여 신도는 하늘에 제사를 지내는
동양의 옛 풍속 중 하나로, 이것을 왕정의 근본으로 삼는 것은 제대로
사리분별을 하지 못하는 것이라고 해서 신도가들의 격렬한 비난을 받
는다. 이것이 구메의 필화사건으로, 이를 계기로 구메는 편찬사업의
멤버에서 완전히 제외된다. 이러한 사건의 영향으로 이듬해인 1893년
에는『대일본편년사』편찬사업이 전면 중지되는 동시에 사료편찬계도
폐지되고 책임자였던 시게노가 사직함으로써 사건은 일단락된다. 이
후 2년 후인 1895년에 제국대학 내에 사료편찬계(史料編纂掛)가 설립되
어 호시노 히사시(星野恒)를 중심으로 해서 사료(史料)의 편찬은 이루어
지지만 수사(修史)사업은 전면 중지된다. 또한 사료편찬계 내의 사료가
외부에 새어나가는 것을 전부 금지시켰다. 구메의 필화사건을 중심으
로 거세진 실증주의 사학자들에 대한 비판을 계기로 이후 아카데미즘
(제국대학을 중심으로 한 실증사관)은 외부와의 접촉이 차단된 폐쇄적인
성격을 띠게 된다. 이러한 사학계의 흐름은 이후 대의명분 사관과 실

---

7) 重野安繹,「大日本史を論じ歷史の体裁に及ぶ」,『東京学士会院雑誌』9編 3号, 1886. 내
　용의 인용은 兵藤裕己, 상게서, p.235에 의함.
8) 久米邦武,「神道は祭天の古俗」,『史学会雑誌』, 1892.10. 내용의 인용은 兵藤裕己, 상게
　서, p.237에 의함.

증주의 사관의 대립이라는 형태로 반복되어 나타나고 따라서 역사관의 대립은 필연적으로 지식인의 학문의 자유를 부정하는 사상적 탄압이라고 정의할 수 있을 것이다.

이 사건 이후 두 번째로 사학계를 뒤흔든 사건이 바로 1911년에 벌어진 남북조정윤 논쟁이다. 먼저 선행연구와 자료를 통해서 밝혀진 남북조정윤 논쟁의 경위에 대해서 확인해 보고자 한다. 1910년 5월에 천황암살음모에 가담한 사회주의자를 색출한 대역사건이 발생한다. 정윤문제는 이 대역사건과 관련해서 일어나는데 대역사건의 피고에 대한 판결이 내려진 것은 1911년 1월 18일이었다. 이튿날인 19일자『요미우리신문(讀売新聞)』의「남북조 대립문제 국정교과서의 실태(南北朝対立問題 国定教科書の失態)」9)라는 사설은 대역사건을 윤리적, 도덕적인 측면에서 비판하는 내용의 글을 싣게 된다. 그러나 문제는 그뿐만 아니라 윤리가 땅에 떨어진 현실을 개탄하면서 이것은 바로 교육에 문제가 있기 때문이라는 주장과 함께『심상소학일본역사(尋常小学日本歴史)』에 남북조를 나란히 기술했다는 점을 예로 들고 있다.

> 만약 양조의 대립을 허가한다면 국가가 이미 분열된 것은 밝은 불을 붙이는 것보다도 자명하여 천하의 추태가 이보다 큰 것은 없을 것이다. (중략) 일본 제국에서 진실로 인격의 판정을 이루는 표준은 지식덕행의 우열보다 우선 국민적 정조, 즉 대의명분이 뚜렷한지 아닌지에 달려있다. 오늘날 개인주의가 날로 발달하여 니힐리스트까지 배출하는 시대에는 특히 긴요하고 중대하여 빼놓을 수 없다.
> もし両朝の対立をしも許さば、国家のすでに分裂したること、灼然火を賭るよりも明らかに、天下の失態之より大なる莫かるべし。(中略) 日本帝国に於て真に人格の判定を為す標準は知識徳行の優劣より先づ国民的情操、即ち大義名分の明

---

9)『読売新聞』1911.1.18.

否如何に在り。今日の多く個人主義の日に発達し、ニヒリストさへ輩出する時代に於ては特に緊要重大にして欠くべからず。

여기에서 주장하는 것은 우선 국가를 위해서 남북조 대립을 허용해서는 안 된다는 것과 일본에서 인격을 판정하는 표준이 되는 것은 명백히 대의명분인가 아닌가에 달려있다는 것이다. 특히 대역사건과 같은 일이 발생하는 당시의 분위기를 개인주의의 발달로 인식하고 이러한 시대야 말로 대의명분 여부가 중요하다는 것을 강조하고 있다. 이와 같이 대의명분 사관을 지지하는 것은 근세 미토학의『대일본사』의 대의명분 사관의 흐름을 이어받은 것으로 남조를 정통으로 인정하는 것을 의미한다. 막부말기와 유신기의 존왕론은 남조를 정통으로 인정했고 이것을 메이지 정부는 역사인식의 기본방침으로 정하고 있었다. 따라서『요미우리신문』의 사설은 단순한 교과서 문제가 아니라 만세일계(万世一系)를 주장해 온 천황의 문제를 어떻게 인식하는가 하는 점을 드러내는 것이었다.

이 사설이 여론을 주도하는 형태로 남북조정윤 논쟁 발생의 직접적인 계기가 된다. 이 사설을 본 당시 와세다 대학(早稲田大学) 교수인 마쓰다이라 야스쿠니(松平康国)와 마키노 모토지로(牧野謙次郎)는 국정교과서의 남북병기에 대해서 국체(国体)는 중요한 것이기 때문에 국정교과서를 폐기시켜야 한다는 데에 의견을 모으고 마키노의 친척인 무소속 의원 후지사와 모토조(藤沢元造)에게 자신들의 의견을 전달하고 중의원에서 질문서를 작성하여 발표해 줄 것을 종용하였다.[10] 후지사와 의원은 질문서를 작성하여 이들과 협의한 후, 2월 4일에 입헌국민당

10) 정윤론의 전개과정에 대해서는 政友会 編,『正閏断案国体之擁護』, 東京堂, 1911에 자세한 기술이 있다.

51명의 찬성을 얻어 「국정교과서편찬에 관한 질문서(国定教科書編纂に
関する質問書)」를 의회에 제출하였다.

당시 수상인 가쓰라 다로(桂太郎)는 이 질문서가 황실과 관련된 사항
이자 대역사건으로 가쓰라 내각에게 책임을 추궁하던 당시의 정치상
황과도 맞물려 있어, 후지사와에게 질문서의 철회를 요구했다. 후지
사와는 2월 10일에 역사편찬위원인 미카미 산지와 기타 사다키치와
회견하고 15일에는 가쓰라 수상과 만나는데 수상은 이 자리에서 후지
사와에게 교과서 개정을 조건으로 질문서 철회를 요구하였다.

그러나 이와 같이 가쓰라 수상이 후지사와에게 질문지 철회를 요구
하여 남북조정윤 논쟁을 수습하려고 했던 것이 오히려 여론의 지탄을
받게 된다. 결국 가쓰라 내각은 남조가 정통임을 의회에서 결의하고
이것을 천황이 직접 재결하는 것으로 사태는 수습되기에 이른다. 그
결과 1911년 10월에 발행된 제2기 국정교과서『심상소학일본역사』에
서는 남북조병기가 삭제되었다.

이때 남북조정윤 논쟁에 대해서 당시 사학계에서는 남북병립론, 양통
대립론, 남조정통론, 북조정통론의 4가지 주장이 제기되었는데, 『도쿄
아사히신문(東京朝日新聞)』, 『요미우리신문』, 『요로즈초보(万朝報)』 등
대다수의 언론들은 남조정통론을 주장하였다.[11] 따라서 교과서의 집필
책임자였던 기타 사다키치는 여론과 남조정통론을 주장하는 학자들의
비난의 중심에 서게 되고 결국 그는 휴직처분을 받는다. 그러나 문제는
이것이 기타 사다키치에 대한 비난에 그치는 것이 아니라 제국대학의
실증주의를 근거로 한 아카데미즘에 대한 공격으로까지 발전되었다는
것이다. 그리고 그 원흉으로 미카미 산지가 거론되기에 이른다.

---

11) 渡邊明彦, 「「南北朝正閏問題と新聞報道」」, 『早稲田大学大学院教育学研究紀要』 別冊
  14-2, 2007, p.269.

(A) 원흉은 누구인가, 문학박사 미카미 산지 이 사람이다. 개인으로서
바사익 인격과 학문은 충분하지만 그가 학술 최고의 기관으로 매해 졸업
식에 폐하의 임행을 맞이하는 제국대학 사학과의 최고석 교수로서, ……
대일본사료편찬소의 최고석 위원으로서 이번에 여론을 야기한 기타 등의
무리를 지도해야 할 중책이 있다. 국정교과서 역사부의 최고석 위원으로
서 그는 현재 역사학에서의 큰 권위로서 사학계의 패권을 한 몸에 장악하
고 있어 이 최고의 자리에서 순풍을 타고 남북조 양립의 독균을 사방팔방
에 퍼트리고 있다. …… 사료편찬과는 미카미 산지에 의해 문부성을 통해
서 궁내성의 하수인이 되었다. 이것을 어찌 단지 정윤론에 대해서만이라
고 하겠는가? 나는 학문의 독립을 위해 이것을 깊이 슬퍼하지 않을 수
없다.

元凶とは誰ぞ、文学博士三上参次これ也、個人としての博士の人格と学文とは
云ふに足らざるも、 彼が学術最高の府として年々の卒業式に陛下の臨幸を仰ぐ帝
国大学に、史学科の最高席教授として、…… 大日本史料纂所の最高席委員とし
て、今回世論を惹起したる喜田一輩を指導すべき重責ある、国定教科書歴史部の
最高席委員として、彼は現時の歴史学に於けるの大ヲーソリチーとして、史界の覇
権を一身に掌握し居り、 而して此最高処より順風に乗じて南北並立の毒バチルス
を八方に振り播きつつあるなり …… 史料纂科は、三上博士に拠りて、文部省を
通じて宮内省の御用聞となれり、これ豈独り正閏論に就てのみならんや、吾は学文
の独立のために深く之を悲まざるを得ず12)

미카미가 제국대학의 교수이자 대일본사료편찬소의 최고석 위원이
었으며 국정교과서 역사부 최고석 위원이었다는 점을 고려했을 때 그
는 사학계의 패권을 쥐고 있는 인물로서 기타를 지도해야 할 입장이라
는 점, 그럼에도 불구하고 남북병립이라는 해악을 퍼뜨리고 있다는
점을 비난하고 있다. 이와 같이 미카미 산지는 남북조정윤 논쟁으로

---

12) 後藤秀穂, 「問題は尚解決されず」, 『日本』, 1911. 3. 8. 인용은 廣木尚, 전게서, p. 29에
　　의함.

인하여 기타와 함께 비난을 받았으며 실제로 앞에서 언급했듯이 이
문제를 둘러싸고 후지사와 모토조와 회견하고 있다. 그렇다면 이 남북
조정윤 논쟁에 대한 미카미 산지의 입장은 어떤 것이었는지에 대해서
그의 역사관과 교과서를 중심으로 한 교육의 측면에서 고찰해 보고자
한다.

Ⅲ. 미카미 산지의 역사관과 교육

　남북조정윤 논쟁는 이전부터 이어져 온 대의명분 사관과 실증주의
사관의 대립이 불거진 것으로 파악할 수 있는데 제국대학의 실증적인
사관을 아카데미즘이라고 불렀다. 시게노 야스쓰구와 구메 구니타케
의 실증사관을 이어받은 대표적인 인물이 사료편찬계에 합류한 미카
미 산지였고, 그가 교과서 편찬에 관여함으로써 아카데미즘의 실증주
의가 교육에도 영향을 미치게 된 것이다.

　제1기 국정교과서『소학일본역사(小学日本歷史)』1・2는 1903년 10월
에 발행되었는데 이 교과서 편찬에 참여한 것은 미카미 산지와 사토
조지쓰(佐藤誠実) 등 실증주의 역사학자들이었다. 또한 1909년과 1910
년에 발행된 제2기 국정교과서『심상소학일본역사』편찬에도 역시 미
카미 산지가 참여하였다. 즉 미카미 산지는 국정교과서 편찬에 처음부
터 가담했던 인물로, 따라서 교과서는 제1기와 제2기 모두 남북조병립
을 인정하고 있다.

　남북조정윤 논쟁을 둘러싸고 이루어진 미카미와 기타, 그리고 후지
사와의 회견내용에 대해서는「대일본국체옹호단(大日本国体擁護団)」의
후신인 정유회(政友会)가 출판한『정윤단안국체의 옹호(正閏断案国体之

擁護)』(이하 『단안』으로 약칭함)의 「국정교과서사건수기(国定教科書事件手記)」[13]에 자세한 대화 내용이 수록되어 있다. 뿐만 아니라 미카미 자신도 잡지 『태양』(1911년 5월)에 「교과서에서의 남북정윤문제의 유래(教科書に於る南北正閏問題の由来)」[14]라는 제목으로 자신의 남북병립론의 타당성과 남북조정윤 논쟁에 대한 입장을 발표하였다.

먼저 미카미의 입장을 살펴보기에 앞서 구체적인 회견내용을 이해하기 위해서 후지사와 모토조가 작성한 질문지의 내용에 대해서 확인해 보고자 한다.

후지사와가 작성한 질문지의 내용은,

> (B) 一 신기는 가짜 물건으로 황통과 관계가 없는가.
> 二 아시카가노 다카우지는 반역의 역도가 아닌가.
> 三 근왕인 분들 구스노키, 닛타 공은 충신이 아닌가.
> 四 문부성 편찬에 달린 심상소학교용 일본역사는 국민으로 하여금 공순과 반역, 선과 악을 그르치게 하여 황실의 존엄을 손상시키고 교육의 근저를 파괴할 우려는 없는가.
>
> 一 神器は虚器として皇統と没交渉なりや
> 二 足利尊氏は反逆の徒にあらざるや
> 三 勤王の諸氏楠、新田の諸公は忠臣あらざるか
> 四 文部省の編纂にかかる尋常小学校用の日本歴史は国民をして順逆正邪を誤らしめ皇室の尊厳を傷け奉り教育の根底を破壊する憂なきや[15]

위와 같이 질문의 내용은 교과서의 역사교육 문제뿐만 아니라 삼종의 신기, 충신과 역신의 구분, 교육 문제에 걸친 것이었다.

---

13) 政友会, 전게서, pp.350-356.
14) 인용은 三上参次, 『教科書に於ける南北正閏問題の由来』, 출판사 불명, 1911에 의함.
15) 政友会, 전게서, p.342.

　미카미와 기타, 그리고 후지사와의 회견은 문부성관계자 2명과 질
문지의 작성을 종용했던 마키노, 마쓰다이라의 동석하에 이루어졌다.
미카미는 먼저 남북 양통이 병립한 것은 사실이라고 주장하고, 회견은
후지사와, 마쓰다이라, 마키노의 질문에 대하여 미카미와 기타가 답
하는 형태로 이루어졌다.

　　(C) 1) 미토번의 대일본사는 예의 대의명분의 견지에서 남조정통을 주
　　　　　장했는데 이것은 당시가 무가정치의 세상이었기 때문에 국민의
　　　　　존왕심을 환기시키기 위해서 그렇게 한 것이다. 오늘날 일본 정
　　　　　부의 세상이 되어서는 그러한 걱정은 없다.
　　　　2) 과거는 어찌됐든 미래에는 황실전범이 있다. 천황의 즉위와 그
　　　　　외의 규정이 있다. 다시 남북조와 같은 싸움은 일어나지 않을
　　　　　것이기 때문에 그것을 염려할 필요는 없다.
　　　　3) 애당초 황위에 정이 있고 윤이 있다는 것은 혁명국에서 말하는
　　　　　것으로 중국에는 이런저런 것이 있었지만 일본의 황위는 황통
　　　　　일계이기 때문에 어느 것을 정이라고 하고 어느 것을 윤이라고
　　　　　하는 것은 어렵다.
　　　　4) 모두 순수하고 바르다.
　　　　1) 水藩の大日本史は例の大義名分の見地より南朝正統を唱へしも此は当時
　　　　　武家政治の世なれは国民の勤王心を喚起せんが為に然りしなり今日日本
　　　　　政の世となりては左様なる心配はない
　　　　2) 過去は兎に角、未来には皇室典範あり天皇の御即位其の他の規定あり、
　　　　　再び南北朝の如き争は起らず故に其の心配は及ばず
　　　　3) 一体皇位に正あり閏ありといふことは革命国にていふべき事、支那には
　　　　　これあれども日本の皇位は皇統一系故に、何れが正といひ何れが閏とい
　　　　　ふ事は出来ず
　　　　4) 共に純正たり[16]

16) 상게서, pp.351-353.

1)번은 남북병립을 대의명분론의 입장에서 본다면 어떤가라는 마키노의 질문에 대한 미카미의 대답으로, 근세 무가사회에서는 국민들에게 존왕심을 환기시키기 위해 명분론이 필요했지만 천황을 중심으로 한 현재의 구도 안에서는 명분론을 내세울 필요가 없다고 주장하고 있다. 2)는 후지사와의 질문에 대한 대답으로 후지사와는 과거의 남북조시대와 같은 일이 미래에도 없다고는 할 수 없으며, 따라서 일본의 국체는 두 명의 군주의 양립을 허용할 것인가, 아니면 천황은 반드시 한 명이어야 하는가라고 질문하고 있다. 미카미는 '황실전범(皇室典範)'이 있기 때문에 과거와 같은 일은 일어나지 않을 것이라고 단언한다. 세 번째는 미카미가 정윤론에 대한 입장을 밝힌 것으로, 원래 정윤이라고 하는 것은 중국 등 혁명국에서나 있는 것으로 일본은 황통일계이기 때문에 정윤론은 성립되지 않는다고 언급하였다. 네 번째 인용문은 후지사와가 당신은 남북양립이라고 하는데 그것은 남조도 북조도 순수하고 바르다고 인정하지 않는 것이라고 한 발언에 대해서 양쪽 모두 '순수하고 바르다'고 답하고 있는 부분이다. 이러한 미카미의 남조정통론파에 대한 대답의 의미를 좀 더 구체적으로 살펴보기로 하겠다.

내가 생각하기에 남북조는 역사적 사실로서는 어디까지나 병립이다. 지묘인통과 다이카쿠지 남조의 황통도 동시에 양쪽으로 천황이 되셨다. 공경들도 양쪽으로 분속되어 있었다. 장군과 병사도 그렇다. 천하의 백성도 또한 어떤 이는 남조의 달력을 따르는 자도 있고 어떤 이는 북조의 연호를 따르는 자도 있다. 이것은 역사상의 사실로 누가 뭐라고 해도 변하지 않는 것이다. 단 이보다 더 나아가 황실, 장군과 병사들이 생각하는 것, 언동 등에 비평을 가할 때 처음으로 충신, 간신, 악과 선, 또는 정윤의 문제가 발생하는 것이다.

我輩思ふに南北朝は歴史上の事実としては何処までも並立である。持明院大覚

寺南御皇統の御方々同時に両方に天皇であらせられた。 公卿衆も両方に分属して
居た。将士もそうである。天下の民も亦或は南朝の正朔を奉ずる者もあり。或は北
朝の年号に従うて居た者もある。これは歴史上の事実で、誰れが何んといつても動
かない所である。ただこれより進んで皇室の御事将士の心事言動などに批評を加ふ
るに及んで、始めて忠奸邪正若くは正閏の問題が起るのである。[17]

　위의 인용문에서 그는 역사상의 양통병립은 사실이며, 단 황실과
무사의 마음과 사실, 그리고 언동 등에 비평을 가함으로써 충(忠)과
간(奸), 사악함과 올바름, 정윤의 문제가 생기는 것이라고 하고 있다.
이것을 앞서 예로 든 인용문(C)의 3) 부분에서 일본에서 정윤론은 문
제가 될 수가 없다는 견해와 함께 생각해 볼 수 있는데, 또한 이러한
미카미의 주장은 다음과 같은 결론으로 이어진다.

　　(D) 대의명분은 본디 중요한 것이다. 그러면서 이것을 유일한 이유로
충분히 사실을 밝히지 않고 ① **제멋대로 역대의 일의 옳고 그름을 논하는
것은 역시 일본 국민으로서 온당하지 않다고 생각한다.** 그렇다. 일본 신민
의 입장으로서는 역시 결코 온당하지 않다고 확신한다. ② **따라서 황통정
윤에 대한 것은 메이지유신 이후 오늘날에 이르러서는 우선 소학 아동 등
에게는 말하지 않는 것이 상책일 것이다.**
　　大義名分はもとより大事である。 さりながら、之を唯一の理由として十分に史
実を明かにせず、① 妄りに御歴代を是非し之をし奉るに至つてはやはり日本の国
民として不穏当の事と思ふ。 然り我輩は日本国の臣民の分としては決して穏当で
無いと確信する。 ② 故に皇統正閏の事は御一新後の今日に在つては先づ小学
児童などにはいはぬ方が得策であろう。[18]

　①에서 그는 황통에 대해서 옳고 그름을 논하는 것은 일본의 신민으

---

17) 三上参次, 전게서, 1911, p.2.
18) 상게서.

로서 절대 온당하지 않은 일이라고 언급하고 있다. 이어서 ②에서는 앞의 논리를 바탕으로 해서 황통정윤에 대해서는 소학교육에서는 언급하지 않는 것이 좋다는 생각을 피력하고 있다. 이러한 내용을 고려해 볼 때 미카미 산지의 실증주의 역사관은 반드시 대의명분 사관과 대치되는 것이 아니라는 점을 알 수 있다. 『대일본사』의 대의명분 사관이 남조와 북조라는 황통을 논의의 중심으로 삼아 역사관을 전개해 나간 것에 반해 미카미 산지는 천황의 신민으로서 황통을 논의의 소재로 삼는 것조차 불경스럽다는 입장을 보이고 있어, 오히려 기존의 대의명분 사관보다도 더욱 확고한 천황숭배의 형태를 띠고 있다고 판단된다.[19] 실증주의라는 입장에서의 남북병립을 주장한 것이 대의명분 사관보다도 견고한 천황의 권위인정으로 이어지고 있는 것이다.

또한 위의 인용문에서는 황통에 대한 절대적인 신성성을 바탕으로 한 미카미의 교육관을 엿볼 수 있다. ②의 교육에서 황통정윤에 관해서 언급하는 것이 현명한 계책이 아니라고 한 것과 그가 남북병립론을 주장한 데에는 사실 그 자신이 이야기 하고 있는 것처럼("북조의 천황을 너무 폄하하면 계보도를 교과서에 실을 경우, 아동들이 이것을 보고 천황을 비롯한 황족 분들이 그 자손인 것에 대해서 이상하게 느낄 우려는 없을까."(「余りに北潮の天皇を貶しては御系図を教科書に載せたりする場合には児童は之を見て至尊をはじめ奉り皇族の御方々が其御子孫であらせらるることに異様の感を起すの慮はないか」))[20] 메이지 천황이 북조의 황통을 이어받아 자칫하면 그 권위를 실추당하는 사태가 벌어지지는 않을지 우려했기 때문이었다. 따라서

19) 미카미 산지의 남북조정윤 논쟁 인식에 관해서 고찰한 연구로는 池田智文, 전게서가 있다. 이케다 씨는 미카미의 입장이 기존의 미토학 국체론자의 남조정통론의 범주에서 벗어나고 있지 못하다고 결론짓고 있어, 본 논문과는 그 결론에 있어서 차이를 보이고 있다. 미카미의 황통에 대한 절대적 권위의 보장은 이후 그의 메이지 천황에 대한 숭배를 통해 드러난다고 할 수 있다.
20) 三上参次, 전게서, 1911, p.16.

근대 이후 절대적인 천황의 권위보증을 위해서는 황통을 문제 삼아서
는 안 된다는 것이 그의 입장이었다는 것을 알 수 있다. 이러한 교육관
은 역사학의 입장과 교육에서의 역사와는 별개라는 주장으로 구체화
되고 있다.

(E) 보통교육에서 역사는 사학과는 별개이다. 나는 역사적 사실로서
믿는 것은 오른쪽과 같이 양조 병립이지만 이것을 풍속과 교화를 위해
특히 소학교 교육에 실시할 때에는 그것과 이것과는 자연히 별개이다.
그것은 나도 충분히 알고 있다. 이것은 국정역사교과서의 다른 부분이
어떻게 다루고 있는지를 보면 아무리 욕하는 것을 좋아하는 사람이라도
잘 이해할 것이다. 그렇다면 남북조에 대해서도 단지 사학자의 논의를
꺼낸 것이 아니라 오늘날의 경우 국민 도덕을 가르칠 때에도 역시 당분간
사실 대로 이야기하는 편이 좋다. 일본 신민은 황실에 대해서는 제멋대로
참견을 해서는 안 된다. 특히 왕정유신 후 오늘날에는 소학교 아동 등에
게는 마사시게, 요시사다, 다카우지, 다다요시의 충성과 간신, 옳고 그름
을 논해야 한다. 양조의 황실 사이에는 간단하게 정윤, 경중을 논하지
않는 것이 좋다는 취지로 원안에 동의했던 것이다.

普通教育上の歴史は史学とは別である。我輩が史実として信ずる所は右の如く両
朝並立であるとしても、之を風教の上殊に小学校教育に施すに当つては彼と此とは
自ら別物である。それは我輩も十分承知して居る。此は国定歴史教科書の他の部分
が如何に取扱はれて居るかを見れば如何に悪口好きの人も能く分るであろう。されば
南北朝に就いてもただ史学者の議論を持出したのではなく、今日の場合国民道徳を
教ふる上に於てもやはり姑らく事実のままに語る方がよろしい。日本の臣民は皇室
の御事には妄りに容喙してはならぬ。 特に王政維新後の今日に在つては小学の児
童などには正成義貞尊氏直義の忠奸邪正をこそ説くべけれ両皇室の御間には容易
く正閏軽重を云はぬ方がよろしいとの趣意で原案に同意したのである。[21]

---

21) 三上参次, 전게서, p.4.

　　그는 양조병립이라는 것을 역사상의 사실로 믿고 있었지만 교육과 역사학계는 별개의 것으로 교과서에 양조를 병립해 놓은 것도 정윤론을 논하고자 한 것이 아니라 국민도덕을 가르치는 데에 사실을 쓰는 것이 타당하기 때문이라고 주장하였다. 이어서 그는 신민으로서 황통의 정윤에 대해서 화제를 삼아서는 안 된다는 입장을 밝히고 어디까지나 교육에서는 충신과 간신 등의 예를 들어 설명하는 충효, 도덕교육을 실시해야 한다는 입장을 밝히고 있다. 이와 같이 볼 때 미카미의 역사교육관은 도덕교육이라는 측면에서 생각해 보면, 역사를 왜곡하지 않고 있는 그대로를 제시하는 것이 바람직하지만 역사적 사실을 교육하는 것에 목적이 있는 것이 아니라 충효교육을 위해 역사를 이용하는 것으로 판단된다. 이러한 현상은 역사학이라는 학문과 역사교육의 분리뿐만 아니라 근대 역사교육 자체의 부재를 상징하는 것이라고 할 수 있다.

IV. 『다이헤이키』 세계의 재생산

　　앞장에서 살펴본 미카미 산지의 역사관과 교육은 사실 대의명분 사관과 실증주의 사관의 대립이라는 문제만을 포함하고 있는 것은 아니었다. 이러한 양 사관의 대립에는 근본적으로 반복되어 온 역사적 현상이 내재되어 있고, 이것이 다시 재생산되고 있다는 것을 유념해야 할 것이다. 『대일본사』의 대의명분 사관에 의하면 남조를 정통으로 상정한 이상, 남조를 위해 끝까지 헌신한 구스노키 마사시게와 닛타 요시사다 등은 충신이며 북조의 아시카가 다카우지는 조정의 적일 수밖에 없었다. 이와 같은 관념이 존왕론과 결합되어 발전한 것은 주지

의 사실인데 문제는 이러한 현상이 단지 근세기에만 일어나는 것은
아니고[22] 근대에도 반복되고 있다는 점이다. 본장에서는 남북조정윤
논쟁을 둘러싸고 『다이헤이키』의 세계를 둘러싼 담론이 어떻게 재생
산되고 있는지에 대해서 고찰해 보고자 한다.[23]

전게 본문(E)에서 소학교 교육을 위해서는 충신과 간신을 구분하여
그 윤리관을 가르쳐야 한다는 것과 그 예로서 4명의 인물이 거론되고
있다는 점에 주목하고 싶다. 이 4명은 『다이헤이키』의 등장인물들이
다. 앞서 살펴본 바와 같이 천황의 권위에 도전하는 대역사건을 계기
로 하여 남북조정윤 논쟁이 발생한 것이기 때문에 그 논의는 천황에
대한 충성과 교육이라는 측면이 강조되지 않을 수 없었다. 『요미우리
신문』의 사설에서도 교과서 문제를 지적한 뒤 다음과 같은 주장이 이
어지고 있는 것에 유의하고자 한다.

그런데 이 경우에 나에게는 의아해서 견딜 수 없는 일대 사건은 오는
4월부터 새롭게 심상소학생에게 부과해야 하는 일본역사 교과서에 문부
성이 단연코 선례를 깨고 남북조의 황위를 대등시하여 그 결과 구스노키
부자, 닛타 요시사다, 기타바타케 지카후사, 나와 나가토시, 기쿠치 다케
토키 등 충신을 역적 다카우지, 다다요시 등과 대등시하는 것에 있다.
하늘에 두 개의 해가 없는 것과 마찬가지로 황위는 유일하고 신성하여
나눌 수 없다.
然るに茲に吾輩の怪訝に堪へざる一大事件は、来四月より新に尋常小学生に課す
べき日本歴史の教科書に、文部省が斷然先例を破って南北朝の皇位を対等視し、其
結果楠父子、新田義貞、北畠親房、名和長年、菊池武時等諸忠臣を以て、逆賊尊氏、

---

22) 근대 이전의『다이헤이키』세계의 반복에 대해서는 兵藤裕己, 전게서를 참조하기 바람.
23) 이러한 현상에 대해서는 廣木尚, 전게서의 지적이 있는데, 본 논문에서는 이와 같은
    선행논문을 바탕으로 막말근대기의 사상을 파악함으로써 그것이 정윤론 문제로 어떻게
    이어지고 있는지를 좀 더 면밀히 다루고 있다.

直義輩と全然伍を同うせしめたるに在り。天に二日なきが若く、皇位は唯一神聖に
して不可分也。

이 사설의 요지는 남북조의 황위를 대등하게 취급하면 그 결과 구스
노키 마사시게 부자와 같은 충신이 역적인 다카우지와 다를 바 없다는
것이다. 이러한 사설의 주장을 바탕으로 후지사와 모토조가 작성한
질문지에도 구스노키 마사시게, 닛타 요시사다는 충신이 아닌가, 아
시카가 다카우지는 역적이 아닌가 하는 내용이 담겨있는 것이다(전게
본문(B)). 메이지 천황은 남조를 정통으로 인정하고 구스노키 마사시게
를 1868년에 정1품(正一品)으로 승격시켰으며 1872년에는 그를 모신
미나토가와 신사(湊川神社)를 건립하였다. 특히 남조를 정통으로 인정
한 가운데 『교육칙어』를 중심으로 한 충효교육은 이러한 남조의 충신
과 북조의 역적과의 대립구도를 통해서 역설되어 왔다는 점에서 구스
노키 마사시게와 아시카가 다카우지의 충신시비가 심각한 교육 문제
로 대두되었던 것이다.

후지사와는 미카미 산지와의 회견에서도 『다이헤이키』의 등장인물
의 충신 여부에 대해서 물어보는데 이에 대해서 미카미는 "아니, 다카
우지 무리들은 충신이라고 할 수 없다. 다카우지는 원래 무가정치의
재흥을 원한 자, 자기의 사심을 이루기 위한 자, 충신이라고 할 수 없
다.(「否尊氏の徒は忠臣とすべからず尊氏はもと武家政治の再興を欲したるもの、
自己の私心を果たしたるもの、忠臣とすべからず」)"24)라고 언급하고 있다.

그러나 문제는 남북조정윤논쟁에서 이와 같이 『다이헤이키』에 나온
등장인물의 충신 여부에 대한 논의로 끝나는 것이 아니라 남조정통론
을 부정하는 이들에 대한 비판에도 『다이헤이키』의 세계관이 적용되

---

24) 政友会, 전게서, p.353.

고 있다는 것이다.

　　문부성 지정의 어용학자 제군의 영리한, 달변의, 그러면서 뻔뻔한 제
군들은 바야흐로 어용의 덕으로 또한 어용문서를 만들었다. 권력은 바야
흐로 당신들의 지휘자이다. 권력은 제군들의 꼭두각시이다. 꼭두각시의
줄을 오른쪽으로 당기면 제군들은 오른쪽을 향하고, 왼쪽으로 당기면 왼
쪽으로 향한다. 충성과 간악함과 의와 적, 제군들에게는 자신들의 표준
이 없다. 제군들은 기만하여 아시카가 다카우지의 찬양자가 된 것이다.

　　文部省指定の御用学者諸君の怜悧なる、能弁なる、而して厚顔なる、諸君は今
　や一の御用徳にして、又、御用書なり。権力は今や諸君の指揮者なり。権力は諸
　君の傀儡子なり。傀儡子の糸右すれば諸君は右を向き、左すれば左を向く、忠と
　奸と義と賊と諸君に於て諸君の標準なし。　諸君は欺くして足利尊氏の謳歌者とな
　れり。25)

　여기에서 미카미 산지, 기타 사다키치 등의 교과서 편찬과 관련된
인물들이 아시카가 다카우지의 역신의 이미지와 오버랩되어 표현되고
있는 현상을 볼 수 있다. 또한 이러한 현상은 가쓰라 내각에 대한 비판
의 목소리에서도 확인되는 것으로 "입으로만 충신인 척하는 관료정부
(口先のみの忠君者たる官僚政府)"26)라는 표현과 같이 비난의 표적이 되었
다. 이와 같이 『다이헤이키』의 등장인물인 아시카가 다카우지와 가쓰
라 내각, 교과서 편찬위원들을 역적으로 모는 이들은 반대로 자신들에
대해서는 그들과 대결하는 충신으로 인식하고 있다.

　　정부가 갑자기 그림을 고친 것은 단체 밖에서의 지사의 운동에 의해,
신문지의 공론에 의해 의회의 형세에 의한 것이라고 해도, 또한 이 단체

25)「時勢の変化」, 『日本』, 1911.3.15. 인용은 廣木尚, 전게서, p.20에 의함.
26) 政友会, 전게서, p.372.

가 은연중에 이것의 중구를 이루었기 때문으로 설령 정의로운, 미력한 소수리 하더라도 역시 천하를 움직이기에 충분한 것은 내가 이 단체에서 얻은 교훈이다. (중략) 국가의 녹위를 감사하고 직무를 지키는 자로서 오히려 어떤 자는 가정의 편의를 꾀하고, 어떤 자는 권문의 개가 되고, 어떤 자는 국체를 해하는 자가 있어 자칫 잘못하면 생명을 잃는 것도 두려워하지 않고 국가를 걱정하는 존경스러운 인물이 재야에서 나온 것은 우연한 조종의 은혜가 세상의 덕을 갖춘 사람에게 스며드는 것의 깊이를 보는 것이다.

夫れ政府をして幡然図を改めしたる者は団外に於ける志士の運動により、新聞紙の公論により、議会の形勢によると雖も、亦此団体が隠然之が中枢を為せしに因らずんばあらず、苟も正義の在る所微力少数と雖も尚ほ天下を動かすに足ることは、余が此団体に受けたる教訓なり (中略) 国家の禄位を忝ふし職守ある者にして反て或は身家の便を謀り、或は権門の狗となり、或は国体を誤る者あるに当り、一歩を誤れば生命を失ふも顧みず、国家を憂ふるの士草莽の中に出でたるは適々以て祖宗の余沢今生の至徳人に入るの深きを見るなり。[27]

이것은 국체옹호단의 후신인 정우회의 멤버가 주장한 것으로 자기 자신들을 미력한 소수의 단체로 정의하고, 이들이 천하를 움직일 수 있다고 자부하고 있으며, 자신들이야 말로 정부와 대치하고 있다는 것을 피력하고 있다. 즉 여기에서도 여론의 힘을 받아 활동하는 국체옹호단과 정부와의 대립, 다시 말해서 구스노키 마사시게와 아시카가 다카우지와 같은 조적과 충신의 대립구도를 답습하고 있는 것이다. 이와 같은 논조는 사상의 철저한 단속을 주장하며 「교육칙어」를 중심으로 한 가족주의적 국가관을 지지했던 많은 이들이 공통적으로 보이는 태도로, 1910년에 일어난 대역사건 이후 사회주의를 개인주의로 간주하고 국가주의를 강화하기 위해서 수신교과서를 개정하고자 그

---

27) 政友会, 전게서, p.4.

이론적 바탕을 마련했던 이노우에 데쓰지로(井上哲次郎) 등을 통해서도 공통적으로 나타나고 있다.[28]

　이러한 사상은 메이지유신 자체를 어떻게 규정하고 있는지에 대한 논의와도 관련되어 있는데, 예를 들어 후지사와에게 국회에서 질문할 질문지의 작성을 요구한 마키노 모토지로의 경우, 「남조정통사상과 유신대업의 관계－이와 함께 유신사료편찬위원 미카미 씨에게 묻는다－(南朝正統思想と維新大業の関係ー兼ねて維新資料編纂員三上氏に質すー)」라는 제목과 같이 남북조정윤 논쟁과 유신의 관계를 문제시하고 있다.

　　고 이와쿠라 (도모미) 우부가 처음으로 동지와 함께 왕정복고의 업을 꾀하자 자주 겐무의 중흥에 따라야 한다고 했는데 공(公)의 주된 참모자인 다마마쓰 미사오는 덕망을 잃은 역사다. 어째서 따라야 하는가, 바로 직접 진무 천황이 계시던 옛날로 돌아가야 한다고 하셨다. 공은 결국 그 말에 따라서 비상시의 대개혁을 실행하기에 이르렀다. 사카모토 료마는 삿초 동맹을 꾀하여 이루고 유신의 대업에 뛰어난 업적을 세운 존경스러운 인물인데 일찍이 동지에게 말하기를 지금 막부를 무너뜨리는 것은 어렵지 않다. 단 막부가 이미 무너진 후 천하 조종의 좋은 점을 잃을 때에는 반드시 다시 공경정치의 세상이 된다. 그럴 때에는 겐무의 실패를 답습하고 싶지 않다고 해도 그럴 수 없고, 북조가 있었던 후에 또 아시카가를 낳았다. (중략) 또한 당시의 지사가 얼마나 겐무의 실정을 염두에 두고 경계의 견본으로 삼았는지를 보아야 한다.

　　故岩倉右府の初めて同志と共に至政復古の業を策するや、宜く建武の中興に則るべしと云はれたりしに、公の謀主たる玉松操は、此れ失徳の歴史なり、何そ則るに足らん、当さに直ちに神武天皇の昔に復すべしと云はれしが、公は竟に其の言に従ひて、非常なる大改革を実行するに至れり阪本龍馬は薩長同盟を策成して、維新の大業に偉功ありし士なるが、嘗て同志に告げて曰く、今や幕府を倒すは難しか

---

28) 渡辺善雄, 「大逆事件・南北朝正閏問題」, 『別冊国文学』 37, 1989, p.172.

らず、但幕府既に倒れて後ち、天下操縦の宜きを失ふときは、必ず再び公卿政治の
世とならん然る時は建武の覆轍を演ぜざらんと欲するも得べからず、是れ北条の後
復た足利を生するなり（中略）亦以て当時の志士が如何に建武の失政を念頭に置き
て鑑戒となしたるかを見るべし。29)

　마키노는 사카모토 료마(坂本龍馬)의 일화를 예로 들어 당시의 지사
들이 겐무의 중흥을 얼마나 의식하고 있었는지, 또한 겐무의 중흥처럼
아시카가 다카우지와 같은 역적의 등장을 막는 것이 메이지유신에 임
하는 지사들의 각오였다는 것을 역설하고 있는 것이다.
　천황 권력의 복권은 막부 말기와 유신 초기의 지사들에게『다이헤
이키』에 등장하는 고다이고 천황(後醍醐天皇)이 일으킨 겐무의 중흥으
로 인식되고 있었으며, 이것은 남북조정윤 논쟁에서 메이지유신에 대
한 의의와 밀접하게 관련되어 있었던 것이다. 사카모토 료마가 아시카
가 다카우지와 같은 조적의 등장을 막고자 했던 논리는, 바꾸어 말하
면 그 자신을 충신인 구스노키 마사시게와 오버랩시키는 것이기도 하
며 이러한 구도가 1911년에 벌어진 남북조정윤 논쟁에서도 재생산, 반
복되고 있는 것이다.
　당연히 미카미 산지 역시 자신을 비롯하여 기타 사다키치 등을 역적
으로 몰아가는 분위기를 파악하고 있었으며, 따라서 남북조정윤과 충
군에 대한 견해를 다음과 같이 밝히고 있다.

　게다가 또한 이것을 청일, 러일 양 대전의 군사행동에 대해서 생각해
도 알 수 있다. 이 양 대전에서 우리 병사들은 충용무쌍하다는 사실을
보여준 것이다. 그들의 염두에는 마사시게, 다카우지의 구별이 확실히
있었을 것이다. 그러나 양 황실의 정윤이라는 것에 대해서는 유신 전의

---

29) 政友会, 전게서, pp.103-104.

지사와, 외사와 일본정기를 읽은 사람만큼 이 점에 대해서 깊이 생각하고 있었는지는 문제이다. 양 황실의 경중을 논하고 이것의 우열을 가리지 않더라고 군국을 진심으로 아끼는 것은 충분히 가능하다.

更に又誠に之を日清日露の両大戦役について考へても分る。この両役には我兵士は忠勇無双といふ事実を示したのである。彼等の念頭には正成尊氏の区別ははつきり有つたであろう。しかし両皇室の正閏といふ事に就いては御一新前の志士や、外史や日本政記を讀んだ人ほど深く之を考へて居たかどうかは問題である。両皇室を軽重し之を軒軽せずとも君国に忠愛なることは十二分に出来るのである。[30]

청일전쟁과 러일전쟁의 예를 들어 병사들은 용감무쌍하게 활약했으며, 또한 아사카가 다카우지와 구스노키 마사시게를 확실하게 구분하고 있었을 것이라고 논한 뒤, 그들은 정윤문제에 대해서는 그다지 생각하지 않았을 것이며 따라서 천황에 대한 충성은 정윤문제와는 별개로 충분히 가능하다는 것이다. 즉 미카미 산지는 천황의 정윤문제에 관해서는 신하가 된 자의 도리로서 불문에 부쳐야 마땅하며 교육에 관해서는 충효교육을 실시하는 데에 동의하고 있는 것이다. 이후 그는 국정교과서 편찬에는 직접적으로 관여하지 않지만 그렇다고 해서 그가 교육의 장에서 물러난 것은 아니었다. 다음 장에서는 그의 교육관이 남북조정윤 논쟁 이후 어떻게 드러나고 있는지에 대해서 고찰해 보고자 한다.

V. 메이지 천황과 구스노키 마사시게의 숭배

제2기 『심상소학일본역사』 안의 「남북조」 표기가 「요시노 조정(吉野

---

30) 三上参次, 전게서, 1911, p.6.

の朝廷)」으로 바뀐다는 결정이 이루어진 후, 미카미 산지는 교과서조사
위원(教科書調査委員)을 사임한다.

그러나 앞서 살펴본 미카미의 충효 교육관은 당시의 남조정통론을
주장하는 이들과 맥을 같이하는 것으로, 따라서 그의 교육관을 피력할
자리를 완전히 잃어버린 것은 아니었다. 오히려 그것은 좀 더 폭넓은
계층을 대상으로 그의 저서나 문장을 통해서 알려지게 된다.

> 문장원의 장이 이전에 많은 사람들에게 효경 강의를 했을 때 나는 이것
> 을 너무나 기뻐하여 짧은 문장을 만들어 그 서적을 세상에 권한 적이 있
> 다. 그 문장 안에 나는 이 서적을 세상에 널리 유포하는지 아닌지에 따라
> 서 국민의 심신이 건전한지 아닌지를 점치고 싶다는 취지의 말을 한 적이
> 있다. (중략) 실제로 부모님에게 효도하는 마음을 옮겨 이것을 가지고
> 주군을 섬긴다면 이것이 곧 충이다. 충신을 효자의 가문에서 찾는다는
> 말도 결국 이 뜻에서 나온 것이다.
>
> 文章院主人が、曩に孝経講義を公にせられた時に、予は大に之を喜び、一文を
> 草してその書を世に推奨したことがある。その文中に、予は此の書の広く世に流布
> すると否とに依って、国民の心神の健全なりや否をトひたいとの趣を述べたことで
> ある。(中略) 実に、親に孝なる心を移し、之を以て君に事へたならば、是れ即ち忠
> である、 忠臣を孝子の門に求めるといふ言葉も、 畢竟この意義から出たものであ
> る。[31]

이와 같이 저서를 통해서 「교육칙어」 반포 이래로 강조해 왔던 충효
사상을 저술활동을 통해서 드러내고 있다. 뿐만 아니라 그는 1932년
에 귀족원 의원(貴族院議員)에 당선되는데 교육을 통한 사상 강화에 그
가 얼마나 많은 힘을 쏟았는지는 다음의 기사를 통해서 확인해 볼 수
있다.

---

31) 三上参次, 「忠孝一致」, 渡部求 編, 『忠経講義』, 文章院, 1923, pp.53-54.

내 질문은 고등교육에서 보통교육에 이르기까지 모든 일본적 교육에
서 그 한마디가 모든 것을 대변한다. 국어의 신장이 국위의 발전을 나타
내는 이상, 국어 존중에 임하고 독자적인 일본적 교육을 확립하는 것이
사상의 선도라는 면에서 치안유지법 개정 이상으로 영향력이 있다고 확
신한다.

私の質問は高等教育から普通教育にいたるまですべて日本的教育であれの一語
に尽きるのである、国語の伸張は国威の発展を示すものなる以上国語尊重につとめ
独自の日本的教育を確立することが思想善導上治安維持法改正以上に力強いもの
と確信する。[32]

인용문은 좀처럼 가결되지 않았던 예산안이 가결되는 과정에서 미
카미 산지가 교육예산에 대해서 질문한 부분이다. 이것은 국어교육의
강화에 대한 자신의 의견을 밝힌 것으로, 그러나 그의 이러한 주장은
단지 국어교육에만 한정된 것이 아니라 일본적 교육, 즉 외국 모방적
교육의 폐해를 막아야 한다는 신념에 바탕을 둔 것이었다. 여기에서
주목해야 할 것은 이러한 구미의 모방적 교육에 대해서 가장 위기감을
느끼고 그것을 제도적, 내용적으로 수정하려고 했던 사람이 바로 메이
지 천황이었다는 점이다. 미카미 산지가 1933년경에 쓴 「메이지 천황
의 성덕(明治天皇の御聖徳)」[33]이라는 글에는 다음과 같은 부분이 확인
되어 그가 메이지 천황의 교육적 신념을 강하게 의식하고 있었다는
사실을 알 수 있다.

지금까지는 구미의 물질문명을 유입하는 것에만 몰두하고 있었지만
그것을 바로잡아 재래의 도덕을 존중하고 충효인의를 도입하여 보통교육
을 추진하게 되었습니다. 이에 대해서는 메이지 천황이 상당한 관심을

---

32) 「政府原案のまま厖大予算愈よ成立」, 『大阪朝日新聞』 1934.3.15.
33) 国史研究会 編, 『岩波講座日本歴史』 8, 岩波書店, 1933-1935.

가지고 있습니다. 이 메이지 13년, 14년의 학칙, 교원수칙 등이 나왔을 때에 메이지 천황은 당시의 문부성 장관 후쿠오카 다카치카를 부르셔서 짐이 전 문부성 장관 데라지마에게 명령해 두었는데 이번에 드디어 실현 되어 굉장히 만족스럽다. 소학교 교육에서 처음부터 서양의 역사를 부과 했던 것을 관두고 우선 일본역사를 가르치게 된 것은 매우 만족스럽다.

これまでは欧米の物質文明ばかりを輸入することに没頭して居ったけれども、それを矯めて在来の道徳を重んじ、忠孝仁義を取り入れ、普通教育を進めなければならぬといふことになつたのであります。これについては明治天皇が頗る御関心が多いのであります。この明治十三年、四年の学則、教員心得等が出ました時に、明治天皇は時の文部卿福岡孝弟を召されて、朕が前の文部卿寺島に命じて置いたことが、今度漸く実現することになつて、至極満足である。小学校の教育に於いて、最初から西洋の歴史を課してをつたのを止めて、先づ日本歴史を教へるといふ風になつたことは、至極満足である。(19)

인용문은 1880-1881년에 개정교육령이 만들어지고 발포될 때까지 의 경위를 서술한 문장의 일부분으로, 일본의 학제가 기본적으로 프랑 스의 학제를 그대로 모방한 것이라는 점에 불만을 가지고 있었던 메이 지 천황이 문부성 장관에게 서양의 역사가 아닌 일본의 역사를 가르쳐 야 한다는 점을 지시하고, 그 결과 충효인의(忠孝仁義)라는 도덕교육을 실현하게 된 점에 대해 천황이 매우 만족했다는 사실이 서술되어 있 다. 뿐만 아니라 이 인용문 뒤에는 메이지 천황이 얼마나 국민교육에 관심을 기울이고 있었는지, 그것이 결국에는 충효사상을 바탕으로 한 「교육칙어」의 제정으로 이어졌다는 것이 강조되고 있다. 미카미 산지 는 메이지 천황이 일본 독자의 교육 확립을 주도한 점을 들어 그의 성덕으로 소개하고 있는 것이다.

미카미가 작성한 이 「메이지 천황의 성덕」이라는 글에는 천황의 성 덕으로 다양한 업적이 소개되고 있다. 이와 같은 메이지 천황에 대한 자세한 업적의 소개와 천황에 대한 숭배는 그가『메이지천황기(明治天皇紀)』의 편찬에 관여했다는 점과 밀접한 관련이 있다고 볼 수 있다.

1914년에 궁내성(宮内省) 안에『메이지천황기』를 편찬하는 임시수사국(臨時修史局)이 만들어진다. 이것은 1916년 임시제실편수국(臨時帝室編修局)으로 개칭되어 1933년까지 존속된다. 미카미 산지는 1926년에 편찬 작업에 가담하여 임시제실편수관장으로 임명되는데 그는 천황기(天皇紀)는 천황에 대해서 서술하면서도 역사가 반영되어야 한다는 입장을 취하고 있었다.[34] 그가『메이지천황기』편찬 사업에 발탁된 이유는 바로 쇼와 천황(昭和天皇)에게 그가 메이지 천황의 성덕에 대해서 진강(進講)을 해 온 것이 높은 평가를 받아 천황 측에서 그를 적극적으로 추천했기 때문이었다.

미카미가 쇼와 천황에게 진강을 한 것은 황태자 시절을 포함하여 총 24회였다(1924-1932). 그리고 그 내용은 3회를 제외하고는 모두 메이지 천황의 성덕에 관한 것으로, 이것이 쇼와 천황의 입헌군주교육에 상당한 영향을 미쳤음을 짐작해 볼 수 있다.[35] 즉 미카미 산지에게 군주로서의 이상적인 모습을 한 사람은 메이지 천황이었으며 이것이 그의 메이지 천황 숭배로 이어지는 것이다.

이와 같이 미카미 산지의 메이지 천황에 대한 존경심은 쇼와 천황에게도 영향을 미쳤다는 것을 언급했는데, 뿐만 아니라 그는 메이지 천황이 강조한 충효사상을 바탕으로 국민의 정신교육을 몸소 실천해 나갔다. 앞에서도 언급한『다이헤이키』의 등장인물, 고다이고 천황을 위한 충성을 맹세하고 죽음에 이른 구스노키 마사시게는 바로 메이지

34) 渡辺幾治郎,『明治史研究』, 楽浪書院, 1934, pp.374-375.
35) 진강의 내용과 그 영향에 대해서는 髙橋勝浩,「三上参次の進講と昭和天皇: 明治天皇の聖徳をめぐって」, 明治聖徳記念学会, 1995를 참조하기 바람.

천황의 교육관을 상징하는 인물이었던 것이다. 미카미 산지의 국민교
육은 구스노키 마사시게라는 인물상과 그 정신을 알리는 것을 통해서
적극적으로 이루어져 갔다.

일본 최초의 문학사인 『일본문학사(日本文学史)』[36]와 1909년에 저술
된 『가마쿠라문명사론(鎌倉文明史論)』[37]에서 미카미는 구스노키 마사
시게의 위대함을 역설하고 있다.

> 마사시게라는 사람이 생전부터 위대한 사람이었던 것은 말할 필요도
> 없다. 다이헤이키가 그것을 나타내고 있다. 단지 다이헤이키가 마사시게
> 를 위대한 사람으로 쓰고 있을 뿐만 아니라 북조 측의 서적인 바이쇼론도
> 마사시게가 전사할 때에는 충분히 슬픔을 표현하고 존경심을 드러내고
> 있다.
> 正成といふ人は生前から偉大なる人であった事は申す迄もない、太平記がそれを
> 示して居る、ただ太平記が正成を偉大なる人として書いて居るのみならず、北朝側
> の書物なる梅松論といへども、正成の討死の時には十分に悲しみを表し尊敬を払つ
> て居る、(373)

그는 구스노키 마사시게의 위대함은 『다이헤이키』의 기록뿐만 아니
라 아시카가 다카우지에 대한 찬양을 의식하여 서술된 『바이쇼론(梅松
論)』에서도 확인되고 있다는 것을 강조하고 있다.

이와 같은 구스노키 마사시게에 대한 미카미 산지의 숭배를 가장
단적으로 보여주는 것이 1935년에 이루어진 난코육백년제(楠公六百年
祭)를 기념한 그의 활동들이다. 전년도인 1934년은 구스노키 마사시게
가 죽은 지 600년이 되던 해로, 그것을 기념하여 1935년에 대대적인

---

36) 三上参次, 高津鍬三郎 他, 전게서, 1890, pp.94~95.
37) 三上参次, 『鎌倉文明史論』, 三省堂, 1909.

기념행사가 전국 각지에서 이루어졌다. 또한 1934년은 겐무중흥육백년제(建武中興六百年祭)가 열린 해이기도 했다. 미카미 산지는 기념행사에 적극적으로 참여하여 구스노키 마사시게에 대해서 강연을 하는 등 활발한 활동을 벌인다. 그 대표적인 것으로 이 육백년제를 기념하여 발족된 도쿄난코회(東京楠公会)의 멤버로 활동하며 이 모임의 이사직을 맡고 있었던 것을 들 수 있다. 도쿄난코회의 보고에 따르면[38] 이 조직은 1934년 6월 1일부터 1935년 11월 31일까지 육백년제를 위한 다양한 행사를 개최하고 있는데, 그 중에서 미카미는 구스노키 마사시게의 정신보급을 목적으로 1934년 11월 9일 군인회관에서 열린 중학교 교장을 초대한 토론회에 참석하고 있다. 뿐만 아니라 이사로써 예회(例会)에 참가하고 있으며 1935년 5월 18일에는 도쿄 메이지신궁외원(明治神宮外苑)의 일본청년관에서 열린 다이난코제(大楠祭) 및 대강연회에도 참가하고 있다. 또한 25일에는 미나토가와 신사에서 주최한 육백년제에도 참례하고 그 전날에는 구스노키 마사시게에 대한 강연회를 열었다.

이와 같은 미카미 산지의 구스노키 마사시게를 둘러싼 활동들은 구스노키 마사시게의 인물에 대한 숭배에 그치는 것이 아니라 최후까지 천황을 위해 목숨을 마친 그의 위대함을 알림으로써 그 정신을 알리고 국민의 정신교육에 이바지하고자 했던 의도를 드러내는 것이라고 할 수 있다. 그리고 이것은 미카미에게 이상적인 군주였던 메이지 천황의 교육에 대한 신조와 의지를 몸소 실천하고자 했던 그의 의식에서 비롯된 활동들로 파악할 수 있을 것이다.

---

38) 東京楠公会 編, 『嗚呼忠臣』, 東京楠公会, 1935.

VI. 나오며

이상과 같이 근대기의 대의명분 사관과 실증주의 사관의 대립, 남북조정윤 논쟁에서의 미카미 산지의 역사관과 교육관, 그리고 그 이후의 그의 활동 대해서 분석하여 이러한 일련의 사건들이 『다이헤이키』의 세계, 즉 천황에 대한 충효사상의 문제와 깊은 관련이 있음을 밝혔다. 1911년에 발생한 남북조정윤 논쟁에는 근세부터 지속되었던 대의명분 사관과 근대기의 실증주의 사관의 오랜 대립이 근저에 깔려 있었다. 역사학자로서의 미카미 산지는 양통병립을 주장하면서도 그것을 교육과 결부시켜 논할 때에는 오히려 남조정통론을 주장하는 사람들보다도 더욱 천황에 대한 충성을 드러내고 있다는 점을 알 수 있었다.

또한 대의명분 사관은 존왕사상과 더불어 충효사상을 바탕으로 하고 있기 때문에 남조정통론을 주장하는 이들은 『다이헤이키』의 세계를 자신들의 주장의 논리로 삼고 있다는 점도 확인할 수 있었다. 남북조정윤 논쟁이 교과서의 개편으로 매듭지어진 후 미카미 산지는 메이지 천황이 충효사상교육에 큰 관심을 가지고 있었다는 것을 바탕으로 그에 대한 숭배를 드러내고 있을 뿐만 아니라 충신의 표상인 구스노키 마사시게를 국민교육을 위해 적극적으로 활용하고 있다. 이것은 자신을 메이지 천황에 대해서 충성을 다하는 충신으로서 자리매김하고자 하는 그의 인식의 발로라고 판단된다. 이와 같은 고찰 결과로 볼 때 미카미 산지는 사상 탄압의 희생자라기보다는 메이지기에서 쇼와기에 걸쳐 『다이헤이키』의 세계로 대표되는 충효사상을 적극적으로 실천해 나간 인물로 평가할 수 있을 것이다.

3부 고전의 대중화와 현대문화의 창조

1950년대 시극詩劇 운동과 전통극

근대 이후 서양문화 수용에 대한 반성

Ⅰ. 들어가며

일본문학사에서는 패전 후의 일본에서 소설과 시에 대한 창작이 활발하게 이루어졌다고 서술을 하고 있는 반면, 희곡에 대한 언급은 거의 찾아보기 어렵다. 뿐만 아니라 1945-50년대의 연극사에 대해서는 연구가 거의 이루어져 있지 않고 60년대 후반에야 신극(新劇)을 대신하는 새로운 연극이 시작되었다고 논하고 있다. 45년 이후 50년대, 60년대 후반까지의 연극계에는 미시마 유키오(三島由紀夫), 아베 고보(安部公房) 등 재능 있는 인물들이 있었음에도 불구하고 이 시기의 희곡은 패전 이전의 리얼리즘 희곡의 연장선상에 지나지 않는다는 것이다. 그러나 1945년 이후 연극계에도 확실하게 새로운 희곡 창작의 움직임이 있었고, 그것은 패전 이전의 근대 신극의 리얼리즘, 정치성을 극복하고자 하는 움직임에서 비롯된 것이라고 할 수 있다. 예를 들어 미시마 유키오가 '자유극장 이후 일본의 신극은, 대충 이야기하자면, 쓰키지 소극장의 번역극 중심주의에서 좌익연극으로의 이행과 함께 기술적 기초를 만드는 데에 오차가 생겨 다시 정치적 편중을 낳았다. 전후 신극계에서는 이에 대한 반성으로 다양한 새로운 움직임이 싹트기 시작하면서도 그러

한 움직임이 결집되어 커다란 힘이 되지는 못했다(「自由劇場以後の日本の
新劇は、大ざつばにいふと、築地小劇場の翻訳劇中心主義から、左翼演劇への移り
ゆきとともに、技術的基礎づけに誤差を生じ、また政治的偏向を生んだ。戦後の新劇
界には、かうしたものへの反省から生れたさまざまな新しい動きの芽生えがありなが
ら、それらの動きが結集されて大きな力になるにはいたらなかつた」)'[1] 라고 하는
것처럼 연극계의 흐름을 바꾸지는 못했지만 새로운 창작의 움직임이
패전 후에 있었다는 것을 알 수 있다.

　본고에서는 이러한 연극계의 흐름 중에서 특히 1950년대의 시극 운
동에 주목하여 새로운 연극의 창조를 위해서 예술가들이 어떠한 논의
를 했는지, 그리고 그것이 근대 이후의 일본에 대한 인식과 어떻게
결부되는지에 대해서 고찰해 보고자 한다.

II. '구름회'와 이상적인 연극상

　1950년 8월 1일에 기시다 구니오(岸田国士)를 중심으로 한 예술가 모
임인 '구름회(雲の会)'가 발족되었다. 여기에 참가한 인물들은 당시를
대표하는 시인, 연출가, 소설가, 평론가들[2]로 패전 후의 예술에 대한
논의를 신극(新劇)의 비판을 중심으로 전개해 나간다. 기시다는 이 '구

---

1) 三島由紀夫, 「雲の会報告」, 『三島由紀夫全集』 25, 新潮社, 1975, p.386.
2) 『연극』에 의하면 당시(1951년 5월 현재) 참가자는 다음과 같은 인물들이다(雲の会 編,
　『演劇』 第一巻 第一号, 1951.6). 芥川比呂志 阿部知二 伊賀山昌三 石川淳 市原豊太 井伏
　鱒二 臼井吉見 内村直也 梅田晴夫 大岡昇平 大木直太郎 岡鹿之助 加藤周一 加藤道夫 河
　上徹太郎 川口一郎 河盛好藏 岸田国士 木下恵介 木下順二 倉橋健 小林秀雄 小山祐士 今
　日出海 坂口安吾 阪中正夫 佐藤敬 佐藤美子 清水崑 神西清 菅原卓 杉村春子 杉山誠 鈴木
　力衞 千田是也 高見澤潤子 高見順 武田泰淳 田中澄江 田中千禾夫 田村秋子 津村秀夫 戸
　板康二 永井龍男 長岡輝子 中島健藏 中田耕治 中野好夫 中村真一郎 中村光夫 野上彰 原
　千代海 久板栄二郎 福田恒存 堀江史朗 前田純敬 三島由紀夫 宮崎嶺雄 三好達治 矢代静一
　山本健吉 山本修二 吉田健一

름회'를 발족하게 된 동기와 과정, 그리고 모임의 목표에 대해서 같은
해 11월에 『문학계(文学界)』에 다음과 같이 발표하였다.

현재 일본에는 지루한 연극밖에 없다고 깔보던가, 혹은 시간을 내어
보러갈 정도의 즐거운 공기가 어느 극장에도 없다는 것을 알고 있기 때문
이다. …… 처음 주위의 젊은 친구에게 상담을 해보니까 연극에 관계하는
무리들은 물론 쌍수를 들고 이에 찬성하였다. 연극과 직접 관계는 없지만
이러한 이야기를 하면 바로 통할 것 같은 사람들에게 각각 나누어서 협조
를 구했다. 물론 그 동안에 여러 가지 논의도 나와서 그것은 단지 연극만
의 문제가 아니라 문학예술 각 영역에 그와 비슷한 현상이 이미 일어나고
있으니까 가령 연극을 중심으로 생각하더라도 그것이 또한 저절로 다른
영역에 어떤 자극을 주고 적어도 연극이라는 것을 재인식함에 따라 문학
의 모든 장르의 특질과 한계를 명확하게 나타내는 것이 가능할지도 모르
겠다는 의견이 유력해졌다.

現在の日本には、退屈な芝居しかないとタカをくくるか、または、時間をつぶし
て観に行くほどの楽しい空気がどこの劇場にもないといふことを知つてゐるからで
ある。…… はじめ、身近な若い友人に相談をもちかけると、演劇に関係のある連中
はむろん双手をあげてこれに賛成した。演劇に直接関係はしてゐないが、かういふ
話をすれば、すぐに通じさうな人々に、それぞれ手わけをして協力を求めた。もち
ろん、その間に、いろいろ議論も出て、それはただ演劇だけの問題ではなく、文学
芸術の各領域に、それと似た現象が既に生じてゐるのだから、かりに演劇を中心に
考へるとしても、それがまたおのづから、他の領域になんらかの刺激を与へ、少く
とも、演劇といふものを再認識することによつて、文学のあらゆるジヤンルの特質
と、限界とを明確に打出すことができるかも知れぬといふ意見が、有力になつた。[3]

연극의 관계자 이외에는 연극을 보러가는 소설가, 평론가가 없다는

---

3) 본문의 인용은 青空文庫에 의함. 岸田国士, 「雲の会」, 『文学界』, 1950.11.
  http://www.aozora.gr.jp/cards/001154/files/44823_42372.html(검색일자:
  2015.1.22)

점을 고백하고 주위에 협조를 구해 연극을 재인식시킴으로써 다른 장
르에도 사극을 주자는 주장이다.

또한 같은 취지의 내용을 이 모임이 사업의 일환으로 1951년 6월부
터 발간한 잡지 『연극(演劇)』의 창간호에도 기재하고 있다. 연출가이자
극작가인 후쿠다 쓰네아리(福田恒存)의 회고에 따르면, 이 모임의 결성
은 기시다와 후쿠다가 연극계에 대해서 대화를 나누는 중에 착안한
것이라고 한다.[4] 이 모임은 1950년 9월 16일에 제1회 관극회(觀劇会)
를 개최한 후 잡지 『연극』과 더불어 『연극강좌(演劇講座)』(전5권)[5]를 발
간하였다. 이것이 이 모임의 실질적인 결실이었는데 당시 이 '구름회'
가 결성된 것이 예술가들 사이에서 화제가 되어 회자되었다는 것을
다음의 미야모토 유리코(宮本百合子)의 기록에서도 알 수 있다.

> 일본의 현대문학은 좀 더 우리들이 살고 있는 현실의 역사의 깊이, 냉
> 철함, 격렬함에 걸맞은 문학정신과 방법 위에 다시 성립되어야 한다. 이
> 욕구는 오늘날의 휴머니티의 욕구로서 공공연하게 이야기되어 왔다. 그
> 러나 이 현대문학은 바뀌지 않으면 안 되고, 머지않아 바뀌지 않을 수
> 없을 것이라는 예감이 공공연한, 일반적인 감상이 됨에 따라 각각의 문학
> 자(소설가, 시인, 희곡가, 평론가를 포함해서)들의 예감을 받아들이는 방
> 법이 각자 다르게 표현되기 시작하였다. 그 하나의 예로 최근에 발족한
> '구름회'를 들 수 있다.
>
> 日本の現代文学は、もっともっと、われわれの生きている現実の歴史の深さ、鋭
> さ、はげしさにふさわしい文学精神と方法との上に立て直されなければならない。こ
> の欲求は、こんにちのヒューマニティーの欲求として、公然と語られるものとなって

---

4) '기시다 씨와 저 사이에서 처음으로 이야기가 나온 것만은 확실한데요(「岸田さんと私
  の間で最初に話が出たことだけは確かなんですけれども」)' 福田恒存, 「「雲の会」と岸田国
  士」, 『新劇』281, 1976, p.121.
5) 雲の会 編, 『演劇講座』1-5, 河出書房, 1951-1952.

来ている。しかし、この、現代文学は変らなければならないし、遠からず大いに変らずにはいないだろうという予感は、それが公然たる一般の感想となって来るにつれて、それぞれの文学者(小説家、詩人、戯曲家、評論家をこめて)による予感のうけいれかたが、それぞれにちがって表現されはじめた。その一つの例として、最近発足した「雲の会」がある。6)

　당시 일본의 문학이 가지고 있는 문제점을 많은 예술가들이 공통적으로 인식하고 있었고 그 점에서 하나의 그룹으로 탄생한 것이 '구름회'라는 것이다.

　그렇다면 다른 장르와의 교류를 통해 당시 신극의 한계를 뛰어넘고자 했던 이 모임의 멤버들이 구체적으로 어떠한 연극을 창조하려고 구상하고 있었는지에 대해서 살펴보기로 하겠다. 『연극』 1950년 7월호의 가토 슈이치(加藤周一)와 고바야시 히데오(小林秀雄)가 「연극의 이상상(演劇の理想像)」7)이라는 주제로 벌인 대담에는 이 모임이 지향하고자 하는 연극의 형태에 대한 문제점이 노정되고 있다. 이 대담은 '개인과 개인을 뛰어넘는 것(個人と、個人を超えるもの)', '끌로델과 인간의 운명(クロオデルとの人間の運命)', '비극과 부조리(悲劇と不条理)', '움직임의 매력·말의 매력(動きの魅力·言葉の魅力)', '연극의 비밀(芝居の秘密)', '시감의 상실(詩感の喪失)', '가상의 세상, 실제의 세상(仮の世、実際の世)'이라는 소제목으로 구성되어 있다. 먼저 '개인과 개인을 뛰어넘는 것'에서는 근대의 연극이 개인과 개인의 관계를 분석적으로 그려내고 있는데 이러한 과학적 인간관이 강해지면서 예술로서의 재미를 잃어버렸다고 단언하고, 드라마는 개인과 개인의 관계를 나타내지만 동시에

6) 본문의 인용은 青空文庫에 의하고 초출은 다음과 같다. 宮本百合子, 「人間性·政治·文学(1)-いかに生きるかの問題―」, 『文学』, 1951.1.
　http://www.aozora.gr.jp/cards/000311/files/3023_10163.html (검색일: 2015.1.22)
7) 小林秀雄·加藤周一, 「演劇の理想像」, 『演劇』 1-2, 1951, pp.16-24.

인간을 떠난 또 다른 세계와의 관계를 그려내야 한다고 이야기한다.
그리고 이어지는 '끌로델과 인간의 운명'에서는 끌로델이 일본의 노
(能)에서 영향을 받았다는 점을 지적하면서 인간과 인간을 뛰어넘는
것과의 사투를 그리고 있다고 하였다. 그리고 이러한 인간을 뛰어넘는
것과의 대결을 그린 것이 서양의 연극에서는 그리스 비극이라고 언급
하고 있다. 이후 '움직임의 매력·말의 매력', '연극의 비밀', '시감의
상실'이라는 주제 아래에서 이루어진 두 사람의 대담은 일본어의 문제
로 옮겨진다. 연극에서는 배우로부터 청각과 움직임의 매력을 느낄
수 있어야 하는데 가토는 서양의 번역극으로 부터는 일본어의 청각적
매력을 느낄 수 없다는 점을 지적한다. 또한 근대 이후 연극은 가부키
와는 달리 일상의 대화가 무대의 대사가 될 수 없는 한계를 지니고
있다고 하고 시의 감각을 상실해 버렸다는 점을 주장하고 있다. 즉
이 대담에서 부각되는 논점을 정리해 보면, ① 근대극은 인간 개인의
분석적인 내면의 드라마에 치중하여 예술성을 상실해 버렸다고 지적
하고 드라마는 인간과 그것을 초월한 것과의 대결이어야 한다는 점,
② 그리스 비극을 연극의 본래 모습으로 인식하고 있다는 점, ③ 이러
한 개인과 그것을 초월한 것의 드라마의 예로서 노를 하나의 전형으로
들고 있다는 점, ④ 당시의 연극에서는 일본어 대사가 성립되지 않는
다는 점, ⑤ 일본어 대사는 시적 감각을 잃어버리고 있다는 점이다.
특히 이 잡지 『연극』이 게재한 기술 중 눈에 띄는 것은 연극에서의
시의 역할을 중시하는 경향이라고 할 수 있다.8) 가토 미치오(加藤道夫)
의 「극과 시의 조화(劇と詩の調和)」,9) 나이토 아로(内藤濯)의 「시의 육성

---

8) 이 점에 대해서는 みなもとごろう, 「雲の会編輯『演劇』」, 『大妻国文』8, 1977.3, p.166
  에서도 언급이 확인된다.
9) 雲の会 編, 『演劇』 1-5, 1951, pp.36~42.

화(詩の肉声化)」,10) 요시다 겐이치(吉田健一)의 「엘리자베스 시대의 연극(エリザベス時代の演劇)」11) 등에서는 공통적으로 연극에서의 시의 중요성을 주장하고 있다. 그러나 이 잡지 『연극』은 1952년 2월호로 종간되어 버렸고 이듬해인 1953년 3월에 있었던 기시다 구니오의 죽음으로 인해 이 모임도 종언을 고했다.

　후쿠다는 이 모임이 당시 신극에 커다란 변화를 주지는 못했고 오히려 직접적인 관계자인 신극계로부터 거부당한 것이 이 모임이 자연소멸하게 된 계기라고 이야기하였다. 그러나 현대 일본이 하나의 문화공동체가 될 것을 목표로 한 이 모임을 계기로 미시마 유키오(三島由紀夫), 이시카와 준(石川淳), 다케다 다이준(武田泰淳), 시이나 린조(椎名麟三) 등이 희곡을 쓰기 시작했으며, 후에 현대연극협회(現代演劇協会)가 '구름(雲)'이라는 극단을 만들어 '구름회'의 취지를 이어받고자 했다는 점12)에서 이 모임의 의미를 찾을 수 있을 것이다.

Ⅲ. 시와 드라마의 공존 – 시극을 둘러싼 논의와 신극(新劇)

　전장에서 살펴본 '구름회'의 활동과 같이, 일본어의 운율, 음악성에 대한 문제를 의식한 것은 이 모임이 처음은 아니었다. 아마노 치사씨13)는 구름회의 활동이 1942년에 가토 슈이치, 나카무라 신이치로(中村真一郎), 후쿠나가 다케히코(福永武彦) 등을 중심으로 일본어로 소네트

---

10) 상게서, pp.62-65.

11) 상게서, pp.43-48.

12) 福田恒存, pp.125-127.

13) 天野知幸, 「「詩劇」の試み―「マチネ・ポエテイク」, 「雲の会」と三島由紀夫「邯鄲」―」, 『日本語と日本文学』 38, 2004.

형식 등 정형 압운시(定型押韻詩)를 시도하고자 했던 마티네 포에틱(マチ
ネ·ポエティク) 운동과의 관련이 깊다고 설명하였다. 이 운동에 참여했던
가토와 나카무라가 후에 '구름회'의 멤버로 활약했다는 점을 미루어
볼 때 아마노 씨의 지적은 타당하다고 할 수 있다. 그러나 한편 마티네
포에틱 운동뿐만 아니라 신극계에서도 이미 일본어의 운율과 음악성을
의식한 새로운 연극을 창조하려는 움직임이 일어나고 있었다.

　가토 미치오(加藤道夫)가 1946년에 일본의 고전인 『다케토리 모노가
타리(竹取物語)』의 발상을 원용하여 창작한 『어린 대나무(なよたけ)』(『三
田文学』 1946.5-10)는 50년대 시극운동이 전개될 때 일본에서 창조한
시극으로 주목을 받았으며, 그 결과가 만족스럽지는 않았지만 다나
카 지카오(田中千禾夫)의 희곡 『구름 언저리(雲の涯)』(『극작(劇作)』 1946년
8월)도 사실주의의 틀에서 벗어나 언어적 실험을 한 작품으로 평가받
았다. 이처럼 시인들과 연극계에서 일본어에 대한 자각을 하고 있었기
때문에 1950년대 이후 전개된 시극에 대한 논의가 가능했다고 할 수
있다.

　1950년 4월호에 게재된 「시극의 가능성(詩劇の可能性)」이라는 제목의
우치무라 나오야(内村直也)의 글에서는 시와 극의 결합이라는 연극의
새로운 형태에 대한 기대가 드러나 있다. 그가 생각하고 있는 시극의
형태란 '시극으로 가장 자연스러운, 동시에 가장 가능성 있는 방법으로
서 나는 이 엔더슨식의, 산문과 운문이 혼합된 표현방식의 채용을 생각
하고 있다(「詩劇への最も自然な、同時に最も可能性のある方法として、僕は此の
アンダーソン式の、散文と韻文の混合した表現方式の採用を考えるわけだ」).'14)라
고 하여 연극의 대사가 산문과 운문으로 이루어진 것을 시극으로 정의

---

14) 内村直也, 「詩劇の可能性」, 『近代文学』 5-3·4, 1950, p.22.

했다. 그리고 일본에서의 이 시극의 가능성을 고려해 볼 때 '우선 일본
어 그 자체의 미화라는 운동이 활발하게 일어나야만 한다(「先ず日本語そ
のものの美化という運動が盛んにならなければならない」)'라고 하였다. 같은 호
에 나카무라 신이치로(中村真一郎)도 「시극에 대해서(詩劇について)」라는
주제로 기고하였는데 이 글에는 그가 시극에 흥미를 가지게 된 계기에
대해서 밝히고 있다.

　　나는 패전 후 어떤 극장의 복도에서 처음으로 만난 우치무라 나오야
씨에게 시극에 대한 열성적인 의견을 들었다. 그리고 10일이 안 돼서 T·
S·엘리엇의 『사원의 살인』을 보내주었다. 이 작품은 나에게는 새로운
계시였다. 이것은 끌로델의 것과는 달리 극단적으로 단순하여 합창적 요
소(따라서 반복적인 구가 많다)가 풍부하다.
　　僕は戰後のある劇場の廊下で、初めてお目に掛った内村直也氏から、詩劇に対
する熱心な意見を伺った。そして旬日ならずして、T·S·エリオットの『寺院の殺
人』を届けてくださった。此の作品は、僕には新しい啓示だった。これはクロオデ
ルのものとは異って、極端に単純で合唱的要素(従って、繰り返しの句が多い)に富
んでゐる。15)

이와 같이 시와 극의 결합에 대한 관심은 사실은 서구의 영향으로부
터 비롯된 것이라고 할 수 있다. 위의 인용문에서 확인되는 엘리엇의
『사원의 살인』을 통해서 나카무라가 시극의 가능성에 대해서 인식한
것처럼, 엘리엇을 중심으로 한 서양의 시극의 시도가 일본의 신극에
큰 영향을 주었던 것이다. 엘리엇의 『사원의 살인』은 1935년에 발표
되었고 『칵테일 파티』는 1949년에 발표되어 후쿠다 쓰네아리가 1951
년에 일본어로 번역, 소개하였다. '구름회'에서도 『연극』 1951년 7월

---

15) 中村真一郎, 「詩劇について」, 『近代文学』 5-3·4, 1950, p.26.

호에 『칵테일 파티의 추억(カクテルパーテイの想出)』이라는 제목으로 아베 도모지(阿部知二)가 영국에서 이 작품을 본 감상에 대해서 서술하고 있다. 뿐만 아니라 가토 미치오는 「새로운 연극 메모(新しい芝居 覚書)」에서 장 지두, 엘리엇, 끌로델의 시극을 높이 평가하고 있다.

앞서 살펴본 것처럼 시와 극의 융합을 지향한 '구름회'는 3년 정도의 짧은 기간 동안 활동했지만 이 시극에 관한 논의는 이후에도 지속된다. 야시로 세이이치(矢代静一)는 시극이라는 장르가 일본에서 본격적으로 논의되어 화제가 된 계기를 다음과 같이 설명하고 있다.

> 「시극」이라는 장르가 화제가 된 것은 엘리엇의 「3개의 목소리」가 표면적으로 소개된 것과 후쿠다 쓰네아리가 「명암」을 발표한 무렵부터라고 생각한다.
> 「詩劇」というジャンルが、話題になったのは、エリオットの「三つの声」が、表沙汰に紹介されたのと、福田恒存が「明暗」を発表したころからだと思う。[16]

인용문에서 확인되는 엘리엇의 「3개의 목소리」란 정확히 말하면 「시의 세 개의 목소리-시론(詩の三つの声—詩論)」이라는 엘리엇의 시에 관한 해설서로, 일본에는 마루모토 요시오(丸元淑生)의 번역으로 국문사(国文社)에서 1956년에 출판되었다. 후쿠다 쓰네아리가 희곡 『명암(明暗)』(『문학계』 1956년 1월)을 발표한 것도 1956년의 일이었다. 뿐만 아니라 이 시극의 붐은 'NHK가 30년 전후에 기하라 고이치, 다니카와 슌타로, 데라야마 슈지, 그 외에 몇 명인가의 현대시인에 의한 시극을 실험적으로 제작·방송하여 닛폰 방송 등 일부 민간 방송국이 일정기간 동안 그 시도를 이어받아 시극에 힘을 쏟은 성과는 놓칠 수 없다(「NHKが三十年

---

16) 矢代静一, 「試作自註」, 『文学』 26, 1958.2, p.173.

前後に木原孝一、谷川俊太郎、寺山修司、その他幾人かの現代詩人による詩劇を実験的に製作・放送し、ニッポン放送など一部の民放局が一時期、その試みを受け継いで詩劇に力を注いだ成果は見逃せない)'라는 시바타 다다오(柴田忠夫)의 지적처럼17) 라디오 드라마라는 새로운 매체의 유행도 시극의 붐에 일조하였다. 즉 1956년을 전후로 시극론이 활발하게 전개되는데 1958년에 잡지『문학(文学)』은 2월호에「시와 극(詩と劇)」이라는 제목으로 시극에 관한 특집을 마련하고 있다. 뿐만 아니라 그 전년도인 1957년에도 동잡지『문학』1월호는「오늘날의 연극(今日の演劇)」이라는 제목으로 현재 연극의 상황과 문제점, 그 연장으로 시극에 대한 논의를 전개하고 있다.

그렇다면 당시 연극계, 문학계, 시인들 사이에서 시극이 어떻게 논의되었는가? 이 점을 구체적으로 살펴보고자 한다.

1) 시극이란 무엇인가?

당시 시인, 극작가, 평론가, 소설가들은 시극을 창작하여 많은 작품을 발표하였으나 시극으로서 평가받는 작품의 수는 매우 적었다. 실제로 기하라 고이치(木原孝一)는,

시극에 대한 요청은 여러 방면에서 높아져 가고 있는 것 같습니다. 이 움직임을 단순한 유행에 머물게 하지 않기 위해서, 또한 비뚤어진 방향으로 흡수되지 않도록 우리들은 기회가 있을 때마다 시극의 문제를 다시 자각해야 한다고 생각합니다. 그러한 자각을 항상 유지하고 있음으로써 현재의 막연하기만 한 시극도 결국에는 확실한 세계를 형성하는 것이라고 저는 생각합니다. 1953년 이후 몇 명인가 시인에 의해 시극의 시작(試作)이 이루어졌습니다. 그러나 정말이지 그 시작 가운데에는 이것이 시극이라고 분명하게 단언할 수 있을 정도의 작품은 아직 없습니다.

17) 柴田忠夫,「民放ドラマの誕生と発展」,『現代日本ラジオドラマ集成』, 沖積舍, 1989, p.861.

　　詩劇への要請は、いろいろな方面でたかまりつつあるようです。この動きを単なる
流行におちいらしめないように、また、ゆがんだ方向へ吸い込まれないように、私た
ちは機会あるごとに、詩劇の問題を自覚しなおさなければならないと思います。そう
した自覚を常に保つことによって、いまのところ漠然としたものでしかない詩劇も、
やがてははっきりした世界を形成するのだと私は考えています。一九五三年以後、何
人かの詩人によって詩劇の試作が行われてきました。ほんとうのところ、その試作の
なかには、これが詩劇だとはっきり云い切るほどの作品はまだないです。[18]

라고 하여 당시의 시극을 둘러싼 현황에 대해서 언급하고 있다. 그러나
여기에서 주목해야 할 점은 원래 시극이라는 것이 무엇인지 그것을
정의하는 것은 상당히 어려운 일이며, 따라서 시극에 대한 정의도 각양
각색일 뿐만 아니라 명확하지 않다는 것이다. 예를 들어 아쿠타가와
히로시(芥川比呂志)는 시극에 대해서 '저는 시극이라는 것은 엄밀히 말
해서 7·5조라든지, 알렉산드란(시에서의 은율의 행, 즉 시행(시구)의 일종)
이라든지 하는 명확한 형식을 가진 것이 아니면 시극이라고는 할 수
없다는 설에 찬성합니다(「ぼくは詩劇というのは、厳密にいうと、七五調とか、
アレクサンドランとか、はっきりした型式をもったものでなければ詩劇とはいえない
という説に賛成です」)[19]라고 정형적인 운율을 가진 형태의 연극이 아니
면 시극이라고 인정할 수 없다고 지적하였다. 이에 반해 정형적인 운율
이 대사에서 느껴지는 것만이 시극은 아니라는 입장을 고수하는 경우
도 확인된다. 고바세 다쿠조(小場瀬卓三)는 '연극은 '극적인 것'을 추구하
는 것에 의해서만 구원되며 그 극적인 것이 운문형식을 취해야 한다는
필연성은 어디에도 없습니다(「演劇は「劇的なるもの」を求めることによってし
か救われないし、その劇的なるものが韻文形式をとらねばならぬ必然性はどこにもな

---

18) 木原孝一, 「詩・詩劇・言葉」, 『文学』 26, 1958.2, p.28.
19) 芥川比呂志・中川鋭之助(ききて), 「戯曲と俳優のあいだ」, 『文学』 25, 1957.1, p.43.

いのである」)'[20]라고 하여, 연극의 내용에서 극적인 것이 중요한 것이지, 그것이 반드시 운문일 필요는 없다는 논리이다. 즉 시극이 무엇인지, 그 형태는 구체적으로 어떠한 것인지, 시극에 대한 정의의 불분명함은 당연히 시극 창작의 곤란함으로 이어졌다고 할 수 있겠다.

2) 일본어의 빈곤함과 대사의 결함

시극 창조의 어려움과 곤란함에 대한 논의 중 눈에 띄는 것은 일본어의 빈곤에 관한 것인데 이 점에 관해서는 특히 서양 시극의 대사와 비교하여 그 논의를 전개하고 있다.

> 일본어의 구조에 대해서인데 시극의 언어에 대해서 T·S·엘리엇이 이야기하고 있는 것은 '인간의 감정이 고양되었을 경우 대화는 운문형식을 취한다'는 것, 즉 주어, 술어, 목적어라는 형태가 아니라 그때에 중요한 언어만 쏙 나온다는 것, 그것이 운문형식을 취한다는 식으로 엘리엇이 말할 수 있는 것은 정형시의 형식이 유럽에서는 정해져 있다는 것이지요. 일본의 경우 정형시의 기준은 음절의 수뿐입니다.
>
> 日本語の構造ということですが、詩劇の言葉についてT·S·エリオットがいっているのは、「人間の感情が高揚した場合会話は韻文形式をとる」ということ。つまり、主語、述語、目的語という形でなく、そのときに重要な言葉だけぽっぽと出てくるということ、それが韻文形式をとるというふうにエリオットに言えるのは、定型詩のフォームが、ヨーロッパでは伝統的に決っているわけでしょう。日本の場合、定型詩の基準は音節のかずだけです。[21]

기노시타 준지(木下順二)는 엘리엇의 주장을 인용하면서 유럽에는 정형시의 형식이 정해져 있지만 일본에는 정형시의 기준이 없다는 점을

---

20) 小場瀬卓三,「詩劇はドラマを復興するか」,『文学』26, 1958.2, p.16.
21) 木下順二·斎賀秀夫,「〈対談〉ことばと戯曲」,『文学』25, 1957.1, p.29.

강조하고 있다. 이것은 다시 말해서 인간은 감정이 고양되면 대화가 운문형식을 띤다는 엘리엇의 시극에 대한 인식의 기준에서 볼 때 일본어는 필연적으로 시극을 창조해내기 어렵다는 것을 시사하고 있다고 할 수 있다. 시인인 야마모토 다로(山本太郎) 역시 후쿠다 쓰네아리의 작품인 『명암(明暗)』을 예로 들어 이 작품이 당시의 일본에서 발표된 희곡 중 시극에 가장 가까운 형태라고 하면서도 실제로 상연된 것을 보면 '일본어의 경우 음의 강세의 효과가 희박하기 때문에 실제로 발음해 보면 생각한 대로 리듬이 생기지 않는다는 난점이 있었다(「日本語の場合、ストレスの効果が稀薄なので発音してみると思った様なリズムが生まれない難点があった」)'22)라고 하면서 정형화된 시극의, 정형화된 대사형태를 만들어내기 곤란하다는 것이 입증되었다고 하였다. 이와 같이 일본어의 문제로 논의되고 있는 것의 초점은 특히 근대 이후 연극에서 사용할 수 있는 정형화된 시 형식의 부재이다. 이것은 시극이라는 것이 운문을 필요로 하는가, 아닌가를 둘러싸고 시극의 정의에 대해서 논한 것과도 연결되는 문제로, 극에서의 시의 필요성을 의식하는 것은 현실을 극명하게 그려내는 리얼리즘과 인간의 단면만을 그려내는 설명적 대사가 관객에게 연극으로서의 감동을 주지 못한다는 인식에서 비롯된 것이다. 이러한 논의는 물론 엘리엇이 지적한 대로 '인간은 감정이 고양되면 대화가 운문형식을 띤다.'라는 서양 시극의 정의를 의식한 것이라고 할 수 있다.

또한 이 일본어의 문제는 배우의 발성의 문제와도 결부되는 것으로, 당시의 배우들에게는 익숙하지 않은 시의 발성법에 대한 연구가 필요하다는 인식을 드러내고 있다.

---

22) 山本太郎, 「交響詩断想」, 『文学』 26, 1958.2, p.36.

발성에 대해서인데 그 점에서 우리들은 좀 더 배우와 강한 관계를 가지고 싶다고 생각합니다. 현재 이루어지고 있는 시의 낭독만큼 진부한 것은 없습니다. 한 개의 시 속에 노래하는 부분과 이야기하는 부분이 나뉘어 있는 것처럼 하나의 드라마 안에도 복잡한 그 구조가 짜여 있기 때문에 대사의 발성이라는 것은 의외로 중대한 의미를 가집니다. 저는 가부키 배우와 교겐, 그리고 라쿠고카 등의 협력을 얻어서 대사의 리듬에 폭을 가지게 하면 좋겠다고 생각합니다.

　　発声についてですが、その点で僕等はもっと俳優と強い連絡を持ちたいと思います。現在行われている詩の朗読ほど陳腐なものはありません。一つの詩のなかに、歌う部分と語る部分とが配在しているように、一つのドラマのなかにも複雑なその綾がしくまれている筈なのですから、台詞の発声という事は意外に重大な意味を持ってきます。僕は歌舞伎の役者や狂言、それに落語家などの協力をえて台詞のリズムに幅を持たせたらなどと考えて居ります。23)

이와 같이 시극의 완성을 위해서는 희곡의 대사, 배우의 발성법 등이 중요하다는 것인데 그러나 시극은 정형시의 형태를 띤 대사만으로도, 배우들의 시를 표현할 수 있는 발성법만으로도 성립될 수 없다. 시와 극(드라마)을 결합한 것이 시극이라는 점에서, 결국 당시 문예가들이 시극의 창작을 통해서 지향하고자 했던 드라마가 무엇이었는지 그 점을 확인해야 할 것이다.

3) 드라마와 극장성(theatricality)의 회복

앞서 언급했듯이 당시 예술가들은 자연주의 리얼리즘이 개인의 미세한 부분만을 다루고 있다는 점에 문제를 제기하였다. 이 점에서 그들이 이루고자 하는 드라마가 어떠한 것인지는 쉽게 추측해 볼 수 있는데 그것은 한 개인의 문제가 아닌 인간 전체의 문제, 보편성을 추구

하고자 한 것이라는 점이다. 야마다 다로는 시극의 형태로서,

> 　인간과 인간의 갈등, 그 배후에 펼쳐지는 거대한 운명이라는 것을 온몸
> 의 감동으로 흡수하는 듯한, 그런 작품을 쓰고 싶다고 바라는 것입니다.
> 　人間と人間の葛藤、その背後にひろがる巨きな運命といったものを、全身的な
> 感動でうけとめるような作品をかきたい、と願うものです。24)

라고 하고 있다. 인간과 인간의 갈등 상황은 신극에서도 파악할 수
있는 것이지만 주목해야 할 것은 그러한 인간의 갈등의 배후에 펼쳐지
는 운명이라는 요소이다. 즉 과학적인 사고를 기반으로 하여 개인의
현실을 극명하게 그려내는 것이 아니라 개인을 초월한 거대한 요소를
그려내는 것이 시극이라는 것이다.

　이와 같이 인간과 거대한 운명이라는 시극의 드라마성은 바로 그리
스 비극을 연상케 한다. 실제로 시극의 논의에서 주목해야 할 점은
많은 예술가들이 그리스 비극을 시극의 가장 원초적인 형태로 인식하
고 있었다는 점이다. 시인 다니카와 슌타로(谷川俊太郎)는 「어떤 반성(或
る反省)」25)이라는 글에서 다음과 같이 시극의 드라마에 대해서 논하고
있다.

> 나: 나에게 무엇이 드라마인지, 그것이 분명하게 포착되지 않아.
> 　　　　　　　　　　(중략)
> 나: 하나의 구체적인 작품 속에서밖에 그것은 포착할 수 없어. 오히려
> 　　실제로 작품을 쓰기 시작하고, 처음으로 파악하게 되는 것인지도 모르
> 　　겠어. 그러나 실제로 쓰기 시작한다고 해도 그전에 필요한 것이 있어.
> 그: 뭐야? 그것은?

---

24) 상게서.
25) 谷川俊太郎, 「或る反省」, 『文学』 26, 1958.2, p.19.

나: 뭐라고 말하면 좋을까? 즉 드라마를 만들어내기 충분한 하나의 격렬한 존재의 이미지라고 하는 거야.

그: 예를 들면 아누이의 히로인, 안티고네와 같은.

나: 그러한 격렬한 하나의 존재, 그게 있으면 드라마는 자연스럽게 나오는 게 아닐까? 처음부터 두 개의 존재가 서로 대립할 필요는 전혀 없어. 반드시 필요한 것은 확고한 하나의 존재야. 그것도 섞여있지 않은 하나의 존재. 두 개나 세 개나 섞여 있는 애매한 합성물이 아닌 처음부터 끝까지 그 존재 이외의 아무것도 아닌 그런 하나의 존재 ……

私: ぼくにとって何がドラマであるか、それがはっきりつかめていないんだ。

(中略)

私: ひとつの具体的な作品の中でしかそれはつかめない。むしろ実際に作品を書き始めて、初めてつかむことの出来るものかもしれない。だが、実際に書き始めるにしても、その前に必要なものがある。

彼: 何だい。それは。

私: 何と云えばいいのかな、つまり、ドラマを生むに足りるひとつの烈しい存在のイメージ、とでもいったものなんだ。

彼: たとえばアヌイのヒロイン、アンチゴーヌのような。

私: そうだ。ああいうひとつの烈しい存在、それがあれば、ドラマなんて自然に出来てくるものじゃないかな。何も始めから二つの存在が対立しあっている必要はない、先ず必要なのは、確固たるひとつの存在なんだ。それもまじり気なしのひとつの存在、二つも三つもの曖昧な存在の合成物じゃなく、始めから終りまでその存在以外の何ものでもないような、そういうひとつの存在 ……

　인용문에서 나타나는 것은 드라마를 위한 격렬한 하나의 존재의 필요성으로, 그 예로 들고 있는 것이 프랑스의 극작가 장 아누이(Jean Marie Lucien Pierre Anouilh)의 희곡 『안티고네』이다. 이 작품은 소포클레스의 그리스 비극 『안티고네』를 번안한 것으로, 오이디푸스 왕의 딸인 안티고네와 크레온 왕과의 대립이 주된 설정이지만 그 속에는 크레온 왕의 명령과 양심 사이에서 갈등하는 안티고네의 내면 속의 격렬한 대립이 존재한다. 뿐만 아니라 그녀는 오이디푸스 왕의 딸로 왕좌를 둘러싸고 다투다가 죽은 오빠들의 시신을 처리해야 한다는 개인을 초월한 비극적인 운명에 처해 있는 주인공이다. 이와 같이 당시 예술가들은 시극의 전형은 그리스 비극, 그리고 그 속에 그려져 있는 인간과 그것을 초월한 것과의 갈등이라는 것이 드러나고 있다. 그리고 이 그리스 비극에 대한 논의는 근대 이후의 연극이 잃어버린 극장성에 대한 논의로 이어진다.

그리스 비극의 전신은 디오니소스 축제의 행사인 디튜란보스로, 이것은 춤과 코러스(노래, 운문), 대화로 이루어지는 양식을 갖추고 있었다('예술로서의 성숙을 가장 빨리 나타낸 드라마는 말할 것도 없이 고대 그리스 비극인데 그 전신은 디오니소스의 축제 행사였던 디튜란보스라고 한다. 디튜란보스는 원래 코러스에 따라 추는 춤인 동시에 그들이 부르는 노래이기도 했던 것이다(「芸術としての成熟を最も早く示したドラマは、いうまでもなく、古代ギリシアの悲劇であるが、その前身は、ディオニュソスの祭りの行事であった、ディテユランボスであると言われる。ディテユランボスは元来、コーラスによって踊られる踊りであると同時に、彼らの歌う歌でもあったのである」)').[26] 축제라는 것은 원래 공동체에 속한 개인이 스스로를 잊고 구성원 전체를 하나로 통합하는 의식으로, 이 축제에서 발달된 그리스 비극은 춤과 코러스, 대화라는 양식을 통해서 관객을 소외시키지 않고 극에 참여하도록 유도하였다. 근대극의 심각한 문제점은 바로 관객을 연극 자체로부터 소외시키고 고독하게 한다는 점, 다시 말해서 대중성을 상실해 버렸다는 점이다. 이 점을 고려해 볼 때 시극은 근대극이 잃어버린 관객을 하나로 통합하는 극장성을 회복할 수 있는 수단이었으며 그 극장성은 바로 그리스 비극과 같은 시와 드라마의 결합이라는 양식을 통해서 이루어

---

26) 山田肇, 「現代演劇の諸問題(一)―演劇の三つのタイプ―」, 『文学』 25, 1957.1, p.7.

진다는 것이다. 그리고 일본에서는 시극이라는 양식을 확립하기 위해
서 앞서 언급한 서양과는 다른 일본어의 특질을 직시하면서 고전 예능
으로 그 눈을 돌리게 된다.

IV. 야마모토 겐키치의 시극론

1950년대에는 시극의 양식화를 위해 가부키(歌舞伎), 노(能), 조루리
(浄瑠璃) 등과 신극의 결합이 논의되었다. 야마다 하지메(山田肇)가 '가
부키의 양식을 신극에 응용하는 것은 신극에서의 이른바 양식화를 위
한 기획의 일부로서 이루어지기 시작한 것이다(「歌舞伎の様式を新劇に応
用することは、 新劇における、 いわゆる様式化の企ての一部として行われ始めたの
である」)'[27]라고 지적한 것처럼 리얼리즘에 대한 비판 이후, 연극의 양
식화가 부상하였다. 시극의 양식화를 위해서도 이러한 고전 예능을
참고로 하자는 주장이 제기되었는데 그 중 가장 활발한 논의를 펼친
인물은 다름 아닌 평론가 야마모토 겐키치(山本健吉)였다. 그는 시극의
기원이 되는 것을 일본의 노에서 발견하고 있다.

오늘날의 시극에 대한 욕망은 영국과 프랑스의 그것에 대한 시도가
계기가 되었지만 우리들이 시극을 생각하는 기회가 될 만한 것이 일본에
도 없었던 것은 아니다. 특히 노는 시로서의 대사가 결여되어 있는 것을
빼고는 시극으로서의 요건을 모두 충족하고 있다고도 할 수 있다.

今日の詩劇への要望は、 イギリスやフランスでのそれへの試みが、 きっかけになっ
ているのだが、 われわれが詩劇を考える機縁になりうるものが、 日本にもなかったわ
けではない。 ことに能は、 詩としてのせりふがかけていることを除けば、 詩劇として
の要件を、 すべて充しているとも言えるのである。[28]

27) 山田肇, 「現代演劇の諸問題(二)—今日におけるドラマの意義—」, 『文学』 25, 1957.4, p.71.

오늘날 시극이 유행하게 된 계기는 프랑스와 영국의 시도에 의한 것이지만 일본인에게 시극과 연결될 수 있는 것은 전통극인 노이며 시로서의 대사가 결여되어 있는 것을 제외하고는 노는 시극으로서의 요건을 모두 갖추고 있다고 설명하고 있다. 이어서 야마모토는 끌로델의 '극이란 무언가가 도래하는 것으로 노란 어떤 사람이 도래하는 것이다(「劇とは何事かが到来するものであり、 能とは何びとかが到来するものである」)'라는 말을 인용한 후 노는 시테(シテ) 한 사람의 연극으로(시테 일인주의(シテ一人主義)), 그 내부에 대립하는 이중의 상태를 설정하여 그 대립이 극의 본질이 되고 있다고 하였다. 이 이중의 상태란 인간 내부에서의 생과 사의 대립, 신성(神性)과 인간성의 대립을 의미한다. 연극의 필수요소인 대화는 우선 작자자신의 마음속에서 시작되는 것으로, 마음속에서 대립하는 것을 객관적으로 파악하여 제3자의 시의 목소리로 전환시키는 것이 시극을 창조하는 길이며[29] 그러한 암시를 노의 미학의 원리에서 배울 수 있다는 것이다. 여기에서 제3자의 시의 목소리란 다음의 엘리엇의 시극이론을 가리키는 것이다.

시에서의 세 개의 목소리는 첫 번째로는 시인이 자신을 향해서만 말을 거는 목소리이고, 두 번째로는 시인이 많고 적음을 불문하고 청중을 향해서 말을 거는 목소리이고, 세 번째로는 시인이 극중 인물을 창조하여 그 인물이 다른 인물을 향해서 말을 건다는 한계 내에서 자신이 이야기할 수 있는 것만을 말하고 있는 시의 목소리이다.

詩における三つの声とは、 第一には詩人が自分に向ってのみ語りかける声であり、第二には詩人が多少を問わず聴衆に向って語りかける声であり、第三には詩人が劇中人物を創造して、その人物が他の人物に向って話しかけているという限界内

---

28) 山本健吉, 「詩劇への一つの道ー能における劇的原理ー」, 『山本健吉全集』 第一卷, 講談社, 1983, p.296.
29) 상게서, p.299.

で、自分の言いうることだけを言っている詩の声である。30)

야마모토는 노가 이 엘리엇의 시극 이론을 실제화한 것으로 파악하고 있었다. 사루가쿠(猿楽)는 원래 교겐(狂言)으로, 대화극으로부터 출발했으며 시테의 정념극은 공동체의 감정을 기반으로 형성된 것이었으나 제아미(世阿見) 이후 성립된 시테 한 사람 위주의 극 전개(シテ一人主義)에 의해 대화극으로서의 가능성이 약해졌다는 것이 야마모토의 주장이다. 그가 노를 통해 이야기하고자 한 것은 바로 개인이 아닌 공동체 감정의 회복으로, 그것이 현대 연극에서 필수불가결한 극장성의 회복으로 연결된다는 것이다.

이중성이란 인간성과 신성이라고 해도 좋지만 이와 같은 설정의 요청은 노가 가미아소비와 연결된 몰개성적인 장에서 존재하고 있는 것에 원인이 있다. 가면을 쓰고 부채와 그 이외의 것을 손에 든다는 것이 이미 제사로서의 의미에 기반을 두고 있다. 그렇기 때문에 노 안에서 간아미·제아미·젠치쿠라고 하는 훌륭한 노 작자들의 개성적인 표현을 발견해 내려고 해도 아무 소용이 없고 그들은 모두 하나의 공동사회 내부에 있으면서 타인의 목소리를 위해 쓰고 또한 연기한 것이다.

二重性とは、人間性と神性と言ってもいいのだが、このような設定の要請は、能が神遊びにつながった没個性的な場において、存在していることに原因している。面をつけ、扇その他を手に持つということが、すでに神事としての意味に基づいている。だから、われわれが能のなかに、観阿弥・世阿弥・禅竹といった、すぐれた能作者たちの個性的な表現を見出そうとしても駄目であって、彼等はすべて、一つの共同社会の内部にあって、他人の声のために書き、また演じたのである。31)

---

30) T・S・エリオット, 綱淵謙錠 訳,「詩における三つの声」,『エリオット全集』, 中央公論社, 1960, p.385.
31) 山本健吉,「詩劇の世界」,『古典と現代文学』, 講談社, 1993, pp.155-156.

　노는 원래 신을 모시는 제의라는 공동체의 장에서 이루어졌던 깃으로, 간아미, 제아미, 젠치쿠의 작품 속에서는 개성적인 표현을 찾아볼 수 없으며 노는 공동체 사회의 목소리를 대변한다고 한다.

　이와 같이 야마모토는 공동체 감정의 회복을 위해 노에 주목했고 공동체가 요구하는 연극, 문학을 수립하기 위해서는 '국민문학(国民文学)'이 만들어져야 한다고 주장하기에 이른다.[32] 야마모토에 의하면 그가 의도한 국민문학이란 국가를 염두에 둔 것이 아니라 '민(民)'에 핵심을 둔 것으로, 민중, 서민을 발견하여 그들의 욕구에 걸맞은 문학을 창조하는 것이었다. 결국 이것은 국토에 대한 애정으로 이어지고 새로운 국어의 수립에 대한 주장으로 귀결되어 간다.

　이와 같이 야마모토 겐키치의 시극에 관한 논의는 서양의 이론을 바탕으로 하면서도 일본의 독자적인 연극에 주목하였으며 이것은 패전 후 일본에서의 국민문학의 필요성, 고전과 현대 문학의 관련성, 그리고 일본과 일본어에 대한 연구의 핵심을 이루게 된다.

V. 나오며

　패전 후 1950년대에 일어난 시극운동은 이상에서 살펴본 바와 같이 단순히 새로운 예술창조의 욕구에서 비롯된 것은 아니었다는 점에 주목해야 할 것이다. 많은 극작가, 평론가, 소설가, 시인들이 주목한 것은 근대 이후 연극에서 사라져 버린 일본어 고유의 운율, 시적 감성의

---

32) 야마모토 겐키치가 노와 시극을 관련시키고, 그것이 그의 국민문학론으로 발전되어 가는 과정에 대해서는 梶尾文武, 「悲劇の死としての詩劇ー『近代能楽集』の文体と劇場」, 三島由紀夫研究4, 『三島由紀夫の演劇』, 鼎書房, 2007, pp.50-66으로부터 시사받은 바가 크다.

상실에 대한 비판이었다. 그리고 이것은 자연스럽게 일본어의 감성을 지니고 있었던 노를 비롯한 전통극에 대한 반추로 귀결되고 있다. 이와 같은 일본어의 문제뿐만 아니라 전통극은 그 대사를 일반인들이 충분히 이해하거나 알아듣지 못해도 독특한 동작이나 전형적인 고유의 형식, 그리고 배우들의 숙련된 연기로 대중의 마음을 사로잡고 있다는 점에서 시극이 지향하는 바를 보여주는 좋은 예로 인식되었다.

이와 같은 인식은 1956년 엘리엇의 시 이론의 소개를 통해서 급속히 확대되었다고는 하지만 그러나 그것은 서양의 시극의 소개가 패전 후라는 시대적 요구에 잘 맞물렸다는 점에서 주목해야 할 것이다. 즉 패전이라는 경험은 서양화를 목적으로 달려온 일본 근대가 과연 무엇이었는지, 그리고 그 속에서 일본인들이 무엇을 잃어버렸는지를 되돌아봐야 할 계기를 마련해 준 것이다. 뿐만 아니라 연극 본연의 공동체 감정의 중시라는 것도 패전 후의 일본인들이 잃어버린 '일본'이라는 공동체 의식의 회복이라는 당면 과제의 필요성과 맞물려 있던 것이다. 즉 시극이라는 연극 운동은 예술인들에게 근대와 패전 후의 일본을 비추어 볼 수 있는 거울과 같은 역할을 했던 것이다. 이러한 논의에도 불구하고 이 시극운동은 큰 성과를 보지 못한 채 50년대 말 이후 쇠퇴하기에 이른다. 그러나 이후에도 후쿠다 쓰네아리, 다케치 데쓰지(武智鉄二) 등에 의해 일본 근대의 문제를 연극과 전통극을 통해서 논하고자 하는 움직임으로 이어졌다는 점에서 그 의의를 찾을 수 있을 것이다.

고전의 만화화를 통한
독자의 스토리텔링 리터러시의 확대

『아사키유메미시』의 전략

I. 들어가며 – 스토리텔링 리터러시

본 논문은『겐지모노가타리』라는 고전 작품을 만화화하는 과정에서 독자의 스토리텔링 리터러시(Storytelling Literacy)를 어떻게 의식하여 전략을 사용했는가 하는 것을 고찰하고자 한 것이다. 20세기부터 문예작품은 다양한 매체의 발달에 의해서 중요한 문화콘텐츠로서 다른 매체의 스토리텔링의 기반이 되어 왔다. 대표적인 것은 영화, 연극 등으로『겐지모노가타리』역시 몇 차례나 영화화되었다. 이러한 문예의 대중화라고도 불릴만한 현상은 20세기에 문예 텍스트의 향유에 대한 혁신적인 인식과도 맞물려 있다. 롤랑 바르트는 독서는 능동적으로 소통하는 즐김이라고 설명하고 있다.[1] 즉 텍스트는 향유하는 자를 필연적으로 요청하며 따라서 독자는 능동적인 비평가가 되는 것이다.

이와 같은 문예텍스트를 향수하는 독자의 능동적 해석은 대중문화에서도 마찬가지로 적용된다. 그리고 대중문화의 생산의 지평과 수용의 지평이 상호 영향을 주고받는 순환구조를 이룰 때 독자(향유자)는

---

1) 롤랑 바르트 지음, 김희영 옮김,『텍스트의 즐거움』, 동문선, 1997.

생산의 지평에 유효적절한 영향력을 행사하는 비평가가 된다. 이러한 독자의 수용적 비평, 이것을 리터러시(literacy)라고 한다.[2] 그리고 이 대중문화 리터러시의 한 주류인 문화콘텐츠 스토리텔링 리터러시는 문화콘텐츠 스토리텔링을 해석, 수용하는 커뮤니케이션 능력을 가리킨다.[3] 따라서 처음부터 많은 대중을 향유층으로 하는 만화는 제작과정에서부터 대중의 리터러시를 의식하지 않을 수 없는 것이다.

『겐지모노가타리』라는 고전 텍스트를 소녀만화인 『아사키유메미시(あさきゆめみし)』로 표현할 때 만화라는 특징에서 기인한 서사방법을 사용하게 된다. 뿐만 아니라 고전이라는 텍스트, 특히 현대인에게는 익숙하지 않은 서사방식인 모노가타리와 당시의 사회적 이념, 풍습들을 어떻게 현대인들이 받아들일 수 있도록 만화라는 것으로 전환시키는가 하는 전략이 필요하게 된다. 『아사키유메미시』가 1,500만 부라는 발행 부수를 기록했다는 점에서 대중의 리터러시를 의식한 전략이 뒷받침되었다는 것은 쉽게 미루어 짐작할 수 있다. 지금까지의 선행연구는 고전과 만화라는 두 개의 텍스트의 차이점을 비교하는 데 그치고 있는데 만화가 고전을 알리는 중요한 매체가 되고 있는 만큼 고전의 만화화 전략을 염두에 둔 연구가 필수불가결하다고 할 수 있다. 따라서 본 논문에서는 문화콘텐츠로서의 『겐지모노가타리』를 만화로 스토리화할 때 독자의 리터러시를 의식하여 어떠한 방법이 사용되었는지를 『아사키유메미시』라는 작품을 통해서 고찰해 보고자 한다.

---

2) 문화콘텐츠 스토리텔링 리터러시의 정의는 류은영, 「비평에서 리터러시로-영화 스토리텔링 리터러시를 중심으로」, 『세계문학비교연구』 제38집, 2012, p.346에 의한다. 또한 문화콘텐츠 스토리텔링 리터러시에 대해서 박기수, 「애니메이션 리터러시, 향유의 전략화」, 『한국학연구』 25, 2006, pp.45-70은 애니메이션의 예를 들어 이것을 향유하는 대중을 위해 제작단계에서 향유를 전략화하는 방법, 즉 '향유의 전략화'가 사용되고 있다는 점을 논하였다.

3) 류은영, 상게 논문, p.347.

II. 『아사키유메미시』가 연재된 시기의 소녀만화의 경향

야마토 와키(大和和紀)가 발표한 만화『아사키유메미시』는『겐지모 노가타리』를 만화화한 것 중에서 가장 대중의 사랑을 많이 받은 작품 이다. 1979년 12월호부터 월간 소녀만화 잡지『mimi』에서 부정기적 으로 연재되다가 후에 자매지인『mimi Excllent』로 옮겨 1993년에 완결되었다. 이 만화가 연재되기 시작한 1970년대부터 완결된 1993년 까지『아사키유메미시』의 장르로 분류되는 소녀만화의 흐름을 살펴보 고자 한다. 문화콘텐츠 스토리텔링 리터러시가 수용자인 대중의 문화 콘텐츠 스토리텔링과 커뮤니케이션을 할 수 있는 능력을 의미한다면, 고전이 만화화된 작품이 큰 인기를 누린 이유는 바로 대중의 리터러시 의 확대와 긴밀한 관계가 있다는 것을 의미한다. 따라서 당시의 소녀 만화의 경향을 살펴보는 것은 수용자인 대중의 취향, 그리고 리터러시 를 고려할 수 있다는 점에서『아사키유메미시』의 탄생과 인기의 비결 을 찾아낼 수 있는 열쇠라고 할 수 있다.

패전 후 소녀만화는 60년대를 거쳐 70년대에 만화의 하나의 장르로 자리매김하게 된다. 60년대 말-70년대에 걸쳐 소녀만화 잡지의 창간 이 봇물처럼 쏟아지게 되고, 작가도 기존에는 남성이 소녀만화를 그리 는 경향이 있었으나 이 시기부터는 여성에 의한 소녀만화가 탄생하기 시작한다. 소녀만화의 작가가 여성이라는 점은 여성이 자기표현의 수 단으로 만화를 창작하기 시작했다는 것을 의미하는데 이러한 여성작 가가 탄생할 수 있었던 배경에는 당시 여성해방운동의 영향도 감안해 볼 수 있을 것이다.4) 70년대 초에는 '꽃의 24년생(1947년생, 즉 쇼와(昭

---

4) ドラージ土屋浩美, 「七〇年代ー花開く少女マンガ」, 菅聡子 他 編, 『「少女マンガ」ワン ダーランド』, 明治書院, 2012, p.12.

和) 24년생)' 작가들에 의해 걸작이 쏟아져 나오는데 주로 외국을 배경으로 한 장대한 로맨스로 소녀들의 감성을 대리 충족시키는 경향이 강했다. 그 대표작품은 우리나라에도 잘 알려진『베르사이유의 장미(ベルサイユのばら)』(1972년부터『주간마가렛(週刊マーガレット)』에 연재)이다. 뿐만 아니라 소녀만화의 여명기 이래로 꾸준한 사랑을 받고 있는 이야기, 즉 오로지 한 소녀만을 사랑하는 이상적인 소년과 그로 인해 행복을 얻게 되는 소녀의 신데렐라 이야기도 하나의 붐을 이루고 있었다.

70년대 중반 이후 소녀만화의 특성도 변화하기 시작하는데 이른바 오토메치크(乙女チック, 너무나 소녀다운)[5] 만화가 붐을 이룬다. 이 만화들의 특징은 이전의 작품들과는 다르게 평범한 소녀가 연애의 성취를 통해 자기를 긍정하게 된다는 패턴을 이루고 있고 내면의 이야기가 많은 것이 특징이다.[6] 남자주인공은 평범하고 어딘가 둔하며 다른 사람들보다 뒤쳐져 있는 소녀를 '너의 그대로가 좋아.'라고 긍정해 주는 섬세하고 배려심이 많은 소년으로 기존의 잘 생기고 멋있는 주인공과는 다르다. 이와 같은 소녀만화의 특징은 80년대 학원물(중고등학교 학생들이 주인공이 되어 평범한 일상 속에서 연애를 하는 이야기)로 이어져 간다.

이 시기의 특징 중 가장 두드러진 것은 소녀만화에서 금기시되었던 소녀의 성(性)이 본격적으로 다뤄지기 시작한다는 것이다. 72년에『베르사이유의 장미』에서 처음으로 성관계 장면이 등장한 이후, 소녀의 임신과 성적인 문제를 다룬 작품이 연이어 발표된다. 사회학자 미야다이 신지(宮台真司)에 따르면 성으로부터 격리되었던 신체가 성적인 신체로 변모하게 된다는 것이다.[7]

---

5) 상게서, p.16.

6) 藤本由香里,『私の居場所はどこにあるの?』, 朝日文庫, 2008, p.36.

7) 宮台真司,『サブカルチャー神話解体』, ちくま文庫, 2007, p.30.

그러나 이와 같은 남녀의 성 문제는 70년대까지는 성적인 관계를 통해 남녀의 사랑이 성취된다는 식의 패턴이 주를 이루었다. 즉 사랑=성=결혼이라는 도식이 성립되어 남녀의 성관계는 사랑을 전제로 하여 이루어진 것으로, 성관계가 성립된 이후에 남자가 여주인공을 버린다든지 하는 비극적 사건은 등장하지 않는다.

77년을 기점으로 80년대에 들어 대중의 소비패턴과 취향이 다양해져 가고 여성의 사회진출이 가속화되면서 소녀만화에서의 남녀의 사랑 패턴도 다양화해져 간다. 평범한 소녀를 주인공으로 하는 학원물에서도 성관계가 그려지게 된다. 여자 주인공도 수줍음을 잘 타는, 앞에 나서기를 싫어하는 주인공에서 불량소녀, 남자 같고 당당한 소녀 등 다양한 캐릭터가 등장하고 이들은 백마를 탄 왕자님을 기다리고만 있는 것이 아니라 사랑의 성취를 위해 적극적으로 행동하는 여성들로 묘사된다. 소녀만화 안에서도 장르가 분화되어 오토메치크, 해외 청춘물, 미스터리, 서스펜스, 호러, SF 등이 등장하여 소재의 폭이 넓어진다.

이러한 여자주인공의 변화와 장르의 다양화는 등장하는 남자들에게도 리얼리티를 부여하게 된다. 80년대 후반-90년대가 되면 소녀만화에서의 성관계 묘사는 일상적으로 등장하게 되는데 여주인공들은 자신의 현재의 사랑이 운명적인 사랑이 아닌 때에 따라 변화하는 것이라는 점을 인식하고 그 통과의례로 성관계를 가진다. 이러한 남녀관계의 현실을 가장 잘 이해하고 있는 것은 먼저 만화 속의 여자주인공이고 그 여자주인공을 통해서 자신의 현실을 바라보는 여성 독자들이다. 따라서 여자 주인공들의 변화에 따라 남자주인공도 현실적인 캐릭터로 바뀌게 된다. 그들은 자신의 마음에 확신을 가지지 못하고 방황하는가 하면 여자주인공의 라이벌과도 관계를 가지는 등 현재의 사랑이 운명의 사랑은 아니라는 것이 명백해진다. '남자가 자신을 긍정해 주

는 타인에서 이해해야만 하는 타인으로 변화하게 된 것이다(「男の子が
「自分を肯定してくれる他人」から「理解すべき他人」になりはじめたのである」).'8)

　이와 같은 소녀만화의 변화는 젊은이들 문화의 생성, 그리고 그 발
달단계와 맞물려 있다. 50년대에서 70년에 걸쳐서는 이른바 전공투
(全共鬪) 세대를 중심으로 하여 어른과 대치되는 젊은이라는 개념이 형
성되어 젊은이들만의 고유의 문화가 형성되었다. 그러나 70년대 중반
이 되면 이 젊은이들 사이에서도 소외된 자신이라는 관념을 가지게
되는 층이 생겨나고 80년대에 이르면 그 층은 더욱 분화하게 된다.
이러한 젊은이들의 심리적인 변화를 가장 빠르게 섭취했던 것이 소녀
만화라는 장르로, 따라서 꽃의 24년생 작가들은 등장인물들의 다양한
내면을 표현하기 위해 '틀이 없는 컷, 컷와 컷가 겹쳐지는 컷 분할의
양식, 외곽선과 말풍선에 둘러싸이지 않은 언어의 다용(「枠線のないコ
マ、コマにコマを重ねる、等のコマわりの様式。枠線や吹き出しに囲まれない言葉の
多用」)'9) 등 다양한 표현법을 개발해낸다. 소녀들은 만화를 통해서 등
장인물들에게 자신을 이입하며 자기가 겪는, 앞으로 겪어야 할 다양한
관계성 모델10)을 미리 만화를 통해서 습득하게 되는 것이다.

　『아사키유메미시』가 연재되기 시작한 79년은 바로 소녀만화의 여성
캐릭터가 다양화되고 그에 맞춰 남성의 캐릭터도 변화해 가면서 소녀만
화 안에서도 다양한 장르가 공존하게 되는 시기라고 할 수 있다. 이와
같은 시대배경을 바탕으로 『겐지모노가타리』를 만화화한 『아사키유메
미시』가 대중의 리터러시를 효과적으로 발휘하게 하기 위해서 어떠한
방법을 사용하고 있는지를 구체적인 예를 통해 살펴보고자 한다.

　8) 藤本由香里, 전게서, p.56.
　9) 宮本大人, 「マンガ史的記憶の現在—浦沢直樹を中心に—」, 朝日カルチャーセンター・夏
　　目房之介のマンガ塾第2回, 2005年 1月 29日.
　10) 宮台真司, 전게서, p.34.

III. 순애보적인 남성상과 '이로고노미' 사이

야마토 와키는 『아사키유에미시』 완간 후 인터뷰에서 다음과 같이
이야기하고 있다.

> 『러브팩』을 그릴 무렵부터 『겐지모노가타리』는 재미있다고 생각했습
> 니다만 그 무렵은 제대로 그리더라도 아직 독자가 성장하지 않은 시대였
> 습니다. 그 후에 소녀만화 붐이 있었고 독자도 상당히 독해력이 깊어졌다
> 고 할까, 그런 일이 있어서 겨우 그리기 시작했습니다.
>
> 『ラブパック』の頃から『源氏物語』はおもしろいなとは思っていたんですが、その
> 頃はまだ、まともにやっても読者がそれほど育っていないという時代だったので。
> そのあと少女マンガブームがあって、ずいぶん読者の方も読解力が深まったという
> か、そういうことがあってようやく描き始めたんです。(150)[11]

야마토 와키가 『겐지모노가타리』에서 힌트를 얻어 창작한 최초의
만화인 『러브팩』은 1973년부터 1974년까지 『주간소녀프렌드(週刊少女
フレンド)』에 연재되었다. 이 작품을 창작할 당시부터 『겐지모노가타리』
의 만화화를 염두에 두었으나 독자들의 독해력이 충분한 수준에 이르지
못했다고 판단하고 소녀만화 붐을 통해서 독자의 이해력이 상승한 뒤에
야 『아사키유메미시』의 창작을 결심한 과정이 드러나 있다. 이러한
작가의 언급은 독자의 스토리텔링 리터러시를 의식하여 『겐지모노가타
리』라는 고전을 만화화해도 이해할 수 있는지 독자의 텍스트와의 커뮤
니케이션 능력을 측정한 결과라고 할 수 있다. 1979년부터 연재된 『아
사키유메미시』의 주인공인 히카루 겐지(光源氏)라는 인물상이야말로 이
러한 소녀독자들(이 시기에는 10대에 소녀만화를 통해 이해력을 높인 독자층이

---

11) 이하 야마토 와키의 인터뷰는 大和和紀, 「(インタビュー)あさきゆめみし」, 『源氏研究』
   4, 翰林書房, 1994에 의하고 페이지 수를 표시하였다.

20대가 되었고 사실상 이들이 주요 독자층이 됨)12)의 인간관계에 대한 이해의 성숙 없이는 성립될 수 없는 것이었다.

그러나 연재 초기에는 역시 소녀만화라는 장르와 10대 소녀층을 타깃으로 한 잡지 『mimi』에 연재되었다는 점에서 히카루 겐지의 인물상은 소녀들의 이상적 남성상에서 완전히 벗어날 수는 없었다. 이러한 시각은 『아사키유메미시』의 첫 번째 독자이기도 한 편집자의 강한 요구에 의한 것이기도 했다.

> 집필을 시작할 때 어쨌든 『겐지모노가타리』를 그리려고 할 때에 편집 담당자가 있었는데요. 그 담당자가 "앞으로 여자를 농락하게 될 테니까 맨 처음에는 귀여운 점을 그리고 동정을 사지 않으면 안 된다, 그렇게 하지 않으면 용서받지 못한다"고 했어요(웃음).
> 執筆当初、とにかく『源氏物語』を描こうという時に、編集の担当者がいるわけですよね。その担当が「将来は女たらしになるから、いちばん最初はかわいいところを描いて、同情を誘わなくていけない、そうしないと許されない」って(笑)。(167)

수많은 여성들과 교제하는 히카루 겐지라는 인물은 소녀만화의 독자에게는 좀처럼 받아들여지기 어려웠으며 따라서 연재 개시 당시에는 원문을 바탕으로 하면서도 좀 더 적극적으로 히카루 겐지라는 인물상을 소녀만화라는 장르에 맞출 필요가 있었다.

이러한 소녀만화의 요소는 겐지와 후지쓰보(藤壺)의 만남에서부터 나타나고 있다. 어머니의 얼굴을 알지 못하는 어린 겐지가 연못 속에 비친 자신의 얼굴을 바라보면서 어머니와 자신의 얼굴이 닮았을까 궁금해 하는 사이, 물속에 자신과 닮은 여성, 즉 후지쓰보의 얼굴이 비친

---

12) 인터뷰에서 야마토 와키는 소녀만화를 정말 좋아하면서 읽는 연령층을 어린 시절에 소녀만화를 향유하여 성장한 40대라고 이야기하고 있다. 상게서, p.150.

다. 그러나 이 시점에서 두 사람은 서로가 계모와 계자의 관계가 될
것이라고는 예상하지 못한다. 이와 같이 원전에는 없는 극적인 만남이
삽입되고 있는 것은 둘의 사랑이 운명이라는 점을 암시하는 것으로,
이후『아사키유메미시』에서는 어머니인 기리쓰보노 고이(桐壺更衣)를
그리워 한 나머지 후지쓰보에게 사랑을 느끼고, 그러나 그녀와 맺어질
수 없는 괴로움에 다른 여성들과 만나서 마음을 달래고자 하는 남성으
로 겐지의 모습이 그려져 간다. 예를 들어 로쿠조미야슨도코로(六条御
息所)의 처소를 방문한 겐지는 발 사이로 비치는 그녀의 얼굴을 보고서
도 후지쓰보와 닮았다고 생각하고 마음을 연다.(①107)[13] 실제로 원문
에서도 겐지의 후지쓰보에 대한 연정은 한결같은 형태로 나타난다.
'비오는 날 밤의 품평회(雨夜の品定)'에서 도노추조(頭中将) 등이 나눈 여
성에 대한 품평을 듣고 나서도 '겐지는 단 한 사람 그분을 계속해서
마음속으로 생각하고 계셨다(「君は人ひとりの御ありさまを心の中に思ひつづ
けたまふ」)'(90)라고 하는 표현대로 다른 남성들의 여성들에 대한 품평
을 듣고도 후지쓰보에 대한 생각으로 여념이 없었다.
　그러나 원문에서 묘사된 겐지의 여러 여성들과의 사랑은 단지 후지
쓰보에 대한 미련에 의한 것으로만 설명되지는 않는다.

　　사람의 눈을 피해서 마음에 두고 있는 여성이라도 있는가 하고 의심하
　는 일도 있었지만 그렇게 바람둥이 같은, 흔한 바람둥이 같은 짓은 좋아
　하지 않는 성미여서, 그렇다고는 해도 가끔 한결같이 다른 사람처럼 공교
　롭게도 너무나 괴롭게 집착을 하시는 버릇이 있으셔서 난처한 행동도 하
　시곤 한다.
　　忍ぶの乱れや、と疑ひきこゆることもありしかど、さしもあだめき目馴れたるう

---

13) 이하『아사키유메미시』의 인용은 大和和紀,『あさきゆめみし』①-⑦, 講談社漫画文庫,
　　2001에 의하고 권 수와 페이지 수를 표시해 놓았다. 이 부분은 원전에는 보이지 않는다.

ちつけのすきずきしさなどは好ましからぬ御本性にて、まれには、あながちにひき
違へ心づくしなることを御心に思しとどむる癖なむあやにくにて、さるまじき御ふ
るまひもうちまじりける。　　　　　　　　　　　　　　　　　(帚木①53-54)14)

　겐지는 성실하지만 가끔 다른 사람처럼 정열에 휘둘려 여성에게 집
착하는 버릇이 있다고 평가받는데 이러한 버릇이야 말로 다수의 여성
들과 사랑을 거듭하는 겐지의 특성을 단적으로 드러내고 있다. 그리고
『겐지모노가타리』에서 히카루 겐지는 수많은 여성과 사랑을 나누고
그 사랑을 통해서 권력자로서 최고의 영화를 누리게 되는데 이러한
겐지의 인물상은 '이로고노미(色好み)'로 설명되고 있다. 이 표현은 현
대의 대중들에게는 호색(好色)으로 인식되기 쉬우나, 이 용어를 최초로
학술용어로 사용한 오리구치 시노부(折口信夫)의 정의는 다르다.15) 여
성의 신분, 재능에 따라 그 장점을 식별하여 애착을 갖고 그에 합당한
대우를 한다는 의미의 '이로고노미'는 그러나 현대에서는 통용되기 어
려운 관념인 것이다. 따라서 겐지의 많은 여성과의 사랑의 바탕에는
'이로고노미'의 관념이 제거된 채 어머니에 대한 그리움과 후지쓰보와
의 이루어질 수 없는 사랑에 의한 번뇌로 인해서만 다른 여성들과 접
촉한다는 소녀만화의 공식이 필요했던 것이다.
　『아사키유메미시』에서는 후지쓰보에 대한 겐지의 순애보가 제2부

---

14) 이하 『겐지모노가타리』의 인용은 阿部秋生·秋山虔 他 校注, 新編日本古典文学全集,
　　『源氏物語』①-⑥, 小学館, 1994-1998에 의하고 권명, 권 수와 페이지 수를 표시해
　　놓았다.
15) 고대국가 성립 이전의 소국의 난립시대에 그것을 병합하여 야마토(大和) 왕국이 탄생
　　한다. 이 소국의 정벌과정은 반드시 무력으로만 이루어진 것이 아니라 신을 섬기는 소국
　　의 미코(巫女, 신을 섬기고 제사지내는 여성)와 결혼을 통해서 소국의 지배가 가능하게
　　된 것이다. 즉 히카루 겐지라는 인물상에는 이러한 고대국가 성립과정에서 파생된 이상
　　적인 남성상이 투영되어 있다. 西村亨, 「いろごのみ」, 秋山虔 編, 『源氏物語事典』別冊国
　　文学36, 学燈社, 1989, pp.150-151.

인 무라사키노 우에(紫の上)와의 관계에까지도 영향을 미치고 있다. 온
나산노미야(女三宮)와 겐지의 결혼 후, 정실부인의 자리를 위협받게 된
무라사키노 우에는 괴로운 나머지 겐지의 애정을 의심하기 시작하는
데 그 과정에서 그녀는 겐지의 진실한 애정은 죽은 후지쓰보에게 향해
있다고 생각하고 있다(④208-210). 이와 같은 해석은 야마토 와키의
독자적인 것으로, 원문에서는 겐지가 후지쓰보와의 사랑을 이루지 못
한 것에 대해서 평생의 한으로 간직하고 있지만 무라사키노 우에에
대한 애정은 각별하며, 또한 그녀가 후지쓰보와 겐지의 관계를 알고
있다고 암시하는 부분은 확인할 수 없다. 만화에서의 겐지는 유일무이
한 사람을 사랑하는 순애보적인 인간이지만 그 사랑이 성취되지 못하
자 자신도 모르게 다른 사람과 관계를 가지는 인물로, 그러나 그 순간
만큼은 그 여성에게도 성심성의껏 최선을 다하고 있다. 즉 후지쓰보에
대한 한결같은 사랑은 독자의 감성을 자극하고 그 때문에 방황하는
그의 모습은 동정을 불러일으키고 있으며, 동시에 일시적으로 만난
다른 여성들도 평생 동안 돌봐주는 포용력 있는 남성으로 묘사되고
있는 것이다.

　그러나 이와 같은 설정은 1960년대-70년대 중반까지 간행된 소녀
만화의 남성상이라는 기준에서 볼 때 당시의 독자에게는 도저히 받아
들여질 수 없는 것이었다. 육체적인 관계에 대한 묘사가 배제되었던
소녀만화의 남자주인공은 그 마음이 항상 여주인공을 향해 있었고 육
체 또한 한 사람에게만 주는 것이 소녀만화의 공식이었기 때문이다.
그러나 70년대 후반부터 다양해진 연애 패턴, 성 묘사의 증가, 리얼리
티를 더한 남성 캐릭터의 등장을 통해 소녀만화의 독자들은 히카루
겐지라는 인물의 완벽하지 못한 부분도 어느 정도 받아들일 수 있을
정도로 성숙하게 되었다.[16] 물론 그러한 독자의 이해는 고대적인 이

로고노미라는 관념을 충분히 흡수하는 것을 의미하는 것이 아니라 한 여성과의 못 이룬 사랑이 초래하는 내면의 고독이 다른 여성들과의 관계로 이어진다는 인간의 연약함을 드러내는, 소녀만화 장르 안에서 의 겐지에 대한 이해인 것이다. 그리고 이러한 완벽하지 않은 남성의 묘사는 그를 둘러싼 여성들의 내면 묘사의 다양함과 풍부함을 오히려 가능하게 하고 있다.17) 다시 말해서 방황하는 남성에 의해 그와 관계 를 가지는 여성들의 고뇌는 깊어지고 이것이 그녀들의 내면묘사의 폭 을 넓히는 것이다. 이와 같이 작자 야마토 와키는 소녀만화의 정석인 남성의 한결같은 사랑과 고대적 이로고노미 사이의 균형을 잡는 것으 로 독자의 스토리텔링 리터러시를 확대한 것이라고 할 수 있다.

IV. 고전작품 이해의 빈틈 메우기와 향유의 전략화

일본문화와 문학연구의 권위자인 도널드 킨(Donald Keene) 씨는 일 본고전문학의 최대의 매력에 대해서 "일본어 가운데 있는 애매모호함 에야말로 많은 사람들이 빠져드는 이유가 있다고 생각합니다(「日本語 の言葉の中にある"曖昧さ"の中にこそ、多くの人が魅せられる理由があるのではない かと思います」)."라고 지적하고 있다.18) 원작『겐지모노가타리』역시 다 층적인 해석이 가능한 텍스트로 애매모호한 표현이 독자의 해석의 가

16)『아사카유메미시』의 겐지는 완벽하지 못한 방황하는 남성으로 그려져 있지만 원전에 서 겐지가 여러 여성과 관계를 가지는 것은 여성들의 고뇌의 원인이 되고는 있어도 '이로 고노미'를 체현하는 이상적인 남성으로 간주되고 있다.
17) トミヤマユキコ, 「モブ化するイケメンたち」,『ユリイカ』46巻 10号, 2014, p.211.
18) ドナルド・キーン名誉博士講演会, 「国際化時代における日本古典文学の可能性」(장소:東 洋大学, 일시: 2012.5.26.) http://www.toyo.ac.jp/site/schedule/news-5625.html 검색일: 2014.9.23.

능성을 증대시키고 있다. 그리고 이러한 표현 기법은 독자의 이해라는 측면에서 상상력의 자유를 보장하는 장점으로 기능하기도 하지만 명백하지 않기 때문에 초래되는 텍스트 이해의 빈틈을 낳기도 한다. 그러나 이것이 시각화된 만화인 경우, 언어의 애매모호함으로만은 처리할 수 없는 부분이 생긴다. 뿐만 아니라 만화라는 장르를 고려해 볼 때 언어로 된 텍스트와는 달리 시각과 언어를 통한 독자 향수의 스피드성이 요구된다. 그리고 필연적으로 말이 가시화되면 언어와 그림 표현에는 차이가 생겨날 수밖에 없다.[19] 당연히 원작과 만화『아사키 유메미시』사이에도 이러한 거리는 존재하는데 그 대표적인 예가 후지쓰보와 겐지의 관계이다. 원작에서는 겐지와 후지쓰보의 관계에서 후지쓰보의 겐지에 대한 감정을 정확하게 읽어낼 수 있는 장면이 없다. 따라서 선행연구 중에는 이 관계를 일방적인 사랑으로 규정하기도 한다. 그러나 다른 한편으로는 두 사람이 악기를 연주하는 장면에서 보이는 다음과 같은 표현이 후지쓰보의 겐지에 대한 애정을 드러내는 부분으로 지적하고 있다.

성인식을 하고 난 후에는 (천황께서도) 지금까지와 마찬가지로 겐지를 발 안으로 들어가지 못하게 하셨기 때문에 관현의 연주가 열리는 날에는 (후지쓰보가) 연주하는 고토와 (겐지의) 피리 **소리를 서로 주고받고**, 희미하게 들리는 후지쓰보의 목소리를 위로로 삼아 궁중에서의 생활만을 마음에 들어 하신다.

大人になりたまひて後は、ありしやうに、御簾の内にも入れたまはず、御遊びのをりをり、琴笛の音に聞こえ通ひ、ほのかなる御声を慰めにて、内裏住みのみ好ましうおぼえたまふ。　　　　　　　　　　　　　　　　(桐壺①49)

---

19) 三輪健太朗, 『マンガと映画』, NTT出版, 2014, p.179.

이 본문의 굵은 글씨로 표시한 부분에 대해서 신편일본고전문학전집의 주는 '후지쓰보가 연주하는 고토(琴)의 음에 겐지가 피리 소리를 맞춰 들려준다는 뜻. 그로 인해 마음이 통한다. '통한다'라고 하여 후지쓰보 쪽에서도 마음이 움직인다(「藤壺の弾く琴の音に源氏が笛を吹き合わせてお聞かせする意。それによって心が通う。「通ひ」とあり、藤壺の方からも心動く」).'라고 설명하고 있어, 서로가 연주하는 악기의 소리가 상대에 대한 마음의 표현이라고 해석하고 있다는 것을 알 수 있다. 그러나 이것만으로 후지쓰보의 진심을 정확하게 읽어내기는 어려우며, 또한 이 외에도 텍스트 전체에서 후지쓰보가 겐지에게 애정을 가지고 있다는 점에 대해서는 구체성이 결여되어 있다. 따라서 선행연구에서도 후지쓰보의 심리를 구체적으로 읽어내려고 하는 시도들이 계속 반복되어 왔다.

그러나 『아사키유메미시』에서는 이와 같이 원전에서는 배후로 물러나 있는 후지쓰보의 심정을 전면에 내세우고 있는 것이 특징이다. 예를 들면 다음과 같은 장면.

이 장면은 성인이 된 겐지가 후지쓰보와 만나지 못하게 되어 만나달라고 떼를 쓰자 이를 거부하면서도 눈물을 흘리는 후지쓰보의 모습이 그려져 있는 부분이다. 이러한 후지쓰보의 내면의 구체화는 겐지의 유일한 사랑의 대상이 후지쓰보이고 그녀 역시도 겐지를 사랑하고 있다는, 그렇기 때문에 독자에게 두 사람의 이별에 안타까움을 더하게 하는 요소로 작용하고 있다. 이와 같은 독자의 이해를 유도하는 명확한 해석의 제시는 소녀만화의 팬의 심리를 충족시킬 뿐만 아니라 『겐지모노가타리』의 선행연구들이 후지쓰보의 내면을 확실하게 읽어내려고 시도해왔던 것처럼 독자들의 고전 텍스트 이해의 빈틈을 메워 작품을 이해하는 방법을 제시하는 역할을 하고 있다.

고전텍스트의 만화화는 고전과 현대라는 요소를 적절히 섞어서 『겐지

[그림1]

모노가타리』의 독자에게는 충분히 이해하기 어려운 점을 분명하게 그려냄으로서 원전을 이해하도록 하고 원전과 접한 적이 없는『아사키유메미시』의 독자들에게는 원전의 이해뿐만 아니라 당시(헤이안 시대)의 시대적인 요소, 남녀관계의 구체적인 양상, 이야기의 무대가 되는 배경 등을 시각화하고 있다. 즉 독자의 고전 이해의 빈틈을 메우는 수법은 원전의 팬들과 현대 만화 팬들의 욕구를 모두 충족시키고 있는 것이다.

이와 같은 수법은 애매모호하게 그려져 있는 등장인물의 심리를 전면에 내세우는 것에 그치는 것이 아니라 간과해 버리기 쉬운 인물관계와 그 사이에 오고가는 심리를 정확히 끄집어내어 충분히 설명하고 있는 점에서도 확인할 수 있다.

무라사키노 우에가 온나산노 미야와 겐지의 결혼 후 오랫동안 마음의 병을 치유하지 못한 채 점차 죽음에 가까워지는 것을 직감하고 겐지에게 출가하게 해달라는 허락을 구한다. 그러나 끝내 겐지는 무라사키노 우에에 대한 집착을 버리지 못하고 죽을 때까지 함께하고 싶다고 하면서 출가를 만류한다. 그러한 겐지의 말에 무라사키노 우에는 다음과 같이 출가를 체념하면서 복잡한 심경을 드러낸다.

(겐지의) 허락 없이 나 혼자의 마음대로 출가를 결정하는 것도 남 보기에 좋지 않고 내 자신도 원하지 않는 것이라고 생각하며 이 일 때문에 겐지를 원망하셨다. 내 자신의 죄업이 많기 때문에 염원을 성취하지 못하는 것 아닌가라고 생각되어 그것이 마음에 걸리시는 것이었다.

御ゆるしなくて、心ひとつに思し立たむも、さまあしく本意なきやうなれば、このことによりてぞ、女君は恨めしく思ひきこえたまひける。わが御身をも、罪軽かるまじきにやと、うしろめたく思されけり。

(御法④494-495)

이 인용문에서 주목해야 할 점은 겐지의 허락 없이 출가하는 것은 무라사키노 우에의 뜻과도 어긋난다는 점, 그리고 출가하지 못하는 것에 대해서 겐지를 원망하면서도 무라사키노 우에 자신의 운명을 원망하는 자세이다. 그녀가 출가를 강행하지 않고, 그러한 행위는 자신의 뜻이 아니라고 하는 것은 홀로 남겨질 겐지의 고독을 충분히 인식하고 있기 때문이며 이것은 겐지의 여성 문제로 온갖 고통을 겪으면서도 평생을 함께해 왔기 때문에 그를 깊이 이해하는 심정에서 비롯된 것이라고 할 수 있다. 그러나 위의 인용문에서 읽어낼 수 있는 이러한 무라사키노 우에의 심경은 지금까지의 겐지와 무라사키노 우에의 관계를 충분히 이해하고 텍스트를 정독해 온 독자만이 정확하게 읽어낼 수 있는 성질의 것이다. 다시 말해서 무라사키노 우에는 겐지의 모든 것을 포용하는 여성으로 그려지고 있으며 독자는 스스로가 상당한 노력을 통해서 이와 같은 텍스트 해석의 빈틈 부분을 메워가야만 하는 것이다.

그에 반해서 『아사카유메미시』는 이 부분을 전면의 해석으로 내세워 무라사키노 우에의 죽음에 이르는 과정에서 강조하고 있다. 자신의 소녀시절, 겐지의 만남에서부터 현재까지 둘 사이에 일어났던 다양한 사건들을 되돌아보면서 - 이 부분은 원전에는 없음 - 무라사키노 우에는 자신의 생애를 겐지에게 사랑받고 사랑해 온 인생이라고 규정하고 있다. 뿐만 아니라 그렇기 때문에 더욱 더 겐지를 홀로 남겨두고 출가하는 것도, 그를 혼자 남겨두고 죽는 것도 괴롭다는 심경을 반복해서 드러내고 있다. 이러한 묘사는 원전 텍스트에는 확실하게 제시되

[그림 2]

어 있지는 않지만 이 작품을 깊게 음미하는 독자들만이 읽어낼 수 있는 것이다. 그러나 만화를 접한 독자들은 죽음을 앞둔 무라사키노우에의 내면이 실제로 그러했을 것이라고 납득할 수 있도록 구성되어 있다.

『아사키유메미시』가 소녀만화라는 한정된 장르적 제약에도 불구하고 높은 작품성으로 평가받고, 나아가 소녀만화 팬뿐만 아니라 남녀노소를 불문하고 다양한 독자층을 확보하게 된 이유는 바로 이러한 전문성이 요구되는 고도의 텍스트 이해를 그림과 적절한 대사, 해석의 전면화를 통해서 알기 쉽게 제공하고 있기 때문이다. 그러한 점에서 고전텍스트, 즉 문자 텍스트가 가지고 있는 한계를 뛰어넘어 폭넓은 독자를 흡수하는데 성공한 것이라고 할 수 있다.

V. 소녀만화와 모노가타리의 스토리텔링 방법

『겐지모노가타리』의 서술 방법은 일반적으로 내레이터의 역할을 하는 복수의 가타리테(語り手), 등장인물의 대사나 내면묘사, 작가의 언어인 소시지(草子地)로 이루어져 있다. 그러나 이 서술 방법의 특징은 이 요소들이 텍스트 안에서 확실하게 구분되어 있지 않고, 특히 가타리테의 경우, 등장인물의 내면을 추측하거나 대변하는 등 상당히 복잡한 형태로 이루어져 있다. 『겐지모노가타리』에서 내면묘사가 급증하

는 와카나(若菜)권의 예를 살펴보면 다음과 같다.

　(A) ① 이와 같이 노보들이 보통 일이 아닌 것처럼 이야기하고 있는 것도 듣기 거북하다고 생각하시고 "이렇게 이분 저분 많이 계시지만 (겐지)의 마음에 드시어 화려하고 훌륭한 신분을 타고난 분은 계시지 않다고, 언제나 보시고 부족하다고 생각하시고 계신 곳에 미야(온나산노미야)가 이렇게 시집을 오신 것은 참으로 훌륭한 일입니다. 역시 어린아이 같은 마음을 잃지 않은 탓인지 저도 사이좋게 지냈으면 좋겠다고 생각하고 있습니다만 공교롭게도 거리가 있는 것처럼 사람들이 이야기하고 있는 것인지요. 신분이 비슷하거나 신분이 아래거나 하는 사람에게야말로 그냥 흘러들을 수 없는 일도 생기지만 (온나산노미야)에게는 황송하게도 가엾은 사정이 있는 것 같으니 어떻게든 안심하셨으면 하는 마음입니다"라고 말씀하셨기 때문에 나카쓰카사와 추조노키미 등 노보들은 눈짓을 하면서 '지나친 배려구나'라고 말하고 있음에 틀림없다. 옛날에는 (겐지가) 특별하게 정을 준 사람들이지만 오랜 기간 무라사키노 우에를 모시고 있어 지금은 모두 편을 들고 있는 것 같다. ② 다른 분들한테도 '어떻게 생각하고 계실까. 처음부터 체념하고 있었던 사람들은 오히려 마음이 편한 것'이라는 등 이쪽을 살피면서 문안을 드리는 분도 있는데 (무라사키노 우에는) ③ 이렇게 추측을 하는 사람들이야말로 오히려 괴롭구나. 이 세상이라는 것은 정말이지 허무한 것인데 어찌 괴로워하고만 있을 수 있겠는가 ④ 하는 등의 생각을 하신다.
　① かう人のただならず言ひ思ひたるも、聞きにくしと思て、「かくこれかれあまたものしたまふめれど、御心にかなひていまめかしくすぐれたる際にもあらずと、目馴れてさうざうしく思したりつるに、この宮のかく渡りたまへるこそめやすけれ。なほ童心の失せぬにやあらむ、我も睦びきこえてあらまほしきを、あいなく隔てあるさまに人々やとりなさむとすらむ。等しきほど、劣りざまなど思ふ人にこそ、ただならず耳たつこともおのづから出で来るわざなれ、かたじけなく心苦しき御事なめれば、いかで心おかれたてまつらじとなむ思ふ」などのたまへば、中務、中将の君などやうの人々目をくはせつつ、「あまりなる御思ひやりかな」など言ふべし。昔は、ただ

ならぬさまに、使ひ馴らしたまひし人どもなれど、年ごろはこの御方にさぶらひて、
みな心寄せきこえたるなめり。② 他御方々よりも、「いかに思すらむ。もとより思ひ
離れたる人々は、なかなか心やすきを」など、おもむけつつとぶらひきこえたまふも
あるを、③ かく推しはかる人こそなかなかくるしけれ、世の中もいと常なきものを、
などてかさのみは思ひ悩まむ、④ など思す。

(若菜上④66-67)

　이 장면은 온나산노미야와 겐지의 신혼 3일째 밤, 홀로 남아 있는
무라사키노 우에를 둘러싸고 뇨보(女房)들이 정실부인의 자리를 위협
받는 무라사키노 우에와 황녀인 온나산노미야 사이에서 좋지 않은 일
이 발생하지는 않을까 수군대는 소리를 듣고 무라사키노 우에가 그녀
들에게 자신은 온나산노미야와 사이좋게 지내고 싶은데 주변사람들이
억측을 한다고 나무라는 장면이다. 밑줄부분①은 가타리테가 무라사
키노 우에의 심정을 이야기하는 부분, " "(일본어 인용문은 「」라는 부분
은 무라사키노 우에가 뇨보들을 나무라는 대사 부분이다. 그리고 점선
부분은 뇨보들이 서로 눈짓을 하면서 이야기하는 것을 가타리테가 추
측으로 전하는 형태로 구성되어, 즉 뇨보들이 '지나친 배려구나'라고
말하고 있음에 틀림없다'라는 형식으로 가타리테의 목소리가 직접적
으로 개입하고 있다. 밑줄부분②는 다른 여성들이 '어떻게 생각하고
계실까. 처음부터 체념하고 있었던 사람들은 오히려 마음이 편한 것
을'이라고 하면서 무라사키노 우에의 기색을 살피기 위해서 찾아온다
는 사실을 드러내고 있다. 그리고 문맥은 무라사키노 우에의 내면묘사
로 전환된다(밑줄부분③). 그러나 이 부분의 표현은 단순히 무라사키노
우에의 내면묘사라고만은 할 수 없는데 그 이유는 ④의 '하는 등의
생각을 하신다'라는 표현으로 문장③이 마무리되고 있다는 점에서 ③
의 문장은 가타리테가 무라사키노 우에의 내면과 겹쳐져 그것을 직접
적으로 묘사하고 있는 형태라고 해석할 수도 있다. 이러한 복잡한 본

[그림3]　　　　　　　　　　　　　[그림4]

문은 현대의 독자에게는 전혀 익숙하지 않은 서술방법이라고 하겠다.

　이와 같이 『겐지모노가타리』의 본문은 매우 복잡한 서술형태를 띠고 있고 다양한 목소리(다성(多声, polyphony))가 겹겹이 텍스트 안에서 발화되고 있는 점이 특징이다. 이러한 복잡한 본문을 『아사키유메미시』는 어떻게 처리하고 있는가?

　위의 그림을 살펴보면 먼저 전게 본문(A)의 무라사키노 우에의 대사는 뇨보를 향해서 그대로 사용되고 있다. 그리고 이러한 뇨보들의 억측과 함께 다른 여성들이 무라사키노 우에를 떠보려고 하는 모습이 배후의 소곤대고 있는 여성들의 모습으로 시각화되고 있다. 그리고 [그림3]에서 시작된 뇨보들과의 대화는 다음 장의 말풍선에서 매듭이 지어지고 있다. 그렇다면 [그림3]의 아랫부분의 무라사키노 우에의 내면과 배후에 있는 여성들의 수군거림, 그리고 [그림4]의 경우, 뇨보들

의 대사와 동시에 발생하는 무라사키노 우에의 내면묘사가 각각 하나
의 커트에 담겨 있어 독자들도 이 양쪽을 거의 동시에 시각적으로 확
인하게 되는 것이다. 이러한 점은 위의 전게 본문(A)에서 독자들이
먼저 대사부분을 읽고 다른 여성들이 질투하는 문장에서 무라사키노
우에의 내면묘사로 전환되는 것을 시간의 순서로 읽어나가야 한다는
점과는 다르다. 다시 말해서 만화에서는 인물의 대화와 심리가 한 컷
안에서 동시에 다층적으로 표현되기 때문에 독자의 이해를 위해 걸리
는 시간이 단축된다. 그러나 동시에 만화의 스토리텔링 방법의 다층성
이야말로 원전의 다성성을 가장 효과적으로 구현할 수 있는 방법이라
고도 할 수 있다. 위의 본문(A)의 설명에서 밝혔듯이『겐지모노가타리』
는 가타리테의 목소리와 등장인물의 내면묘사가 그 경계를 명확히 구
분할 수 없게 전개되어 마치 가타리테에 의한 설명과 등장인물의 내면
묘사가 동시에 이루어지고 있는 것처럼 표현되어 있다. 그리고 ②와
③의 문장의 경우, 독자들은 텍스트를 순서대로 읽지만 실제로 다른
여성들이 무라사키노 우에의 눈치를 살피고 그에 대해서 무라사키노
우에가 그런 여성들의 태도가 괴롭다고 생각하는 상황은 거의 동시적
인 것이다. 즉 만화의 표현은 이러한 상황을 정확하게 한 컷 안에 표현
하고 있는 것이다. 모노가타리의 이러한 다성적인 측면은 영화나 연
극, 애니메이션과 같은 매체로는 도저히 표현할 수 없는 것이다. 만화,
특히 그 중에서도 소녀만화라는 매체가 가진 특징, 즉 컷과 컷을 겹쳐
놓고 하나의 컷 안에서 여러 가지 층위의 것(그림, 말풍선, 말풍선을 배제
한 내면묘사, 지문)을 함께 묘사할 수 있다는 이점[20]에 의해 독자들에게

---

20) 나쓰메 후사노스케는 소년만화와 소녀만화의 차이에 대해서 夏目房之介,「コマの基本原
　　理を読み解く 読者の心理を誘導するコマ割りというマジック」, 夏目房之介編,『マンガの読
　　み方』, 宝島社, 1995, p.181라는 논문에서 다음과 같이 설명하고 있다. '시간의 연속과
　　압축/개방이 1960년대까지의 소년·청년만화 컷의 기본적 기능이었다고 한다면 70년대의

전달되고 있다는 것을 알 수 있다.

　야마토 와키는 원전의 만화화에 대해 '고전 문장을 현대문으로 번역하는 것과는 다르다. 이야기를 잘 읽고 드라마로서 재구축하지 않으면 안 된다. …… 시작해 보니 그와 같은 잔꾀는 이 괴물과 같은 모노가타리에는 통하지 않고 오히려 순수하게 따르는 편이 전체를 해치지 않고 완성할 수 있다는 것을 깨달았다. …… 현대어역에서 줄거리를 머리에 넣고 주석본의 위와 옆의 주석에 눈을 돌리면서 음독하여 컷 구성을 시작한다. 음독함에 따라 천 년 전의 어두침침한 건물과 등불에 떠오르는 붉은 의상이 눈앞에 보이는 것은 이상한 일이었다(「古文を現代文に訳するのとは違う。話を読み込み、ドラマとして構築しなおさなければならない。…… 始めてみると、そういった小細工は、この怪物のような物語には通じず、かえって素直に従う方が、全体を損ねる事なく完成できると気づいた。…… 現代語訳で筋書きを頭にいれ、注釈本の上や横の注釈に目を配りながら音読してコマ割りにかかる。音読するにつれ、千年前のうす暗い建物や、灯りに浮かぶ紅の衣裳が目に浮かんで来るのは不思議だった」)'라고 이야기하고 있다. 여기에서 작자는 『겐지모노가타리』를 충실하게 재현하면서도 만화로 재구축하고자 했다는 것을 밝히고 있다. 또한 음독을 통해서 컷을 구성했다는 것도 언급하고 있는데 이것은 한 컷 안에 모노가타리가 가지는 다성성을 시각적 표현으로 구현해 낼 수 있는 것을 의미하는 것이며, 바로 다성적인 모노가타리에게 가장 적합한 것이 소녀만화라는 장르라는 것을 보여주는 것이다.

소녀만화는 장식적인 컷 구성의 개발에 의해 컷에 비시간연속적인 중층, 착종, 내포라는 새로운 기능을 초래했다. 그에 의해서 미묘한 뉘앙스의, 의식의 복잡한 중층과 착종의 표현이 가능해진 것이다.(「時間継起と圧縮/開放が一九六〇年代までの少年・青年マンガのコマの基本的機能だったとすれば、七〇年代の少女マンガは装飾的なコマ構成の開発によって、コマに非時間継起的な重層、錯綜や内包という新しい機能をもたらした。それによってさらに微妙なニュアンスの、意識の複雑な重層や錯綜の表現が可能になったのである」)'

VI. 나오며

고전 『겐지모노가타리』는 근현대 일본의 중요한 문화콘텐츠로 자리 잡아 영화, 연극, 애니메이션, 만화작품으로 재탄생되었다. 이 장편의 고전을 향수하는 것은 독자들에게 많은 시간과 노력이 요구되며, 뿐만 아니라 높은 작품성만큼 해독하고 이해하는 데에도 상당히 어려운 부분이 있다. 따라서 현대의 문화콘텐츠로서 다양한 매체에서 이 작품을 재구성하는 것은 원전 이해를 위한 하나의 길라잡이가 될 뿐만 아니라 현대의 새로운 해석을 가미하여 그 나름의 재미를 추구할 수 있다는 점에서 이점이 있다.

그럼에도 불구하고 기존의 선행연구에서는 『겐지모노가타리』를 만화화한 『아사키유메미시』의 고찰에서 원전 텍스트와의 비교를 통한 차이점을 논하는 데 그치고 있다. 그러나 스토리텔링을 하는 매체가 다른 만큼 만화와 텍스트 사이에 차이가 생기는 것은 필연적인 것이라고 할 수 있다. 오히려 원전 텍스트를 비교적 충실하게 구현하고 있는 『아사키유메미시』가 스토리텔링을 하는 과정에서 대중과의 소통을 위해 어떤 전략을 사용하고 있는지를 밝히는 것이 중요할 것이다.

고전의 소녀만화라는 매체로의 전환은 그 기획 단계에서 대중의 만화텍스트와의 소통 능력인 문화콘텐츠 스토리텔링 리터러시, 즉 독자의 향유의 전략화를 의식하지 않을 수 없다. 본 논문에서는 독자의 리터러시를 의식하여 『아사키유메미시』에서 고려된 다양한 전략을 살펴본 것으로, 이로 인해 원전의 팬을 만족시키고 있을 뿐만 아니라 새로운 독자층을 원전으로 끌어들이고 있다는 것을 논하였다.

Ⅰ. 들어가며

헤이안 시대 말기에 성립된 모노가타리 『쓰쓰미추나곤모노가타리
(堤中納言物語)』에 수록되어 있는 「벌레를 좋아하는 아가씨(虫を愛づる姫
君)」는 주인공 아가씨의 특이성이 선행연구의 주된 연구테마였다고 할
수 있다. 이 작품에 대해서는 아가씨를 통해서 당시의 세태풍속을 비
판하고 있다고 논한 연구,[1] 헤이안 말기라는 시대가 엽기취미를 용인
하는 분위기였고 그로 인해 탄생한 것이 이 작품이라고 지적하는 연
구[2]를 비롯하여 근년에는 아가씨의 성(性) 문제를 추구하는 연구들이
등장하였다. 대표적인 것은 간다 다쓰미(神田龍身) 씨의 연구로[3] 성인
여성이 되는 것을 거부한 채 언제까지나 자신의 낙원 속에서 안주하려
고 하는 아가씨의 폐쇄성을 지적하고 있다. 이외에도 귀족사회의 모습
과 불교사상에 대한 이해를 패러디 한 작품이라는 점,[4] 제도적 성과

---

1) 関根賢司, 「虫めづる姫君二題」, 『物語文学論』, 桜楓社, 1980.
2) 塚原鉄雄 校注, 「解説」, 新潮日本古典集成 『堤中納言物語』, 新潮社, 1983.
3) 神田龍身, 「『虫めづる姫君』幻譚 ―虫化した花嫁―」, 『物語研究』1, 1979.
4) 土方洋一, 「物語のポスト・モダン―虫めづる姫君―」, 『鶴林紫苑』, 2003.11.

본연의 성과의 격차, 불교적 여성관과의 거리를 드러내는 작품이라는
연구5)도 보고되고 있다.

또한 이 작품의 주인공인 아가씨는 1984년에 미야자키 하야오(宮崎
駿) 감독이 장편 애니메이션화한『바람계곡의 나우시카(風の谷のナウシ
カ)』의 히로인인 나우시카의 모델로도 알려져 있다. 현재 이 애니메이
션은 주로 환경파괴와 인류구원6)이라는 시점에서 논의되고 있다.

이와 같이 900여년의 시간을 뛰어 넘어 벌레를 좋아하는 아가씨가
애니메이션의 히로인으로 흡수된 데에는 주인공으로서의 매력이 있기
때문일 것이다. 이러한 점에 착안하여 먼저 본고에서는「벌레를 좋아하
는 아가씨」의 특징을 기존의 헤이안 시대의 모노가타리의 특성과 비교
하여 분석한 후,『바람계곡의 나우시카』안에서 벌레를 좋아하는 아가
씨가 어떻게 투영되고 있는지를 살펴보고자 한다. 이 작업은 고전작품
을 현대화하는 의미와 그 재탄생 과정을 고찰해 보고자 하는 것이다.

II. 제도화된 젠더의 거부와 이상취미, 불교

이 작품의 서두 부분에는 주인공이 이전의 이야기 속에서는 볼 수
없는 파격적인 인물이라는 점을 다음과 같이 대비되는 표현을 통해서
예고하고 있다.

    (A) 나비를 좋아하는 아가씨가 살고 계시는 근처에 아제치노 다이나곤
    의 딸이 살고 계시는데 부모님은 이 딸을 보통이 아닌, 아주 각별하고

---

5) 立石和弘,「虫めづる姫君論序説―性と身体をめぐる表現から―」,『王朝文学史稿』21, 1996.
6)『ユリイカ 総特集 宮崎駿の世界』29-11, 青土社, 1997.; 宮崎駿,『風の帰る場所 ナウシ
   カから千尋までの軌跡』, ロッキングオン, 2002.

소중하게 키우고 계신다. 이 아가씨가 하시는 말이 '사람들이 꽃이요, 나
비요라고 하면서 아끼는 것이야말로 천박하고 바보 같은 것이다. 인간은
성실한 마음으로 사물의 본질을 추구하는 것이야말로 마음이 훌륭한 것
이다'라고 하여 다양한 벌레, 무서워 보이는 것들을 채집하여 '이것이 성
장하는 것을 봐야겠다'고 하고 여러 가지 곤충 상자 등에 넣게 하셨다.
그 가운데에서도 '모충이 사려 깊은 모습을 하고 있는 것이 훌륭하다'라
고 하면서 아침저녁으로 머리를 귀 뒤로 넘기고 손바닥에 놓고 애무하면
서 지켜보고 계신다.

> 蝶めづる姫君の住みたまふかたはらに、按察使の大納言の御むすめ、心にくく
> なべてならぬさまに、親たちかしづきたまふこと限りなし。この姫君ののたまふこ
> と、「人々の、花、蝶やとめづるこそ、はかなくあやしけれ。人は、まことあり、本
> 地たづねたるこそ、心ばへをかしけれ」とて、よろづの虫の、恐ろしげなるを取り集
> めて、「これが、成らむさまを見む」とて、さまざまなる籠箱どもに入れさせたま
> ふ。中にも「烏毛虫の心深きさましたるこそ心にくけれ」とて、明け暮れば、耳はさ
> みをして、手のうらにそへふせて、まぼりたまふ。(407)7)

위의 인용문은 나비를 좋아하는 아가씨가 사는 곳 근처에 벌레를
모으는 아가씨가 살고 있다는 것을 대조적으로 그리고 있다. 이 작품
은 귀족 여성이 벌레를 모으는 취미가 있다는 이야기를 처음으로 다루
고 있는데 나비를 좋아하는 아가씨가 귀족이 선호하는 일반적인 여성
인 데 반해서 벌레를 좋아하는 여성은 그 취미뿐만 아니라 습관, 취향
등에서도 독특한 면모를 드러내고 있다. 벌레 중에서도 '모충(毛虫)'을
아끼고,

(B) '인간은 모두 꾸밈이 있는 것은 좋지 않다'라고 하여 눈썹을 뽑는
일은 절대 하지 않는다. 이빨을 검게 물들이는 것은 '정말이지 번잡하고

---

7) 이하 「벌레를 좋아하는 아가씨」의 본문의 인용은 三谷栄一・三谷邦明 校注, 新編日本古典
文学全集 『落窪物語 堤中納言物語』, 小学館, 2000에 따르고 페이지 수를 표시하였다.

지저분하다'라고 하여 하지 않으신다. 정말 하얀 이빨을 드러내고 웃으면
서 이 벌레들을 아침저녁으로 귀여워하고 계신다.

「人はすべて、つくろふところあるはわろし」とて、眉さらに抜きたまはず。歯黒
め、「さらにうるさし、きたなし」とて、つけたまはず、いと白らかに笑みつつ、この
虫どもを、朝夕べに愛したまふ。(408)

매우 뻣뻣하고 풍류가 없는 종이에 답가를 쓰셨다. 히라가나는 아직
쓰시지 않으셨고, 가타카나로,
　인연이 있다면 최고의 극락정토에서 만납시다. 곁에 있기 힘들군요.
그런 뱀의 모습으로는 행복한 동산에서 만납시다
라고 되어있다.

いとこはく、すくよかなる紙に書きたまふ。仮名はまだ書きたまはざりければ、
片仮名に、
「契りあらばよき極楽にゆきあはむまつはれにくし虫のすがたは福地の園に」
とある。(414)

라고 하는 예문에서 알 수 있듯이 자연스러운 인간의 모습이 좋다는
이유로 눈썹을 뽑지도 않고 이빨을 검게 물들이는 화장도 하지 않은
채 오로지 벌레에만 애착을 보이고 있다. 뿐만 아니라 이 아가씨에
대한 소문을 들은 남성인 우마노스케(右馬佐)가 편지를 보내자 그에 대
한 답장을 풍류를 느낄 수 없는 종이에 그것도 히라가나가 아닌 가타
카나로 쓰고 있다. 그러나 이 예문에서 제시되고 있는 벌레를 좋아하
는 아가씨의 기괴한 행동과 사고방식은 반대로 왕조 귀족사회가 강력
한 문화적 성(性)인 젠더를 만들어내고 있는 것을 드러내고 있다. 여성
은 히라가나를 사용해야 하고 눈썹을 뽑고 이빨을 검게 물들여야 하며
나비를 귀여워해야 한다는 사회의 젠더에 대항하는 기재가 바로 벌레
에 대한 애착을 비롯한 인위적인 것 일체를 거부하는 아가씨의 행위인

것이다.

또한 '벌레를 좋아하는 아가씨'의 특징으로 주목해야 할 점은 사회
와는 다른 이질성을 주장하는 그녀의 언설이 불교의 교리와 관계가
있다는 점이다. 앞서 인용한 본문(A)에서 확인할 수 있듯이 사람들이
꽃과 나비를 좋아하는 것은 허무하고 이상한 것으로 사물의 본체(本地)
를 파악하는 것이야 말로 중요하다고 하고 있다. 이 문장에서 사물의
본체라는 뜻을 가진 본지(本地)란 예를 들어 『신편일본고전문학전집』
의 주에서는 '화신에 대해서 부처님의 본체를 의미하는 불교어(「化身に
対して、仏の本体をいう仏教語」)'라고 해설하고 있다. 세상의 눈과 소문을
의식하는 부모님에게도 벌레를 좋아하는 아가씨는 철저하게 항변하는
데 이 역시 불교의 논리를 가지고 주장하고 있다.

(C) '상관없어요. 모든 현상을 추구하여 그 결과를 보는 것이야말로
현상은 의미를 가지는 것입니다. 정말이지 유치하군요. 모충이 나비가
되는 것이에요'라고 그 모습이 되는 것을 꺼내셔서 보여주셨다.

「苦しからず。よろづのことどもをたづねて、末を見ればこそ、事はゆゑあれ。い
とをさなきことなり。烏毛虫の、蝶とはなるなり」そのさまのなり出づるを、取り出
でて見せたまへり。(409)

모든 현상을 추구하여 그 결과를 확인하는 것이 인과관계를 아는
것이라고 하는 표현은 전게 본문(A)의 사물의 본체라는 의미의 본지
(本地)와 일맥상통하고 있다. 이와 같이 불교의 교설로 부모님에게 저
항하는 아가씨의 태도는 자신에게 관심을 표명하는 남성에 대한 거부
를 나타낼 때에도 드러나고 있다. 우마노스케는 아가씨에게 허리띠로
뱀 모양을 만들어 비늘 모양의 주머니에 넣어 와카와 함께 보낸다.
주머니를 열어 본 뇨보(女房)들은 놀라서 소란을 피우나 아가씨만은

다른 반응을 보이고 있다.

> (D) 아가씨는 전혀 아무렇지도 않게 '나무이미타불, 나무아미타불'이
> 라고 하면서 **'전생의 부모일 거예요**. 소란피우지 마세요'라고 하지만 목소
> 리는 떨리고 얼굴은 딴 데로 돌린 채 '우아한 모습일 동안에만 소중하게
> 여기는 것은 좋지 않은 마음이다'라고 중얼거리시면서 뱀을 가까이에 가
> 지고 오시면서도 역시 두려워서 섰다가 앉았다가 하는 모습이 나비와 같
> 고, 목소리는 매미 같은 목소리로 말씀하시는 것이 너무나 우스꽝스러워
> 서 뇨보들이 도망쳐 나와 포복절도하고 있는데 이것을 아버지에게 말씀
> 드렸다.
>
> 　君はいとのどかにて、「南無阿弥陀仏、　南無阿弥陀仏」とて、「生前の親なら
> む。な騒ぎそ」と、うちわななかし、顔、ほかやうに、「なまめかしきうちしも、けち
> えんに思はむぞ、あやしき心なりや」と、うちつぶやきて、近く引き寄せたまふも、
> さすがに、恐ろしくおぼえたまひければ、立ちどころ居どころ、蝶のごとく、こゑ
> せみ声に、のたまふ声の、いみじうをかしければ、人々逃げ去りきて、笑ひいれ
> ば、しかじかと聞こゆ。(412-413)

염불을 외우며 뱀이 전생의 부모라고 말하면서 아름답고 우아한 것만
을 귀엽다고 여기는 태도는 옳지 않다고 소동을 피우는 뇨보들에게
훈계를 하고 있다. 굵은 글씨 부분은 '전생의 부모일 거예요'라는 표현은
『범망경(梵網經)』 하 48의 경계(輕戒) 제20 「불행방구계(不行放救戒)」조에
있는 '모든 남자들은 나의 아버지이고, 모든 여자들은 나의 어머니이다,
…… 따라서 육도 중생 모두 나의 부모이다, …… 모든 땅과 물은 나의
전생의 몸이고 모든 불과 바람은 나의 본체이며 따라서 항상 방생을
해야 한다(「一切男子是我父、一切女人是我母、…… 故六道衆生皆是我父母、……
一切地水是我先身、一切火風是我本体、故常行放生」)'에 근거하고 있다고 지적
하고 있다.8)

나비를 좋아하는 아가씨가 왕조 귀족의 젠더를 상징하는 존재라면 벌레를 좋아하는 아가씨는 이에 저항하는 여성상을 제시하고 있다. 그러나 주의해야 할 것은 이 모노가타리가 단지 두 아가씨를 대표하는 귀족 문화가 생성해낸 젠더와 그에 대한 안티테제로서 벌레를 좋아하는 아가씨를 제시하고 있지만은 않다는 것이다. 이 아가씨가 자신의 특이성과 생성되어 있는 젠더에 대한 위화감을 불교의 교리를 통해서 주장하고 있다는 것은 기존의 젠더에서 이탈된 존재임에도 불구하고 여전히 귀족사회에 머무는 것을 가능하게 하고 있는 것이다. 즉 불교의 세계관이 왕조 귀족의 젠더에서 벗어난 존재를 구원하는 데 기여하고 있다고 할 수 있다. 따라서 딸의 이상한 행동과 이치를 따지는 한학자적인 태도[9]에도 불구하고 주위 사람들은 다음과 같은 이해를 보이고 있다.

> 부모님은 '정말이지 특이하고 다른 아이들과는 다르다'라고 생각하시지만 '분명히 깨닫는 바가 있는 것이겠지. 보통 일은 아니다. 생각해서 드리는 말씀에 대해서는 그렇게 깨달은 바가 있는 것처럼 말씀하시기 때문에 정말이지 송구스럽다'라고 하여 그에 대응하는 것도 매우 힘들다고 생각하고 계신다.
> 親たちは、「いとあやしく、さまことにおはするこそ」と思しけれど、「思し取りたることぞあらむや。あやしきことぞ。思ひて聞こゆることは、深く、さ、いらへたまへば、いとぞかしこきや」と、これをも、いと恥づかしと思したり。(408)

그렇다고 또한 모충을 나란히 두고 나비라는 사람이 있겠습니까? 단지 그것이 탈피하여 나비가 되는 것입니다. 그 과정을 조사하시는 것이다.

---

8) 三角洋一、「堤中納言物語ー『虫めづる姫君』の読みをめぐってー」、『国文学』31-13、1986、p.88.
9) 상게서, p.91.

이 탐구심이야말로 사려가 깊은 것입니다.

さてまた、烏毛虫ならべ、蝶といふ人ありなむやは。ただ、それが蜕くるぞか
し。そのほどをたづねてたまふぞかし。それこそ心深けれ。(411)

첫 번째 인용문은 다른 아가씨들과는 다른 자신의 딸을 걱정하는
부모가 그래도 무언가 깨달은 것이 있기 때문이라고 이해하려고 하는
자세를 보이고 있는 것이다. 두 번째 인용문은 아가씨를 모시는 젊은
뇨보들이 아가씨를 조롱하자 나이가 많은 뇨보가 모충이 나비가 된다
는 불교적 교리에 충실한 발언과 탐구심이 왕성한 점을 들어서 아가씨
를 옹호하고 있다.

이와 같이 헤이안 시대에 만들어진 인위적, 제도적 여성상에 저항하
는 수단으로, 자연그대로의 모습을 지향하고 모충에 대한 애정과 불교
교리를 설파하는 새로운 아가씨상이 제시되고 있다. 그러나 이러한
아가씨의 이상한 취미와 버릇은 주위 사람들로부터 불교의 가르침에
대한 깨달음이라는 종교적 측면에서 이해되고 있어서 벌레를 좋아하
는 아가씨는 귀족세계의 외부로 벗어나는 것이 아니라 어디까지나 내
부에 존재하는 여성으로 그려지고 있는 것이다.

III. 헤이안 시대 모노가타리의 패러디

헤이안 시대 여성에게 결혼생활의 좌절과 불교는 매우 밀접한 관계
에 있다. 이 시대의 대표적인 모노가타리 작품인『겐지모노가타리(源
氏物語)』중에서도 여성이 남성과 관계를 맺은 결과, 불교로 귀의하는
경우가 많다. 특히 중류계급의 여성, 또는 부모 등 후견인을 일찍 여읜
경우, 경제적으로 남성에게 의지할 수밖에 없는 여성들은 특히 남성과

의 결혼이 인생을 좌우하게 된다. 예를 들어 우쓰세미(空蟬)의 경우, 아버지 에몬노카미(衛門督)는 딸의 입궁을 원했지만 뜻을 이루지 못한 채 죽어버리고 후견인을 잃은 그녀는 노령의 이요노스케(伊予介)의 후처가 된다. 우연히 겐지(源氏)와 만나게 되어 하룻밤을 보낸 우쓰세미는 그에게 마음이 끌리면서도 상류귀족인 그와 수령의 후처인 자신과는 전혀 어울리지 않는다고 생각하여 거부하고, 결국 남편인 이요노스케와 함께 이요(伊予)로 가게 된다. 10여 년 후, 이시야마절(石山寺)에서 겐지와 우연히 재회한 우쓰세미는 감회에 젖지만 계자인 가와치의 수령(河内守)의 유혹을 피해 결국 출가를 감행하게 된다.

단지 이 가와치의 수령만이 예전부터 좋아하는 마음이 있어서 약간 친밀한 태도를 보인다. '아버지가 계속해서 유언으로 말씀하셨고 도움이 되지는 못하지만 거리를 두지 마시고 말씀하세요'라는 등 비위를 맞추며 다가와 정말이지 황당한 속마음도 보여서 비참한 숙세를 짊어진 신세이기 때문에 이렇게 살아남아서 결국에는 말도 안 되는 소리까지도 듣게 되는구나하고 남몰래 깨달으시고 아무에게도 알리지 않은 채 비구니가 되어버렸다.

ただこの河内守のみぞ、昔よりすき心ありてすこし情がりける。「あはれにのたまひおきし、数ならずとも、思し疎までのたまはせよ」など追従し寄りて、いとあさましき心の見えければ、うき宿世ある身にて、かく生きとまりて、はてはてはめづらしきことどもを聞き添ふるかなと人知れず思ひ知りて人にさなむとも知らせで尼になりにけり。(364)[10]

우쓰세미의 예에서 알 수 있듯이 여성의 결혼, 또는 남성과의 성관계는 여성의 일생을 좌우한다. 뿐만 아니라 남편인 이요노스케가

---

10) 阿部秋生・秋山虔 他 校注, 新編日本古典文学全集 『源氏物語』②, 小学館, 1995.

죽은 후 계자의 애정공세를 견디지 못한 우쓰세미는 출가를 결심한다. 이러한 출가의 과정을 살펴보면 불교의 교리를 습득하여 깨달음을 얻어 출가를 결심한 것이 아니라 남성을 피한 도피라는 점에서 종교적인 불철저함은 비난받아야 마땅할 것이다. 그러나 모노가타리에서 여성이 불교라는 종교와 결부되는 전형적인 방법은 바로 남성과의 관계를 통해서이다. 『겐지모노가타리』 제3부에 등장하는 우키후네(浮舟)의 경우도 이복언니인 오기미(大君)를 잊지 못하는 가오루(薫)와 니오우미야(匂宮) 사이에서 자신의 장래의 안정과 정열적인 남성의 구애를 놓고 고민한 나머지 착란을 일으켜 사라진다. 그녀를 요카와의 승도(横川の僧都)가 구해내어 오노(小野)에 있는 여동생인 오노노 아마(小野の尼)에게 맡긴다. 그러나 자신의 정체를 감추면서 살아가는 우키후네에게 또 다른 남성(오노노 아마의 사위인 주조(中将))이 접근하자 그녀는 요카와의 승도에게 부탁하여 출가를 감행한다.

남성과의 결혼, 성 관계가 불교라는 종교를 여성과 직접적으로 이어주는 매개라는 것이 헤이안 시대 모노가타리 문학의 전형적인 수법이라고 할 수 있다. 그렇다면 이 벌레를 좋아하는 아가씨의 경우는 어떠한가?

앞서 인용한 본문 (A), (B), (C), (D)는 확인한 바와 같이 모두 아가씨가 주위 사람들에게 자신의 주장을 펼칠 때 불교의 교리를 입에 담고 있는 부분이다. 모충을 귀여워하는 것에 대한 논리로서 불교의 본지를 내세우고(전게 본문(A), (C)), 이 본지는 여성의 인공적인 화장과 행위를 일체 배제하려고 하는 아가씨의 태도와 일맥상통하고 있다(전게 본문(B)). 또한 남성이 보낸 편지에 대한 답장으로 극락에서 만나자고 하는 전대미문의 답장을 쓰고(전게 본문(B)), 아가씨에 대한 호기심으로 남성이 편지와 가짜 뱀을 보낸 것을 보고 만사는 유전(流転)하는 것이므로 아름다운 것만 예뻐하는 것은 옳지 않다는 불교관을 피력하고 있다. 뿐만 아니라 나뭇가지의 모충을 보려고 몸을 밖으로 내밀고 있는 아가씨의 모습을 우마노스케가 훔쳐봤다는 것을 그가 자신의 와카로 알리자 뇨보는 아가씨를 책망한다. 이에 대해서 아가씨는,

> 깨닫게 되면 무슨 일이라도 창피한 것은 아니다. 인간은 몽환적인 이 세계에 누군가가 살아남아서 나쁜 것, 좋은 것을 보고 판단할 수 있겠는가.
> 思ひとけば、 ものなむ恥づかしからぬ。 人は夢幻のやうなる世に、 誰かとまりて、 悪しきことをも見、 善きをも見思ふべき。 (419)

라고 말한다. 이것은 『장자(莊子)』 잡편(雜編) 29[11]를 근거로 한 것으로 노장사상에서 기인한다. 이와 같이 13, 14세 정도의 성인이 되어 결혼을 염두에 두어야 할 아가씨가 불교, 노장사상의 원리를 자신의 행동 근거로 주장한다는 것은 오히려 그 사상에 대한 철저함보다는 일종의 구실과 방편으로서의 인상을 준다. 실제로 모노가타리에는 이러한 아가씨의 언동에 대해서 '똑똑한척 한다(「かしこがる」)', '세상 사람들과 다르다(「世づかぬ」)', '분명한 목소리(「さかしき声」)[12]' 등 보편성에서 벗어나고 똑똑한 척한다는 부정적인 표현이 화자나 제3자의 목소리로 서술되고 있다.

이와 같이 진정한 종교적인 깨달음에 다다른 것이 아닌, 단순히 종교를 자신의 방편으로 삼고자 하는 아가씨의 종교인으로서의 허술함은 『겐지모노가타리』의 여성들의 출가와 마찬가지라고 할 수 있지만 그러나 후자의 경우, 인생의 우여곡절 끝에 깨달은 삶의 허무함이 여

---

11) 三角洋一, 전게서, p.91.
12) 이 표현에 관해서 『신편일본고전문학접집』의 주는 『겐지모노가타리』에 등장하는 박사의 딸(한학에 익숙한 여성)을 상기시킨다고 지적하고 있다.(415)

성들을 출가로 임하게 한다는 점에서 양자의 무게는 전혀 다르다고 할 수 있다. 벌레를 좋아하는 아가씨의 경우는 본지, 세상의 무상함을 자주 언급하지만 그것이 자신의 경험을 기반으로 한 것이 아닌 입으로만 역설하는 형태를 띠고 있다는 점은 이전의 모노가타리의 희극화, 패러디[13]라고 판단할 수 있을 것이다. 특히 이러한 면은 이 모노가타리 모두 부분의 서술 '나비를 좋아하는 아가씨가 살고 계시는 근처에 아제치노 다이나곤의 딸이 살고 계시는데 부모님은 이 딸을 보통이 아닌, 아주 각별하고 소중하게 키우고 계신다(전게 본문(1)).'에서 확인할 수 있는 것처럼, 아가씨가 아제치노 다이나곤이라는 든든한 후견인을 가진, 어떠한 삶의 고난도 경험한 적이 없는 인물로서 그려지고 있다는 점에서도 이해할 수 있을 것이다.

불교의 교리를 일상생활의 행동지침으로 비약시키고 있는 아가씨의 특이성은 그녀가 남녀관계의 경험이 없다는 점에서도 기존의 모노가타리의 틀을 깨고 있다고 할 수 있다. 앞에서 확인했듯이 남녀관계의 성립과 좌절이 여성을 불교사상의 실천으로 이끈다는 점에서 비추어 볼 때 이 이야기는 파격적이라고 할 수 있다. 처음부터 불교사상을 주장하고 오히려 그것을 근거로 남녀관계를 거부하며 오로지 벌레에만 치중하는 여성. 모노가타리 안에서는 이 아가씨가 체제의 밖으로까지 영향을 미쳐 사회현상으로 확대되는 일은 보이지 않지만 이 벌레를 좋아하는 아가씨는 제도화된 헤이안 시대의 여성상뿐만 아니라 모노가타리에 의해 정형화된 여성의 모습을 뛰어넘고 있다. 또한 나아가

---

13) 히지카타 씨는 이 작품의 패러디성에 대해서 주목하였는데 불교의 교리를 벌레를 아끼는 근거라는 레벨로 왜소화한 점을 들어 불교 사상에 대한 이해의 패러디라고 지적하였다(土方洋一, 전게서, p.122). 따라서 기존의 모노가타리와는 대조적으로 여성의 출가의 심각성에 대한 패러디라는 것을 주장하고자 하는 본 논문의 의도와는 그 방향성에 있어서 다르다.

기존의 모노가타리를 패러디하여 불교와 성, 여성을 그려내는 스토리
텔링의 방식을 전복시켰다는 점에서도 그 의의를 찾을 수 있을 것이다.

IV. 「벌레를 좋아하는 아가씨」에서
『바람계곡의 나우시카』로

1) 나우시카의 전거(典據)
–「벌레를 좋아하는 아가씨」와 『오디세이아』

『바람계곡의 나우시카』는 1984년에 도에이 양화(東映洋画)를 통해서
공개된 장편 애니메이션이다. 이 작품은 원래 미야자키 하야오 감독이
잡지 『아니메주(アニメージュ)』에 연재하고 있었던 동명의 만화를 애니
메이션화한 것으로, 따라서 애니메이션과 만화의 내용과는 거리를 보
이고 있다. 본고에서 다룰 것은 애니메이션 쪽으로, 이 작품은 미야자
키 하야오가 극본, 감독을 맡았다.

미야자키 하야오 감독은 주인공 나우시카의 모델을 떠올리게 된 계
기에 대해서 다음과 같이 이야기하고 있다.

나우시카를 알게 되면서 나는 한 명의 일본 히로인을 떠올렸다. 분명
히 곤자쿠모노가타리에 있었던 것은 아닌가 하고 생각한다. 벌레를 좋아
하는 아가씨라도 불리는 그 소녀는 그런 귀족의 아가씨인데 적령기가 되
어도 들판을 뛰어다니고 유충이 나비로 변신하는 모습에 감동하거나 하
여 세간으로부터 이상한 사람이라는 취급을 받는다. 같은 연령의 아가씨
들이라면 누구나가 하는 눈썹을 깎고 이빨을 검게 물들이는 일도 하지
않고 그 아가씨는 새하얀 이빨과 검은 눈썹을 하고 있어 정말이지 모습이
이상하다고 적혀 있었다. 오늘날이라면 그 아가씨는 이상한 사람 취급은

받지 않을 것이다. 조금 유별나다고 하더라도 자연애호가라든지 개성적
인 취미를 가진 자로서 충분히 사회에서 자신의 장소를 발견해 낼 수 있
다. 그러나 겐지모노가타리나 마쿠라노소시의 시대에 벌레를 좋아하고
눈썹도 깎지 않은 귀족 아가씨의 존재는 용납될 리 없었다. 나는 어린아
이의 심정으로도 그 아가씨의 그 후의 운명이 신경이 쓰여서 견딜 수가
없었다. 사회의 속박에 굴하지 않고 자신의 감성대로 들판을 뛰어다니면
서 풀과 나무와 흘러가는 구름에 마음을 움직인 그 아가씨는 그 후 어떻
게 살아갔을까 ….

　　ナウシカを知るとともに、私はひとりの日本のヒロインを思い出した。たしか、
今昔物語にあったのではないかと思う、虫愛ずる姫君と呼ばれたその少女は、さる
貴族の姫君なのだが、年頃になっても野原をとび歩き、芋虫が蝶に変身する姿に感
動したりして、世間から変わり者あつかいされるのである。同じ年頃の娘たちなら
誰でもがする、眉をそり歯を御歯黒に染めることもせず、その姫君は真っ白な歯と
黒い眉をしていて、いかにも様子がおかしいと書いてあった。今日なら、その姫君
は変わり者あつかいはされないだろう。一風変わっているにしても、自然愛好家と
か個性的な趣味の持主として、充分社会の中に場所を見出す事が出来る。しかし、
源氏物語や枕草子の時代に、虫を愛で、眉もおとさぬ貴族の娘の存在は、許される
はずもない。私は子供心にも、その姫君のその後の運命が気になってしかたがなかっ
た。社会の束縛に屈せず、自分の感性のままに野山を駆けまわり、草や木や、流れ
る雲に心を動かしたその姫君は、その後どのように生きたのだろうか ….[14]

　미야자키 하야오 감독이 「벌레를 좋아하는 아가씨」의 출전을 『곤자
쿠모노가타리(今昔物語)』라고 지적한 것은 분명한 오류지만 헤이안 시
대 당시의 풍습에 반하는 행위와 취향을 가지고 있으며, 세상으로부터
특이한 사람이라는 취급을 받고는 「벌레를 좋아하는 아가씨」가 감독
의 마음을 사로잡았다. 다시 말해서 사회의 속박에 굴하지 않고 자연

---

14) 이하 宮崎駿, 『風の谷のナウシカ』 ANIMEGE COMICSワイド判1巻, 德間書店, 1983 중
미야자키 하야오 감독의 인터뷰는 다음의 사이트에서 인용하였다. http://homepage3.
nifty.com/mana/miyazaki-nausikanokoto.html (검색일: 2015.9.22)

스러운 자신의 감성대로 살아가는 아가씨의 개성이 주인공 나우시카를 만들어내게 된 하나의 계기가 된 것이다.

『바람계곡의 나우시카』에서 나우시카는 부해(腐海)라는 숲이 뿜는 맹독으로 인해 병을 앓고 있는 아버지를 대신해서 바람계곡을 책임지는 촌장의 딸이다. 16세인 나우시카는 강한 책임감과 시민들에 대한 애정으로 사람들의 신뢰를 얻고 있지만 그녀의 어린 시절 장면에서는 역시 벌레를 좋아하는 나우시카를 벌레에 홀려 있다고 하고 벌레를 빼앗아가 버린다. 나우시카 역시 특이한 아이로 인식되고 있었던 것이다. 그렇다면 16세의 나우시카는, 다시 말해서 미야자키 하야오 감독이 궁금해 했던 고전 「벌레를 좋아하는 아가씨」의 미래를 나우시카라는 미래의 주인공을 통해서 투영해내고 있는 것이라고 할 수 있다.

뿐만 아니라 이 작품의 주인공인 나우시카에게는 또 다른 모델이 존재하는데, 그것은 그리스의 서사시인 『오디세이아』에 등장하는 파이아키아의 왕녀인 나우시카이다. 미야자키 하야오 감독은 나우시카에 대해서,

구혼자와 세속적인 행복보다도 하프와 노래를 사랑하고 자연과 즐기는 것을 기뻐하는 훌륭한 감수성의 소유자. 표류한 오디세우스의 피투성이가 된 모습을 두려워하지 않고 그를 구하고 스스로 치료를 한 것은 그녀이다. 나우시카의 양친은 그녀가 오디세우스를 사랑하는 것을 걱정하고 그를 재촉하여 출항하게 한다. 그를 태운 배가 보이지 않을 때까지 물가에서 전송한 그녀는 그 후 어느 전설에 따르면 평생 결혼하지 않고 최초의 여성 음유시인이 되어 이 궁정에서 저 궁정으로 여행을 하면서 오디세우스와 그의 모험적인 항해에 대해서 노래했다고 한다.

求婚者や世俗的な幸福よりも、竪琴と歌を愛し、自然とたわむれることを喜ぶすぐれた感受性の持主。漂着したオデュッセウスの血まみれ姿を怖れず、彼を救

け、自ら手当てをしたのは彼女である。ナウシカの両親は、彼女はオデュッセウス
に恋することを心配し、彼をせきたてて出帆させる。彼を乗せた船が見えなくなる
まで岸辺で見送った彼女は、その後ある伝説によれば終生結婚せず、最初の女吟遊
詩人となって宮廷から宮廷へと旅して、オデュッセウスと彼の冒険の航海を歌いつ
づけたという。

라고 하여 왕녀라면 세속적인 행복과 구혼자에게 관심이 있을 법하지
만 자연과 악기, 노래를 사랑하는 감수성이 풍부한 아가씨라는 점에
주목하고 있다. 그러한 아가씨이기 때문에 감독은 세속적인 남성이
아닌 표류해 온 피투성이의 오디세우스에게 마음을 빼앗겼다는 점에
매력을 느끼고 있는 것이다. 그리고 그녀는 평생 오디세우스를 잊지
못하고 독신으로 살면서 그의 모험담을 노래로 불렀다고 한다.

이와 같이 자신의 감수성에 충실한 두 명의 여성을 만난 미야자키
감독은 '내 안에서 나우시카와 벌레를 좋아하는 아가씨는 어느 샌가
동일인물이 되어버렸다(「私の中で、ナウシカと虫愛づる姫君はいつしか同一人
物になってしまっていた」)'라고 하여, 자신의 내면에서 감정에 충실한 나
우시카와 벌레를 좋아하는 아가씨가 동일인물이 되어 애니메이션의
주인공 나우시카가 탄생한 것이다.

2) 이원성 속의 진실 - 벌레, 부해(腐海)의 세계

『바람계곡의 나우시카』에서 그려진 세계는 '불의 7일간(「火の七日間」)'
이라는 전쟁 후 천 년이 지난 시점으로, 세상은 맹독을 뿜는 부해라는
숲으로 뒤덮여 있고 인간은 그곳에 사는 벌레의 위협에 떨고 있다.
바람계곡의 족장의 딸인 나우시카는 이 부해의 벌레들과 소통할 수
있는 유일한 소녀이다. 어느 날 바람계곡이 토르메키아(トルメキア)군에
게 점령되어 나우시카의 아버지는 살해되고 대항하던 그녀는 포로가

된다. 포로가 된 나우시카는 토르메키아의 여성 사령관인 크샤나(クシャ
ナ)와 바람계곡을 떠나게 되는데 그 전에 검술의 스승인 유파에게 자신의
비밀의 방을 보여준다. 그곳은 부해의 식물로 이루어진 정원으로, 나우
시카가 포자를 모아 키웠기 때문에 맹독을 뿜지 않는다. 이를 의아하게
생각하는 유파에게 나우시카는 이 식물들은 지하 500m에서 끌어 올리
는 물로 키우고 있고 모래도 우물에서 모아온 것으로, 깨끗한 물과
흙이 있으면 부해의 식물도 맹독을 뿜지 않는다고 이야기한다. 즉 나우
시카만이 부해가 맹독을 뿜게 된 이유, 즉 인간이 오염시킨 물과 흙으로
인해 숲이 맹독을 만들어내고 있다는 사실을 알고 있는 것이다.

[그림 1] 부해의 식물이 자라고 있는 나우시카의 비밀의 방

토르메키아군과 크샤나와 함께 비행하던 나우시카는 페지테(ペジテ)
의 왕자 아스벨(アスベル)이 탄 전투기의 공격을 받는다. 크샤나와 바람
계곡에서 함께 온 일행과 겨우 탈출한 나우시카는 그들을 부해에서
먼저 탈출시킨다. 그 후 그녀는 토르메키아군의 공격을 받고 격추된

아스벨이 부해에서 벌레를 공격하고 있는 총소리를 듣고 그곳으로 가서 그를 도운 후 부해의 하층부로 추락한다. 그 하층부는 청정한 공기와 물, 흙이 있는 곳으로, 그곳을 둘러 본 나우시카는 부해라는 숲이 사실은 전쟁으로 오염된 대지의 독을 빨아들이고 세계를 재생시키는 역할을 하고 있다는 사실을 알게 된다.

뿐만 아니라 부해에 사는 거대한 벌레 오무(大蟲)에 대해서 인간은 그들이 사람을 무조건 공격하는 위협적인 존재로 생각한다. 아스벨과 함께 부해의 하층부로 떨어져 정신을 잃은 나우시카는 어렸을 때 있었던 사건에 대해서 꿈을 꾼다. 그것은 나무에 숨겨둔 오무를 아버지와 사람들이 빼앗아 가려고 하는 것으로, 아버지는 '인간과 곤충은 공존할 수 없다'고 단언한다. 오무를 두려워하는 인간들도 그들을 없애야 할 생물로만 인식하고 있는 것과는 달리 나우시카만이 오무의 공격성은 인간들이 그들을 헤치려고 하는 분노에서 비롯된 것이라는 점을 이해하고 있다.

이와 같은 점을 볼 때 표면적으로는 맹독을 뿜고 그 독으로 사람을 헤치고 있는 것처럼 보이는 부해의 숲이 사실은 대지를 살리는 역할을 하고 있었으며 인간을 공격하는 오무도 원래는 인간과 공존할 수 있는 존재라는 이원성이 확인된다. 그리고 이러한 이원성 속에 감춰져 있는 비밀을 오직 나우시카만이 알고 있는 것이다. 이것은 보통 사람들은 가지지 못한 나우시카의 통찰력과 감수성, 그리고 관찰력을 나타내고 있는 것이다.

앞서 언급한 것처럼 고전 「벌레를 좋아하는 아가씨」의 인물상에는 여러 가지 한계가 존재한다. 귀족의 딸이기 때문에 그녀의 특이성이 보호를 받을 수 있으며 불교 교리를 자신의 이상취미의 구실로 삼고 있다는 인상도 지울 수 없다. 그러나 아름다운 나비의 본지가 벌레라는 것은 틀림없는 사실이고, 그것이 아가씨가 벌레에 집중하는 변명일지라고 해도 사물의 본질을 간파하고 있다는 점에서는 헤이안 시대에는 유례를 볼 수 없는 여성이라는 점은 분명하다. 그것은 나비라는 아름다운 것이 사실은 사람들이 꺼려하는 벌레라는 흉한 것에서 비롯된 것이라는 사물의 이원성을 간파하는 통찰력을 드러내고 있는 것이다.

이러한 점은 나우시카의 또 다른 모델인 그리스 신화 속의 나우시카의 특징과도 일맥상통한다. 그녀는 피투성이로 벌거벗은 오딧세우스를 한눈에 영웅으로 알아보는 통찰력을 지니고 있었다. 미야자키 하야오 감독이 그리스 신화 속의 나우시카와 「벌레를 좋아하는 아가씨」속의 아가씨를 동일 인물로 인식한 것은 바로 세속성에 물들지 않은 감수성의 소유자라는 점뿐만 아니라 바로 사물을 관찰하고 정확히 보는 통찰력을 발견할 수 있었기 때문이다. 그리고 그의 작품 『바람계곡의 나우시카』의 나우시카 역시 이러한 통찰력을 가진 인물로서 그려지고 있는 것이다.

3) 억압과 젠더의 초월, 그리고 구원

바람계곡의 촌장 딸인 나우시카는 어린 시절 벌레에게 홀린 이상한 아이라고 아버지를 비롯해 많은 사람들에게 비난을 받았다. 그러나 16세가 된 현재 시점에서 나우시카는 맹독으로 인해 몸져누워 촌장으로서의 역할을 하지 못하는 아버지를 대신해서 바람계곡을 지키려고 노력하고 있다. 무시부에(虫笛, 곤충 피리)를 사용하여 벌레와 소통하고 바람과 검을 다루고 있다. 뿐만 아니라 토르메키아군에게 아버지가 살해되었을 때에는 검으로 그들을 공격하는 폭력성도 보이고 있다. 이와 같이 남성을 대표하는 아버지를 대신해서 무거운 짐을 짊어지고 있는 소녀의 조형은 미야자키 하야오 감독이 의도한 것이다.

아버지는 살아있어도 도움이 되지 않는다. 그렇다고는 해도 경험 부족
으로 불안하고 아직도 아버지를 대신할 임무에는 견딜 수 없는 딸이 한
나라의 운명과 많은 인간에 대한 책임을 어쩔 수 없이 짊어져야 한다.
…… 〈나우시카〉라는 주인공의 최대의 특징은 무엇보다도 책임을 짊어지
고 있다는 것입니다. 자신의 생각이라든지, 하고 싶은 일이 있다고 하더
라도 어쨌든 그 전에, 비록 작은 부족이라고는 해도 부족 전체의 이해와
운명을 언제나 염두에 두고 행동해야 한다는 억압 속에서 살아가고 있는
것입니다.

　父親は生きていても役には立たない。とはいえ経験不足でおぼつかず、まだまだ
父親に代わる任には耐えられない娘が、一国の運命と多くの人間に対する責任を否
応無く背負わなければいけない。……〈ナウシカ〉という主人公の最大の特徴は、何
よりも責任を背負っているということです。自分の思いとか、やりたいことがあった
としても、とにかくまずその前に、たとえ小さな部族とはいえ、部族全体の利害や運
命をいつも念頭において行動しなければならないという抑圧の中で生きているわけ
です。15)

　아버지의 부재 속에서 남성의 역할을 대신하는 소녀는 벌레를 좋아
하는 취미뿐만 아니라 전사로도 활약하여 남성적인 측면을 가지고 있
다. 즉 여성이라는 젠더를 초월하고 있는 것이다. 이와 같이 나우시카
는 억압적인 환경 속에서 바람계곡을 지키는 남성의 역할을 하고 있는
데, 이와 더불어 이 작품 속에서는 젠더에 관한 일반적인 상식을 역전
시키는 장면이 등장한다.

　세상을 구원하는 인물은 유사 이래로 남성이었다. 기독교의 예수
그리스도, 그리스 로마 신화의 영웅들, 그리고 동화 속에서 공주를 구
하러 오는 이들도 모두 남성이었다. 『바람계곡의 나우시카』 전반부에
는 오랜 여행 끝에 바람계곡으로 돌아온 유파가 족장인 질(ジル)의 방

---

15) 상게서, pp.91~92.

[그림2] 질의 방의 깃발에 그려져 있는 구원자의 모습

에서 오바바(大婆)와 나우시카와 함께 이야기를 나누는 장면이 나온다. 부해에 먹혀서 마을들이 사라지고 있다고 이야기하는 유파는 오래 전부터 전해 내려오는 예언대로 세상을 구원할 구원자를 찾고 있었다. 이 구원자의 모습은 질의 방에 놓여 있는 바람계곡의 깃발 왼쪽 끝에 그려져 있는데, 금색과 파란색 옷을 입고 지팡이를 짚고 수염을 기른 남성의 모습이다. 오바바는 이 예언에 대해서 '그 사람은 파란색 옷을 두르고 금색의 들녘으로 내려올 것이다. 잃어버린 대지와 다시 연결시키고 결국 사람들을 청정한 땅으로 인도할 것이다(「その者蒼き衣を纏いて 金色の野に降りたつべし。失われし大地との絆を結び、ついに人々を清浄の地に導かん」)'라고 이야기한다.16) 즉 세상을 구원할 구원자의 모습은 기존의 관념대로 남성인 것이다.

　그러나 이야기의 클라이맥스인 후반부에 이르러 페지테 일당은 토르메키아군에게 빼앗긴 거신병(巨神兵)을 되찾고자 벌레인 오무의 유

---

16) 『바람계곡의 나우시카』의 영상은 宮崎駿, 『風の谷のナウシカ』 DVD, ブエナビスタ・ホームエンターテインメント, 2003에 의한다.

[그림3] 오무의 금빛 촉수 위를 걸어 나오는 나우시카

생을 인질로 잡는다. 이에 화가 난 오무의 무리는 이 유생을 구하고자 쫓아가는데 페지테 일당은 유생을 바람계곡으로 보내어 그곳에 있는 거신병을 되찾고자 하였다. 나우시카는 바람계곡을 지키기 위해서 유생을 구하고 오무의 무리 앞에 서서 그들을 막으려다가 목숨을 잃는다. 그러나 바로 직후 나우시카의 진심을 안 오무의 무리는 화를 잠재우고 그들의 촉수로 나우시카의 몸을 감싼다. 이로 인해 나우시카는 부활하고 오무의 푸른색 피로 물든 옷을 입고, 오무의 금색의 촉수로 된 융단 위를 걸어가는 모습은 바로 예언에 나오는 구세주의 모습이었던 것이다.

이와 같이 나우시카라는 소녀는 기존의 '구세주=남성'이라는 상식을 전복시켜, 소녀이면서 남성성을 가지고 인류를 구원하는 새로운 인물로 구현되고 있는 것이다.

나우시카가 가지고 있는 젠더의 복합성, 즉 양성구유성(兩性具有性)은 다름 아닌 고전 「벌레를 좋아하는 아가씨」에서 유례된 것이라고 볼 수 있다. 앞서 언급했듯이 헤이안 시대는 여성들에게 전형적인 여성상을 요구하였다. 그 전형성에서 일탈한 사람은 주위의 눈총과 억압

[그림 4] 위의 [그림 3]의 모습을 보고 오바바가 구세주의 모습을 떠올리는 장면

을 받게 되는데 벌레를 좋아하는 아가씨의 취향과 행위는 그 전형성에서 확실하게 벗어나고 있다. 즉 벌레를 좋아하는 아가씨는 헤이안 시대가 만들어 낸 여성성의 전형에 속하지 않는 여성상을 만들어내고 있는 것이다.

이 아가씨는 헤이안 시대 여성상에서 일탈하고 있을 뿐만 아니라 그 행위와 취향은 남성적이라고 할 수 있다. 벌레는 원래 남성들이 좋아하는 것으로 분류되며 아가씨는 여성인 뇨보들이 아닌 벌레를 좋아하는 어린 동자들과 어울리고 있다.

이 벌레들을 잡는 동자들에게는 좋은 것, 그들이 원하는 것을 주시기 때문에 다양한 무서운 벌레들을 모아서 아가씨에게 드린다. '**모충은 털 등이 재미있지만 고사(故事)를 떠올리는 실마리는 되지 않기 때문에 부족하다.**'라고 하고 사마귀, 달팽이 등을 모아서 이에 대한 시가를 큰 소리로 읊게 하여 들으시고, 아가씨 자신도 남자를 능가할 정도로 목청을 높여서 '달팽이의, 촉수의, 싸우는구나. 무엇인가'라는 구를 읊으신다.

この虫どもとらふる童べには、をかしきもの、かれが欲しがるものを賜へば、さまざまに恐ろしげなる虫どもを取り集めて奉る。「烏毛虫は、毛などはをかしげな

れど、**おぼえねば、さうざうし**」とて、蟷螂、蝸牛などを取り集めて、歌ひののしら
せて聞かせたまひて、われも声をうちあげて、「かたつぶりのお、つのの、あらそふ
や、なぞ」といふことを、うち誦じたまふ。(411)

굵은 글씨로 표시한 부분은 『신편일본고전문학전집』의 주석에 따르
면 『와칸로에이슈(和漢朗詠集)』에 실려 있는 백거이(白楽天)의 시 '달팽
이의 촉수 위에서 다툰다고 한다. 그들은 도대체 무엇 때문에 싸우는
것인가? 돌을 칠 때 나오는 찰나의 빛 속에 몸을 기댄다고 한다. 인생
이란 그렇게 짧은 시간 동안에 살아가는 것과 마찬가지다.(「蝸牛ノ角ノ
上ニ何事ヲカ争フ石火ノ光ノ中ニ此ノ身ヲ寄ス」)(下・無常)'(411)[17]라는 구절을
가리킨다고 한다. 이와 같이 한시를 인용하는 것은 여성의 문화가 아
닌 남성의 문화를 향유하는 행위로, 뿐만 아니라 전게 본문(2)에서 확
인할 수 있듯이 가타가나를 사용하는 것 역시 남성적 교양을 지향하는
것을 의미한다.[18]

이와 같은 아가씨의 젠더의 초월성은 무엇을 의미하는가? 나우시카
가 가지고 있는 균형 잡힌 양성구유적 특성, 즉 벌레를 통해서 자연과
소통하고, 전사(戦士)적인 성격을 가지면서도 어머니처럼 마을 사람들
을 돌보는 여성성은 기존의 구원자의 성(性)을 전복시키면서 새로운
인류의 구세주의 모습을 부각시키고 있다.[19]

---

17) 한시의 번역은 川口久雄, 『和漢朗詠集』, 講談社, 1982, p.605를 참조하였다.

18) 『신초일본고전집성(新潮日本古典集成)』의 주는 다음과 같이 설명하고 있다. '보통은
남자가 한자와 함께 사용한다. 여자는 히라가나를 사용하는 것이 일반적이다. 전단의
한시를 읊는 것 외에 후단에 한자를 연습하는 것이 있고, 여성적 교양의 축적보다도
남성적 교양을 지향하는 비여성적 또는 전여성적 교양에 머무르고 있는 것을 반영한다
(「普通は、男子が漢字とともに使用する。女子は、平仮名を使用するのが一般である。前
段の漢詩の朗詠のほか、後段に漢字の手習のことがあり、女性的教養の蓄積よりも、男性的
教養を志向する非女性的あるいは前女性的教養に停滞していることを反映する」)'塚原鉄雄,
전게서, p.55.

「벌레를 좋아하는 아가씨」 속의 아가씨는 헤이안 시대 말기라는 시대상 속에서 구현될 수 있었던 캐릭터였다. 쓰카하라 씨는 헤이안 시대 말기에 나타난 엽기적 취미 현상의 대상으로 형성된 것이 이 주인공이라고 지적하고 있다.[20] 아가씨는 남성들의 엽기 취미의 대상이자, 앞서 언급한 것처럼 상류 귀족인 부모의 보호를 받고 있기 때문에 그녀의 개성은 귀족사회에서 용인되고 있다. 다시 말해서 벌레를 좋아하는 아가씨도 당시 상류귀족 사회의 분위기와 맞물려 형성된 인물상이라고 볼 수 있다. 따라서 이 작품을 읽고 있는 남성들에게는 그들의 새로운 욕망을 충족시키는 대상이자, 체재 안에서 용인되는 캐릭터로서 인식되는 것이다. 그럼에도 불구하고 이 작품을 읽는 독자, 특히 여성 독자에게는 기존의 전형적인 여성상에서 벗어난, 체재 안에 있지만 이단적인 이 아가씨라는 인물이 그들을 구속하는 틀로부터 자유를 맛보게 하는 정신적인 구원의 대상이라고 할 수 있는 것이다.

V. 나오며

헤이안 시대 모노가타리를 접하는 독자들 역시 현재의 독자들과 마찬가지로 작품 속에 자신을 투영하고 주인공의 모습에 기뻐하거나 슬퍼했을 것이다. 「벌레를 좋아하는 아가씨」의 주인공이 가진 특이한 취미와 행동, 제도적으로 포장된 여성상의 타파, 젠더를 초월하는 특성은 당시 제도의 굴레에서 벗어나지 못했던 여성들에게 일시적이지

---

19) 여성이면서도 폭력적인 전사적 성격이 두드러지는 크샤나는 조화로운 양성구유적 성격을 가지고 있지 못하다는 점에서 나우시카와 대조적이다. 크샤나의 폭력성은 오히려 남성성에 치우쳐 있어 인류의 구원자로서는 부적합하게 그려지고 있다.
20) 塚原鉄雄, 전게서, p.327.

만 웃음과 해방감을 안겨주었을 것이다.

이러한 개성적인 고전의 주인공이 현대 애니메이션의 주인공으로 재탄생되어 새로운 히로인상을 그려내고 있다는 점은 문화콘텐츠의 발굴이라는 측면에서도 큰 의의를 지닌다. 젠더를 넘나들고 구원자로서의 모습을 드러내며 본질을 꿰뚫어 보는 눈을 가진 나우시카는 기존의 어떤 애니메이션 작품에서도 볼 수 없었던 개성적인 인물이자 현대의 새로운 영웅상이라고 할 수 있다.

어느 시대에나 그 시대 나름의 속박과 억압 속에서 독자나 관객의 힘이 되는 것은 모노가타리(스토리)였다. 따라서 긴 시간을 초월하여 등장하는 '벌레를 좋아하는 아가씨'와 '바람계곡의 나우시카'는 매력적인 인물들로, 파격적인 주제를 제시하며 동시대 사람들의 마음을 구원하는 역할을 하고 있는 것이다.

참고문헌

|1부| 일본문화의 원류와 그에 대한 해석

헤이안 시대 중기의 저주와 음양사
현대 음양사 붐의 전사(前史)

▌사전, 텍스트, 사료

『日本国語大辞典』, JapanKnowledge, http://japanknowledge.com (검색일 : 2015.9.7)

川端善明・荒木浩 校注, 新日本古典文学大系『古事談 続古事談』, 岩波書店, 2005.

小林保治・増古和子 校注, 新編日本古典文学全集『宇治拾遺物語』, 小学館, 1996.

橘健二・加藤静子 校注, 新編日本古典文学全集『大鏡』, 小学館, 1996.

松尾聡 校注, 新編日本古典文学全集『枕草子』, 小学館, 1997.

馬淵和夫 他 校注, 新編日本古典文学全集『今昔物語集』③, 小学館, 2001.

山中裕・秋山虔 他 校注, 新編日本古典文学全集『栄花物語』①, 小学館, 1995.

『小右記』古記録フールテキストデータベース, http://wwwap.hi.u-tokyo.ac.jp/ships/
    shipscontroller (검색일: 2015.8.12)

『小記目録』大日本史料データベース, http://wwwap.hi.u-tokyo.ac.jp/ships/shipscont
    roller (검색일: 2015.8.24)

『百練抄』大日本史料データベース, http://wwwap.hi.u-tokyo.ac.jp/ships/shipscont
    roller (검색일: 2015.8.24)

『御堂関白記』古記録フールテキストデータベース, http://wwwap.hi.u-tokyo.ac.jp/ships/
    shipscontroller (검색일: 2015.8.12)

▌단행본, 논문

小坂眞二,「九世紀段階の怪異変質に見る陰陽道成立の一則面」, 竹内理三 編, 『古代天皇制
    と社会構造』, 校倉書房, 1980.

_____,「陰陽道の成立と展開」, 『古代史研究の最前線』第4巻, 雄山閣出版, 1987.

斉藤励, 『王朝時代の陰陽師』, 甲寅叢書刊行所, 1915.

繁田信一, 『平安貴族と陰陽師』, 吉川弘文館, 2005.

繁田信一, 『安倍晴明 陰陽師たちの平安時代』, 吉川弘文館, 2006.

＿＿＿＿, 『呪いの都 平安京』, 吉川弘文館, 2006.

志村有弘, 『陰陽師 安倍晴明』, 角川ソフイア文庫, 1999.

鈴木一馨, 「式神について」, 『宗教研究』315号, 1998.

＿＿＿＿, 「式神の起源について」, 駒沢宗教学研究会『宗教学論集』20輯, 1998.

＿＿＿＿, 「「式神」と「識神」とをめぐる問題」, 『宗教学論集』21号, 2002.

＿＿＿＿, 「怨霊・調伏・式神」, 斎藤英喜他 編, 『〈安倍晴明〉の文化学』, 新紀元社, 2002.

村山修一, 『日本陰陽道史総説』, 塙書房, 1981.

森正人, 「モノノケ・モノノサトシ・物怪・怪異」, 『国語国文学研究』27号, 1991.

山下克明, 『平安時代の宗教文化と陰陽道』, 岩田書院, 1996.

'야마토다마시이'에 관한 해석의 전복과 국학

▌텍스트

秋山虔・鈴木日出男 編, 『賀茂真淵全集』十四, 続群書類聚完成会, 1982.

有馬祐政・黒川真道 編, 国民道徳叢書2『時文摘紙』, 博文館, 1911.

上田秋成, 『胆大小心録』, 岩波文庫, 1938.

大野晋 編, 『本居宣長全集』四, 筑摩書房, 1969.

岡見正雄・赤松俊秀 校注, 日本古典文学大系『愚管抄』, 岩波書店, 1967.

群書類聚, 『詠百寮和歌』, 続群書類聚完成会, 1959.

橘健二・加藤静子 校注, 新編日本古典文学全集『大鏡』, 小学館, 1996.

橋本不美男・有吉保 他 校注, 「歌意考」, 新編日本古典文学全集『歌論集』, 小学館, 2002.

平重道・阿部秋夫 校注, 日本思想大系『近世神道論 前期国学』, 岩波書店, 1972.

馬淵和夫 他 校注, 新編古典文学全集『今昔物語集』③, 小学館, 2001.

村田春海, 『源語提要』, 島内景二・小林正明 編, 『批評集成源氏物語』二, ゆまに書房, 1999.

本居宣長, 『うひ山ぶみ』, 講談社学術文庫, 2009.

＿＿＿＿, 『玉勝間』上, 岩波文庫, 1934.

山根対助・池上洵一 校注, 新編日本古典文学大系『江談抄・中外抄・富家語』, 岩波書店, 1997.

▌단행본, 논문

池田龜鑑, 「やまとだましい」, 『国語と国文学』第16巻4号, 1939.

斎藤正二, 『「やまとだましい」の文化史』, 講談社現代親書, 1972.

田中康二, 「村田春海の和学論」, 『日本文学』第47巻9号, 1998.

田中康二，「「漢意」の成立と展開」，『本居宣長の思考法』，ぺりかん社，2005.

久松潜一，「源氏物語と大和魂」，島田景二・小林正明 編，『批評集成・源氏物語』五，ゆまに
　　書房，1999.

藤原克己，『幼な恋と学問―少女巻―』，『源氏物語講座』三，勉誠社，1992.

＿＿＿＿＿，『菅原道真と平安朝漢文学』，東京大学出版会，2001.

吉沢義則，「少女巻なる「大和魂」の解き方について」，島田景二・小林正明 編，『批評集成・
　　源氏物語』五，ゆまに書房，1999.

노리나가宣長의 '모노노아와레'설의 성립과 변천

『겐지모노가타리 다마노오구시(源氏物語玉の小櫛)』를 중심으로

▌ 텍스트

島田景二・小林正明 編，『批評集成・源氏物語』一，ゆまに書房，1999.

阿部秋生・秋山虔 他 校注，新編日本古典文学全集『源氏物語』①-⑥，小学館，1994-1998.

大野晋 編，『本居宣長全集』二，筑摩書房，1968.

大野晋 編，『本居宣長全集』四，筑摩書房，1969.

＿＿＿＿＿，『本居宣長全集』十四，筑摩書房，1972.

白石良夫 注，『うひ山ぶみ』，講談社学術文庫，2009.

高田真治，漢詩大系第一巻『詩経上』，集英社，1966.

高田祐彦，『古今和歌集』，角川ソフイア文庫，2009.

竹内照夫，新釈漢文大系『礼記』中，明治書院，1977.

▌ 단행본, 논문

阿部秋生，「蛍の巻の物語論」，『人文科学科紀要(東京大学教養学部)』24，1961.

風巻景次郎，「もののあはれ論」，『風巻景次郎全集』一，桜楓社，1969.

子安宣邦，『宣長学講義』，岩波書店，2006.

小谷野敦，「『源氏物語』批判史序説」，『文学』4-1，2003.

杉田昌彦，「物のあはれを知る」説の史的特質」，『国文学 解釈と鑑賞』67-9，2002.

高田祐彦，「「もののあはれ」主題論の問題点」，『文学』4-4，2003.

長島弘明 編，『本居宣長の世界』，森話社，2005.

西下経一，「物の哀れ」，『平安朝文学』，塙選書，1960.

野口武彦，「本居宣長と紫式部」，『江戸文林切絵図』，冬樹社，1979.

＿＿＿＿＿，『『源氏物語』を江戸から読む』，講談社学術文庫，1995.

日野龍夫，『宣長と秋成』，筑摩書房，1984.

藤原克己, 小川豊生, 浅田徹, 「〈共同討議〉古今集再考」, 『文学』 6-3, 2005.

村岡典嗣, 『増補本居宣長』, 平凡社, 2006.

百川敬仁, 『内なる宣長』, 東京大学出版部, 1987.

和辻哲郎, 「『もののあはれ』について」, 『思想』 13, 1923.

와카라는 전통의 재발견과 한계
노리나가 가론(歌論)에서의 '말'과 '마음'

▌텍스트

阿部秋夫・秋山虔 他 校注, 新編日本古典文学全集 『源氏物語』 ①-⑥, 小学館, 1994-1998.

大野晋 編, 『本居宣長全集』 二, 筑摩書房, 1968.

_____, 『本居宣長全集』 四, 筑摩書房, 1969.

片桐洋一 他 校注, 新日本古典文学大系 『後撰和歌集』, 岩波書店, 1990.

_____, 新編日本古典文学全集 『竹取物語 伊勢物語 大和物語 平中物語』, 小学館, 1994.

白石良夫 校注, 『うひ山ぶみ』, 講談社学術文庫, 2009.

高田祐彦, 『古今和歌集』, 角川ソフイア文庫, 2009.

長谷川如是閑 編, 日本哲学思想全書 第11 『国歌八論』, 平凡社, 1956.

山口佳紀・神野志隆光, 新編日本古典文学全集 『古事記』, 小学館, 1997.

▌단행본, 논문

浅田徹, 「声から紙へ」, 『和歌をひらく 和歌が書かれるとき』, 岩波書店, 2005.

菅野覚明, 『本居宣長 言葉と雅び』, ペリカン社, 1991.

子安宣邦, 「本居宣長・和歌の俗流化と美の自律一「物のあはれ」論の成立一」, 『思想』 879, 1997.

_____, 「賀茂真淵・万葉的世界の表象」, 『思想』 873, 1997.

杉田昌彦, 「宣長における擬古歌論の源流」, 『国語と国文学』 88-5, 2011.

鈴木日出男, 「女歌の本性」, 『古代和歌史論』, 東京大学出版会, 1990.

_____, 「宣長の和歌論における「もののあはれ」と「あや」」, 長島弘明 『本居宣長の世界』, 森話社, 2005.

高田祐彦, 「物語と和歌一宣長から」, 『国文学』 45-5, 2000.

渡部泰明, 『和歌とは何か』, 岩波新書, 2009.

|2부|　근대의 암울한 역사와 고전의 굴절

근대 천황제와 문학비평

『겐지모노가타리』의 수난 시대

▌신문, 잡지, 텍스트

島田景二・小林正明 編,『批評集成・源氏物語』一－五, ゆまに書房, 1999.

阿部秋生 他 校注, 新編日本古典文学全集『源氏物語』①－⑥, 小学館, 1994-1998.

五十嵐力,『新国文学史』, 早稲田大学出版部, 1912.

大野晋 編, 本居宣長全集四『源氏物語玉の小櫛』, 筑摩書房, 1969.

落合直文 他 編,『明治文学全集』44, 筑摩書房, 1969.

白石良夫 注,『うひ山ぶみ』, 講談社学術文庫, 2009.

田山花袋,『長編小説の研究』, 新詩壇社, 1925.

芳賀矢一,『国文学史十講』, 富山房, 1899.

久松潜一,『上代日本文学の研究』, 至文堂, 1928.

＿＿＿＿＿,『我が風土・国民性と文学』, 教学局編纂, 1938.

＿＿＿＿＿,『国文学通論ー方法と対象ー』, 東京武蔵野書院, 1944.

三上参次・高津鍬三郎 著, 落合直文 補『日本文学史』, 金港堂, 1890.

▌단행본, 논문

今井源衛,「『もののまぎれ』の内容」, 佐藤泰正 編,『『源氏物語』を読む』, 笠間書院, 1989.

金静煕,「「帝の御妻をも過つたぐひ」という観念が照らし出すものー柏木物語を中心にー」,『日本学研究』第27輯, 2009.

小谷野敦,「『源氏物語』批判史序説」,『文学』第4巻 1号, 2003.

小林正明,「わだつみの源氏物語」吉井美弥子 編,『〈みやび〉異説』, 森話社, 1997.

＿＿＿＿＿,「昭和十三年の『源氏物語』」,『国文学』第44巻 5号, 1994.

＿＿＿＿＿,「戦場の『源氏物語』」,『国文学』第45巻 14号, 2000.

野山嘉正,「国学から国文学へ」,『言語文化研究1ー国語国文学の近代ー』, 放送大学教育振興会, 2002.

百川敬仁,『内なる宣長』, 東京大学出版会, 1987.

与謝野晶子,「伝統主義に満足しない理由」,『若き友へ』, 白水社, 1918.

吉野瑞恵,「『源氏物語』のもののまぎれの解釈をめぐって」, 石原昭平 編,『日記文学新論』, 勉誠出版, 2004.

『다이헤이키』의 세계와 전쟁의 대의명분

▌텍스트

秋山角弥, 『楠木正成公』, 光風館, 1910.

足立栗園, 『武士道発達史』, 積善館, 1901.

伊藤痴遊, 『快傑伝』第4巻, 東亜堂書房, 1914.

井上哲次郎, 『巽軒講話集 初編』, 博文館, 1902.

_____, 『国民道徳概論』, 三省堂, 1912.

剣影散史, 『軍神広瀬中佐壮烈談』, 大学館, 1904.

国民精神総動員中央連盟 編, 『戦時サラリーマン読本』, 日本青年教育会出版部, 1938.

沢本孟虎, 『あの人この人』, 青山書院, 1942.

重野安繹, 日下寛 著, 『日本武士道』, 大修堂, 1909.

農村更生協会八ヶ岳中央修錬農場 編, 『国本.皇道編』, 農村更生協会八ヶ岳中央修錬農場, 1943.

野田挂華, 『軍神橘中佐』, 駸々堂, 1913.

長谷川端 校注, 新編日本古典文学全集 『太平記』①・②, 小学館, 1996.

藤田精一, 『楠氏研究』, 藤田精一, 1915.

森本丹之助, 『軍神橘中佐』, 忠誠堂, 1920.

吉田松陰 著, 山口県教育会 編, 吉田松陰全集 第7巻 『丙辰幽室文稿』, 岩波書店, 1935.

저자 불명, 『日露戦争写真帖』第3集, 金港堂, 1904.

▌단행본, 논문

김정희, 「구스노키 마사시게와 삼덕」, 『일본문화연구』 제43집, 동아시아일본학회, 2012.

야마무로 신이치 지음, 정재정 옮김, 『러일전쟁의 세기』, 소화, 2010.

司馬遼太郎, 「太平記とその影響」, 日本の古典 15 『太平記』, 河出書房新社, 1971.

中村格, 「天皇制下における歴史教育と太平記」, 『聖徳大学研究紀要』第9号, 1998.

兵藤裕己, 『太平記〈よみ〉の可能性』, 講談社学術文庫, 2005.

森正人, 「近代国民国家のイデオロギー装置と国民的偉人」, 『人文論叢』第24号, 2007.

山崎道夫, 「吉田松陰の七生説と宋学の理気論」, 『大東文化大学東洋研究所』第26巻, 1972.

山室建徳, 『軍神』, 中央公論新社, 2007.

_____, 「日本近代における軍神像の変遷」, 『帝京大学宇都宮キャンパス研究年報人文編』第18号, 2012.

若尾政希, 「「太平記読み」の歴史的位置」, 『日本史研究』 380, 1994.

일본 근대기 역사학자 미카미 산지의 역사관과 교육

『다이헤이키』의 세계를 중심으로

▌신문, 잡지, 텍스트

「政府原案のまま厖大予算愈よ成立」, 『大阪朝日新聞』 1934.3.15.

「時勢の変化」, 『日本』 1911.3.15.

「南北朝対立問題 国定教科書の失態」, 『読売新聞』 1911.1.19.

久米邦武, 「神道は祭天の古俗」, 『史学会雑誌』 1981.10

後藤秀穂, 「問題は尚解決されず」, 『日本』 1911.3.8

国史研究会 編, 『岩波講座日本歴史』 8, 岩波書店, 1933-1935.

重野安繹, 「大日本史を論じ歴史の体裁に及ぶ」, 『東京学士会院雑誌』 9編 3号, 1886.

政友会 編, 『正閏断案国体之擁護』, 東京堂, 1911.

東京楠公会 編, 『嗚呼忠臣』, 東京楠公会, 1935.

三上参次・高津鍬三郎 他 編, 『日本文学史』, 金港堂, 1890.

_____, 『鎌倉文明史論』, 三省堂, 1909.

_____, 『教科書に於る南北正閏問題の由来』, 출판사불명, 1911.

_____, 「忠孝一致」, 渡部求編, 『忠経講義』, 文章院, 1923.

▌단행본, 논문

池田智文, 「「南北朝正閏問題」再考―近代「国史学」の思想的問題として―」, 『日本史研究』 528, 2006.

伊藤大介, 「南北朝正閏問題再考」, 『宮城歴史科学研究』 第45号, 1998.

岩井忠熊, 「日本近代史学の形成」, 『岩波講座日本歴史22』(別冊1), 岩波書店, 1963.

大久保利謙, 「ゆがめられた歴史」, 向坂逸郎, 『嵐の中の百年』, 勁草書房, 1952.

小山常実, 『天皇機関説と国民教育』, アカデミア出版会, 1989.

五味淵典嗣, 「この国で書くこと」, 『芸文研究』 第79号, 2000.

高橋勝浩, 「三上参次の進講と昭和天皇: 明治天皇の聖徳をめぐって」, 明治聖徳記念学会, 1995.

竹内光浩, 「久米邦武事件」, 『歴史評論』 732, 2011.

田中健郎, 「喜田貞吉の「歴史教育＝応用史学」論の性格とその歴史的位置」, 『社会科の史的探求』, 西日本法規出版, 1999.

廣木尚, 「南北朝正閏問題と歴史学の展開」, 『歴史評論』 740, 2011.

兵藤裕己, 『太平記〈よみ〉の可能性』, 講談社学術文庫, 2005.

尾藤正英, 「正明論と名分論」, 『近代日本の国家と思想』, 三省堂, 1979.

宮沢剛, 「「吉野葛」論」, 『語文論叢』 第24号, 1997.

渡辺幾治郎, 『明治史研究』, 楽浪書院, 1934.

渡辺善雄, 「大逆事件・南北朝正閏問題」, 『別冊国文学』 37, 1989.

|3부| 고전의 대중화와 현대문화의 창조

1950년대 시극詩劇 운동과 전통극
근대 이후 서양문화 수용에 대한 반성

芥川比呂志・中川鋭之助(ききて), 「戯曲と俳優のあいだ」, 『文学』 25, 1957.1.

天野知幸, 「「詩劇」の試み―「マチネ・ポエテイク」, 「雲の会」と三島由紀夫「邯鄲」―」, 『日本語と日本文学』 38, 2004.

内村直也, 「詩劇の可能性」, 『近代文学』 5-3・4, 1950.

梶尾文武, 「悲劇の死としての詩劇―『近代能楽集』の文体と劇場」, 三島由紀夫研究4 『三島由紀夫の演劇』, 鼎書房, 2007.

岸田国士, 「雲の会」, 『文学界』, 1950.11.
http://www.aozora.gr.jp/cards/001154/files/44823_42372.html(검색일자: 2015.1.22)

木下順二・斎賀秀夫, 「〈対談〉ことばと戯曲」, 『文学』 25, 1957.1.

木原孝一, 「詩・詩劇・言葉」, 『文学』 26, 1958.2.

雲の会 編, 『演劇講座』 1-5, 河出書房, 1951-1952.

小場瀬卓三, 「詩劇はドラマを復興するか」, 『文学』 26, 1958.2.

小林秀雄・加藤周一, 「演劇の理想像」, 『演劇』 1-2, 1951.

柴田忠夫, 「民放ドラマの誕生と発展」, 『現代日本ラジオドラマ集成』, 沖積舎, 1989.

谷川俊太郎, 「或る反省」, 『文学』 26, 1958.2.

T・S・エリオット, 綱淵謙錠 訳, 「詩における三つの声」, 『エリオット全集』, 中央公論社, 1960.

中村真一郎, 「詩劇について」, 『近代文学』 5-3・4, 1950.

福田恒存, 「「雲の会」と岸田国士」, 『新劇』 281, 1976.

三島由紀夫, 「雲の会報告」, 『三島由紀夫全集』 25, 新潮社, 1975.

みなもとごろう, 「雲の会編輯『演劇』」, 『大妻国文』 8, 1977.3.

宮本百合子, 「人間性・政治・文学(1)-いかに生きるかの問題―」, 『文学』, 1951.1.
http://www.aozora.gr.jp/cards/000311/files/3023_10163.html (검색일: 2015.1.22)

矢代静一, 「試作自註」, 『文学』 26, 1958.2.

山田肇, 「現代演劇の諸問題(一)－演劇の三つのタイプ－」, 『文学』25, 1957.1.

_____, 「現代演劇の諸問題(二)－今日におけるドラマの意義－」, 『文学』25, 1957.4.

山本健吉, 「詩劇への一つの道－能における劇的原理一」, 『山本健吉全集』第一巻, 講談社, 1983.

_____, 「詩劇の世界」, 『古典と現代文学』, 講談社, 1993.

山本太郎, 「交響詩断想」, 『文学』26, 1958.2.

고전의 만화화를 통한 독자의 스토리텔링 리터러시의 확대

『아사키유메미시』의 전략

박기수, 「애니메이션 리터러시, 향유의 전략화」, 『한국학연구』25, 2006.

롤랑 바르트 지음, 김희영 옮김, 『텍스트의 즐거움』, 동문선, 1997.

류은영, 「비평에서 리터러시로－영화 스토리텔링 리터러시를 중심으로」, 『세계문학비교연구』제38집, 2012.

阿部秋生・秋山虔 他 編, 新編日本古典文学全集『源氏物語』①－⑥, 小学館, 1994-1996.

トミヤマユキコ, 「モブ化するイケメンたち」, 『ユリイカ』46巻 10号, 2014.

ドラージ土屋浩美, 「七〇年代－花開く少女マンガ」, 菅聡子 他 編, 『「少女マンガ」ワンダーランド』, 明治書院, 2012.

夏目房之介, 「コマの基本原理を読み解く読者の心理を誘導するコマ割りというマジック」, 夏目房之介 編, 『マンガの読み方』, 宝島社, 1995.

西村亨, 「いろごのみ」, 秋山虔 編, 『源氏物語事典』, 別冊国文学36, 学燈社, 1989.

藤本由香里, 『私の居場所はどこにあるの?』, 朝日文庫, 2008.

宮台真司, 『サブカルチャー神話解体』, ちくま文庫, 2007.

宮本大人, 「マンガ史的記憶の現在－浦沢直樹を中心に－」, 朝日カルチャーセンター・夏目房之介のマンガ塾第2回, 2005年 1月 29日.

三輪健太朗, 『マンガと映画』, NTT出版, 2014.

大和和紀, 『あさきゆめみし』4, 講談社漫画文庫, 2001.

_____, 「(インタビュー)あさきゆめみし」, 『源氏研究』4, 翰林書房, 1994.

_____, 「月報少女マンガとしての源氏物語」, 柳井滋 他 編, 新日本古典文学大系『源氏物語』③, 岩波書店, 1995.

「벌레를 좋아하는 아가씨」에서 『바람계곡의 나우시카』로
흔들리는 젠더와 구원

阿部秋生・秋山虔 他 校注, 新編日本古典文学全集 『源氏物語』 ②, 小学館, 1995.

川口久雄, 『和漢朗詠集』, 講談社, 1982.

神田龍身, 「『虫めづる姫君』幻譚 ―虫化した花嫁―」, 『物語研究』 1, 1979.

スタジオジブリ・文春文庫 編, 「立花隆が選ぶ キャラクター名場面」, 『ジブリの教科書1 風の谷のナウシカ』, 文芸春秋, 2013.

関根賢司, 「虫めづる姫君二題」, 『物語文学論』, 桜楓社, 1980.

塚原鉄雄 校注, 新潮日本古典集成 『堤中納言物語』, 新潮社, 1983.

立石和弘, 「虫めづる姫君論序説―性と身体をめぐる表現から―」, 『王朝文学史稿』 21, 1996.

土方洋一, 「物語のポスト・モダン―虫めづる姫君―」, 『鶴林紫苑』, 2003.11.

三角洋一, 「堤中納言物語―『虫めづる姫君』の読みをめぐって―」, 『国文学』 31-13, 1986.

三谷栄一・三谷邦明 校注, 新編日本古典文学全集 『落窪物語 堤中納言物語』, 小学館, 2000.

宮崎駿, 『風の谷のナウシカ』 ANIMEGECOMICSワイド判1巻, 徳間書店, 1983.

http://homepage3.nifty.com/mana/miyazaki-nausikanokoto.html(검색일:
　　2015.9.22)

_____, 『風の帰る場所 ナウシカから千尋までの軌跡』, ロッキングオン, 2002.

_____, 『風の谷のナウシカ』 DVD, ブエナビスタ・ホームエンターテインメント, 2003.

『ユリイカ 総特集 宮崎駿の世界』 29-11, 青土社, 1997.

▌그림출처

그림 1: スタジオジブリ・文春文庫 編, 「立花隆が選ぶ キャラクター名場面」, 『ジブリの教科書1 風の谷のナウシカ』, 文芸春秋, 2013, p.2.

그림 2: http://image.search.yahoo.co.jp/search?ei=UTF-8&fr=top_ga1_sa&p=%E3%83% 8A%E3%82%A6%E3%82%B7%E3%82%AB+%E3%81%9D%E3%81%AE%E3%82%82%E3%81%AE%E9%9D%92%E3%81%8D%E8%A1%A3%E3%82%92#mode%3Ddetail%26index%3D6%26st%3D0 (검색일 : 2015. 11. 4)

그림 3: スタジオジブリ・文春文庫 編, 전게서, p.3.

그림 4: 그림 2의 출처와 동일.

초출알림

|1부|

「헤이안 시대 중기의 저주와 음양사－현대 음양사 붐의 전사(前史)－」, 『日本學研究』 47, 2016.01.

「「大和魂」考」, 『일어일문학연구』 75, 2010.11.

「宣長の「もののあはれ」説の成立と変遷－『源氏物語玉の小櫛』を中心に－」, 『일본문화연구』 39, 2011.07.

「宣長の和歌論における言葉と心情－「あや」と「もののあはれ」を中心に－」, 『일본연구』 50, 2011.12.

|2부|

「近代における源氏物語批評史 －天皇制と「もののあはれ」を中心に－」, 『日本學研究』 34, 2011.09.

「『다이헤이키(太平記)』의 세계와 전쟁의 대의명분」, 『일본연구』 20, 2013.08.

「일본 근대기 역사학자 미카미 산지의 역사관과 교육 －『다이헤이키(太平記)』의 세계를 중심으로－」, 『日本思想』 23, 2012.12.

|3부|

「1950년대 시극(詩劇) 운동과 전통극 －근대 이후 서양문화 수용에 대한 반성－」, 『日本學研究』 45, 2015.05.

「고전의 만화화를 통한독자의 스토리텔링 리터러시의 확대 －『아사키유메미시(あさきゆめみし)』－」, 『日本思想』 27, 2014.12.

「『벌레를 좋아하는 아가씨(虫愛づる姫君)』에서 『바람계곡의 나우시카(風の谷のナウシカ)』로 －흔들리는 젠더와 구원－」, 『日本思想』 29, 2015.12.

▌김정희 金靜熙

단국대학교 일본연구소 HK연구교수. 일본 도쿄대학 인문사회계연구과에서 일본문학으로 석·박사학위를 받았다. 귀국 후, 일본고전문학과 동아시아 교류에 대해서 관심을 갖고 연구를 진행하였다. 최근에는 일본의 전통문화가 근·현대에 어떻게 변용되고 스토리텔링화되는지에 대해서 연구하고 있다.
대표 논문으로는 「고전의 만화화를 통한 독자의 스토리텔링 리터러시의 확대 -『아사키유메미시』의 전략-」(『일본사상』 27, 한국일본사상사학회, 2014), 「『백락천』과 조선의 대마도 정벌과의 관련성 -노가쿠와 정치의 관계라는 시점에서-」(『일어일문학연구』 91-2, 한국일어일문학회, 2014), 「『신쿠로우도』 에마키(繪卷)의 세계 -섹슈얼리티의 변혁과 종교적 차별의 수용-」(『일본언어문화』 35, 한국일본언어문화학회, 2016) 등이 있고, 공저로 『매체와 장르』(한국외국어대학교 지식출판원, 2017), 『의식주로 읽는 일본문화』(제이앤씨, 2018)등이 있다.

문학을 통해 본
일본문화의 연속성과 변화

2018년 9월 7일 초판 1쇄 펴냄

지은이 김정희
펴낸이 김흥국
펴낸곳 보고사

책임편집 이경민
표지디자인 손정자

등록 1990년 12월 13일 제6-0429호
주소 경기도 파주시 회동길 337-15 보고사 2층
전화 031-955-9797(대표)
　　　02-922-5120~1(편집), 02-922-2246(영업)
팩스 02-922-6990
메일 kanapub3@naver.com / bogosabooks@naver.com
http://www.bogosabooks.co.kr

ISBN 979-11-5516-666-6 93830
ⓒ 김정희, 2018

정가 23,000원